PLANE TRAVIESOS

La Liga de los Picaros - 1

LAUREN SMITH

Traducido por
L. M. GUTEZ

ISBN: 978-1-952063-89-3 (edición libro electrónico)

ISBN: 978-1-952063-90-9 (edición papel)

❧   I   ❧

Capítulo Uno
Regla 4 de la Liga

Al seducir a una dama, cualquier miembro de la Liga puede perseguirla hasta que ella haya declarado su interés en un miembro en particular y, en ese momento, toda persecución de la dama por parte de los demás debe cesar.

Extracto de *La Gaceta del Monóculo de Cristal*, 3 de abril de 1820, Columna de Lady Society:

Lady Society se divirtió mucho a principios de esta semana, cuando fue testigo de otro travieso plan perpetrado por un miembro de la notoria Liga de Pícaros de Londres. Su Excelencia, el Duque de Essex, fue visto seduciendo a una viuda muy atractiva en medio de un musical organizado por el Vizconde Sheridan.

Parece que el duque ha terminado definitivamente con su antigua amante, la señorita Evangeline Mirabeau. Para todas las mamás orientadas al matrimonio, hay un suspiro colectivo de tristeza por el hecho de que Su Excelencia sea un soltero decidido sin intención de casarse. Es una pena que Su Excelencia no sea un caballero con el que las madres puedan casar con seguridad a sus hijas, permitiéndose así su travieso estilo de vida.

Lady Society seguirá observando a la Liga con el mayor interés...

LONDRES, SEPTIEMBRE DE *1820*

Algo no estaba bien. Emily Parr permitió que el anciano cochero la ayudara a subir al carruaje de la ciudad, y la extraña mirada que le dirigió le erizó la piel. Al asomarse al oscuro interior del transporte, se sorprendió al encontrarlo vacío. Se suponía que el tío Albert la acompañaría a los compromisos sociales y, si no lo hacía él, seguramente un chaperón se encargaría. Entonces, ¿por qué el carruaje estaba vacío?

Se acomodó en el asiento trasero con las manos sujetando su *reticule* con tanta fuerza que los adornos se le clavaron en las palmas a través de los guantes. Tal vez su tío estaba reunido con su socio, el señor Blankenship. Emily había visto llegar a Blankenship justo antes de que ella subiera a prepararse para el baile. Un escalofrío la recorrió. El hombre era una criatura lujuriosa con ojos negros como escarabajos y manos que tendían a moverse con demasiada libertad siempre que estaba cerca de ella. Emily no tenía experiencia, pues acababa de cumplir los dieciocho años unos meses atrás, pero este último año con su tío le había permitido conocer una nueva faceta de la vida y ninguna de ellas había sido buena.

Su primera temporada en Londres debería haber sido una experiencia maravillosa. En cambio, había comenzado con la muerte de sus padres en el mar y terminado con su nueva vida en la polvorienta tumba de la casa señorial de su tío. Con una biblioteca insignificante, sin pianoforte y sin amigos, Emily había empezado a sumergirse en una marea de melancolía. Era crucial que encontrara una buena pareja y rápido. Tenía que escapar del mundo del tío Albert, y la única manera de hacerlo era obtener legalmente la fortuna de su padre.

Un primo lejano de su madre tenía el dinero en fideicomiso. Era frustrante que un hombre al que no conocía manejara los hilos de su vida. El tío Albert también despreciaba la situación. Como su tutor, estaba obligado a rendir cuentas a la prima de su madre, lo que afortunadamente le impedía hurgar demasiado en las cuentas de Emily para sus propias necesidades. La pequeña fortuna era la mejor moneda de cambio que tenía para atraer a posibles pretendientes. Aunque el dinero sería para su marido, esperaba encontrar un hombre que la respetara lo suficiente como para no despilfarrar lo que era suyo por derecho. Pero llegar al baile sin un chaperón perjudicaría sus posibilidades en la búsqueda de marido; esto simplemente no se hacía presentándose sola. Hablaba mal de su tío, así como de la situación económica de ambos.

Aunque se sintió aliviada por no tener a su tío o al señor Blankenship acompañándola, su estómago seguía apretado. Recordó la fría forma en que el anciano chofer le sonrió justo antes de que ella subiera. La frialdad de esa sonrisa la hizo sentir un poco incómoda, como si él supiera algo que ella no y eso le divirtiera. Era una tontería, el viejo no era una amenaza. Pero no pudo evitar el temor que la invadió. Habría agradecido la presencia del tío Albert, aunque eso significara otro sermón sobre lo costoso que era mantenerla y lo amable que había sido al acogerla tras la desaparición del barco de sus padres.

El chófer estaba contratado para llevarla a la residencia Chessley para el baile, y nada saldría mal. Si lo repetía una y otra vez, podría creerlo. Emily centró sus pensamientos en lo que le depararía esta noche, con la esperanza de aliviar su preocupación. Se reuniría con su nueva amiga, Anne Chessley, así como con la señora Judith Pratchet, una vieja amiga de la madre de Anne que había accedido amablemente a patrocinar a Emily para la temporada de eventos. Había muchas posibilidades de que conociera a un hombre y captara su interés lo suficiente como para que le pidiera permiso a su tío para cortejarla.

Emily casi sonrió. Quizás esta noche bailaría con el conde de Pembroke.

Anoche, el apuesto conde le había sonreído durante su presentación y la había invitado a bailar. Y Emily casi había llorado de decepción cuando le informó que la señora Pratchet ya había llenado su tarjeta de baile.

El conde había respondido:

—¿En otra ocasión, entonces? —y Emily asintió con entusiasmo, esperando que se acordara de ella.

Tal vez esta noche tenga un poco de suerte. Lo esperaba desesperadamente. Emily no era tan tonta como para creer que tenía alguna posibilidad real de casarse con un hombre como el Conde de Pembroke, pero era agradable que un hombre de su categoría se fijara en ella. A veces esa atención era percibida por otros.

Un momento después, el carruaje se detuvo bruscamente y ella estuvo a punto de caerse de su asiento. Sus pensamientos fueron interrumpidos y sus fantasías huyeron.

—¡Hola, buen hombre! —gritó un hombre desde las cercanías.

Emily se dirigió hacia la puerta, pero el carruaje se balanceó cuando alguien se subió al asiento del conductor. Ella volvió a caer en su asiento.

—Veinte libras son tuyas si sigues a esos dos jinetes que van adelante y haces lo que te pedimos —dijo el hombre recién llegado.

Una vez recuperado el control de su equilibrio, echó las cortinas del carruaje hacia atrás. Dos jinetes ocupaban la calle oscura, de espaldas a ella. ¿Qué estaba ocurriendo? Una sensación de malestar se instaló en su estómago. El carruaje se sacudió y volvió a moverse. Tal como ella había temido, el conductor no se detuvo en Chessley House. Siguió a los jinetes que iban al frente.

¿Qué era esto? ¿Un secuestro? ¿Un robo? ¿Debía sacar la

cabeza por la ventana y pedirles que se detuvieran? Si intentaban secuestrarla, preguntarles qué estaban haciendo podría ser una mala idea... ¿Por qué se la llevarían cuando había muchas otras herederas más encantadoras que ella que estaban teniendo su debut este año? Seguramente no se trataba de un secuestro. Su mente daba vueltas mientras se esforzaba por asimilar la situación. ¿Qué habría hecho su padre en esta situación? Cargar una pistola y luchar contra ellos. Al no tener arma, ella tendría que pensar en algo inteligente. ¿Podría razonar con estos hombres? *Era poco probable.*

Emily se mordió el labio inferior mientras debatía sus opciones. Podía gritar pidiendo ayuda, pero esa reacción podría empeorar las cosas. Podía abrir la puerta y lanzarse a la calle, pero el ruido de los cascos detrás del carruaje hizo que se olvidara de la idea. Si lo intentaba, tendría suerte de sobrevivir a la caída y los caballos que venían detrás estaban demasiado cerca. Probablemente la matarían. Emily se recostó en el asiento con un suspiro tembloroso y con el corazón acelerado. Tendría que esperar a que el chofer se detuviera.

Durante lo que le pareció una hora, siguió mirando nerviosamente por las ventanas para evaluar en qué dirección avanzaba el carruaje. Londres había quedado muy atrás. Solo había campo abierto a ambos lados del camino. El ruido de cascos anunció que se acercaba un jinete, y un hombre montado en un elegante caballo negro pasó al galope por delante de la ventana. Estaba demasiado cerca y el caballo era demasiado alto para que ella pudiera verlo bien. La luz de la luna ondulaba en el brillante pelaje del animal.

Por la proximidad del jinete y la determinación con la que cabalgaba en la silla, Emily supo que estaba involucrado en este asunto. ¿Quién en su sano juicio, excepto quizás ese viejo asqueroso, Blankenship, la secuestraría? Él sería el tipo de persona que se dedicaría a una actividad tan nefasta.

La otra noche, él había ido a cenar a casa de su tío y, cuando éste se había dado la vuelta solo un segundo, Blankenship había enredado uno de sus gruesos y rechonchos dedos en un mechón de su pelo, tirando de él con fuerza hasta que ella casi gritó. Le había susurrado cosas horribles al oído, cosas desagradables que la enfermaban mientras le decía que pensaba casarse con ella en cuanto su tío lo aprobara. Emily lo había mirado fijamente, afirmando que nunca se casaría con él. Pero el hombre solo se había reído y había dicho:

—Ya veremos, cariño. Ya veremos.

Bueno, ella no se retractaría. No era un peón para ser capturado y mantenido a merced de alguien. Ellos tendrían que luchar para llevársela.

Emily miró por la ventana del otro lado para contar a los jinetes. Dos encabezaban el grupo en la parte delantera a pocos metros de distancia. Otros dos flanqueaban el carruaje. Uno de ellos iba con un segundo caballo atado a su silla, probablemente para el hombre que ahora estaba con el conductor. No era la mejor de las escenas. Tal vez podría ser más astuta que ellos.

El carruaje redujo la velocidad y luego se detuvo suavemente. Emily evaluó su situación. Luchó por mantener la compostura, cada respiración era más lenta que la anterior. Si entraba en pánico quizá no sobreviviría. Debía esconderse. Pero no podía escapar físicamente de *cinco* hombres.

Sus ojos se posaron en el asiento de enfrente.

Tal vez...

GODRIC ST. LAURENT, DUODÉCIMO DUQUE DE ESSEX, se reclinó en su silla de montar mientras veía cómo se desarrollaba el secuestro que había orquestado. Cubriéndose la boca con una mano enguantada, reprimió un bostezo. Las cosas estaban saliendo bien. De hecho, todo el secuestro rozaba el punto de lo tedioso. Habían interceptado el carruaje diez minutos antes de que llegara a Chessley House. Nadie fue testigo de la escolta de jinetes ni del cambio de ruta del chofer. Curiosamente, la joven no había mostrado ningún signo de resistencia o preocupación desde el interior del carruaje. ¿Acaso no habría hecho alguna protesta al darse cuenta de lo que estaba ocurriendo? Un pensamiento lo detuvo en seco. ¿Se había escabullido de algún modo del carruaje cuando habían frenado en una esquina antes de salir de la ciudad? Seguramente no, la habrían visto. Lo más probable era que estuviera demasiado asustada para hacer algo, lo que explicaba el silencio del interior. Aunque no debía temer porque no le harían daño.

Señaló con la cabeza a su amigo Charles, quien estaba sentado junto al conductor. Entonces, una bolsa de monedas tintineó cuando Charles la dejó caer en las manos expectantes del hombres.

Habían llegado al punto intermedio entre Londres y la finca ancestral de Godric. El resto del camino lo harían a caballo y la muchacha compartiría el caballo con él o con uno de sus amigos. El chofer regresaría a Londres con un mensaje para Albert Parr y una historia descabellada que lo exoneraría de culpa.

—Ashton, quédate aquí conmigo —Godric le hizo un gesto con la mano a su amigo para que se acercara mientras los demás cabalgaban a una buena distancia para esperar su señal. Los secuestros eran cosas complicadas, y lo mejor sería disponer de sí mismo y de otro hombre para sujetar a la chica. Ella podría sufrir un ataque de histeria al ver a los otros tres hombres demasiado cerca.

Se acercó al carruaje con la curiosidad de ver si la mujer que había dentro coincidía con la que él recordaba. La había visto una vez desde una ventana que daba a los jardines cuando visitó al tío de la chica. Estaba arrodillada en los macizos de flores con el vestido sucio mientras desherbaba. Un trabajo más apropiado para una sirvienta que para una dama de calidad. Estaba listo para olvidarla, pero ella se volvió y miró el jardín con una mancha de suciedad en la punta de su nariz. Una mariposa de una flor cercana había revoloteado sobre su cabeza. Ella no se había dado cuenta, ni siquiera cuando se posó en su largo y enroscado cabello castaño. Algo en el pecho de Godric dio un pequeño y divertido respingo y su cuerpo se sacudió con deseo. Cualquier otra mujer así de inocente no habría captado su interés, pero él había vislumbrado una disposición en sus ojos, una inteligencia oculta mientras escarbaba en la tierra. La señorita Emily Parr era diferente. Y lo diferente era intrigante.

Ashton le entregó al chofer la carta de rescate para Parr y se colocó cerca de la parte delantera del carruaje. Sujetando la puerta, Godric la abrió, esperando que empezaran los gritos.

No pasó nada.

—Mis más sinceras disculpas, señorita Parr... —todavía no había gritos—. ¿Señorita Parr? —Godric metió la cabeza en el carruaje.

Estaba vacío. Ni siquiera había un dragón escupe-fuego como chaperón, aunque no lo esperaba. Sus fuentes le habían asegurado que estaría sola esta noche.

Godric miró por encima de su hombro.

—¿Ash? ¿Estás seguro de que este es el carruaje de Parr?

—Por supuesto. ¿Por qué? —Ashton saltó de su caballo, se acercó y metió la cabeza en el carruaje vacío. Permaneció en silencio un largo momento antes de retirarse. Ashton se llevó el dedo a los labios y señaló el interior. Un trozo de muselina rosa se asomaba por el asiento de madera. Hizo un gesto para que Godric se alejara del carruaje.

Ashton bajó la voz.

—Parece que nuestra pequeña persecución del conejo se ha convertido en una caza de un zorro. Se ha escondido en el hueco del asiento, chica lista.

—¿Escondida bajo el asiento? —Godric sacudió la cabeza, desconcertado. No conocía a ninguna mujer de su entorno que pudiera hacer algo tan inteligente. Tal vez Evangeline, pero si algo podía decirse de esa mujer, era que estaba lejos de ser ordinaria. Una punzada de excitación corrió por sus venas, en su pecho. Le encantaban los retos.

—Esperemos unos minutos y veamos si sale.

Godric volvió a mirar el carruaje mientras la impaciencia punzaba en su interior.

—No quiero esperar aquí toda la noche.

—Pronto saldrá. Permítame —Ashton regresó al carruaje y llamó a Godric con una voz potente—. ¡Maldición! Debió haberse escabullido antes de que asumiéramos el control del carruaje. Solo olvídalo. Mañana llevaremos al chofer de regreso a Londres —Ashton cerró la puerta con un fuerte portazo y le hizo un gesto a Godric para que lo acompañara.

—Ahora esperaremos —susurró Ashton. Indicó que vigilaría la puerta izquierda del carruaje mientras Godric se encargaba de la derecha.

EMILY ESCUCHÓ EL ESTRUENDO DE LOS CASCOS YÉNDOSE Y contó en silencio hasta cien. Su corazón latía con fuerza en su pecho al pensar en lo que harían los hombres si la atrapaban.

Los salteadores de caminos podían ser crueles y asesinos, especialmente si su presa ofrecía poco. Ella no tenía acceso a la fortuna de su padre, por lo que solo le quedaba su cuerpo.

El miedo mortal se apoderó de la columna vertebral de Emily, paralizando sus extremidades. Respiró mientras la ansiedad la invadía.

Debo ser valiente. Luchar contra ellos hasta que no pueda más. Con manos temblorosas, empujó el techo del asiento, haciendo una mueca de dolor cuando se abrió. Una vez que salió, se quitó la suciedad del vestido y notó algunas lágrimas en la madera áspera del interior del asiento. Pero las lágrimas no tenían importancia. Lo único que importaba era sobrevivir.

Emily miró por la ventana del carruaje. Nada sobresalía entre la oscuridad, solo el tenue resplandor de la luz de la luna que salpicaba el camino con lunares blancos. Las estrellas parpadeaban y titilaban en lo alto; eran luces pálidas, distantes y frías. Un escalofrío sacudió su cuerpo y Emily se abrazó a sí misma, ansiando estar en casa. Echaba de menos su cama caliente y los murmullos de sus padres al final del pasillo. Era una comodidad que había dado por sentada. Pero no podía permitirse pensar en ellos, no cuando estaba en peligro.

¿Los hombres realmente se habían ido? ¿Podría ser realmente así de fácil?

Abrió la puerta del carruaje y bajó al camino de tierra. Unos fuertes brazos la rodearon por la cintura y la empujaron hacia atrás. El impacto con un cuerpo duro la dejó sin aliento. El terror se apoderó de su sangre mientras luchaba contra los brazos que la sujetaban.

—Buenas noches, querida —musitó una voz grave.

Emily gritó una vez antes de morder la mano que le cubría la boca, probando el suave cuero de los finos guantes de montar.

El hombre rugió y casi la dejó caer.

—¡Maldita sea!

Emily clavó un codo en el estómago de su atacante y comenzó a forcejear para liberarse hasta que él sujetó su brazo. Ella giró y le golpeó la cara con un puño cerrado. El hombre se tambaleó hacia atrás, dejándola libre para lanzarse al interior del carruaje.

Si podía llegar al otro lado y correr, podría tener una oportunidad. Se dirigió hacia la puerta, pero no lo consiguió. El demonio entró en el carruaje tras ella. Al volverse hacia él, fue derribada sobre su espalda.

Volvió a gritar cuando su cuerpo se posó sobre el de ella. La tenue luz de la luna reveló sus ojos brillantes y sus fuertes rasgos. La agarró por las muñecas y las inmovilizó por encima de su cabeza.

—¡Silencio!

Emily quería arrancarle los ojos, pero el hombre era implacable. Sus caderas chocaron contra las de ella y el pánico la llevó a un nuevo nivel de terror. Sus temores de ser secuestrada por la fuerza afloraron cuando su cálido aliento se extendió por su cara y su cuello. Emily gritó y él se apartó de ella, como si el sonido lo confundiera.

—No voy a hacerte daño —su voz vibró con un gruñido bajo, arruinando cualquier promesa que sus palabras pudieran conllevar.

—¡Me estás haciendo daño! —ella tiró inútilmente de sus brazos contra su agarre.

El hombre la liberó un poco y Emily aprovechó su oportunidad. Levantó las rodillas y, con toda la fuerza que pudo reunir, dio una patada. Su atacante salió a trompicones por la puerta abierta y cayó de espaldas. Ella apenas se percató de que estaba jadeando antes de darse la vuelta y salir por el otro lado del carruaje.

En cuanto salió, otro hombre se abalanzó sobre ella. Para escapar de él, Emily cayó de espaldas contra el costado del carruaje. En lugar de sujetarla, él mantuvo los brazos abiertos para evitar que se le escapara, como si estuviera acorralando al ganado.

—Tranquila, tranquila —susurró.

Emily giró la cabeza hacia la izquierda y le suplicó a su mente que pensara, pero el hombre al que había mordido dobló la esquina y se abalanzó sobre ella, inmovilizándola con sus brazos contra el carruaje. Su sólido y musculoso cuerpo se alzaba sobre ella. Su mandíbula se apretó como si un movimiento de ella fuera a desencadenar algo oscuro y salvaje. A Emily se le cortó la respiración y el corazón le golpeó violentamente contra las costillas.

El hombre jadeaba y estaba enfadado. La intensidad de sus ojos la hipnotizó, pero en el momento en que él parpadeó, el hechizo se rompió y ella luchó con todas las fuerzas que pudo conseguir.

—¡Cedric, te necesito! —el hombre gritó por encima de su hombro.

Uno de los jinetes se acercó trotando con un frasco de plata en una mano. Emily redobló sus esfuerzos por escapar y golpeó el empeine de la bota de su captor. Pero fue demasiado tarde. El hombre le acercó el frasco a los labios y, cuando ella no abrió la boca, le pellizcó la nariz y la obligó a separar los labios para respirar. Un líquido asqueroso y amargo bajó por su garganta. Tuvo arcadas, pero tragó.

El sabor amargo de su boca la hizo estremecerse violentamente y un vértigo la recorrió, nublando su visión. El suelo bajo sus pies parecía girar. Una espantosa sensación de muerte se apoderó de sus brazos y piernas y se debilitó contra el hombre que aún la sostenía. Tal vez si fingía estar inconsciente por un momento y después recuperaba el aliento y aclaraba su cabeza, podría luchar...

El hombre de la botella dio un paso atrás y Emily dejó que su cuerpo se debilitara. Su captor le rodeó la cintura y el hombro con los brazos, presionándola contra su cuerpo. Ella respiró, lenta y superficialmente para no llamar la atención. El hombre que la sujetaba esperó a que alguien dejara caer una capa sobre la hierba antes de dejarla suavemente sobre ella. Luego se alejó para hablar con sus compañeros. Había contado cinco en total antes de tener que cerrar los ojos.

Emily hizo todo lo posible por quedarse quieta y respirar superficialmente mientras escuchaba, pero era difícil luchar contra el pánico que la invadía y la niebla que descendía lentamente sobre sus ojos. Todos sus instintos le pedían a gritos que huyera, pero se quedó quieta, rezando para que desviaran su atención de ella el tiempo suficiente para poder levantarse y correr.

Oyó la voz de un hombre por encima de ella.

—Bueno, eso no fue muy difícil.

—Digo, ¿es una niña gitana? Creía que estábamos secuestrando a una fina joven de la *alta* —otro se rio.

Emily luchó contra el impulso de gruñir a pesar del letargo de su cuerpo. *¡Malditos y arrogantes fanfarrones!* El enfado le sentó mejor que el miedo y el sentimiento le dio un poco más de energía.

¿Qué había en el frasco del que había bebido? *¿Un veneno?*

No... eso no tenía sentido. Ya había leído sobre ese sabor amargo... *¡Láudano!* Una nueva rabia brotó en su interior. Dejó que fluyera desde la cabeza hasta los dedos de los pies y la ilusión de la fuerza se acumuló en sus huesos.

Otra voz habló:

—Charles, págale al conductor un extra por su silencio, y Lucien y yo nos ocuparemos de la chica —reconoció esa voz. Era el hombre al que había mordido. Él y los otros parecían ser caballeros, si es que se les podía llamar así.

Después de mudarse con su tío, aprendió a no confiar nunca más en la apariencia de un hombre. Un buen atuendo no convertía a alguien en un buen hombre.

Lo que más la confundía era el motivo de esos pícaros con ella. Ciertamente, Blankenship no los había contratado para llevársela. Habría elegido a hombres de menor categoría. El guante de montar que había mordido había sido de una calidad fina, demasiado fina para los secuaces comunes.

—¿Cuánto tiempo estará inconsciente? —preguntó uno de los hombres.

—Es difícil de decir... probablemente una buena hora —reconoció la voz como la de Cedric—. Uno de nosotros la llevará a la mansión.

Una mano suave apartó el pelo de Emily de su cara. Esa misma mano bajó hasta su cuello, acariciando su piel antes de tocar su brazo y luego deslizarse por su cintura. Un cosquilleo de miedo recorrió su piel. Luchó por evitar que se le acelerara la respiración, pero su corazón se agitó con fuerza. Cuando la mano rozó su cintura, la respiración de Emily se disparó. Era muy sensible en esa zona en particular, y el ligero roce de sus dedos a lo largo de su cuerpo, a través de la muselina, le hizo reprimir una risita. Maldijo las cosquillas.

La mano se apartó. Luego, tan repentinamente como la primera vez, la mano volvió a rozarle la cintura con la misma suavidad hasta que ella estalló en un ataque de histeria jadeante.

—¡Está despierta! —gritó el captor que acababa de tocarla

con la voz entrecortada, como si estuviera luchando contra su propia risa.

Emily se apoyó con sus manos y rodillas. Apenas se había movido cuando un cuerpo la abordó por detrás, tirándola al suelo. Las pocas fuerzas que le quedaban la abandonaron. Las rodillas del hombre capturaron sus caderas, inmovilizándola en el suelo. Emily gritó cuando su peso cayó sobre ella. Él aflojó su agarre lo suficiente como para dejarla respirar, pero no para dejarla libre.

—¿La tienes, Godric?

Emily gritó, agitando las piernas y arqueando la espalda.

—¡Por favor! No lo hagáis, os lo ruego —odiaba suplicar, pero era su última oportunidad.

—No te haremos daño, cariño —el hombre que estaba encima de ella, Godric, le pasó una gran palma de la mano por el costado, acariciándola tiernamente.

—¡Mentiroso!

Intensificó el agarre mientras Emily pataleaba y luchaba.

—¡La tengo, pero sé rápido, Cedric! Se está sacudiendo como una loca.

Cedric se arrodilló junto a su cabeza e inclinó el frasco contra sus labios, forzando el láudano en su garganta. Emily intentó apartar la cabeza, pero la otra mano de Cedric le cubrió la boca, impidiéndole escupir el asqueroso líquido. Era inútil luchar contra su destino. Dejó que sus ojos suplicaran lo que su boca no podía.

—Lo siento, querida. De verdad, lo siento —la sinceridad en la voz de Cedric la sorprendió.

¿Cómo podía esa sinceridad acompañar a tal brutalidad?

Él mantuvo la botella en sus labios. Ella tragó con fuerza y luego tosió mientras el líquido se abría paso por sus entrañas.

Lo último que vio fue a Cedric con las cejas arrugadas. Sus dedos dejaron huellas en la tierra arenosa del camino oscuro y vacío mientras luchaba por mantenerse consciente. El aroma mohoso del suelo le nubló la nariz, mezclándose con el pesado calor del cuerpo masculino que la inmovilizaba. Las extremidades le pesaban. Sus párpados se agitaron y supo que no podría aguantar mucho más. Godric le acarició suavemente el cuerpo, como si quisiera reconfortarla, pero solo la confusión y el miedo la siguieron hasta una oscuridad envolvente.

CEDRIC, EL VIZCONDE SHERIDAN, AHUECÓ LA BARBILLA DE LA chica e inclinó su rostro para examinarla.

—¿Está realmente inconsciente?

La luz de la luna bañaba su cuerpo, permitiéndoles a los hombres una visión decente de su víctima. Unas pestañas largas y oscuras se apoyaban en unas mejillas de porcelana teñidas de un rubor rosado.

—Hay una forma de averiguarlo —las manos de Godric recorrieron su cuerpo, volviendo varias veces a su cintura, donde había descubierto que tenía cosquillas.

Ella seguía débil y sin responder a su exploración.

—Definitivamente está inconsciente —se bajó de ella.

Charles y Lucien se acercaron en sus caballos. Charles se rio.

—¿Cuántos lores dijiste que se necesitarían para someter a esta pequeña diablilla?

Lucien Russell, el Marqués de Rochester, reprimió una sonrisa.

—Más de los que suponíamos —respondió Ashton divertido, mirando a Emily.

Godric observó a la pequeña cautiva, sucia pero impresionante, que tenía a sus pies.

—No se parece en nada a su tío.

Un calor se acumuló en su interior. Su breve recuerdo de ella no había hecho justicia al rompecabezas que representaba la señorita Emily Parr. No podía olvidar la forma en que ella había luchado contra él, incluso con miedo. Pero saber que la había asustado le dejó un vacío en el pecho. Había esperado ignorar sus protestas y llevársela. Lo que no esperaba era que luchara valientemente contra él y lo dejara sintiéndose todo un villano.

Cedric volvió a meter la botella de láudano en el bolsillo del chaleco.

—¿Estás cambiando de opinión?

Godric soltó una carcajada y se encogió de hombros.

—Dios, no. Me conoces mejor que eso, Cedric. Ahora es mía —volvió a mirar a Emily.

Se sentía extrañamente posesivo con Emily, aunque no tenía ningún derecho a hacerlo. Sin embargo, el repentino impulso de depositar a la chica en un jardín amurallado le atraía mucho. Atraparla en una torre como una princesa de un cuento de hadas.

—La chica lo ha intrigado —dijo Lucien a sus amigos.

Godric cogió a Emily en sus brazos.

Sabía que debía parecer una imagen extraña para sus amigos al cuidar demasiado de Emily. Pero algo en ella lo atraía. Anhelaba caricias sensuales, el deslizamiento de las sábanas de satén contra su piel, su cuerpo sedoso bajo el suyo. No había planeado seducirla, pero la valentía de la pequeña diablilla lo había excitado. Sería una compañera de cama salvaje. Sus labios se perfilaron en una sonrisa al pensarlo.

—Ella puede cabalgar conmigo —comentó Charles esperanzado.

—Preferiría confiarla a un marinero borracho —a regañadientes sus manos se aferraron. A cambio, Godric hizo que Ashton se hiciera cargo de Emily.

Godric montó en su caballo y luego se inclinó para cogerla de nuevo.

Acunó a Emily de lado sobre su regazo con un brazo ceñido a su cintura, metiendo la cabeza bajo su barbilla para mantenerla firme.

El mero recuerdo de que Emily había estado a punto de engañarlo dos veces hizo que Godric sonriera. Hacía tiempo que no se divertía tanto. De no haber cedido a su impulso de tocarla, nunca habría encontrado ese punto de cosquillas en su cintura y ella podría haberse escabullido mientras él y los demás hablaban. Ashton tenía razón: era astuta, un rasgo que debía de haber heredado de su tío. ¿Pero su belleza? Lo sorprendió. No tenía ni un solo parecido con el flaco de Albert Parr.

El viaje de regreso a la finca de Godric duró una hora. Se detuvieron una vez para volver a administrarle láudano cuando ella se agitó como un gatito dormido. El roce de los puños de Emily contra el pecho de Godric y su cara contra su garganta le produjo un estremecimiento de placer.

Intentó no pensar en Emily ni en si sus labios sabían tan dulces como parecían. Se concentró en el camino que tenían por delante y en su casa, que se encontraba un poco más allá.

La finca St. Laurent consistía en una extensa mansión georgiana que rivalizaba con la belleza de la residencia Chiswick. Su padre y el Duque de Devonshire habían mantenido una amistosa rivalidad al respecto.

Estudió la finca con ojos nuevos, intentando imaginar cómo la percibiría Emily.

El arquitecto había diseñado la casa con seis columnas de marfil en la parte delantera, como muchas de las grandes casas con arquitectura palladiana de Inglaterra. Los antepasados de Godric construyeron la parte superior de la mansión con un hermoso sillar, mientras que la parte inferior era rústica, lo que confería a la mansión una textura de encaje, como un vestido de mujer bordado en el dobladillo. Godric se sorprendió al descubrir que estaba ansioso por la aprobación de Emily. Si ella iba a quedarse aquí por un tiempo, él quería que encontrara placer en su entorno.

En cuanto Godric cabalgó hasta las escaleras de su mansión, apareció un lacayo cansado y llamó a un caballerizo. El anciano mayordomo, Simkins, llegó a la puerta un momento después, escoltando a todos los hombres al salón una vez que se aseguró del cuidado de sus caballos.

—Su Excelencia, no esperábamos visitas —Simkins miró con abierta curiosidad a la cautiva dormida de Godric.

—Simkins, esta es la señorita Emily Parr. Será mi invitada aquí por un tiempo. Haz que la señora Downing le asigne una criada que la ayude a vestirse. Atienda todas sus necesidades, pero no le permita salir.

—Por supuesto, Su Excelencia. Será tratada como una princesa.

—No la mimes, Simkins —dijo Godric, reconsiderándolo. La iban a mantener en una jaula, por así decirlo, y sería prudente no adornar esa jaula, al menos hasta que ella entendiera que él tenía el control.

Se le ocurrió una idea. Su ayudante de cámara, Jonathan Helprin, tendría que mantenerse alejado de Emily. Ella era una tentación para cualquier hombre y el joven Helprin no era el típico ayuda de cámara. Habiendo nacido y crecido bajo el techo de Godric, el joven tenía un ojo agudo para las damas, más que para la ropa, donde deberían estar los intereses de un buen ayuda de cámara.

—Ah, y Simkins —llamó la atención del mayordomo—. Reasigna al señor Helprin a tareas que lo mantengan lejos de mis aposentos. A la casa, si es posible. Que uno de los lacayos se ocupe de mis necesidades mientras tanto.

El anciano dudó, claramente confundido.

—Eh... sí, Su Excelencia. Me ocuparé de que el señor Helprin esté ocupado en otro lugar mientras su invitada está en la residencia.

—Gracias.

Simkins saludó entonces a los otros cuatro hombres que habían seguido a Godric al salón principal.

—Mis Lores.

—Simkins, maldito, ¿cómo estás? —Charles se rio—. ¿Me echas de menos?

Simkins casi sonrió, pero mantuvo su comportamiento controlado.

—Estoy bien, Lord Lonsdale. La casa ha estado mucho más tranquila desde su última visita, y he dormido bien sabiendo que no he necesitado una flota de lacayos para limpiar las manchas de oporto de la alfombra del salón.

—Mmm, el oporto suena delicioso. ¿Me traes una copa cuando tengas oportunidad? —Charles le sonrió a Simkins, quien negó con la cabeza, musitando mientras se despedía de los caballeros.

Cedric señaló el camino por el pasillo con la cabeza de león plateada de su bastón.

—Vamos, Lucien. Vamos a calentarnos junto al fuego —se marcharon. Charles los siguió.

Ashton siguió a Godric por la escalera con Emily aún en brazos. Godric eligió la habitación contigua a la suya, la más frecuentada por una amante. A diferencia de otros caballeros, él mantenía descaradamente a sus amantes en su finca sin importarle los rumores que pudieran surgir.

Godric señaló con la cabeza la puerta, indicándole a Ashton que la abriera.

—Er... ¿pretendes mantenerla tan cerca de ti? —inquirió cortésmente Ashton.

—Sí. Es probable que siga intentando huir. Podré oírla mejor si está muy cerca.

Ashton abrió la puerta para mostrar una cama de cuatro postes adornada con una colcha azul y cortinas lilas. Acomodó a Emily, le levantó la cabeza y colocó una almohada bajo los brillantes espirales de su cabello. Las broches de su peinado se habían soltado durante el forcejeo y descubrió que le gustaba el salvaje desorden.

Ashton miró la pequeña puerta camuflada como parte de la pared y Godric sonrió.

—Sé lo que estás pensando, Ash... —la puerta conducía directamente a su alcoba.

—Lo que hagas con ella no es asunto mío —a pesar de sus constantes intentos por mantener a su grupo de amigos tan unido bajo control, Ashton no era un santo.

Con un movimiento de cabeza, Ashton se excusó y abandonó

a Godric. Sus ojos se desviaron hacia la joven indefensa en la cama. El barro y la arenilla habían manchado la muselina de su vestido. Manchas de polvo coloreaban su nariz y sus mejillas. A primera vista, parecía una niña huérfana salvaje, pero las curvas de su cuerpo hicieron que Godric fuera dolorosamente consciente de que era una mujer. Incapaz de resistirse, le cogió la cara con las manos y le pasó las yemas de los pulgares por las mejillas para quitarle la suciedad. Su piel era suave. Emily se agitó ligeramente ante su contacto y su cuerpo se movió contra su cadera derecha, donde él se había sentado a su lado.

Las emociones que había enterrado durante mucho tiempo brotaron, apretándole la garganta y quemándole el pecho. Volvía a ser un muchacho hipnotizado por el encanto de una mujer joven. Un tiempo que nunca podría recuperar, una inocencia arrebatada de su alma sangrante años atrás.

Levantándose, se dirigió a la puerta. Se quedó allí, con los ojos recorriendo la forma de su cuerpo. Una aguda sensación de anhelo lo invadió. Quería atarla a él, pero ella se le escaparía de las manos como granos de arena.

¿Cuál sería su reacción frente a él por la mañana? Con resentimiento y asco, sin duda. La había sacado del carruaje, la había agredido y drogado. No era un héroe, y una mujer como ella se merecía un caballero montado en un corcel blanco.

Él arruinaba todo lo que tocaba.

Godric bajó la cabeza cuando cerró la puerta y fue a reunirse con sus amigos en la planta baja.

✣   2   ✣

Capítulo Dos

La luz de la madrugada bailaba a través de las cortinas lilas, proyectando sombras violáceas sobre el mostrador. Emily se despertó, todo le dolía. Las sensaciones la desconcertaron. Al sentarse en la enorme cama, su mirada contempló la habitación lo suficientemente elegante para una reina. Durante un breve momento, cuando la belleza del mobiliario se hizo presente, se deleitó con el extraño entorno de cuento de hadas.

Se bajó de la cama y se acercó a la cómoda de madera con filigranas de oro, moviendo suavemente el tirador de un cajón. Éste se abrió para revelar una colección de camisolas tan finas como la seda hilada por una araña. Emily tocó las prendas, suspiró y se dio la vuelta para verse en el espejo del tocador. Soltó un fuerte jadeo y se llevó una mano a la boca. Su mirada se posó en el par de ojos reflejados, abiertos de par en par mientras veían su vestido sucio y estropeado.

Los recuerdos la inundaron mientras el terror se apoderaba

de ella de nuevo, destrozando su autocontrol. ¿Dónde estaba? ¿Dónde la habían llevado? A Emily le temblaban las manos mientras intentaba domar su cabello. Hizo una mueca.

¿Qué voy a hacer?

Apenas podía pensar mientras el sordo dolor de cabeza la golpeaba detrás de los ojos; un efecto secundario del láudano, supuso. Después de que empezara a despertarse de todos los bruscos empujones, tuvo la vaga sensación de que la habían dejado inconsciente por segunda vez.

Su vestido estaba en mal estado, pero eso no importaba. Necesitaba escapar.

Emily cruzó la habitación a trompicones, pero se detuvo al ver un vestido de día de muselina azul celeste puesto en una silla, junto a tres enaguas y zapatillas de casa azul oscuro y cintas para el pelo. En el vestido había una pequeña nota adherida con un alfiler.

Querida señorita Parr,

Espero que haya dormido bien.

Esta mañana me he tomado la libertad de mandar a ajustar este vestido después de que la señora Downing obtuviera sus medidas. Por favor, baje a desayunar cuando quiera.

Sinceramente,

El señor Simkins, mayordomo, y la señora Downing, ama de llaves para Su Excelencia, Godric St. Laurent, el Duque de Essex

Emily se quedó mirando la nota.

¿El Duque de Essex? ¿Su diabólico captor era nada más y nada menos que Godric St. Laurent? Al menos no estaba en peligro, como había temido al principio. Aquellos hombres eran pares de la realeza y no la asesinarían ni le harían ningún otro daño como los salteadores de caminos que había imaginado en un principio la noche anterior.

Su amiga Anne Chessley le había hablado bastante de Godric y sus amigos. Ella los había llamado la Liga de los Pícaros, un nombre que había susurrado con temor y fascinación. Eran hombres sin reglas ni moral, hasta donde ella sabía; si es que se podía confiar en los rumores y en las historias impresas en *La Gaceta del Monóculo de Cristal*.

También había oído el nombre de Ash la noche anterior, probablemente Ashton Lennox, un barón adinerado. Los otros dos hombres eran sin duda Lucien Russell, el Marqués de Rochester, y Charles Humphrey, el Conde de Lonsdale. Emily se tragó una risa amarga. ¿Qué joven debutante no soñaría con una experiencia tan romántica como ser secuestrada por los cinco hombres más guapos, ricos, influyentes y disponibles de toda Inglaterra?

Pero lo único que Emily deseaba era escapar y no contemplar la idea de casarse con ninguno de ellos. No eran los hombres adecuados para el matrimonio. Aún así, se preguntó qué clase de marido sería el Duque de Essex; si los susurros eran ciertos, un buen amante, pero más propenso a casarse por un propósito que por amor.

Después de lavarse decentemente con el agua fresca de la palangana, se puso el vestido que le había proporcionado el señor Simkins, un diseño bonito y sencillo que se abotonaba por delante. Las faldas se habían cortado lo suficientemente altas como para mostrar las puntas de sus zapatillas de casa, y las mangas estaban abombadas ligeramente en los hombros.

Emily tiró del pomo de la puerta. No se movió. ¿Cómo iba a salir? Estaba encerrada dentro. *Atrapada.* Su cuerpo se tensó mientras una ola de pánico la recorría. Corrió hacia las ventanas y tiró del alféizar, pero no se levantó. Para su horror, notó un par de clavos incrustados en la madera, sellándola. Exploró frenéticamente la habitación y vio una puerta estrecha y apenas visible a la izquierda de la cama.

¿A qué lugar lleva esto? ¿Una discreta entrada para el servicio, quizás?

—Será mejor que lo intente.

El picaporte cedió y giró, dando paso a una segunda habitación.

Una enorme cama con dosel yacía contra una pared. Sus ojos se fijaron en el cuerpo enredado entre las sábanas. Vio una espalda musculosa ligeramente bronceada y pelo oscuro... *el duque*. La había colocado en una habitación contigua. Emily caminó suavemente hacia su puerta. También estaba cerrada con llave. Se apresuró a acercarse a su ventana y, al igual que en su habitación, se negó a abrirse.

Volvió a su puerta, presionándose contra la madera y debatiéndose entre gritar para pedir ayuda. Sus labios se separaron con un grito en la punta de la lengua, pero luego se detuvo. Estaba en su casa, con sus sirvientes. Aquí no habría ayuda, no para una cautiva del duque. La ira sustituyó parte de su miedo, al menos temporalmente.

—Oh, por el amor de Dios —gruñó en voz baja y se volvió para mirar a Godric.

El lejano brillo de oro en el lado opuesto de la cama, cerca de la pared, llamó la atención de Emily. Cruzó de puntillas el suelo de madera, hacia él. Su respiración era suave y lenta; seguía profundamente dormido.

—Ah, sí —un pequeño juego de llaves de latón, sujetas a la muñeca de Godric por una cuerda de cuero, brillaba bajo la luz del sol. Emily tuvo un dilema: esperar a que se despertara por sí mismo, o intentar escapar ahora y arriesgarse a despertarlo en su intento de arrebatarle las llaves.

La mano con las llaves estaba en el lado opuesto de la cama, la cual a su vez estaba demasiado cerca de la pared como para que ella pudiera alcanzarla. Para cogerlas, Emily tenía que arrastrarse sobre él. Su pulso latía con fuerza y su sangre rugía en sus oídos mientras intentaba aceptar lo que debía hacer. Tendría que tocarlo, al hombre que la había secuestrado y drogado. No solo tocarlo... sino arrastrarse por todo su cuerpo... en su cama. ¿Podría hacerlo? Su padre siempre la había llamado valiente. Pero estando muy cerca de un hombre, sola y encerrada con él en un dormitorio, ¿era lo suficientemente valiente como para coger las llaves?

Sus ojos se cerraron y reunió el valor que había reclamado con mucha facilidad la noche anterior.

Puedo hacerlo. Debo hacerlo.

Se levantó las faldas por encima de las rodillas y puso un pie en el marco de la cama de roble mientras subía. Con las manos y las rodillas muy separadas, dispersó su peso. Lo último que necesitaba era hundir la cama y despertar al diablo.

Godric era muy grande, por lo que tuvo que estirarse con mucho cuidado para coger las llaves sin caerse. Emily contuvo la respiración y se inclinó, con sus pechos a centímetros de rozar su espalda mientras buscaba las herramientas para su libertad. Pasó un dedo por debajo de la correa de cuero que rodeaba su muñeca y tiró de ella, pero el cuero estaba adherido a su piel.

Debía tocarlo. Por un momento, no pudo respirar. El aire de sus pulmones ardía e intentó en vano de encontrar una alternativa. No había ninguna. Necesitaba las llaves y éstas estaban sujetas al hombre de la cama.

Emily utilizó el pulgar y el índice para levantar su muñeca y, con la otra mano, arrastró las llaves por debajo del brazo del hombre.

La tela que rodeaba sus rodillas comenzó a deslizarse. La gravedad actuaba en contra de su peligrosa posición. Un segundo más y ella...

¡Zas!

Emily cayó sobre la espalda de Godric, colocándose perpendicularmente a él. Él gimió suavemente, rodando sobre su espalda debajo de ella y Emily se desplazó sobre él para quedar encima. Su mano derecha, con las llaves aún atadas allí, se posó en la parte baja de la espalda de Emily, acariciándola.

Ella inhaló con fuerza. Estaba estirada sobre su estómago e ingle. Él seguía dormido. Emily se movió, intentando alcanzar su mano sin alertarlo.

—Mmm... chica traviesa —la cara de Godric mostró una sonrisa entre sueños—. Evangeline, ahora no te retuerzas.

¿Evangeline? Probablemente su amante. Emily frunció el ceño y quiso alcanzar nuevamente su mano, pero el movimiento fue inútil. La mano de Godric se deslizó por su trasero y le azotó las nalgas con una palmada juguetona.

Ella liberó bruscamente su propio cuerpo.

—¡Cómo te atreves! —sus pies se enredaron en las sábanas y cayó al suelo, intentando apartarse de la cama.

Godric parpadeó.

—¿Pero qué... señorita Parr? En nombre de Dios, ¿qué está haciendo en mi alcoba? —se levantó de golpe, pero volvió a caer contra las almohadas, pasándose el antebrazo por los ojos con un gemido.

Emily huyó a la esquina más alejada de la habitación con el corazón latiendo contra sus costillas como un pájaro enjaulado. Los músculos de Godric se flexionaban al moverse, como una pantera grande y elegante. Por un segundo, ella imaginó la protección que podía ofrecerle: su cuerpo se alzaba sobre ella como un escudo, con músculos tensos y antebrazos rígidos. Luego recordó cómo la había sacado del carruaje y la violencia de la batalla entre ellos.

—¡Libérame de inmediato!

—No te estoy sujetando —replicó él con un gruñido irritado.

—Quise decir que me dejaras ir. Mi recámara está cerrada —ella dio un pisotón con su zapatilla de casa y le lanzó una mirada fulminante, pero él pasó por alto la fuerza porque permanecía de espaldas con los ojos cerrados—. ¡Exijo que me dejes ir!

—Exijo paz y tranquilidad por la mañana —musitó Godric.

—¿Y bien? —Emily volvió a dar un pisotón en el suelo, bastante molesta por no tener otro medio para llamar su atención. No se atrevió a acercarse. El recuerdo de su cuerpo dominando el de ella la noche anterior le provocó nuevos escalofríos, pero estaba decidida a mantener un rostro valiente.

Godric se deshizo de la sábana y se sentó. Ella casi se

desmaya al ver su pecho desnudo. Él sonrió y se tomó su tiempo para alcanzar la sábana y volver a incorporarse. Emily luchaba por respirar con la cara encendida. ¿Ese era el aspecto de un hombre semidesnudo? Tenía un aspecto... feroz. Cada fibra de músculo y de acero reforzado bajo su piel susurraba violencia y peligro. Su garganta estaba seca. Se lamió los labios mientras intentaba calmar su acelerado corazón.

—¿Quiere acompañarme, señorita Parr? —le dio una palmadita a la cama.

Emily dio un paso atrás involuntario y sus omóplatos golpearon la puerta detrás de ella.

—Solo estaba bromeando —sus labios se arrugaron levemente, como si la reacción de ella lo incomodara.

—¿Una broma? Por favor, Su Excelencia, ilumíneme en cuanto a cómo esta situación es remotamente divertida. Debo volver a Londres inmediatamente e intentar reparar el daño que le ha causado a mi reputación —*A mi vida*. Torció las manos, intentando cualquier cosa para aliviar la ansiedad que bullía justo debajo de su piel.

—Me temo que eso no es posible —su respuesta no tuvo sentido al principio, porque ella no había esperado que él le negara el derecho a irse.

—¿Qué? ¿Por qué no?

—Porque te he traído aquí para arruinarte.

Emily estudió el ángulo obstinado de su barbilla y la opacidad de sus ojos verdes, buscando cualquier señal detrás de sus intenciones.

—Bueno, al menos eres directo. ¿O es otra broma? —ella no podía imaginar cómo salvaría su reputación, incluso si se trataba de una broma.

Entonces vio el ligero moretón púrpura que marcaba su mejilla. Su golpe de la noche anterior había sido tan fuerte como ella había esperado. Nunca había herido a nadie, pero él se merecía eso; y mucho más, si se atrevía a tocarla de nuevo.

La situación de Emily se había aclarado súbitamente y a ella no le gustaba nada. Cuando volviera a Londres, solo los cazafortunas más desesperados la querrían. Después de semejante escándalo, tendría suerte de ser recibida socialmente en cualquier lugar, por no hablar de encontrar un hombre decente y casarse. Pero entonces... sus ojos se desviaron hacia el rostro de Godric. ¿Haría él lo honorable después de que haber ejecutado la parte de su plan que suponía la ruina? *¿Podría convencerlo para que aceptara la responsabilidad de sus actos y se casara conmigo?* Era él o los cazafortunas. Se negó a considerar a Blankenship como una opción.

CON UN SUSPIRO, GODRIC SE LEVANTÓ DE LA CAMA PARA vestirse. Emily retrocedió a trompicones, lejos de su alcance inmediato, con la cara roja como una cereza mientras fingía apartar la mirada de su cuerpo desnudo. Era encantadora su inocente creencia de que, si se mantenía fuera de su camino, estaría a salvo. Si él realmente lo quisiera, podría arrastrarla a la cama y reclamarla. Pero había poca diversión en eso. El viaje de la seducción equivalía a la mitad del placer que suponía acostarse con una mujer.

Emily dejó de moverse nerviosamente y le dedicó una fuerte mirada.

—¿Por qué arruinarme a mí? Hay muchas otras jóvenes herederas con más dinero. ¿Piensas casarte conmigo? —levantó una ceja dorada hacia él; un desafío silencioso que a él le pareció divertido. Emily era una criaturita directa y atrevida. Él le daría crédito por eso.

—La venganza es mi único interés en ti. ¿Es una respuesta lo suficientemente simple? Tu tío tiene la culpa —Godric cruzó la habitación para lavarse la cara.

—¿Mi tío? —las cejas de Emily se juntaron y sus labios se separaron como si estuviera sumida en sus pensamientos por la revelación de ser una víctima.

Godric se inclinó, se lavó la cara en la palangana de la mesita de noche y luego se secó con una toalla. Lo siguiente fue ponerse una bata.

—Tu tío adquirió una gran suma de dinero gracias a mí, y sé de buena fuente que ha pagado a sus otros acreedores en lugar de invertirlo. Mi dinero ha desaparecido.

—Eso sigue sin explicar por qué *estoy* aquí —ella se mordió el labio inferior con una expresión de aguda inteligencia en sus ojos. Hacía años que no miraba la cara de una mujer y encontraba atractiva a la inteligencia. Emily era ciertamente ambas cosas—. ¿Cuál es tu intención conmigo? —la desesperación se extendió por su tono, atrayendo la atención de Godric.

Emily se sentó en el borde de su cama con los ojos muy abiertos por la incredulidad. Abandonando su búsqueda de la ropa adecuada, Godric cruzó la habitación, cogió su barbilla y le echó la cabeza hacia atrás para que se viera obligada a mirarlo.

—Debo mantenerte aquí un tiempo hasta que vea a tu tío completamente destruido, entonces quizás te regrese a Londres. Mientras estés aquí, eres bienvenida a compartir mi cama —le dio un golpecito en la nariz con la yema del dedo, intentando provocarla, pero sus palabras solo consiguieron que frunciera más el ceño. Se arrodilló frente a ella—. No le pasará nada, señorita Parr. Tiene mi palabra de caballero.

—¿Caballero? —se mofó—. Tremendo caballero es usted. Sacando mujeres de los carruajes, drogándolas. No tiene ni una pizca de honor. Ni siquiera entiendo qué relación hay entre esto y mi tío. Los hombres como tú arruinan a las mujeres como yo y nunca miran atrás. Te reto a que lo niegues.

Se rio.

—No se me ocurriría negarlo. Sin embargo, insisto en que entiendas que solo arruino a las mujeres con un propósito, no por gusto —apoyó una cadera en la cómoda, observándola atentamente—. Estoy seguro de que sabes lo fácil que sería para tu tío venderte a un hombre en matrimonio para saldar sus deudas. Bueno, nadie te aceptará si yo he llegado allí primero.

Los ojos de Emily se oscurecieron.

—¿Así que me haces daño para atacar a mi tío? —su voz subió de tono, pero no era chillona—. ¿Acaso no me has considerado? Soy inocente en esto. Mi tío te exigirá que te cases conmigo, y entonces estaremos atrapados juntos.

Godric soltó una carcajada.

—Ash dijo que eras inteligente. No me había dado cuenta de que también tenías sentido del humor.

—¿Humor? Esto no me divierte en absoluto. Yo tenía aspiraciones de casarme, sí, pero no incluía hacerlo con alguien como tú —Emily cruzó los brazos sobre su pecho.

—Señorita Parr, no estoy seguro de que sepa exactamente quién soy.

Godric vio un destello de dolor en sus ojos.

—Sé quién eres. El Duque de Essex. Un verdadero demonio, o eso dicen las damas. Arruinas a una mujer con una mirada.

—¿Solo una mirada? Pensaba que al menos tenía que decir el nombre de una dama... —soltó una risita, pero ella no lo hizo.

Una mancha rosada tiñó sus mejillas. Sus labios se separaron aún más y su pecho comenzó a subir y bajar con su acelerada respiración. Entonces, él recordó a un gorrión asustado que en una ocasión entró volando en su estudio. Tuvo que ayudarlo a escapar por la ventana antes de que se hiciera daño al golpear algo durante su estado de terror.

—Déjeme ser claro, señorita Parr. Nunca he dejado que la sociedad y sus reglas dicten mi vida. Su tío podría intentar librar una guerra social contra mí para encadenarme a usted, pero nunca pondremos un pie juntos dentro de una iglesia. ¿Entiende? Ahora no parezcas tan molesta, cariño. Soy un amante generoso. Si encuentro que tú y yo encajamos, serás mi querida. No me inclino por las relaciones permanentes, pero te mantendría bien cuidada el resto de tu vida. No sería tan horrible ser la amante de un duque.

Los ojos violetas de Emily proyectaban un lugar lejano, pero seguían mostrando resignación, cualidad que se reflejaba en su voz.

—¿Todos los hombres son tan desalmados como tú? ¿No entiendes lo que me has quitado? *Necesito* casarme. Mis padres han muerto. Solo tenía una oportunidad de ser feliz y estar en paz, y tú la destruiste en el momento en que asumiste el control de mi carruaje —sus ojos se humedecieron y, un segundo después, emitió un pequeño y silencioso sonido antes de que su cuerpo se estremeciera con sollozos reprimidos y apagados.

Godric parpadeó horrorizado. Todo su cuerpo se contrajo. No era la primera vez que hacía llorar a una mujer, pero estas lágrimas no eran de una amante enfadada, sino de una joven, una auténtica inocente.

Sin pensarlo dos veces, la estrechó entre sus brazos. Una necesidad feroz de protegerla surgió en él y no pudo deshacerse de ella. El cuerpo de Emily se estremeció contra el suyo y sus manos exploraron su pecho desnudo, sus brazos y sus manos. Un leve tirón en su muñeca derecha hizo que él retrocediera, sorprendido al ver que ella sujetaba la correa de cuero de las llaves. Él le arrebató las llaves de sus dedos, abriéndolos una a una.

Godric estalló en carcajadas ante su furiosa mirada.

—Señorita Parr, tiene unas manos extraordinariamente ágiles. Oh, las cosas que podría enseñarle... —empezó a abrazarla de nuevo, pero ella se apartó.

Emily retrocedió unos pasos con ojos desconfiados. La mujer que había estado llorando en sus brazos ya no estaba. Una artimaña bastante creíble. *Chica astuta.*

—Dudo mucho que tenga algo útil para enseñarme, Su Excelencia —hizo una reverencia burlona y superficial antes de precipitarse de regreso a su habitación, dando un portazo. Segundos después, se oyó el ruido de una mesa de tocador siendo arrastrada frente a la puerta. Él sonrió y empezó a silbar suavemente.

La dejó esperar. Desde luego, él necesitaba unos minutos para recuperar el control, sobre todo por debajo de la cintura.

—¿Qué quieres decir con secuestrada?

La casa señorial de Albert Parr resonaba con la furia de Thomas Blankenship. Albert estaba sentado en su escritorio con el índice y el pulgar frotando sus ojos mientras hacía lo posible por mantener la calma frente a su socio comercial, un hombre con el que todavía estaba muy endeudado.

—Todo está en la carta —empujó el papel hacia Blankenship, que lo cogió de un tirón. El hombre estaba de pie frente a Albert con el pecho agitado y la papada sacudiéndose contra la yugular; una imagen que debería haber disminuido el miedo de Albert, pero que no lo hizo. Todo lo contrario. Blankenship había revelado el demonio que llevaba dentro, con garras, dientes sedientos y fuego gélido ardiendo en sus ojos negros.

Albert suspiró. La noche anterior había llegado a la residencia Chessley para buscar a Emily. La hija del barón, Anne, le informó que Emily no había llegado. Albert se había preocupado de inmediato. No había pensado que ella perdería la oportunidad de ver a su amiga, pero tal vez se había equivocado y Emily había decidido ponerse difícil.

Tal vez había decidido evitar a Blankenship y se había refugiado en casa de alguna amiga. La realidad era que no tenía muchas, al menos ninguna que él conociera.

No fue hasta que llegó a casa, agotado e irritado por la artimaña de Emily, que se enteró de la verdad. Su mayordomo le entregó la carta enviada por el chofer que había contratado para llevar a Emily al baile. El cansado hombre confirmó que cinco hombres la habían secuestrado, pero se negó a dar más detalles a menos que recibiera alguna recompensa. Albert hizo una mueca y depositó varias monedas en la arrugada palma del conductor.

La historia que el hombre contó fue fantástica. Su inocente sobrina había logrado engañar a los pícaros, prácticamente escapando dos veces. Al escuchar el relato, Albert se imaginó a Emily como una especie de heroína en una gran aventura. Parecía que tenía más fuerza de carácter de la que él le atribuía. Pero una vez que la idea dejó de ser divertida, él comenzó a preocuparse.

Había reconocido enseguida el estilo de la letra cursiva de la carta, aunque los detalles de la misma eran vagos y no estaba firmada. Después de varios tratos con el Duque de Essex, Albert se había familiarizado íntimamente con su inusual caligrafía. Pero el contenido de la carta era lo más inquietante. Essex había declarado que era consciente del dinero que Albert había robado y que él había aceptado una especie de "pago". Se refería a Emily, por supuesto.

El ceño de Albert se frunció mientras estudiaba de nuevo la nota, ignorando a Blankenship, quien se paseaba de un lado a otro como un león enjaulado. Si Essex manchaba la reputación de la joven, el tendría todo el derecho a exigir el matrimonio y eso significaría... El pánico invadió sus extremidades. Si Essex se convertía en familia política, Albert estaría para siempre a merced del hombre. Eso suponiendo que él lograra acercar al Duque por lo menos una milla de la iglesia más cercana.

No, el Duque no se casaría con Emily. Albert no tenía forma de obligarlo, y Essex lo sabía. Emily estaba arruinada y, sin ella, él no tenía forma de pagarle a Blankenship. Albert luchó por respirar mientras combatía el pánico.

—Dios mío.

—¿Qué? —gruñó Blankenship.

—Nada. Estoy cansado y este secuestro me ha alterado —lo último que haría sería confesarle sus temores a Blankenship. Todo dependía de que Emily se casara con él. El acuerdo paralelo que habían concertado garantizaría que la herencia de Emily, dinero inmovilizado en la empresa de mensajería del hermano de Albert, se destinara a Blankenship. Entonces, todas las deudas de Albert desaparecieran.

Blankenship dejó de caminar.

—¿Estás seguro de que el Duque de Essex la está reteniendo?

Albert bajó la mirada a su escritorio, evitando el brillo en los ojos del otro hombre.

—Reconocería es letra en cualquier parte.

Blankenship lo asimiló antes de responder.

—¿Qué pudo provocar que se llevara a la chica?

—Le debo a Essex veinte mil libras. Invirtió el dinero conmigo, pero la inversión se quedó corta. Utilicé sus fondos para pagarte parte de la deuda. Ha descubierto que su dinero ha desaparecido —Albert luchó contra el impulso de apoyar la cabeza en el escritorio y quedarse quieto hasta morir—. El hombre tiene un carácter violento y ahora se ha llevado a Emily como venganza.

Blankenship estudió la carta con la nariz y las mejillas enrojecidas por la irritación.

—¿Por qué un duque arriesgaría los rumores de la *alta* por una cantidad tan insignificante? Tiene diez veces eso escondido en inversiones, y sus ingresos anuales hacen que esa cantidad parezca ridícula.

—Es justo el tipo de cosas que él haría. Es uno de esos pícaros, ese grupo que se reúne en el club Berkley cada mes.

—Sí, sí, la Liga de los Pícaros, o como se llamen. Amantes consentidos y nada más. Ellos no importan. Quiero que me devuelvan a la chica. ¡Es mía! —gruñó Blankenship con tal veneno que Albert retrocedió un poco sobre su silla.

—¿Cómo propones que la recupere? El duque se la ha llevado. Su reputación está arruinada, aunque todavía no la haya tocado.

—Exige que la devuelva de inmediato —entonces, Blankenship arrojó la carta sobre el escritorio de Albert.

—Aunque lo desafiara a un duelo, probablemente se reiría. Ahora tiene lo que quiere y no la devolverá, no hasta que esté convencido de que ella ya no puede ser redimida ante los ojos de la *alta*.

—¿No quieres que vuelva? —el frío fulminante en los ojos de Blankenship inquietó a Albert—. ¿Qué hay de nuestro trato? Tus deudas conmigo quedarían pagadas cuando la chica sea mía.

Albert no había lamentado la incómoda relación entre ellos,

hasta ahora. Algo maligno, algo negro y cruel, se reflejaba en la mirada del otro hombre y lo puso en vilo.

Mientras que se rumoreaba que Essex era un gran seductor, la reputación de Blankenship manchaba las paredes de los burdeles de Londres como el hombre más desagradable. Las mujeres salían de su cama con moratones y el alma destrozada. Albert no era un hombre que juzgara a los demás por sus gustos en la cama, pero saber que Emily sería una de las víctimas permanentes de Blankenship le había revuelto el estómago hasta el punto de marearse. Sin embargo, ¿qué podía hacer? Las deudas que tenía podrían hacer que tanto él como Emily acabaran en la calle en cuestión de minutos si sus propietarios les exigían el pago. Al menos su matrimonio con Blankenship mantendría un techo sobre sus cabezas.

Si Essex la tenía, quizá era lo mejor para todos, incluida su propia alma.

—No tengo ningún interés en su regreso. Estaba dispuesto a vendértela, ¿no es así? Tal como lo veo, ahora tiene la oportunidad de llamar la atención de un duque, ya sea como esposa o amante, y pronto me libraré de ella —era la verdad. Mantener a esa chica alimentada y vestida había sido un esfuerzo costoso para un hombre endeudado. No era que ella le desagradara, pero si quería mantener a raya a los acreedores, bueno, no tenía muchas opciones.

—¿Así que no vas a contactar con las autoridades? Seguramente alguien se dará cuenta de que ha desaparecido. Los sirvientes hablan, Parr.

—No los míos. Y no, no iré a las autoridades. Lo último que deseo es llamar la atención.

—Permíteme actuar en su lugar. Permíteme usar a las autoridades a *petición* tuya para enfrentarme a Essex y exigir el regreso de la chica. Una vez que la haya traído de vuelta, será mía.

—¿Y si llega a tu lecho matrimonial dejando de ser una doncella?

—Entonces no llevará mi nombre, pero seguirá calentando mi cama.

Albert se estremeció de asco ante la sonrisa lasciva de Blankenship. Sin duda, la trataría igual que a cualquier prostituta de la calle. Albert se preocupaba por la suerte de su sobrina, pero sus propios problemas eran mucho más importantes que los de ella. Blankenship tenía fama de hacer desaparecer a los hombres, a veces reapareciendo boca abajo en el Támesis. Lo último que quería era acabar muerto por culpa de sus deudas. Que Emily fuera utilizada como herramienta de negociación era el mejor propósito que podía tener. Que Dios lo perdone.

—Bien, ella es tu problema —Albert se levantó de su asiento con una mueca y miró a Blankenship de manera directa, deseando que el hombre se fuera al cielo, o al infierno, no importaba—. Ahora, ¿me disculpas? Tengo asuntos pendientes.

Blankenship se quedó quieto y luego arqueó un extremo de sus labios.

—Si no la consigo, tu deuda sigue sin pagarse, Parr. Ya sabes lo que les pasa a los hombres que no pagan —con el rostro decidido, el hombre mayor giró sobre sus talones y desapareció por la puerta. La siniestra amenaza nubló el aire como el humo.

❧ 3 ❧

Capítulo Tres

Emily se derrumbó en la cama y todo su cuerpo se estremeció. Le ardía la cara.

—Secuestrada por un duque.

Emily se frotó las sienes; el dolor de cabeza había vuelto. Esto era una pesadilla. ¿Qué habría hecho su madre en una situación así? Reconocer los hechos. En primer lugar, prácticamente estaba arruinada a los ojos de la sociedad. Segundo, estaba a merced de un hombre que quería arruinarla de verdad. En tercer lugar, debía averiguar qué hacer con el primer y el segundo hecho.

Emily respiró hondo. Tenía que tomar una decisión: escapar y volver con su tío y Blankenship; permanecer aquí con Godric; o esperar poder casarse con algún hombre desesperado por acceder a su fortuna, no importándole su estado impuro. Solo una de estas opciones era realmente atractiva.

Godric. La idea la aterrorizaba y la emocionaba. ¿Pero quería estar con alguien que la enfurecía con su arrogancia, a pesar de su agradable apariencia?

Los hombros de Emily se hundieron. Todo lo que quería era tener la libertad de viajar y vivir su vida, y con suerte compartirla con un hombre que la amara. Quería tener el control de su propio destino y su propia fortuna. Aunque su herencia estaría bajo el control de su marido, podría tener voz y voto sobre su uso —si tenía suerte—.

Si se quedaba con Godric, estaría a su merced. Él afirmaba que la reclamaría como querida... *si* ellos congeniaban. Emily resopló. Dudaba que fuera el tipo de hombre que haría lo correcto con una mujer. Después de todo, él y sus amigos la habían secuestrado, y el encuentro de esta mañana no la había tranquilizado precisamente en cuanto a su buen carácter. Por el contrario, ese incidente había reforzado lo que ella creía sobre sus malas intenciones. Tal vez si pudiera volver a Londres, podría refugiarse con Anne y averiguar qué hacer y cómo encontrar un marido. Era una pequeña posibilidad. Incluso arruinada, podría tener una pequeña oportunidad de atraer a uno de ellos para que se casara con ella. ¿Pero y su tío? Preferiría venderla para pagar sus deudas, como dijo Godric. Cualquier hombre que encontrara tendría que estar dispuesto a acompañarla a Gretna Green y luego a enfrentarse al primo de su madre y rezar para que él no le diera problemas a la hora de entregarle la herencia. La idea le daba dolor de cabeza.

Dio un salto cuando la puerta de su habitación se abrió. Godric esperaba con las llaves en la mano y con mucha más ropa que la última vez que lo vio. El repentino recuerdo de él en su cama hizo que su corazón diera un vuelco. ¿Todas las mujeres arruinadas se distraían con tanta facilidad al ver a un hombre guapo? Le irritaba sentirse tan afectada por él cuando lo único que había hecho era causarle problemas.

—¿Tienes hambre? —Godric le ofreció el brazo.

Emily hizo una mueca. ¿Cómo podía pararse ahí y fingir que hacía unos minutos no habían estado discutiendo sobre si ella era su amante mientras él se mostraba semidesnudo? Levantando la barbilla de forma desafiante, se dirigió hacia las escaleras, ignorándolo. Se detuvo bruscamente al llegar al final. No tenía ni idea de adónde ir. Quería correr hacia la puerta más cercana, pero Emily sospechaba que no avanzaría ni a tres metros antes de que él se abalanzara sobre ella.

Los labios de Godric se torcieron ligeramente, demasiado perezosos para completar la sonrisa.

—Yo no intentaría correr, señorita Parr. Mis sirvientes tienen instrucciones estrictas de mantenerla en esta casa a como dé lugar.

Como para probar su punto, un lacayo salió de una puerta cercana y se detuvo al ver a su amo. Cuando Godric asintió ligeramente, el lacayo se tomó un momento para estudiar a Emily, como si evaluara sus puntos fuertes y débiles, antes de seguir su camino y entrar por la puerta del fondo del pasillo.

Emily suspiró y agitó una mano.

—Por favor, guíe el camino entonces, Su Excelencia.

Godric sonrió y se alejó sin mirar atrás, esperando que ella lo siguiera.

Era ahora o nunca. Aprovechando lo que podría ser su única oportunidad, Emily giró hacia la izquierda, hacia una gran puerta situada a menos de seis metros que podría conducir al exterior. Agarrándose las faldas, corrió hacia ella mientras la sangre latía en sus oídos. De repente, se desplomó hacia delante, cayendo de cara. La fría piedra se clavó en sus manos cuando intentó frenar la caída. Algo había sujetado su tobillo derecho. Jadeando, miró por encima del hombro. Godric estaba agachado detrás de ella con un brillo feroz en los ojos.

—Creí que le había aconsejado no correr, señorita Parr —sonrió como si estuvieran jugando. Eso la enfureció. Esta era su vida, su libertad.

—¡Déjame ir! No tienes derecho a retenerme aquí —Emily pateó su mano con el pie libre, pero él la atrapó y luego la deslizó por el suelo boca abajo hasta que terminó debajo de su cuerpo inclinado. Le soltó el tobillo y apoyó un antebrazo en el suelo junto a la cabeza de Emily, mientras que la otra mano le sujetó la cadera.

Ella se quedó quieta como una cierva en la cañada al percibir el olor del hombre, y luego se concentró en su contraataque. Se tensó y rodó sobre su espalda, dándole un fuerte golpe en la cara con el revés de la mano.

Los dedos en su cadera se tensaron.

—El tiempo que pases aquí puede ser civilizado o no. Lo dejaré a tu criterio, pero debes saber que, por cada acto de rebeldía, te exigiré algo a cambio —gruñó—. Puede que no te guste el precio.

Su rostro se alzaba sobre el de ella con la terrible belleza de un dios vengativo. Con una lentitud dolorosa, la enjauló, utilizando su cuerpo para atraparla. Emily se estremeció ante el fuerte contacto cuando sus extremidades se alinearon. El hielo luchaba contra el fuego a lo largo de su piel mientras ella combatía los temblores provocados por el miedo. Era como si se enfrentara a un león —belleza en estado puro, poder extremo y una amenaza real—, y, sin embargo, no podía apartar la mirada. Él la devoraría.

La realidad la golpeó, recordándole que debía luchar contra él. Sin embargo, su pecho era un muro de acero. Tan firme como una montaña. Al quedarse sin aliento tras sus esfuerzos, los ojos de Emily comenzaron a arder por las lágrimas. No podía liberarse, ni de él, ni de este lugar.

Godric le cogió la mejilla con una mano y le pasó la yema del pulgar por la curva del labio inferior. La calidez de su aliento y el aroma de su fragancia confundieron sus sentidos y su racionalidad hasta que ella quedó hecha añicos. El miedo se encendió en su interior, como relámpagos ocultos tras las nubes negras.

Godric podía acabar con ella muy fácilmente, de forma brutal y completa, y Emily no tenía forma de defenderse. Debía decir algo, algo para calmarlo y protegerse.

—Lo siento, no quería...

Sin previo aviso, las manos de Godric aterrizaron en su cintura y sus dedos se movieron burlonamente en el punto justo para hacerla estallar en un ataque de risa. Ella pateó por puro instinto, intentando detener el ataque despiadado en su punto débil.

—¡Para! Por favor —jadeó—. ¡Por favor, te lo ruego!

Solo cuando las lágrimas quemaron sus ojos y ella estuvo al borde de la histeria por la risa, él se detuvo. Todo el tiempo se había mantenido sobre ella con una sonrisa voraz, torturándola con esos ligeros toques.

—Te advertí sobre la exigencia de un precio. No dudaré en volver a usar esas armas —movió las yemas de los dedos. Si iba a recurrir a ese tipo de armamento para tratar con ella, Emily tendría que mantener las distancias. Era imposible mantener su dignidad e insistir en que la tratara como la dama que era cuando estaba demasiado ocupada riendo y jadeando como un pavo indefenso.

Se apartó de ella y la ayudó a ponerse en pie.

—¿Intentamos esto de nuevo? —su voz era baja y ronca.

¿Tenía que ser tan alto e... e intenso? Sus instintos seguían gritando que huyera.

Aturdida, Emily consiguió asentir temblorosamente. Su cuerpo aún vibraba por las secuelas de sus cosquillas.

—¿Le gustaría acompañarme a desayunar, señorita Parr?

Cuando ella volvió a asentir, él entrelazó sus brazos y la condujo al comedor.

Si no podía huir de él, tal vez podría intentar una táctica diferente. Emily creía en el poder de una buena y sólida conversación. Tal vez podría convencerlo de que entrara en razón, aunque eso parecía casi imposible; era como convencer a un toro furioso de que no embistiera. Frunció el ceño y se mordió el labio inferior.

—¿Por qué demonios frunces el ceño?

Emily bajó la cabeza, con la esperanza de ocultarle la cara.

—Nada, Su Excelencia. Estoy cansada por los esfuerzos físicos de anoche, eso es todo.

Ella podría haber jurado que él susurró algo sobre un tipo diferente de esfuerzo, pero no tenía ni idea de a qué se refería. Antes de que pudiera volver a hablar, llegaron al comedor.

La luz del sol de la mañana iluminaba una gran sala con una mesa en la que cabían fácilmente doce personas. La mitad inferior de las paredes consistía en paneles de madera de cerezo, mientras que la mitad superior estaba pintada de un cálido amarillo mantequilla. De ellos colgaban enormes retratos en los que hombres de pelo oscuro de diversas épocas miraban a Emily, cada uno de ellos ocultando un atisbo de sonrisa en sus ojos.

Esta habitación era diferente al resto de la casa. Parecía más íntima y extrañamente rústica, dadas las altas y amplias ventanas que cubrían la pared opuesta al aparador. Una gran cantidad de arbustos de forsitia se extendían hasta la mitad de cada una de ellas; el intenso tono amarillo contrastaba brillantemente contra la hiedra esmeralda en nudo que bordeaba las ventanas. Emily sintió como si hubiera entrado en un mundo encantado rodeado de flores.

En lugar de parecer fuera de lugar, Godric gobernaba sus tierras como un dios de la naturaleza. No se pavoneaba. Más bien, su paso fue grácil, casi felino, cuando la condujo al comedor.

Emily sufrió un extraño momento de orgullo al pensar que un hombre como él le había ofrecido unírsele en la cama. Se había acostado con montones de mujeres, eso era lo que hacían los libertinos, pero aun así... había declarado su interés por ella. Aunque fuera una tontería, ella disfrutaba al sentirse deseada, hasta que se recordó a sí misma que debía mostrarse fuerte contra él y contra su alegre grupo de pícaros.

En el aparador que yacía detrás de la mesa, alguien había extendido un abanico de frutas, jamón, carne y huevos. Tres hombres estaban sentados cerca de un extremo de la mesa. Un hombre apuesto de pelo rojo y ojos color avellana leía un periódico. Les ofreció una sonrisa calculada cuando Emily y Godric entraron.

Ella se miró a sí misma y se percató de todas las arrugas que tenía su vestido. ¿Acaso el hombre sabía que, justo al otro lado de la puerta, Godric le había hecho cosquillas hasta someterla? Todavía le molestaba que sus medios para someterla fueran tan efectivos.

El hombre que sostenía el papel se levantó junto con los otros dos hombres. Todos se inclinaron cortésmente cuando Godric la obligó a sentarse frente al hombre que reanudó su lectura del *The Morning Post*. Las manos de Godric se posaron fuertemente sobre sus hombros. La presión era un claro mensaje para que mantuviera el trasero en la silla; de lo contrario, sufriría las consecuencias.

El pelirrojo dejó el periódico y le tendió una bandeja con pan tostado.

—Buenos días, señorita Parr. ¿Ha dormido bien?

Emily mantuvo la cabeza inclinada mientras cogía un trozo. Su mano tembló al ponerlo en su plato. Los tres hombres intercambiaron miradas. Una conversación silenciosa zumbaba en el aire entre ellos.

—Sí, gracias. He dormido bastante bien.

Emily se sentía cada vez más cohibida por el hecho de estar sentada en una habitación a solas con cuatro poderosos lores. El hombre rubio y pálido que estaba a su derecha era Lord Ashton Lennox, un rico barón. Lo había visto dos noches antes en su primer debut, cuando Anne Chessley lo había señalado. Él había estado cerca de los tentempiés, bebiendo una copa de vino y hablando con una joven encantadora, una chica cuyo padre era uno de los propietarios del Banco Drummond.

Godric eligió el asiento a la izquierda de Emily, mientras que el tercer hombre, Cedric, se sentó junto al hombre del periódico. La disposición de los asientos la tenía totalmente atrapada.

Sus manos se cerraron en puños en su regazo.

Respira, Emily. Respira. Aspiró el aire perfumado y obligó a su cuerpo a calmarse. Si no podía huir de la habitación, aprendería todo lo posible sobre sus captores.

—Perdone, pero ¿es usted el Marqués de Rochester o el Conde de Lonsdale? —preguntó en voz baja al cuarto hombre.

Él levantó una ceja.

Emily se sonrojó cuando todas las miradas descendieron sobre ella.

—Anoche escuche los nombres: El Duque de Essex y el Vizconde Sheridan. Desde que conozco a la señorita Chessley, he oído esos nombres en relación con otros tres: el Marqués de Rochester, el Conde de Lonsdale y el Barón Lennox. Pido disculpas si me he equivocado al suponerlo —dijo ella apresuradamente, pero los ojos avellana del hombre centellearon.

—No se disculpe, señorita Parr, tiene usted toda la razón. Soy el Marqués de Rochester. Por favor, diríjase a mí como Lucien. A ninguno de nosotros nos gustan demasiado los títulos, especialmente en compañía de una dama tan encantadora. Ese caballero de allí es el Barón Lennox —Lucien señaló al hombre que la había acorralado junto al carruaje la noche anterior—. Lonsdale aún no nos ha honrado con su presencia. Hablando de eso, Ash, ¿podrías ir a despertarlo? Lo mejor es que se levante y camine, o el oporto de anoche lo volverá desagradable el resto del día.

Ashton le sonrió cordialmente a Emily antes de marcharse. Había algo amable en el rostro del hombre, una mirada comprensiva en sus brillantes ojos azules que le proporcionó a ella un destello de esperanza. Sin embargo, no pudo evitar preguntarse por qué necesitaba despertar a Charles cuando un criado podía haberlo hecho.

—¿Eres amiga de Anne Chessley? —preguntó Cedric.

—Sí. Ha sido muy amable conmigo desde que me mudé a Londres, milord.

—Oh, insisto en que me llames Cedric. No soporto esa tontería de 'lord'. Ahora, dime, ¿me menciona a menudo? —movió las cejas y Emily casi sonrió. *Este es el hombre que te drogó, no lo olvides.*

Dejando de lado la arrogancia y las amenazas veladas de Godric, los otros no parecían tan infames. Pero ella conocía sus reputaciones gracias a *La Gaceta del Monóculo de Cristal*. Habían aceptado de buena manera el plan de Godric para secuestrarla. Sin embargo, se sentía más segura en presencia de ellos que con un hombre como Blankenship. Tal vez porque todos ellos eran encantadores por naturaleza, una cualidad que, sin duda, favorecía sus planes para arruinar a las mujeres de todo Londres.

Era obvio que Godric estaba al mando, pero parecía que los otros hombres no se doblegaban ante él en cada decisión. Con algo de persuasión, tal vez una lágrima o dos y unas súplicas, Emily podría conseguir que los demás vieran el error en la acción de Godric y, como consecuencia, que debía ser liberada. Incluso los pícaros tenían que tener corazón... ¿no es así?

Lucien volvió a su periódico.

—Por cierto, Godric, *La Gaceta* mencionó nuestra estancia en Covent Garden la semana pasada.

—¿Oh? Casi me da miedo preguntar cómo se reveló nuestra velada —Godric cogió la bandeja de café y chocolate caliente del aparador. Emily lo observó mientras se servía el café, optándolo negro. Lucien volvió a mirar el periódico, ojeando algún artículo —. Se enteraron del incidente de los cisnes robados... pero se equivocaron en el número de damas involucradas. Volvieron a subestimar nuestro atractivo para el sexo débil.

Todos los hombres de la mesa se rieron de las payasadas que habían hecho. Emily estaba segura de que no quería conocer los detalles. Lo que fuera que tuvieran en común los cisnes, las damas y el Covent Garden, bueno, probablemente la escandalizaría.

Sin inmutarse por este cambio de tema, Cedric volvió a exigir que se le informara del interés de Anne por él.

—Anne ciertamente lo ha mencionado muy a menudo —era cierto. Anne se quejaba constantemente de Cedric, pero Emily sabía que a ella le gustaba bastante llamar la atención.

Cedric cogió el plato de fruta.

—¿Qué dice ella?

—¿No pretenderá que rompa los votos de amistad? —preguntó ella, abriendo los ojos con fingida inocencia.

—¿Pretender? Señorita Parr, lo exijo.

Emily imaginaba que nadie le negaba nada a Cedric.

En lugar de responderle inmediatamente, volvió a mirar a Godric. Justificó su fascinación diciéndose a sí misma que era como un lobo. Uno siempre debe vigilar a la criatura que más daño puede hacerle.

Godric le sirvió a Emily una taza de chocolate. Su estómago retumbó ante el oscuro líquido que se arremolinaba en su taza. Él cogió un pequeño recipiente de porcelana y lo abrió para extraer un poco de canela molida, la cual espolvoreó por encima. Era quizá el gesto más extraño y dulce que un hombre había tenido con ella, como si ocuparse de sus necesidades y placeres fuera un instinto natural.

Emily se volvió hacia Cedric, quien seguía esperando una respuesta.

—Sus atenciones con Anne han sido debidamente notadas.

—¿Así que estoy teniendo éxito?

—No me atrevería a decir eso, pero ella agradece que sus atenciones hayan disuadido a otros.

—En otras palabras —añadió Lucien—, ella prefiere deshacerse de ti y no de la mitad de los hombres de Londres.

A Emily se le escapó una pequeña risa y Lucien le guiñó un ojo. Ella había tenido la impresión de que él había estado leyendo su periódico, y decidió que le agradaba. Villano o no, admiraba su humor.

La idea la detuvo en seco. No *quería* que Lucien le agradara, ni quería que sus únicos momentos de alegría en esta vida fueran con los hombres que la habían secuestrado.

—Al menos no estoy resignado a la soltería, como alguien que conozco —Cedric giró la cabeza en dirección a Lucien—. Simplemente soy muy selectivo.

Godric cogió el plato de Emily y lo llenó con un poco de todo antes de sentarse y volver a colocarlo delante de ella.

—Gracias, Su Excelencia —dijo ella con modestia.

—Oh, vamos, si llamas a Cedric por su nombre, debes llamarme Godric —el brillo seductor de sus ojos la ruborizó. ¿Cómo podía ser el mismo hombre que minutos atrás le había gruñido y arrojado completamente bajo él? El rostro de Emily se encendió de vergüenza, pero nadie lo notó.

Entonces, el Marqués intervino.

—Y llámame Lucien. No me gusta "enseñorearme" sobre mis nuevos amigos.

—No quiero ni pensarlo —Ashton soltó una risita mientras él y Charles entraban. El rostro del último hombre estaba marcado por el cansancio, pero seguía siendo tan atractivo como los demás con su pelo dorado y sus ojos grises.

—Buenos días a todos —musitó Charles mientras se dejaba caer al otro lado de Godric.

Un atisbo de preocupación recorrió a Emily al ver el aspecto del hombre. Sus ropas estaban inmaculadas, sus bombachos pardos se ajustaban a sus musculosos muslos y su chaleco de raso plateado brillaba débilmente bajo el sol de la mañana. Pero su pelo, despeinado por el sueño, tenía el halo salvaje de un ángel pícaro sobre su frente. El estrés se reflejaba en sus ojos y su voz sonaba áspera, como la de un hombre que había gritado hasta quedarse ronco. Había algo que parecía no estar bien... ella podía sentirlo.

La habitación parecía estar llena de compañerismo y de un aire de intimidad entre ellos que a Emily le resultó hermoso, como solamente podían serlo las verdaderas amistades. Por un breve momento, olvidó las peligrosas circunstancias que la habían conducido hasta aquí y se perdió en las sonrisas compartidas y en las bromas de los pícaros.

¿Cómo sería formar parte del grupo? Como cautiva de ellos, estaba muy sola, como un perro hambriento asomándose a la ventana de una carnicería en una noche de invierno. El frío de esta posición aguijoneaba en lo más profundo de su alma. Emily bajó la cabeza y mordisqueó su desayuno.

En el lapso de unos breves minutos, había llegado a comprenderlos mejor. Eran hombres razonables, aunque tuvieran tendencias perversamente seductoras con respecto a las mujeres. Si se acercaba a ellos con lógica y argumentaba su petición de libertad...

Tal vez si le dijera a Godric que puedo presentar los libros de contabilidad del tío Albert, él podría llevarlo ante el magistrado. Entonces se haría justicia y ella podría volver a Londres.

—¿Café, Charles? —antes de que el hombre respondiera, Godric le sirvió una taza.

—¿Puede alguien pasar el pan tostado? —preguntó Charles.

Cedric deslizó la bandeja de pan en su dirección. Al principio, Emily solo mordisqueó su comida, pero pronto el hambre la venció y se zambulló en su muy cargado plato.

Ella descubrió qué era lo extrañamente reconfortante de esta comida. Los cinco hombres estaban muy a gusto entre ellos. Eran casi como una familia. ¿Qué podría haber unido de esa manera a estos cinco hombres?

Charles extendió cantidades abundantes de mermelada de frambuesa sobre su pan tostado, alegre como un niño robando tartas de cereza de la cocina.

—Charles, será mejor que comas algo más. Un poco de fruta —Ashton deslizó la bandeja de peras, manzanas y ciruelas por delante de Emily y Godric.

—Bien, bien.

A Emily le divertía verlos actuar como la madre de Charles. Su pequeña sonrisa llamó la atención de éste.

—Esperaba que todos se preocuparan por usted, señorita Parr, permitiéndome escapar de sus mimos durante unos días, pero usted me ha fallado —bromeó—. Debería avergonzarse —los ojos del conde eran de un gris vivo, claros y profundos en su intensidad.

Las mejillas de Emily se encendieron cuando la mirada de Charles se deslizó por su cuerpo.

La voz de Lucien acabó con la tensión acumulada por la mirada errante de Charles.

—¿Quiere que nos preocupemos por usted, señorita Parr? Tal vez ese debería ser tu trabajo, Charles —Lucien se ocultó detrás de su periódico, apenas esquivando un trozo de pera que se parecía sospechosamente al que Charles había empezado a comer.

—Por favor, no quiero que nadie se preocupe por mí —dijo Emily.

—Pues bien, nos preocuparemos, señorita Parr, porque me temo que intentará una tercera fuga —replicó Godric.

Emily devolvió su atención a Godric. Independientemente de las circunstancias, había empezado a apreciar a los otros hombres y a disfrutar de su compañía. Sin embargo, Godric... El hombre se merecía otra bofetada bien colocada. Por suerte, el matrimonio con él mitigaría su ruina, suponiendo que pudiera convencerlo de ello. Ella entrecerró la mirada y frunció los labios. Para su frustración, el duque se rio.

Ashton habló, con sus ojos azules fijos en ella.

—¿Tercera? ¿Así que ya lo ha intentado dos veces?

Emily miró fijamente su plato. ¿Ahora iban a burlarse de ella? La alegría que se produjo a su costa los estimuló.

—Intentó escapar por mi alcoba, prácticamente robándome las llaves de la muñeca —hizo sonar las llaves que ella había disputado sobre la mesa. Emily casi se hundió de alivio cuando Godric no mencionó que la había tirado al suelo en el pasillo de afuera.

Charles sonrió satisfecho contra su taza de café.

—Apuesto a que lo despertaste haciendo eso.

Godric fingió estirarse y golpeó fuertemente a Charles en la espalda. Éste derramó su café y lo fulminó con la mirada.

—Modales, Charles, modales —entonó Ashton con voz de maestro de instituto—. Ahora, señorita Parr, ¿podríamos rogarle que se abstenga de cualquier otro intento de fuga? Supongo que sabe por qué la trajeron aquí, y que irse ahora solo crearía más escándalo. Lo mejor es soportar la tormenta y dejar que Godric se ocupe de sus necesidades mientras usted permanece aquí.

Emily rechinó los dientes con frustración. Los hombres habían fingido usar la razón y el sentido común al capturarla y probablemente no escucharían sus súplicas. *Abandonar mi plan original de persuasión y prepararme para la guerra,* pensó, y luego levantó la barbilla.

—Me disculpo, Lord Lennox, pero es mi deber escapar de sus garras y volver con mi tío —listo. Lo había hecho. Viniera lo que viniera, debía liberarse de Godric y sus amigos.

—¿Nuestras garras? Realmente nos crees villanos, ¿no? —Godric se inclinó hacia delante, apoyando un codo en la mesa mientras la miraba fijamente—. Supongo que lo somos, ¿no? —la idea pareció divertirle y se rio, con un sonido grave e intenso.

Emily dejó caer sus ojos sobre el mantel níveo e hizo lo posible por no gritar. Quería recuperar su vida, su libertad.

—Por favor... solo déjame ir —Emily se mordió el labio mientras Godric le cogía la barbilla y le giraba la cara hacia la suya. Los demás los observaron con interés. Sus mejillas se encendieron.

—No es tan sencillo, cariño.

—¿Cómo no va a serlo? —Emily le apartó la mano de la cara de un manotazo y se levantó de la silla de un salto. Con la velocidad de un rayo, todos los hombres de la sala se pusieron en pie, atentos, esperando que ella corriera. Godric le puso las manos en los hombros y la empujó suavemente hacia su asiento.

—Venga, cariño. Te gustará estar aquí. Te prometo que te agradaremos.

Intentaban calmarla, pero ella no se dejaría controlar tan fácilmente. El dique que había mantenido a raya sus volátiles emociones terminó por estallar.

—¿*Agradarme*? ¿Cómo vais a agradarme? Me habéis secuestrado. ¿Debo estar agradecida? ¿Reírme como si fuera una broma? ¡Solo por traerme aquí, me habéis comprometido! ¿Realmente no tenéis nada mejor que hacer con vosotros mismos? —Emily jadeó y enterró la cara en su servilleta.

Lágrimas de rabia escaparon de sus ojos. Durante toda su vida se había comportado bien y, sin embargo, estos hombres la reducían a gritos.

No soy una niña. Soy una mujer adulta. Se calmó. Con la servilleta secó las lágrimas que cubrían sus mejillas. Tenía que dominar su ira antes de que la situación empeorara. Llorar, aunque fuera de furia, no le serviría de nada.

—No los culpes a ellos. Cúlpame a mí —dijo Godric. El peso de sus manos se alivió un poco.

—Lo siento, mis lores —se pasó una palma de la mano por la mejilla para limpiarse las lágrimas—. Pero debéis entender que no me dejaré acobardar hasta la complacencia. Me habéis hecho un gran daño y no os lo pondré fácil. Habéis destruido mi reputación y habéis manchado mi nombre con el escándalo. No me sentaré a permitir que dictéis el resto de mi vida.

Su declaración fue recibida con un silencio de sorpresa, como debería haber sido. Emily era más que consciente de que era ingenua e inocente en muchas cosas, pero no era tonta. No habría forma de sobrevivir al escándalo sin ser afectada, y tenía que hacer que esos hombres la compensaran por la pérdida de su futuro.

Nadie la doblegaría, y menos un duque arrogante.

Capítulo Cuatro

EL SILENCIO QUE SIGUIÓ A LAS PALABRAS DE EMILY DURÓ varios minutos desagradables. Cuando Cedric se levantó de la mesa, ella se sintió aliviada por la oportunidad de pensar en algo distinto a su situación actual.

—Ha salido el sol. Buen tiempo para cabalgar —Cedric

esquivó a un par de lacayos que retiraban los platos de la mesa del desayuno—. ¿Te importa si cojo un caballo? Al mío le dolía la pata delantera anoche.

Emily se puso en pie mientras Ashton y Lucien se despedían. Charles desapareció, pero solo después de lanzarle una sonrisa particularmente malvada.

—Los establos están siempre abiertos para ti, Cedric.

Emily se levantó emocionada ante la perspectiva de montar a caballo.

—¿Puedo ir con él, Su Excelencia? Hace años que no monto —el recuerdo de su última cabalgata era todavía agridulce. El tío Albert había vendido el caballo de Emily para pagar una deuda en su primera semana en su casa. Todavía recordaba la silla de cuero bien engrasada y el pelaje áspero de la crin de su caballo castrado. Echaba de menos montar a caballo, echaba de menos su antigua vida.

Los ojos verdes de Godric se estrecharon. Emily hizo lo posible por no mostrarse desafiante. Él debía sospechar que ella intentaría escapar. Ella acababa de decirlo hacía un momento.

—Mi temperamento podría mejorar si me sintiera menos encerrada y tuviera algo de aire fresco —añadió.

—¿Es eso una disculpa por tu berrinche? —preguntó Godric.

—Es lo más parecido que recibirás si me mantienes confinada en esta casa.

—Supongo que puedes ir a cabalgar, pero yo tambьén voy —Godric le puso una mano firme en el hombro.

Emily ocultó su decepción. Sería casi imposible escapar con uno de ellos cerca, pero ¿con dos? Sin embargo, las oportunidades solo se presentaban si uno las buscaba.

—¿Puedo tener un momento para cambiarme de ropa?

Godric asintió y la acompañó a su habitación, esperando del otro lado de la puerta. Emily rebuscó en el armario y se decidió por un precioso traje de montar azul claro de Glengarry. Encajes, galones y ranas bordadas adornaban la chaqueta. Se colocó la capa sobre un brazo y se encontró con Godric en el vestíbulo. Su mirada la recorrió con aprobación. Aunque no *quería* su aprobación, levantó un poco la barbilla con orgullo.

Cuando Godric le ofreció el brazo, Emily se fijó en la belleza de la casa. Estatuas de hombres y mujeres con atuendos griegos adornaban las alcobas a lo largo del vestíbulo, como vigilantes silenciosos.

Emily contempló el rostro de una hermosa mujer de mármol. *Me pregunto qué habrá visto.* La estatua se aferraba al borde de una túnica a punto de desprenderse de su pecho. La seductora timidez de sus ojos la cautivó.

Las botas de Hesse de Godric resonaban contra el suelo de mármol y su risa entró en escena, la cual acompañó a su tono mientras tiraba de Emily.

—¿Qué estás mirando?

Ella señaló la estatua.

—A ella.

Godric miró la estatua por encima del hombro y sonrió.

—Solía mirarla y soñar con mujeres cuando era un niño. Eso fue antes de darme cuenta de que las de carne y hueso eran infinitamente mejores —sus ojos recorrieron su rostro y se detuvieron en sus pechos. Un cosquilleo de indignación recorrió la piel de Emily. No era violenta por naturaleza, pero cada acción de Godric despertaba en ella el deseo de abofetearlo.

En el establo Essex había por lo menos una docena de caballos. Todas eran elegantes bestias de pelaje brillante, y estaban llenas de vida. Emily había crecido montando a caballo, pero no lo mencionó. Si Godric se enteraba de su consumada habilidad, podría rechazarla. Tendría que tener cuidado.

El caballo castrado ruano era una hermosa bestia con tobillos delgados y fuertes músculos que se sacudían bajo su piel. No era el caballo que Godric había montado la noche anterior. Aquel había sido un monstruo negro contra la luz de la luna menguante, como un feroz corcel de la Edad Media. El caballo castrado que estaba frente a ella poseía los gestos saltarines y juguetones de los más jóvenes. Se inclinaba hacia adelante, estiraba el lomo y movía la cabeza de un lado a otro, como podría hacerlo en los campos bajo el calor del sol. Godric tenía buen gusto para esos animales, ella se lo reconocía.

Emily fingió timidez cuando extendió la mano para acariciar al caballo. Era una criatura curiosa, pero como todos los purasangres, el castrado mostraba arrogancia. Sus ojos oscuros y castaños se fijaron en ella con reproche, pero no pudo resistirse a empujar la palma de su mano con su nariz. Emily dio un salto hacia atrás cuando él levantó la cabeza y resopló.

Godric estaba tan cerca que ella chocó con su duro pecho. Sus manos rodearon su cintura en un instante. Emily tragó saliva al darse cuenta de lo pequeña que era en comparación con el hombre a sus espaldas. Su agarre se intensificó cuando ella se retorció. Su trasero rozó contra él. Sorprendida, brincó, pero su agarre la mantuvo prisionera.

Las yemas de sus dedos se deslizaron por su caja torácica hacia sus pechos. Ellos se elevaron y sus pezones se pusieron erectos y luego arañaron la tela del vestido. Estaban sensibles y doloridos y ella no entendía la causa de la sensación. *Odio a este hombre. Me ha arruinado.* ¿Por qué entonces se le aceleraba la respiración? Los dedos de Godric rozaron la parte inferior de sus pechos, excitándola aún más. Su tacto la atrajo. El encanto de su pasión era una llama, pero cuando se acercaba demasiado la quemaba hasta el punto de volverla consciente. Estaban en público. Él estaba intentando seducirla aquí, en los establos, delante de su amigo. Ella tembló de rabia, pero también de una sensación extraña y desconocida, similar a la excitación.

Su comportamiento de libertino ya me está corrompiendo. Se armó de valor para desafiarlo a él y a su toque mientras se zafaba de su agarre.

FRUSTRADO, GODRIC MIRÓ FIJAMENTE A EMILY. ¿SU TOQUE NO tenía efecto en ella? Descubrió que Cedric lo observaba con el rabillo del ojo; sin duda lo había visto todo. Intercambiaron miradas silenciosas y Cedric se encogió de hombros como si quisiera compadecerse de él. Sí, habían pasado seis meses desde su última amante. Cuando el encanto de esa relación en particular se desvaneció, se privó del sexo débil por un tiempo. Evangeline había sido salvaje en la cama, pero fuera de ella su personalidad había sido abrasiva. Ella trató su relación como un juego, lo cual era justo, pero también se relacionó de forma despectiva con el personal, lo cual no lo era. Había actuado con crueldad hacia Simkins, creyendo que estaba demasiado familiarizado con Godric para alguien de su posición. Eso era imperdonable. Simkins era como un tío favorito, y cualquiera que lo tratara con dureza merecía la ira de Godric.

Emily no se parecía en nada a Evangeline. No estaba mimada, lo que no debió sorprenderle. Recordaba demasiado bien la irritación que expresó Parr por tener que quedarse con su sobrina, así como la forma en que acumulaba deudas. Parecía poco probable que se ocupara primero del cuidado y la comodidad de Emily. Godric se erizó al pensar que Parr había privado a Emily de algo.

Debo tener cuidado. Me atrapará con sus encantos y nunca seré libre.

Era cierto. Godric nunca había sentido la más mínima necesidad de cuidar a una mujer aparte de su madre, y definitivamente no de la manera en que quería cuidar a Emily. *No.* Comprar bonitas joyas y vestidos para su amante le aseguraba favores físicos, no el bienestar y el cariño de la dama. Pero con Emily ya actuaba de forma diferente. Si deseaba su complacencia, ser duro con ella no era un comportamiento adecuado.

Quería asegurarse de que su chocolate tuviera la temperatura adecuada. Quería que llevara los mejores vestidos de seda, que durmiera en la cama más suave. Quería que estuviera segura, caliente y contenta.

Tal vez si ella era feliz, se acercaría a él, lo dejaría conocer la pasión que enterraba en lo más profundo de su ser. Quería conocerla, poseerla. Todo ese fuego que destellaba en sus ojos cuando creía que él no la veía, necesitaba ser desatado.

Soy una maldita tonto. No merezco tanta dulzura.

El pensamiento negativo hacía eco dentro de su pecho, acumulándose en algún lugar del fondo de su corazón. No se había percatado que podía sentir dolor allí, pero ahora lo sentía.

—¿Puedo montarla? —Emily señaló al caballo castrado.

Godric evitó sonreír.

—Puedes montarlo.

Emily se sonrojó y escondió la cara entre las manos. Cedric se limitó a sacudir la cabeza con silenciosa alegría.

Mujeres... saben muy poco.

Los caballerizos sacaron el caballo castrado ruano para Emily. Godric y Cedric ensillaron cada uno su propio caballo. A él le gustaba ser autosuficiente, al menos en algunos aspectos. Nunca había pedido la vida mimada de un duque. Sus caballerizos sabían que debían dejarle ensillar su propio caballo a menos que solicitara lo contrario.

Godric hizo una demostración de cómo ensillar el caballo castrado y Emily lo observó con gran atención.

—Fíjese bien, señorita Parr. La silla de montar se orienta hacia este lado. Debe asegurarse de que esta cincha, el cinturón de la silla, esté bien ajustada. Dele un buen tirón y no se preocupe por lastimar al caballo. No lo hará —la parte inferior de su cuerpo se estremeció al verla mordisquear su exuberante labio inferior.

—¿Cómo lo monto? —en el momento en que las palabras salieron de su boca, Godric se vio a sí mismo montando a Emily en la cama... *¡No!* No debía dejarse llevar, pero Dios, ella hacía que fuera muy fácil perder la cabeza.

—Aquí —replicó roncamente. La cogió por la cintura y la subió a la silla de montar—. Debes poner una pierna a cada lado, ya que yo no tengo una silla de montar de lado.

—Oh, sí, qué tonta soy —se sentó a horcajadas en el caballo, lo que requirió levantar su falda mientras se acomodaba en la silla, dejando al descubierto sus piernas desnudas. El pensamiento racional cayó en picado desde cerebro hasta ese molesto punto persistente debajo de su cintura. Lo único que podía preguntarse era cómo había conseguido broncearse las piernas. ¿Qué podía hacer una joven de forma tan frecuente que requiriera levantarse las faldas? Godric reprimió un gemido.

—Eh... señorita Parr, perdone mi impertinencia, pero le falta cierta ropa interior —sus ojos se posaron en esa piel suave tan próxima a sus manos. Tal vez si él rozaba accidentalmente su pierna, ella no lo notaría. El humor brilló en los ojos violetas de Emily, pero luego desapareció, enmascarado tras esa expresión de ojos abiertos.

—Oh, me disculpo. Anoche se me estropearon las medias.

Cedric se rio mientras cabalgaba junto a ellos, admirando descaradamente las piernas de Emily, pese a la molestia de Godric.

—Nunca te disculpes con dos solteros por atreverte a mostrar un buen par de piernas desnudas.

Godric le frunció el ceño a su amigo. Un comentario más como ése, y Cedric estaría en problemas.

EL SOL DE SEPTIEMBRE ERA CÁLIDO Y EL CIELO ESTABA despejado. Los insectos zumbaban y el sonido aligeraba el silencio. Era un buen día para cabalgar, para vivir. Lejos de los salones y los compromisos nocturnos, Emily volvió a respirar. Su lugar estaba en el campo, con sus verdes colinas y sus interminables cielos azules.

Una ligera brisa le acariciaba la piel y el traje de montar mientras el trío trotaba por los límites de las tierras de Godric. Emily miró hacia atrás y comprobó la distancia que habían cabalgado. La mansión era un punto de piedra en la distancia. Godric la sorprendió admirando la vista y ella sonrió.

—Sus tierras son extensas, milord —ella suspiró ante la encantadora vista de la campiña inglesa.

—No es lo único extenso... —comenzó Cedric.

Godric golpeó con la culata de su fusta el flanco del caballo de Cedric y la bestia salió disparada con un galope rabioso. Cedric vociferó maldiciones, dejando a Emily preguntándose qué había estado a punto de decir.

A cuatro metros por delante de ellos, Cedric redujo la velocidad y los fulminó con la mirada de forma infantil. Permaneció bastante lejos, dejando a Emily y a Godric solos.

—¿Cuánto tiempo lleva viviendo con su tío, señorita Parr?

—Yo... no creo que me moleste la idea de que me llame Emily, Su Excelencia. No me gusta que me llamen señorita Parr —era impropio, por supuesto, pero con todo lo que había entre ellos, la formalidad era la menor de sus preocupaciones.

—Si lo deseas, Emily, pero entonces debo insistir en que dejes de llamarme 'Su Excelencia' —el sol palideció contra el brillo de sus ojos y los latidos del corazón de Emily se agitaron en respuesta.

—Me mudé con el tío Albert hace un año, tras la muerte de mis padres.

—He oído que han fallecido. ¿Puedo preguntar cómo? —él condujo a su castrado negro hacia ella. La manera de montar de Emily rozó juguetonamente el flanco delantero del caballo de Godric.

—Se perdieron en el mar. Mi padre se dirigía a Nueva York para visitar su empresa de mensajería allí. Mi madre insistió en acompañarlo —el dolor de la pérdida de sus padres era profundo, uno que había enterrado hacía poco tiempo—. Me había quedado en casa de unos amigos de la familia y ahí recibí la noticia. Al día siguiente mi tío me recogió.

—¿Cómo se llamaban?"

A Emily se le hizo un nudo en la garganta.

—Clara y Robert.

—¿Y no tienes más hermanos?

Ella negó con la cabeza.

—Ninguno. Mi madre abortó dos veces después de mi nacimiento. Dejaron de intentarlo después de eso. Demasiado dolor —no sabía por qué estaba compartiendo detalles tan íntimos con un hombre al que apenas conocía.

Godric apartó la mirada de ella.

—Mi madre murió al dar a luz cuando yo era un niño. El bebé murió con ella.

No había palabras que pudieran aliviar el dolor de perder a un ser querido, especialmente a los padres. Uno se sentía perdido, sin posibilidad de salvación. Nada podía sustituir el calor y la seguridad de un padre y una madre. Ser despojado de eso era como perder la inocencia.

Godric volvió a hablar.

—No te has afligido del todo, ¿verdad?

Era más una observación que una pregunta. Cuán extraña era la facilidad que suponía hablar con Godric sobre su tragedia. Él era un desconocido, pero ya había pocas barreras entre ellos.

—No, no lo he hecho —detuvieron sus caballos. Ella dejó que las riendas se aflojaran entre sus dedos mientras su caballo bajaba la cabeza para arrancar un poco de hierba—. Creo que una parte de mí nunca aceptará realmente que se han ido. Es como si esperara que cualquier día llegaran en un carruaje a casa del tío Albert para llevarme a casa —la voz de Emily vaciló un poco.

Los ojos de Godric se oscurecieron. Emily se fijó en las tenues sombras que había bajo sus ojos. Aquí afuera, bajo el sol y sin el ritmo del día, parecía hecho polvo.

—Debes haber querido mucho a tu madre.

—La quería como nunca he querido a nadie más —él habló muy bajo, pareciendo más bien un pensamiento compartido.

Un deseo revoloteó en el corazón de Emily. Antes, había querido herirlo de la forma en que había sido herida por su frío y calculado secuestro. Pero ahora... ahora veía a un hombre al que la vida había herido profundamente y quería borrar las preocupaciones que arrugaban su frente. Le recordó a un tejón herido que ella y su padre habían encontrado en el jardín unos años atrás. Se había roto una pata y, cuando habían intentado ayudarlo, lo había mordido, provocando sangre. Godric era muy parecido a ese animal; herido y atacando ciegamente en su propia defensa.

—Imagino que te quería con la misma intensidad.

—Gracias, Emily. Estoy seguro de que, dondequiera que estén, tu familia también debe echarte de menos.

Lo dijo en serio. Su sinceridad se manifestó en el brillo de sus ojos y en el ascenso de sus labios en una sonrisa sombría. Un hombre agobiado por innumerables pecados creía en el cielo y en una vida después de la muerte. Durante un brevísimo segundo, ella no pudo evitar preguntarse si los pícaros podían redimirse, *¿podían?*

Godric se acercó al pequeño espacio que los separaba y deslizó su mano alrededor de la de Emily. Ninguno de los dos se había molestado en llevar guantes de montar. Su mano desnuda envolvió la suya. El calor de su mano, mucho más grande que la de ella, le ofreció un consuelo que no esperaba: un estado de paz que le hizo recordar las tardes con sus padres frente al fuego, tumbados en el suelo mientras se reían de las columnas de humor del periódico. El pulgar de Godric acarició la sensible zona plana de su palma, pero el contacto aparentemente inocente provocó en su cuerpo un deseo de algo que no comprendía. Con esa simple verdad, todos los pensamientos sobre su tío y sus padres se evaporaron. Su toque la hizo querer seguirlo hasta el fin del mundo para ver hasta dónde podía llegar.

Pero no podía dejar que él ganara este juego al cortejarla hasta la sumisión con tiernas palabras y caricias. Emily no podía permitirse enamorarse de ese hombre. Sus mundos eran diferentes. Era poco probable que él se casara por amor, y ella quería a alguien capaz de amar con la misma intensidad que ella. No podía quedarse, no podía correr el riesgo de enamorarse de él. Sus padres habrían querido que sobreviviera, y eso requería escapar del duque, encontrar a alguien y casarse.

Emily examinó las tierras circundantes. Un pequeño muro de

piedra, de aproximadamente metro y medio de altura, se elevaba del suelo y se extendía unos cuantos cientos de metros a su alrededor.

—¿Qué hay más allá de ese muro? —preguntó de manera casual.

—Un estanque y un prado o dos y, más allá, el pueblo de Blackbriar.

¿Un pueblo? El tonto bien podría haberle dibujado un mapa para escapar.

Godric mantenía su atención en Cedric, quien corría con su caballo de un lado a otro del campo, extendiendo la zancada del caballo en un hermoso galope.

La mano de Emily seguía firmemente aferrada a la de Godric, lo que complicaba las cosas. Con cuidado, ella se desprendió de su mano y él se giró para descubrir la razón por la que se había liberado. Emily se inclinó hacia delante para acariciar el cuello de su caballo.

—Es una criatura encantadora —pasó los dedos por la espesa crin de su caballo castrado. Ni siquiera tuvo que levantar la vista para saber que Godric le sonreía.

—¿Estás descubriendo que te gustan los caballos?

—Oh, sí. Son un poco asustadizos, pero éste es muy dulce —resistió el impulso de reírse. Nunca le habían dado miedo los caballos (tal vez alguna cabra, cuando esas cosas horribles mordisqueaban el dobladillo de la falda), pero nunca los caballos. Godric se iba a llevar una gran sorpresa.

Ella levantó la cabeza como para seguir el recorrido de Cedric por el campo. Luego esperó el momento en que él giró a la derecha, de regreso a la casa.

En su rostro se dibujó una expresión de sorpresa y alerta, y señaló frenéticamente en dirección a Cedric.

—¡Godric, cuidado! ¡Bandoleros!

Godric se tensó, preparándose para los problemas. Encabritó su caballo.

Emily clavó los talones en los flancos de su caballo y salió disparada a una velocidad vertiginosa, directamente hacia la muralla, rezando para que su caballo pudiera atravesarla. Blackbriar estaba más allá del muro. Buscaría ayuda o se escondería hasta encontrar el camino a Londres.

GODRIC TARDÓ VARIOS SEGUNDOS EN DARSE CUENTA DE LO sucedido. Bandoleros, en efecto.

Emily voló por el campo dorado. Era como una doncella guerrera en la cúspide de la batalla. Su postura inclinada y su control natural sobre el caballo eran evidentes. La chica era más inteligente de lo que él había pensado, así que había sido un tonto al hablarle de Blackbriar.

—¡Emily! —rugió.

Ella iba directamente hacia el muro y, si no se detenía, el caballo la lanzaría. Aterrizaría en el lago del otro lado, se rompería el cuello o se ahogaría.

Él clavó las botas en los costados de su caballo, obligándolo a actuar. Momentos después, Godric le pisaba los talones, a solo seis metros de distancia, con su caballo negro castrado, el más rápido de los establos. Casi cerró los ojos cuando el caballo de Emily alcanzó la pared.

Con un elegante arco, ella la superó y, unos segundos después, él también.

Emily controló su caballo mejor de lo que él esperaba. El animal había aterrizado con un equilibrio perfecto. Ella había sacudido su montura hacia un lado, librándose por poco de un final desastroso en los bajos del lago.

Godric no tuvo tanta suerte. Su caballo entró en pánico cuando sus cascos aterrizaron en la suave hierba fangosa de la orilla del lago y se negó a continuar, enviándolo de cabeza al agua.

EMILY FRENÓ SU CABALLO CUANDO ESCUCHÓ OTRO GRITO, ESTA vez de miedo. Se giró justo a tiempo para ver cómo Godric superaba la valla y salía disparado de su caballo. Su cuerpo golpeó la superficie del lago con un fuerte chapoteo y se hundió hasta perderse de vista. Contuvo la respiración, esperando que emergiera. En cualquier momento saldría farfullando y humillado.

Pero no lo hizo.

Un sentimiento de miedo la recorrió, susurrándole su culpabilidad por dejar morir a un hombre como él. No podía morir por su imprudente plan, no podía. Empezaba a entender a Godric, aunque fuera solamente un poco, y no quería que su muerte pesara sobre su conciencia.

Emily lanzó una mirada de pánico en dirección a Blackbriar, maldijo en voz baja y regresó al lago. Se negó a pensar en el motivo: no le debía nada a Godric.

Saltó de la silla de montar y se zambulló en el punto más cercano al lugar de su aterrizaje. El lago era poco profundo cerca de la orilla, pero turbio. Apenas pudo distinguir los contornos de la camisa blanca de Godric. Le rodeó el pecho con los brazos y movió fuertemente las piernas, impulsándolos hacia la superficie. Él se desplomó pesadamente contra ella, inconsciente, pero ella siguió nadando. Nunca se sintió más agradecida por ser una fuerte nadadora. Cuando llegó a la orilla, tragaba aire mientras arañaba el suelo fangoso con Godric a su lado. Su traje de montar la hundía como si estuviera arrastrando una roca además del cuerpo de Godric hasta la orilla.

Lo hizo rodar sobre su espalda y apoyó la cabeza en su pecho. Él no respiraba.

—Oh, Dios, por favor, no estés muerto —la sangre rugía en sus oídos. Apenas podía pensar mientras el pánico la invadía. Debía concentrarse.

Podía intentar una cosa. Había visto a un sirviente hacerlo una vez, a un niño que se había caído en un estanque.

Levantando la barbilla de Godric, le pellizcó la nariz con una mano y le cogió la barbilla con la otra. Su boca cubrió la de él mientras le inyectaba aire, rezando para que lo reviviera. Se apartó, esperó un segundo y volvió a intentarlo una y otra vez. A la cuarta vez, él se sacudió y ella casi lloró de alivio. Estaba vivo.

Una mano sujetó su pelo mojado y la sostuvo, manteniendo sus labios unidos. El otro brazo de Godric cogió su cintura y la arrastró sobre él. La besó profundamente antes de girar para inmovilizarla debajo de su cuerpo.

Emily cerró los puños y golpeó su pecho mientras sus labios, firmes pero suaves, exploraban los suyos. El sabor de Godric bloqueó toda conciencia más allá de la suavidad de sus labios. Era ardiente, pero estaba matizado por una seducción que ella no había esperado.

Un momento de lucidez la despertó. Intentó dar una patada para liberar las piernas, y Godric se apartó un instante, jadeando.

—Tranquila, querida. Solo quiero darle las gracias a mi salvadora —Godric abandonó las palabras y la besó despiadadamente. Ella no podía permitirle hacer esto. Él no podía... no podía... Emily jadeó contra su boca cuando la mano de Godric se apoderó de la parte inferior de su rodilla derecha y acarició la piel desnuda de su muslo mientras empujaba sus caderas más profundamente en el interior de las suyas. Unas descargas de dolor placentero subieron por sus piernas. Debían detenerse, pero ella se encontró deseando experimentar las sensaciones que sus labios y sus manos estaban creando.

Olas de calor recorrieron su cuerpo con una fuerza aterradora. Su cuerpo se estremeció mientras la confusión luchaba contra el deseo. Tal vez no le gustaba el hombre, pero sus besos y sus caricias estaban empezando a tener un efecto totalmente sensual en ella. Al darse cuenta de ello, emitió un pequeño gemido y un gruñido de deseo como reacción al hombre sobre ella.

El mundo desapareció, excepto por la avalancha de sangre en sus oídos y las respiraciones jadeantes. Dentro. Fuera. Dentro. Fuera. La aterrorizaba la sinfonía de suspiros y jadeos que danzaban entre cada respiración en un vals interminable. Existía la tentación de dejarse llevar, de abandonarse a sí misma y seguir los pasos de Eva. Era una prueba; un intenso error y estaría perdida para siempre.

EL PECHO DE GODRIC SE ESTREMECIÓ CON UNA RISA silenciosa mientras bebía su dulce sabor —la inocencia—, como un buen brandy adictivo y embriagador. El gozo hizo que su sangre hirviera y que su corazón se calentara. Ella había vuelto por él, lo había rescatado.

Las manos de Emily cogieron sus bíceps y sus dedos se clavaron en él a medida que la besaba. Cuando levantó la cabeza para mirarla, ella estaba jadeando y sus caderas se frotaban instintivamente contra las suyas.

Le fascinaba el delicado rubor de sus mejillas y la nariz ligeramente respingada que creaba un encanto travieso.

Sin embargo, sintió que ella le temía un poco.

Emily nunca había estado con un hombre, nunca había sido besada hasta que él la capturó. Una mujer más experimentada habría sabido qué hacer. Él disfrutó de la pequeña instrucción que le había dado. La tentación que ella suponía era demasiado para resistirla. Subió una mano para acariciar su mejilla y el pulgar acarició la línea de su mandíbula. El deseo puro se agitaba en los estanques violetas de sus ojos, y una pizca de frustración añadía un brillo que lo hizo sonreír. A ella no le gustaba saber que estaba disfrutando sus besos en él.

Su reacción le parecía fascinante. Otras mujeres lo miraban con ojos soñolientos y le devolvían los besos con tranquilidad o, en el caso de Evangeline, eran mordidas. Los ojos de Emily eran brillantes y estaban llenos de asombro teñido de ira. Había un ansia en sus labios, una búsqueda en sus manos mientras le acariciaba los hombros. Era como si estuviera decidida a disfrutar, incluso si Godric no le agradaba. Le gustaba el espíritu rebelde de Emily. Estaba consiguiendo lo que quería de él. Si le exigía que se detuviera, él lo haría, aunque eso lo matara. Pero hasta entonces le robaría todos los besos posibles.

Godric quería pasar días con ella, explorar sus suaves curvas y encontrar nuevos puntos sensibles para las cosquillas. Quería postrarse y adorar el altar de su sensual inocencia. Ella era la criatura salvaje y lasciva que él había buscado por años. Por fin la había encontrado y la tendría debajo de él, encima de él, contra la pared, inclinada sobre la cama... Oh, cuántas posibilidades.

No sabía que una mujer podía saber así, sentir así. Se sentía como un maldito villano por haber fingido su ahogamiento, pero había querido ver si ella regresaba. Sus amigos podrían haberla encontrado en Blackbriar con bastante facilidad; si él la hubiera buscado, ninguno de los comerciantes le habría ocultado su presencia.

Pero Emily había vuelto. En el momento en que lo sacó del lago, él quiso besarla más de lo que nunca había querido besar a otra mujer. Justo allí en la orilla del barro mojado y frío. Él la calentaría con su pasión y su gratitud. La piel húmeda de su muslo era suave. Los músculos allí se tensaban contra él mientras ella contraía la pierna. Tenía las piernas de un jinete. Dios, cómo quería que esas piernas lo envolvieran de la misma manera.

Pronto. Se prometió a sí mismo que la reclamaría mil veces, en todas las formas; que la montaría hasta que no pudiera caminar; que la dejaría suplicando por más.

Su tacto, su sabor, ocupaban toda la atención de Godric. El ritmo de sus respiraciones y la sensación de sus curvas lo envolvieron y, entonces, a través de la confusión de su propio deseo, Godric oyó el lejano grito preocupado de Cedric.

Necesitó toda su fuerza de voluntad para soltar a Emily. Ella lo miró con ojos llorosos por el deseo, seguramente aturdida por el asalto a sus sentidos. Parpadeó lentamente, como si aún estuviera perdida en la estela de un sueño que se desvanecía. Sus pestañas eran largas y se curvaban ligeramente en los extremos, enmarcando perfectamente los ojos más expresivos que él había visto en su vida.

Durante años solo había mirado los ojos de una mujer para ver si lo invitaban a su cama y para saber si la estaba complaciendo. Pero esta mujer que estaba debajo de él era diferente. Sus ojos tenían una invitación diferente: entrar en su corazón y quedarse.

Como el gancho de un boxeador, Godric se estremeció ante la dolorosa verdad. Los hombres como él no sentaban cabeza, no se preocupaban por las mujeres más allá de los placeres de la cama.

Estaba perjudicando a esta joven, arruinando su cuerpo y su futuro. Emily había esperado que se casara con ella en el futuro, pero él no podía. El matrimonio era para los tontos que creían en el amor. Incluso había salvado a sus amigos de la locura del matrimonio y ahora todos disfrutaban de la soltería. Los miembros de la sociedad se casaban para obtener beneficios políticos o económicos. Así eran estas cosas. Pero él se negaba a atarse a una mujer para siempre, a menos que se preocupara por ella. Era un tonto insensible con un corazón de piedra que evitaba el amor. Sabía que eso lo debilitaba.

La valentía y el ingenio de Emily eran admirables, pero ella merecía un hombre que fuera un marido digno. Él no podía darle nada más que su cuerpo.

El extraño impulso de justificar su comportamiento le hizo buscar con dificultad una excusa.

—Como he dicho, me has salvado la vida, Emily. Simplemente quería mostrarte mi agradecimiento —dijo, con cierta disculpa, mientras la levantaba para ponerla de pie.

Ella se balanceó ligeramente y Godric extendió un brazo para atraparla por la cintura. Intentó no mirar los exuberantes pechos que sobresalían contra la fina tela húmeda, ni sus caderas, ampliamente mostradas por el traje de montar mojado y ceñido a su cuerpo. Cedric se acercó a la pared, mirándolos a ambos con expresión de sorpresa.

—¿Qué ha pasado, Godric? He oído gritos y luego te he visto salir disparado —los ojos de su amigo se desviaron hacia el cuerpo de Emily y se calentaron en una expresión que Godric reconoció demasiado bien.

—Cedric, ¿podrías prestarle a Emily tu abrigo? —el tono de Godric interrumpió las miradas impropias de Cedric. El hombre se desprendió del abrigo y lo arrojó por encima de la pared, donde Godric lo cogió y lo envolvió sobre los hombros de Emily.

—Espera aquí. Yo cogeré nuestros caballos y los haré saltar de nuevo —ordenó Godric. Sabía, por la mirada de sus ojos, que ella obedecería.

Cedric recogió la longitud del muro para ayudar a Godric y, cuando los dos se quedaron solos, exigió saber qué había pasado.

—Ella me distrajo cuando salió disparada hacia la pared. No creí que fuera a lograrlo, pero lo hizo, por Dios, lo hizo, y mejor que yo. El maldito caballo me tiró al agua.

—¿Están bien? Os perdí de vista a los dos.

—Yo estaba bien. Pobre Emily. Pensó que me había ahogado e intentó revivirme con esos dulces labios suyos —Godric se rio suavemente.

—¿No le vas a decir que eres un excelente nadador?

—El agua era poco profunda y ella pensó que yo estaba inconsciente. Además, prefiero que crea que me ha salvado. Si no, lo que le hice después hará que me abofetee.

—¡Oh, Godric, dime que no lo hiciste! Esa pobre chica. No volverá a salvar tu inútil pellejo. Dime que no lo has llevado demasiado lejos.

—Unos cuantos besos inofensivos... Quizá unas caricias no tan inofensivas —admitió. Pero no se arrepentía. Nunca podría arrepentirse de cada beso, de cada segundo en que el toque de Emily despertó el fantasma del hombre que solía ser.

Solía atesorar los besos y contabilizarlos como un joven, esperando con ansias volver a ver a la mujer que le había inspirado semejantes nociones románticas. Su primer amor, la hija de un molinero de Blackbriar, Annabelle, le había enseñado a saborear los besos. Ella lo había seducido e introducido en el mundo de los placeres sensuales, pero lo había hecho lentamente. Fue una caza y desafío perfectos. Desde entonces, toda acción precipitada no había valido la pena.

Quería eso con Emily. Una caza paciente, constante. Cada beso que recibiera de sus labios dispuestos sería una dulce victoria. Ahora, el amor parecía estar a escasos pasos de él, en lugar de estar encerrado en su interior como siempre había creído.

EMILY SE APOYÓ EN EL MURO DE PIEDRA, TEMBLANDO mientras la ligera brisa enfriaba su piel húmeda.

También temblaba por otros motivos. Cuando Godric había puesto sus manos sobre ella, su boca sobre la suya, su cuerpo sobre el suyo, ella se había perdido. Durante unos breves instantes, había olvidado su enfado y su preocupación por rescatar su propia vida cayéndose a pedazos.

El abrazo y beso de Godric eran algo más que el tierno afecto que había presenciado entre sus padres. No, esto era una hoguera, un fuego que la atraía para quemarla hasta las cenizas. Cuando la besaba, eran hombre y mujer, no Lord y Lady.

Este peligroso juego de huida y persecución había despertado sus instintos más primarios de supervivencia. Si Cedric no hubiera aparecido, Godric podría haberla reclamado allí en el dique herboso. Ese pensamiento la hizo sonrojarse.

Los hombres volvieron con los caballos y ella enmascaró sus emociones con la expresión de inocencia que había perfeccionado durante su vida con su tío.

El pensamiento la detuvo en seco.

¿Qué había hecho su tío al descubrir su desaparición? ¿Había agradecido al cielo o había corrido al cuerpo de policía presa del pánico? Emily no podía imaginarse ninguna de las dos opciones.

Las comisuras de los ojos le ardían a causa de las lágrimas. No quería admitir todo el sufrimiento que había padecido durante el último año, pero así fue, ya que la vida con un tío desinteresado dolía terriblemente. Nadie merecía vivir con una familia que no mostraba amor o interés.

Emily se apresuró a deshacerse de sus lágrimas cuando los hombres se acercaron al lado opuesto del muro. Godric le tendió ambas manos y ella las estrechó, sorprendida por la facilidad con la que él elevó por encima del muro hasta su regazo.

—Espera, déjame coger mi... —ella intentó alcanzar su caballo, pero el agarre de Godric se tensó alrededor de su cintura.

—Si crees que te voy a dejar volver a montar sola cualquier caballo después de tu pequeña aventura, te equivocas.

—Pero...

El férreo agarre de Godric la mantenía firmemente en su regazo mientras él impulsaba a su caballo hacia adelante.

—Creo que es hora de que establezcamos algunas reglas básicas para tus futuros intentos de fuga. Todo lo que intentes y falles te será quitado como privilegio, ergo, no más paseos a caballo y nada de huidas al anochecer. Demasiado peligroso para ti —su tono condescendiente la hizo sentir como una niña maleducada. *¿Por qué no dejé que se ahogara?*

—Godric —ella se retorció irritada contra su pecho mientras se dirigían a la casa señorial—. Caminaré si es necesario, gracias. No hay necesidad de esto —la mano que la sujetaba por la cintura descendió hasta pellizcarle bruscamente el trasero. Ella se paralizó con los ojos en llamas.

—¡Ay!

—Casi me rompes el maldito cuello y casi me ahogo.

—*Tú* no debiste perseguirme —contraatacó Emily.

—Si quiero azotarte sin parar hasta el próximo domingo, lo haré, y ningún hombre de aquí levantará una mano para salvarte —gruñó Godric.

Emily se entregó al silencio después de eso. Nunca fue propensa a hacer mohines ni a enfadarse, pero hoy era un día ideal para empezar.

Siguió haciendo mohines al estilo de la realeza hasta que los caballos llegaron a las escaleras de la casa señorial. Godric parecía ajeno al oscuro ceño que ella le dirigía. Se limitó a bajarla del caballo y a echársela al hombro como si fuera un saco de granos. Ahogó una carcajada ante su chillido de sorpresa.

El resto del salvaje trato de Godric lo tomó con un silencio regio, incluso cuando las risas y las burlas de los demás amenazaban con avergonzarla cien veces más.

—¿Qué diantres ha pasado, Godric? Los dos estáis mojados —sonó la voz de Lucien.

—Emily hizo otro intento de huir.

Lucien frunció el ceño y sacó un soberano del bolsillo, entregándoselo a Charles.

—Bien jugado, señorita Parr, es más fácil apostar por usted que por las carreras —Charles se inclinó mientras se embolsaba la moneda—. Si pudiera organizar otra huida después de la cena, le estaría muy agradecido.

Emily abrió la boca para responder, pero Godric le dio dos palmadas en el trasero. Su mano se aferró unos instantes. Ella lanzó una patada, pero no consiguió apartar la mano ofensiva.

—Ella no te va a complacer, no después de que casi me ahoga.

—Oh, déjame adivinar: ¿ella intentó nadar hasta Francia? —una especulación engreída sazonó la voz de Charles.

—No le des ideas, Charles —Godric siguió caminando. Los pasos de los demás se unieron a los suyos.

Emily estaba cansada de ver el desfile de botas al revés. Apoyó las manos en la espalda de Godric e intentó empujarse un poco hacia arriba. Ashton y Charles se pavoneaban directamente detrás de ella, ambos sonriendo. Los ojos de Charles se detuvieron en la ropa mojada alrededor de sus pechos y se rio de la mirada feroz que ella le digirió.

—Dinos, Emily. ¿Cuál fue tu plan esta vez?

El súbito deseo de golpear al conde de pelo dorado en la mandíbula se encendió en su interior. Así que lo hizo. Balanceó ligeramente su puño y Charles lo esquivó fácilmente, seguido de más risas a expensas de ella.

—No la irrites. La querida chica fue lo suficientemente

valiente como para saltar la maldita pared —habló Cedric por delante de Godric.

—¡Estás bromeando! La última vez que intenté ese salto, caí al lago —el tono de Charles se suavizó con admiración. Emily se negó a permitir que eso la persuadiera. Se vengaría del conde por sus miradas lascivas.

—Eso es exactamente lo que me pasó a mí, pero no a nuestra querida Emily. Oh no, únicamente se molestó en volver y salvarme cuando me caí y casi me ahogué.

—Pero tú eres un bue... —comenzó Charles antes de que alguien le pisara el pie y gritara de dolor.

¿Qué? La curiosidad se abrió paso a través del ánimo de Emily. Si tenía que arriesgarse a adivinar, diría que Charles había estado a punto de decir que Godric era un buen nadador. Si eso era cierto... Cerró el puño y golpeó el trasero de Godric. Él la recompensó con un estremecimiento y luego golpeó su propio trasero en respuesta. Emily quería azotar las cabezas de todos al mismo tiempo. Su orgullo herido casi paralizó su capacidad de gestionar y ocultar sus emociones. No le gustaba que los demás se rieran de ella, no cuando se encontraba luchando por su libertad.

Ashton le sonrió.

—Emily, te felicito por tu valor. Si no fuera por mi lealtad a Godric, te desearía suerte en tus futuros intentos de fuga. Que sean tan astutos como los anteriores.

No había ningún indicio de burla en su tono, más bien, una amabilidad bondadosa emanaba de sus palabras. *No importa. Él es uno de ellos. No se puede confiar en ninguno de ellos.*

—Y por el bien de mi riqueza, tal vez podría ser antes de la cena en lugar de después —añadió Lucien, como si estuviera corroborando el punto de Emily.

Godric se dirigió a una de las muchas habitaciones de la planta baja y la deslizó desde su hombro hasta un gran sillón. Ella se aferró al abrigo de Cedric para proteger su cuerpo húmedo de todas las miradas masculinas. La intimidaba tenerlos a todos rodeando su silla, mirándola desde sus formidables alturas. Se hundió un par de centímetros, luego metió las rodillas debajo de la barbilla y apartó el rostro. Su ropa mojada hacía que se sintiera pegajosa e incómoda.

—No te enfades, Emily —Ashton le apartó el pelo húmedo de la cara—. Eres demasiado bella para eso.

La humillación la atravesó, destrozando su confianza. ¿Qué creía que habría conseguido al escapar? Volver a Londres ahora no habría arreglado nada. Solo la desesperación por hacer algo, cualquier cosa para recuperar el control de su situación, la impulsó a hacerlo.

Se reclinó contra el respaldo de la silla, mirando a Godric. Él le había prometido que estaría a salvo. Pero confiar en él era difícil cuando se limitaba a permanecer allí parado, observándola con ojos entrecerrados que parecían transformarse en un tono diferente de verde cada vez que su estado de ánimo cambiaba. A regañadientes, admitió que ese pequeño hecho de él la intrigaba.

—Te advertimos que estas escapadas eran inútiles. No te enfades con nosotros porque se ha demostrado que teníamos razón —Godric giró su silla para que ella mirara hacia la chimenea. Los demás lo dejaron a solas con ella mientras ocupaban una mesa en el lado opuesto de la habitación.

—Me *había* escapado. Me engañaste para que volviera —Emily lo fulminó con la mirada.

—Ya está. Ahora, caliéntate. Avisaré a la señora Downing que necesitarás una muda de ropa nueva —se acercó al respaldo de su silla y le frotó los brazos de arriba abajo, calentándola un poco. Esa caricia fue diferente a las otras. No suponía una ráfaga de deseo, ni la enfureció ni la asustó. Simplemente le ofreció calor y seguridad con un solo toque discreto.

Era el tipo de acto que realizaría un buen marido, entregarse a sí mismo hasta que su mujer estuviera bien atendida. Emily cerró los ojos, incapaz de luchar contra la fantasía de casarse con Godric. Sin embargo, cuando alcanzó ese caleidoscopio de luz que se manifestaba en su mente, la realidad lo destrozó. Casarse con él sería un desastre. Era ardiente un minuto y frío al siguiente. Sus cambios de humor le daban dolor de cabeza. Además, era demasiado arrogante. No podía casarse con un hombre que se considerara a sí mismo tan importante; no era una irritación fácil de soportar.

Emily se relajó y se hundió más en la silla, intentando controlar sus escalofríos. El tintineo de los cristales y el chapoteo de un líquido llamaron su atención. Godric estaba de espaldas a ella mientras preparaba un trago. Agotada, Emily opuso poca resistencia cuando él regresó junto a ella y le acercó el vaso a los labios.

—Bebe esto.

—¿Qué es? —musitó ella alrededor del borde del vaso.

—Solo un poco de brandy. Te calentará por dentro.

Emily lo miró a través de sus oscuras pestañas, buscando cualquier señal de que quisiera hacerle daño. Pero no pudo navegar por las profundidades insondables de sus ojos.

—Vamos, cariño. Bébelo por mí —la animó mientras se inclinaba sobre su silla. Sus nudillos le acariciaron la mejilla, apartando un mechón de pelo húmedo.

Emily bebió y escupió horrorizada por el repentino ardor en su garganta. Terminó el resto con un jadeo. Godric le dio unas ligeras palmaditas en la espalda mientras ella se ahogaba al toser.

—Cielos, ¿a esto sabe el brandy? —nunca lo había probado y le parecía demasiado amargo. Tuvo una arcada y arrugó la nariz cuando pensó, de forma adormilada, que tenía un saborcillo demasiado familiar.

—Buena chica —se inclinó y le rozó la frente con los labios.

Emily suspiró pesadamente. El letargo recorrió sus extremidades mientras Godric se unía a los demás hombres en la mesa. Lucien hablaba de sus diversos amigos en Londres. El calor del fuego y el abrigo de Cedric a su alrededor la relajaron. Sus párpados temblaron y luego cayeron. Esperaba no soñar con Godric, pero supo que lo haría cuando unos suaves labios rozaron nuevamente su frente. Entonces, el sueño la reclamó.

❧ 4 ❧

Capítulo Cinco

Una momentánea punzada de culpabilidad se había desatado en Godric cuando vertió láudano en el brandy de Emily. Quería confiar en ella, devolverle la libertad, pero ella huiría. No podía dejarla ir, no hasta que su venganza se completara. Incluso entonces, Godric no estaba listo para liberar a su fascinante y pequeña cautiva. Le divertía verla descubrir su propia sensualidad, aunque sabía que esto no le daba una imagen angelical. Debía persuadir a Emily para que lo aceptara, no forzarla, y nada de eso tenía que ver con su venganza contra Albert Parr.

Una vez que ella sucumbió al sueño, él llamó al otro lado de la habitación donde sus amigos estaban reunidos.

—Ash, ¿podrías ayudarme?

—¿Qué necesitas? —Ashton se levantó de la mesa y se acercó.

Godric tocó la mejilla de la mujer. Su piel era de bebé.

—¿Emily?

Ella no se agitó.

Ashton levantó una ceja.

—¿Le has dado algo?

—Un poco de láudano en su brandy. Por favor, busca a la señora Downing y haz que traiga una muda limpia para Emily, y mi bata y zapatillas de casa.

Ashton se marchó y no tardó en regresar con la señora Downing, quien cargaba con la gran bata de noche de terciopelo rojo de Godric y las cálidas zapatillas de casa. La anciana ama de llaves era más bien una vieja y querida niñera para él, y su aguda mirada de desaprobación siempre lo hacía sentir como un joven mal portado. Aun así, no dijo nada mientras le entregaba la ropa limpia.

—Gracias, señora Downing —Godric cogió las prendas y él y el ama de llaves se pusieron a trabajar.

Levantó a Emily del asiento mientras la señora Downing le quitaba la ropa mojada.

El corazón de Godric se paralizó ante las hermosas curvas esculpidas de Emily. Al instante se endureció ante la idea de lamer cada centímetro de ella, mordisquear sus caderas y acariciar con la nariz sus cremosos senos; explorar las pendientes y las curvas de sus exuberantes...

Un fuerte carraspeo y el ceño fruncido de la señora Downing interrumpieron la fantasía de Godric. Recuperándose, deslizó una camisola sobre ella y le metió los brazos por las mangas antes de cubrirla con su propia bata de terciopelo. El ama de llaves le quitó a Emily las botas de montar llenas de barro y le metió los pies en las zapatillas de casa de Godric, las cuales eran tan grandes como bacinicas en sus delicados pies. Al menos los mantendrían abrigados.

—¿Necesitará algo más, Su Excelencia? —preguntó la señora Downing.

—No, gracias.

Ella asintió y se marchó.

Emily no se movió hasta que Godric la envolvió con una

manta. Incluso entonces, solo suspiró y se acurrucó más en el sillón. No había esperado disfrutar tanto del secuestro de Emily. Tampoco había esperado sentirse tan atraído por ella. Su intención original había sido arruinar la posibilidad de que su tío la vendiera para saldar sus deudas. Pero ahora la seducción de Emily era infinitamente más personal. La lujuria estaba triunfando sobre la venganza, aunque ambos deseos condujeran al mismo fin.

Godric temía convertirse en un cautivo de Emily tanto como ella lo era de él. Sus compañeros ya mostraban signos; la naturaleza rebelde de la mujer les encantaba. No quería pensar en lo que pasaría si ellos decidieran que querían a Emily tanto como él.

Emily nunca podría descubrir el poder que ella misma ejercía, suficiente para destrozar la Liga de los Pícaros con su dulzura y vitalidad.

EMILY SE DESPERTÓ, SORPRENDIDA DE ENCONTRARSE DE NUEVO en su habitación vestida solamente con una camisola, una enorme bata y unas zapatillas de casa demasiado grandes. Se sobresaltó cuando una sirvienta rellenita de rizos rojos que caían de su gorro entró a toda prisa por la puerta y empezó a preparar un baño.

Pronto Emily estuvo sumergida en el agua caliente de la bañera. La criada, Libba, se mostró tímida para hablar al principio, pero Emily tenía talento para ganarse la confianza de los demás. Escuchó con emoción la descripción que hizo Emily de su secuestro.

—¡Qué romántico! —Libba suspiró, agitando las pestañas.

Emily se limitó a reír.

—¿Romántico? ¡He sido secuestrada! Fue espantoso que todos esos hombres me maltrataran como a una niña malcriada.

—Yo no me quejaría de eso, señorita. Daría mi alma por ser maltratada por ese apuesto Lord Lonsdale. Empecé a trabajar para Su Excelencia cuando solo tenía dieciséis años. Cuando vi por primera vez al conde... —Libba soltó una risita antes de cubrirse las mejillas sonrojadas—. Digamos que me habría encantado que se fijara de esa manera en mí.

—Eso lo dices ahora. Ya veremos cómo te sientes cuando cinco hombres hayan arruinado tu reputación solo porque uno de ellos deseaba vengarse por algo con lo que no tenías nada que ver —Emily salió de la bañera y se envolvió con una toalla—. ¡Es molesto!

—Su Excelencia te trata con cariño, ¿no es así?

—¿Qué quieres decir? —Emily solo podía pensar en aquel salvaje abrazo junto al lago, y en el cruel pellizco en su trasero, y en la amenaza de unos azotes. ¿Cariño? Godric era todo menos cariñoso.

Libba señaló la bata y las zapatillas de casa que Emily había dejado cerca de la cama.

—Su Excelencia te las puso mientras dormías. Son las prendas nocturnas personales de Su Excelencia —el brillante semblante de Libba transmitía una implicación adicional.

Emily se hundió en la silla de la mesa de tocador, sintiéndose de repente muy pequeña, de una manera desconocida para ella.

¿Godric la había desnudado? ¿Vio su cuerpo mientras ella estaba indefensa? ¿Acaso el maldito hombre creía que tenía algún derecho sobre ella solo porque la había besado un par de veces? Bueno, más que un par de veces, y habían sido besos sumamente intensos. Emily meditó con tristeza.

—Crees que... Él no esperaría que yo... ¡No soy una mercancía del mercado del heno!

Libba palideció ante la insinuación.

—Él nunca la forzaría, señorita. Se lo juro. Es un buen hombre.

—¿Un buen hombre secuestraría a una joven y destruiría su futuro, Libba? —ella intentó olvidar la facilidad con la que respondió a su tacto, a su beso.

La criada parloteó sobre cómo seguramente no tenía nada de

qué preocuparse y cómo las cosas saldrían bien al final, ajena a las realidades del mundo. Emily se puso uno de los nuevos vestidos que Simkins había encargado desde Londres. Se colocó un nuevo par de medias blancas entre unas enaguas frescas y una camisola, todo confeccionado en muselina costosa y menos modesta que la bata.

La sensación de tener ropa interior fresca y un nuevo vestido azul marcó la diferencia. Le devolvió la confianza de su frágil estado a uno más estable. En lugar de recogerse por completo el pelo, le indicó a Libba que lo dejara a la altura de la nuca y lo asegurara con una cinta. Sus ojos brillaron, como un par de piedras preciosas lilas, mientras se miraba con satisfacción en el espejo del tocador.

—¡Es muy bella, señorita! —Libba sonrió—. Luce el azul de maravilla, el color favorito de Su Excelencia. ¡Estará encantado!

Emily frunció el ceño. Ella no quería llevar el color favorito de Godric. Lo último que él necesitaba era ver su comportamiento como un estímulo.

Charles irrumpió en su habitación en contra de toda decencia y razón, haciendo que tanto Emily como su criada chillaran en señal de protesta.

—Ya has terminado, Em... —se detuvo y sus ojos se abrieron de par en par—. ¡Maldita sea! Lo que daría por arrastrarte a mi habitación. ¿Qué dices, Emily? ¿Te apetece un revolcón al mediodía? ¡Haré que valga la pena!

Cruzó la habitación y la cogió en sus brazos, como un loco torbellino en forma humana.

Emily recuperó la cordura por un breve momento y liberó una mano, dándole una bofetada.

—¡Suéltame!

A pesar de la mancha roja que apareció en el lado derecho de su cara, Charles siguió sonriéndole.

—Si crees que te voy a entregar a alguien más de la planta baja, te equivocas. Quiero besarte, Emily —declaró Charles—. Suelo conseguir lo que quiero.

Bajo su burla, Emily percibió competencia. *Esto es justo lo que necesito: convertirme en un trofeo para que estos chicos adultos se peleen por mí.* Por otra parte... si ella pudiera utilizar ese deseo en su beneficio, podría encontrar la forma de enemistarlos. Ahora que la realidad volvió Charles, sus mejillas se ruborizaron con una timidez infantil y sus ojos grises se hundieron en el suelo.

—Eh, Emily, ¿serás una buena chica y no le dirás a Godric que te pedí un beso?

Se tocó la barbilla, pensativa.

—Me pregunto cómo reaccionaría a eso. Parece que tiene un poco de mal genio.

Él se estremeció.

—La mayoría de las mujeres adoran, ehh... mis atenciones.

Libba parecía desfallecer junto al conde. A veces Emily se preguntaba si había alguna esperanza para su sexo.

—Como sigo intentando deciros a todos vosotros, malditos hombres, *¡no* soy como las demás mujeres! —pasó por delante de él y salió por la puerta, ignorando las risitas de Libba.

Emily se dirigió al comedor con Charles pisándole los talones. Esperaba que su amenaza disimulada de exponerlo ante Godric lo hubiera escarmentado.

Ashton y Lucien estaban parados junto a las ventanas, enfrascados en una conversación fluida. Por alguna razón, la miraron con el ceño fruncido y luego centraron su atención en Charles. Lucien abrió la boca para hablar, pero se detuvo cuando Godric y Cedric se unieron a ellos en la sala.

Godric miró a Emily y luego le lanzó a Charles una mirada que podría haber derretido cualquier piedra. Charles levantó la barbilla desafiantemente.

Ashton interrumpió esta guerra silenciosa.

—Emily, ¿puedo hacerte una pregunta bastante extraña?

Ella asintió.

—¿Por casualidad hablas griego?

Emily logró enmascarar su rostro para ocultar la verdad.

Efectivamente, dominaba ese idioma en particular, así como el latín.

—No —mintió.

Ashton se volvió hacia sus amigos y se puso a hablar griego con fluidez. Ella siguió la discusión resultante con facilidad.

—Charles, ¿qué le has hecho?

Charles miró con culpa a Godric y luego al suelo.

—Le pedí un beso. Ella me abofeteó. Juro que no volverá a ocurrir.

—Parece que estás perdiendo el toque —bromeó Lucien.

—Me dejé llevar un poco por mi honestidad, pero no hubo daño.

Godric golpeó la mesa con el puño.

—¿No hubo daño? ¡No puedes exigir esas cosas y no esperar que la afecten!

La taza de té de Emily repiqueteó con fuerza y la bebida se derramó sobre la mesa. *Hipócrita.* Le lanzó una mirada de preocupación a Godric. Pero ninguno de los demás le prestó atención.

Cedric habló en voz baja.

—Godric... No es que quiera hacer de abogado del diablo, pero tú has hecho algo más que exigir unos cuantos besos esta mañana, si no recuerdo mal.

Exactamente. El calor subió a la cara de Emily, pero no se percataron.

—¡Si la quiero, Cedric, entonces es mía! —gritó Godric—. ¡Su tío robó mi dinero, así que yo puedo robar en la misma medida!

—Pero Emily no te robó el dinero —replicó bruscamente Lucien—. La has arruinado solo con traerla aquí. En realidad, no tienes que seducirla. No somos jeques árabes que la tienen como esclava para nuestros harenes.

Ashton se aclaró la garganta, silenciando la sala.

—Es evidente que todos nos hemos interesado por Emily de una manera que va más allá de captores y cautivos. Aconsejo que consideremos nuestras acciones con más cuidado e intentemos pensar con la parte superior del cuerpo, no con la inferior. Si es posible —le lanzó una mirada a Charles—. Es hora de que acatemos la Regla 4 de nuestro código. Si algún hombre de aquí desea tener a Emily, debe convencerla de que lo acepte. Una vez reclamada, ningún otro podrá intentarlo. No habrá más besos robados a la fuerza, ni siquiera los tuyos, Godric. Me estoy poniendo firme.

Su orden hizo que Emily se preguntara si realmente él era el líder secreto del grupo. Tal vez el linaje no afectaba directamente a la política interna de la Liga.

—Pero, Ash —protestó Charles—, no puedes esperar que no la toquemos. Es muy...

—¿Irresistible? —dijo Godric de forma pesimista—. ¿Quién demonios tiene el control, tú o tus entrañas?

—Sí, ella nos ha encantado a todos, pero si ella lo supiera, podría usarlo contra nosotros. Así que vuelvo a decir: si algún hombre la quiere, tendrá que seducirla adecuadamente. Si ella se resiste a los avances de ese hombre, él tiene el deber de dejar de cortejarla.

—Y cualquier otra discusión sobre el asunto —añadió Lucien —, se llevará a cabo en griego.

—Disculpen, caballeros —dijo Emily en español, atrayendo todas las miradas hacia ella—. ¿Está todo bien? Tengo la impresión de haber causado algún problema —la tensión en la sala se relajó un poco.

—En absoluto, Emily —respondió Lucien—. Simplemente le decíamos a Charles que no podía repetir sus acciones... a menos que tú lo desees, por supuesto.

Charles sonrió.

—Yo... —su rostro se calentó y se apartó avergonzada—. No estoy segura de lo que deseo. Nunca me habían prestado tanta atención hasta que me trajeron aquí. Lo encuentro todo abrumador —las miradas de culpabilidad en sus rostros demostraron que le estaban creyendo. *Excelente.* Después de todo, tenía una oportunidad de escapar. Nunca se había dado cuenta de lo persuasivas que podían ser las artimañas femeninas hasta que tuvo a esos cinco hombres luchando por descifrarla y cortejarla. *Tontos.*

—Entonces debo disculparme por mi conducta atrevida, Emily —Charles inclinó la cabeza respetuosamente.

—Disculpa aceptada.

Permitió que Godric y Charles le sirvieran un almuerzo tardío a cada lado de ella, fingiendo ignorar que hasta eso se había convertido en una competición. Qué curioso era que, dos días atrás, ni siquiera hubiera imaginado que tendría a cinco lores pícaros comiendo de la palma de su mano. Emily sonrió mientras comía y observaba.

ELLA ME PERTENECE. LA TENDRÉ.

Thomas Blankenship subió los escalones de su casa, furioso. Sabía lo que ese tonto de Parr estaba tramando. *Quiere ponerme en contra de Essex en una guerra de ofertas secretas. Bueno, no voy a jugar ese juego. Ella es mía.*

Golpeó su puño en la puerta en vez de utilizar la aldaba.

Su mayordomo, Baltus, apareció en la puerta.

—Bienvenido, señor.

Blankenship se limitó a gruñir y a pasar por delante de él hacia el vestíbulo. Se quitó el abrigo y se lo tiró al lacayo que esperaba junto a la escalera.

—Llévame brandy a mi estudio, Baltus.

El estudio, débilmente iluminado, reflejaba el resto de la casa. Años de suciedad cubrían las ventanas y la chimenea. El polvo se extendía por los libros de las estanterías y las manchas de tinta salpicaban la desgastada alfombra bajo su escritorio. Tenía dinero más que suficiente para mantener su casa limpia y en buen estado, pero le gustaba la decadencia simbólica de su vivienda. Le recordaba a su propia vida y lo impulsaba a luchar con más fuerza para reclamar lo que deseaba. Emily Parr.

Blankenship se tiró en su silla y cerró los ojos. Su ira era una criatura viva que respiraba y que se había metido en lo más profundo de su pecho. Sus garras ensangrentadas le arañaban las entrañas y sus brillantes ojos negros estaban clavados en su alma. Desafió a la bestia, inmovilizándola en el oscuro lugar de su cabeza. Él todavía tenía el control, por un tiempo.

El mayordomo entró con un decantador de coñac y sirvió una copa, dejándola sobre la encimera.

—¿Necesitará algo más? —Baltus respiró con dificultad.

—No.

Blankenship rodeó el cristal, cerró el puño y agitó el contenido ambarino. El intenso color era como el del pelo de Emily. Sus pensamientos volvieron a la chica. Tenía que poseerla. Su madre había escapado de sus garras, pero Emily no lo haría.

A finales de sus treinta, hacía diecinueve años, todavía recorría los círculos sociales en busca de una novia. Las flores simpáticas y delicadas de la *alta* no le habían impresionado hasta que conoció a Clara.

Clara Belarmy. Ocurrente, inteligente y un verdadero diamante de alta calidad. Con el pelo dorado rojizo y ojos del color de suculentas ciruelas. Era auténtica.

Él la había amado, como cualquier otro hombre. Gastó una fortuna en ramos de flores, bailó muchas de esas espantosas cuadrillas con ella. Sin embargo, nunca se fijó en él. Siempre se escabullía en medio de los bailes para estar con ese joven tonto e idealista, Robert Parr.

Sin embargo, Blankenship había mantenido la esperanza de que ella lo considerara como marido, dada su riqueza. Se había presentado en la puerta de su casa con el anillo de su madre arreglado para ella. Clara no había estado disponible para recibir visitas y el mayordomo lo rechazó. Al pasar por la ventana que daba a la calle, vislumbró a Clara metida en los brazos de Robert, besándolo con desenfreno.

Sabía qué clase de mujer entregaba sus encantos al primer hombre dispuesto. Una ramera.

Después de eso, abandonó por completo los salones de baile

de Londres. Se centró en sus negocios y perjudicó cualquier inversión que Robert Parr realizara, obligando a la joven pareja casada a trasladarse al campo, donde los gastos de manutención no eran tan elevados.

Pero no fue suficiente. Necesitaba herir a Clara tanto como ella lo había herido a él.

La noticia de su muerte y la de Robert lo dejó frío por dentro. Apretó los dientes al recordarlo. Sin el fuego del odio para alimentarlo, había guardado una pistola cargada en su estudio, lista para llenarse la boca.

Entonces supo de Emily.

No sabía cómo Clara había mantenido a la chica en secreto. Pero, una vez que se enteró de que la chica se había mudado con su tío, tuvo que verla.

Empezó a visitar a Albert en su club, convenciéndole de que aceptara préstamos para oportunidades de inversión. Era muy fácil convencerlo para que invirtiera con él, y aún más fácil ver cómo esos planes fracasaban estrepitosamente. Parr se vio obligado a ofrecer a Emily como posible novia para saldar sus deudas. En cuestión de días, aseguró una invitación a la residencia de Parr.

Por fin, Blankenship la vio, sentada en una mesa de la pequeña biblioteca con el pelo suelto colgando sobre sus hombros en ondas desenfrenadas del color de la luz del sol del atardecer. Tenía todo el aspecto de un criatura lasciva que él anhelaba tener bajo su cama.

Por un segundo, el deseo juvenil de Blankenship se encendió, como una estrella lejana, antes de que la noche cayera pesada en su endurecido corazón.

Era igual que su madre. Una provocadora.

Las mujeres como ella debían arrodillarse.

En su estudio, los labios de Blankenship se perfilaron en una sonrisa perezosa. Pronto sería suya. Emily llevaría los vestidos más bonitos, las joyas más caras. La *alta* sabría que él era su amo y, con ella a su lado, pondría a esos aristócratas en su lugar.

Cada noche, arrancaría la ropa del cuerpo de Emily, la inclinaría sobre la superficie dura más cercana y la penetraría hasta que pidiera clemencia. La dejaría conservar un espíritu ardiente, solo para mantener las cosas interesantes. Castigar su rebeldía sería intensamente excitante. Tener a Emily bajo su control aliviaría el dolor de haber perdido a su madre. Era justo.

Se palpó su dolorosa excitación, gimiendo ante la idea de hundir las manos en el pelo de Emily para forzarla a penetrar su boca. Su cuerpo sería un refugio para sus propios deseos y compensaría los años de insatisfacción que había tenido con otras mujeres cuando todo lo que había querido era a Clara. Si fingía lo suficiente, Emily sería Clara, Clara sería Emily, serían una misma y su apetito por el placer y por Clara quedaría saciado.

Las imágenes de Clara seguían atormentando sus ojos cerrados. No siempre había deseado herir, castigar. Si Clara hubiera sido suya, habría sido amable, habría cuidado de ella. Pero lo había rechazado para casarse con aquel joven, sepultando todos los sueños de Blankenship.

Emily era el precio de la venganza por sus sueños rotos. Ella pagaría por la traición de su madre. Ella daría a luz a sus mocosos, aseguraría su linaje y se congraciaría con la *alta* para que él pudiera llenarse los bolsillos con sus riquezas.

Dio un sorbo a su copa de brandy y se reclinó en su silla.

EL ALMUERZO FUE UN ASUNTO MUCHO MÁS TRANQUILO QUE EL desayuno.

El deseo de Charles de besarla había puesto el tema sobre la mesa y los caballeros aún estaban asimilando el peligro que ella representaba para ellos. Mientras Emily estaba contemplando esta divertida clase de karma, una mano se posó sobre su rodilla bajo la cubierta de la mesa. Era pesada y posesiva mientras estrujaba. Entonces, ascendió por su muslo, tirando suavemente de su vestido.

Un creciente rubor en su rostro imitó el calor que surgía entre sus piernas.

Su mirada baja se desvió en dirección a Godric, cuya mano derecha estaba visiblemente ausente de la mesa.

—¿Estás bien, Emily? —preguntó Lucien—. Pareces un poco ruborizada.

Emily apartó su plato de sopa.

—Creo que la sopa me ha sobrecalentado —intentó no mirar a Godric.

La mano, la cual se había detenido mientras le respondía a Lucien, comenzó a moverse de un lado a otro a lo largo de su muslo. Los dedos se clavaron en la tela arrugada de su vestido, buscando piel descubierta. La sensación era tan intensa que apenas podía sostener su taza de té sin temblar. No se atrevió a intentar quitarle la mano.

Su único pensamiento era el cuerpo de Godric sobre el suyo, y su boca sobre la suya, besándose entre una dulce agonía como él lo había hecho en el lago aquella mañana. ¿Ella se libraría alguna vez de esos recuerdos? ¿Quería hacerlo?

En cuanto el almuerzo terminó, Emily saltó de su asiento. Todos los hombres la miraron con preocupación.

—¡Perdón! —corrió a su habitación. Era el único lugar en el que se sentía lo suficientemente segura para esconderse mientras luchaba contra el inoportuno deseo que sentía por su captor.

Se subió a la enorme cama y se acurrucó de lado cerca de la cabecera, apretando una almohada contra su pecho. El calor se había extendido a todo su cuerpo y necesitaba un momento a solas para recuperar el control.

Ashton apareció en la puerta, con sus anchos hombros llenando el marco.

—¿No voy a tener un momento de paz?

La habitación pareció encogerse cuando él entró. Cada movimiento que hacía era elegante, pero ella sentía que él calculaba cada acción. Se acercó a su tocador y se detuvo para dejar que un dedo recorriera la superficie de madera antes de chocar con un cepillo de plata. Levantando el cepillo, lo estudió intensamente.

Era el más educado de los pícaros, pero a pesar de toda su fuerza apenas disimulada, una debilidad brillaba en él. En sus ojos, la forma en que se suavizaron en ella cuando levantó la mirada.

Como si percibiera sus pensamientos, Ashton dejó el cepillo y se apoyó despreocupadamente en el poste de la cama a los pies de ésta. Cruzó los brazos y la miró fijamente, como un desafío silencioso, no como una amenaza.

—No voy a huir —dijo ella. *No ahora mismo.*

Una comisura de la boca de Ashton se alzó.

—Eres demasiado inteligente para eso —pero él continuó con la misma expresión. Ella suspiró con fuerza—. Me sorprende que aún no me hayas preguntado por él —dijo con aire enigmático.

—¿Preguntado por quién?

—Godric.

—Oh, debes perdonarme —su tono fue ligero, pero sarcástico—. Mi curiosidad habitual tiene una forma de decaer cuando me retienen contra mi voluntad.

Ashton ignoró el sarcasmo.

—¿Te gustaría saber sobre él?

—Sí —ella deseó no haber respondido. Lo último que necesitaba era que Ashton pensara que estaba interesada en Godric, porque si él se lo decía a Godric, ella lucharía aún más contra sus insinuaciones amorosas.

—Godric ha tenido una vida dura, a pesar de ser un duque. Su madre murió cuando él apenas tenía seis años.

—Me lo contó.

—Dudo que te lo haya contado todo —siguió una pausa, como si Ashton sintiera el dolor de Godric—. Las muertes devastaron a su padre de tal manera que se refugió en la bebida. Era un hombre duro cuando estaba sumido en sus copas.

—¿Él dañó a Godric? —Emily se giró para mirar a Ashton, y su frustración y confusión desaparecieron. La trágica vida de Godric la envolvió mientras se manifestaba.

—A menudo. Godric estaba más familiarizado con el bastón que cualquier otro joven que yo conociera en Eton. Solía reírse cuando sus profesores lo amenazaban con darle una paliza.

—Pero he visto la espalda de Godric. No tiene cicatrices.

—El castigo con vara, si se hace bien, no corta la piel sino que solo deja moretones y huesos rotos. El padre de Godric era un maestro.

Se estremeció de dolor compasivo ante las palabras de Ashton. Ella nunca había sido castigada con vara, ni siquiera azotada. Fue una niña correcta, en su mayor parte. Pero a los nueve años había presenciado la paliza de un niño vecino y sus gritos aún resonaban en sus pesadillas. No podía imaginarse al alto y musculoso duque siendo maltratado de niño. ¿Cómo había sido para él? ¿Que el único padre que le quedaba atacara con desesperación y furia ante la pérdida de la mujer que los mantenía unidos?

Emily había tenido la suerte de no conocer ese tipo de abusos. Pero descubrir que el dolor y la tortura habían marcado la infancia de Godric, era como respirar humo. Odiaba que Godric hubiera sufrido de la manera que ningún niño debería.

—¿Cómo es posible que sea amable, al menos la mayor parte del tiempo? —preguntó Emily.

—Tiene mucho de su madre, más compasión que crueldad. Podría haberse convertido en una bestia como su padre, pero, en cambio, terminó siendo un defensor de aquellos que sufren abusos. Has visto su ternura en persona.

Ella ignoró eso e intentó cambiar de tema.

—Entonces, ¿por qué secuestrarme? ¿Dónde estaba su compasión cuando todos vosotros me agarrabais y me tirabais al suelo, drogándome con ese horrible láudano? Eso fue cruel, muy cruel. ¿Por qué no simplemente confrontó a mi tío?

—No tiene ninguna prueba del crimen de tu tío, excepto la

pérdida de dinero. Según tengo entendido, le dio a tu tío autoridad para acceder a la cuenta de inversiones.

—¿Puedo preguntar bajo qué concepto se entregaron esos fondos?

Ashton le dedicó una sonrisa traviesa nacida de la diversión.

—No es nada tan horrible, como bien pudiste haber imaginado. Invirtió dinero con tu tío en una mina de plata que no existe.

—¿No puede demostrar eso? ¿Demostrar que no existe tal mina?

—Hay un terreno que en su día se explotó para obtener plata, pero ya no es rentable. Los papeles de la inversión están ligados a esa tierra. La única prueba está en la suma de dinero que Godric le pagó a tu tío y en cómo desapareció por completo.

Emily se incorporó como un rayo en la cama. La imagen de los libros de contabilidad de su tío cruzó por su mente. Ella misma había visto las cifras, el mismo crimen del que hablaba Ashton. Ahora él la observaba atentamente, con sus ojos azules buscando el significado detrás de su reacción.

—¿Por casualidad no sabrás más de esto de lo que creíamos?

El problema era que Emily no sabía si su conocimiento ayudaría a su causa o la obstaculizaría.

—Soy una mujer, Ashton. No tengo cabeza para las cifras o los negocios, pero recuerdo que mi tío alguna vez mencionó que una mina ahora era de un amigo suyo. Me sorprendió la coincidencia, eso es todo.

—A menudo he experimentado que las mujeres son excelentes para los negocios. Su sexo puede ser a menudo mucho más competitivo cuando se involucran en batallas de mercados y esquemas de dinero —había una mirada extraña en su rostro mientras decía esto. Un brillo calculador que acentuaba sus ya vibrantes ojos azules. ¿Él tenía una mujer en mente, alguien que no fuera ella?

Emily sonrió para sus adentros. *Lord Lennox, usted también tiene secretos.*

—Ashton, si Godric tuviera pruebas de la malversación de mi tío... ¿él me dejaría ir?

Antes de que Ashton respondiera, Lucien y Cedric irrumpieron en la habitación.

—¡Rápido, coged a Emily! ¡Tenemos que esconderla! —dijo Cedric, jadeando.

Emily contempló sus pechos agitados. Habían corrido para llegar aquí. ¿Algo había pasado? Si querían esconderla, entonces alguien había llegado a la finca y no querían que la vieran.

¡Tengo que encontrar a quien haya venido y pedir ayuda!

Se bajó de la cama para ir al otro lado, cerca de la ventana, intentando distanciarse de los tres hombres que se acercaban.

—¿Qué está pasando, Lucien? —preguntó Ashton.

—Un juez y otro hombre están cabalgando por el camino y llegarán a la puerta en cualquier momento. Godric cree que Parr debió avisar a las autoridades, y ahora han venido para llevarse a Emily de regreso a Londres.

—¡Por fin! —gritó ella con demasiado entusiasmo. Al fin y al cabo, había tres hombres conspirando para esconderla. Se tiró debajo de la cama justo cuando los brazos de Cedric se cerraron alrededor del aire donde ella había estado parada momentos antes. Deslizándose sobre su vientre, se metió más en la cama, rezando por estar fuera de su alcance.

Las botas bien pulidas de Lucien se pusieron delante de ella, y las de Ashton al otro lado.

Estaba rodeada.

—¡Vamos, Emily, no tenemos tiempo para esto! —gruñó Cedric mientras sus manos le rozaban los tobillos.

Emily lanzó una patada y, al hacerlo, se acercó demasiado a Lucien, quien estaba parado a un lado de la cama. Se aferró a ella y la arrastró como a un gatito por el cuello. Una nube de polvo se desató y tanto ella como Lucien estornudaron. Él estuvo a punto de dejarla caer cuando el estornudo le sacudió el cuerpo.

—¿No puedes mantenerte limpia aunque sea medio día? —Lucien la empujó hacia la cama.

Emily le dio una fuerte patada en el estómago. Él se dobló con un gemido de dolor y se sujetó el abdomen, dejándole una vía de escape. Se bajó de la cama y salió corriendo hacia la puerta. Tenía que bajar las escaleras y llegar hasta el juez. Él la salvaría de esta locura y la llevaría a Londres, y tal vez Anne podría ayudar a salvar su matrimonio con un hombre al que no le importara el escándalo.

Bajó las escaleras de dos en dos y se detuvo frente a la entrada, con el corazón subiéndole a la garganta. Oyó el estruendo sonido de unas botas detrás de ella.

Godric entró en el vestíbulo desde su estudio, pues sin duda había oído la conmoción. Sus ojos se fijaron en ella, luego en los hombres que bajaban a toda prisa por las escaleras y después en la puerta principal sin vigilancia. El rostro de Godric palideció.

—¡No! ¡Emily, no!

—¡Oh, vete al diablo! —se giró y rodeó la puerta con los brazos. La abrió de par en par para que se estrellara contra la pared, golpeando un espejo cercano. El aire fresco del campo fue un bendito alivio. Lo había conseguido. En cuanto el juez la viera, sería libre.

Dos figuras a caballo estaban cerca. Estaba segura de que una de ellas era el juez.

—¡Aquí! ¡Estoy aquí! —gritó Emily, agitando los brazos para llamar su atención. Uno de los hombres, de apariencia más gruesa, se sentó más erguido en su silla de montar y se inclinó hacia delante. Ella reconocería a ese hombre en cualquier lugar. Emily volvió a entrar corriendo y se estrelló contra el pecho de Godric—. ¡Rápido! Debo esconderme, ¡viene a por mí!

Godric la miró con rabia y confusión.

—¿Ahora quieres esconderte? Tal vez estoy demasiado ocupado empacando una valija ya que me has informado muy amablemente que me vaya al diablo.

—Deja de ser tan terco y ayúdame a esconderme o ambos estaremos en serios problemas.

Godric la rodeó y cerró la puerta principal de un golpe.

—¿Quién te persigue?

—No hay tiempo para explicarlo. ¿Puedes encontrar un lugar o no? —exigió Emily.

Señaló las escaleras.

—Por aquí.

Regresaron a la habitación de Emily, donde se les unió el resto de la Liga.

—Tenéis que esconder a Emily. Creo que la han visto. Debo ver al juez —Godric se marchó, lanzando una oscura mirada por encima del hombro. Emily tragó saliva.

—Maldita sea —musitó Ashton—. Bueno, ¿alguien tiene un plan?

—Yo sí —Lucien tiró de Emily hacia el enorme armario de su habitación.

Se encontraba a mitad de su capacidad de ropa y al fondo había mucho espacio libre. Ellos se ocultarían fácilmente.

—Entra, yo te acompaño —se metió en el fondo del armario y luego la subió a su regazo antes de que los demás cerraran la puerta para ocultarlos en la oscuridad.

Este hombre —Thomas Blankenship—, tuvo el valor de entrar en su casa armado con un representante de la corte.

Lo que Blankenship no sabía era que el señor John Seaton, el juez, conocía a Godric y a su familia desde hacía años. De hecho, el padre de Godric rechazó el puesto de magistrado cuando la Corona se lo ofreció, y recomendó a Seaton en su lugar.

Godric le pidió a Simkins que llevara a los dos hombres al salón mientras hablaba con sus amigos.

—Vosotros tres id a la habitación de Emily de inmediato y aseguraos de que cada trozo de ropa, cada media, se lleve abajo y se esconda con las criadas. No quiero ninguna prueba de su presencia. Enviadme a su criada y haced que se ponga uno de los vestidos de Emily. Si vieron a Emily, necesitaré alguna forma de explicarlo.

Ashton, Charles y Cedric asintieron y subieron las escaleras.

Godric se quedó solo, con los puños apretados a los lados. Era el momento de enfrentarse al magistrado y al tal Blankenship.

Seaton, el juez, era un anciano arrugado que poseía los rasgos refinados de un caballero de campo. Dirigió una mirada de disculpa a Godric, y éste lo tranquilizó con una inclinación de cabeza antes de dirigir su atención al otro hombre.

Thomas Blankenship era alto, pero su amplia barriga y su rostro amargado le quitaban cualquier posibilidad de una apariencia decente. Unos ojos negros como escarabajos y una afilada nariz de halcón contribuían al estado depredador del hombre, uno que inquietaba a Godric. Blankenship era mayor, tal vez de unos sesenta años, pero su sensación de poder lo dejó intranquilo.

Godric les indicó que se sentaran.

—¿Qué os trae por aquí, caballeros?

El juez se dejó caer agradecido en la silla más cercana. Blankenship, sin embargo, observó a Godric durante un largo momento, estudiándolo, antes de sentarse finalmente.

—Mis más sinceras disculpas, Su Excelencia. No deseaba molestarlo, y menos aquí...

—No es ninguna molestia, señor Seaton.

—Este hombre, el señor Blankenship, insiste en que usted tiene cautiva a una joven. Me negué a escuchar esas tonterías y dijo que vendría aquí de todos modos. Su Excelencia, no he venido aquí en calidad de funcionario, sino simplemente para asegurarle a usted que sé que sus afirmaciones son infundadas. No voy a hacer ninguna investigación o registro en esta casa.

—¿Cuál es el nombre de la dama?

—Él dice que se llama Emily Parr.

—¿Quién? —Godric enmascaró su reacción frente al rostro

de Blankenship. Allí, una sensación de posesividad había echado raíces. A Godric no le gustaba esa mirada.

¿Cuál era la relación de Blankenship con Emily?

—La señorita Emily Parr. Es la sobrina de un caballero llamado Albert Parr. Creo, si mis datos son correctos, ¿que usted y él se conocen?

—Ahh, Parr. Sí. He hecho negocios con él. Sin embargo, hace meses que no lo veo —Godric estiró las piernas, intentando parecer tranquilo y serio—. Entonces, ¿dice que está aquí por la sobrina del hombre? ¿Qué ha pasado con ella?

Blankenship se sentó en el borde de su silla. Una sombra oscura surcó su rostro.

—¡No te hagas el tonto, Essex! Sé que te la has llevado. La vimos salir por la puerta, estaba gritando y haciéndonos señas.

—¡Señor! —espetó el magistrado—. Contrólese en presencia de Su Excelencia.

—¿Por qué demonios querría llevarme a la sobrina de Parr? ¿Qué haría con ella? No necesito a una jovencita recién salida del instituto. Si deseo a una dama, ciertamente no tengo que secuestrarla.

—Te la llevaste porque crees que Parr está en deuda contigo. Vimos a la chica con nuestros propios ojos y le mostré al magistrado tu nota.

—¿Mi qué? —Godric rio suavemente, genuinamente divertido.

Con un suspiro cansado, Seaton sacó una nota de su bolsillo y se la entregó a Godric.

Escaneó la nota que había escrito y contuvo una sonrisa.

—Esta no es mi letra.

—Por supuesto que lo es —contraatacó Blankenship—. Parr la reconoció.

—Bueno, eso se soluciona fácilmente. Venid, os lo mostraré —Godric se puso de pie y se dirigió rápidamente a un escritorio en el rincón más alejado. Ambos visitantes lo siguieron.

Cogió una hoja de papel y entintó su pluma. Sosteniéndola

hábilmente con la mano derecha, garabateó unas cuantas frases, eliminó el exceso de tinta y le entregó el papel al magistrado.

Seaton sacó su monóculo de cristal y examinó las dos obras, una al lado de la otra.

—Señor Blankenship, eche un vistazo usted mismo. Esta letra no se parece en nada a la nota original.

—¡Tonterías! —Blankenship arrebató las dos notas de la mano del juez y las estudió.

Godric luchó contra la sonrisa maliciosa que se dibujaba en sus labios. Había escrito ambas notas, por supuesto. La verdadera con la mano izquierda y ésta con la derecha. De niño, había tenido pocos amigos y, para entretenerse, había aprendido a escribir con ambas manos. El efecto fue dos estilos de escritura muy diferentes. Ninguno de sus invitados sabía que solo le escribía algunas notas a Parr siempre con la mano izquierda, algo que nunca había hecho con su correspondencia normal. Algo le decía que no confiara plenamente en Parr y, por tanto, nunca había dejado muchas pruebas por medio de cartas.

—Pero... eso no es posible. Sé que él escribió esto. Nos está engañando. Hizo que un sirviente lo escribiera por él —Blankenship le arrojó ambas notas a Godric.

—Señor Blankenship, creo que es hora de que se vaya. Ha molestado a Su Excelencia y, como magistrado aquí, le digo que en este lugar no hay nada de interés —Seaton puso una mano en el hombro de Blankenship, pero el hombre lo apartó.

—No estoy satisfecho. Usted y yo vimos a la chica en el camino. Sé que era la señorita Parr. Deseo ver todas las habitaciones de este maldito lugar.

Godric soltó un dramático suspiro. Podía echar fácilmente al hombre, pero prefería enseñarle las habitaciones y acabar de una vez. No quería que el hombre merodeara por su casa.

—Si eso alivia sus preocupaciones por la dama, entonces abriré con gusto mi casa para que la inspeccione. Me atrevo a decir que se sentirá decepcionado. Estoy seguro de que ella simplemente se ha escapado.

Los tres hombres salieron del salón.

—¿Escaparse? Esa criatura no sabría a dónde ir —Blankenship frunció el ceño—. Además, nadie la acogería.

Godric frunció el ceño. Blankenship hablaba como si Emily fuera tonta. Ella era muy lista y poseía dos cerebros.

—Por aquí, caballeros —Godric hizo un gesto para que los dos hombres lo siguieran mientras los guiaba por la casa. Abrió todas las puertas y en ninguna hubo rastro de Emily. La habitación de ella estaba inmaculadamente limpia. La criada de Emily, con un vestido similar al suyo, estaba sentada en la cama leyendo un libro. Se sonrojó cuando Godric y los dos hombres se fijaron en ella.

—Ahh, cariño, ahí estás. Siento haberte molestado, no debemos volver a discutir —se inclinó para depositar un beso en la mano de la doncella, quien bajó la cabeza con timidez. Godric se volvió hacia los dos hombres—. Disculpadme, caballeros, esta es una querida amiga mía, Libba. Es la dama que vieron cuando llegaron. Me temo que hemos tenido una discusión. Pero todo está bien —Godric le lanzó una rápida mirada a la criada—. Deberías ir a las cocinas. La cocinera está preparando esas tartas que tanto te gustan.

La doncella, agradecida, escapó de las atentas miradas de los tres hombres y se marchó.

Cuando terminaron su inspección, el juez pareció convencido de que Blankenship estaba destinado al manicomio más cercano.

—Ahora os acompaño a la salida. Tengo asuntos de la finca que debo atender hoy. Además, debo visitar a algunos arrendatarios. No puedo demorarme más.

—Por supuesto, Su Excelencia —Seaton salió y un caballerizo le entregó las riendas de su caballo.

Blankenship giró para mirar a Godric, acercándose demasiado para su gusto.

—Sé que te la llevaste. Pero quiero que sepas que es mía. Parr me la dio. La recuperaré y será castigada por quedarse aquí contigo.

—¿Castigarías a una mujer por dejar su casa?

—La castigaría por intentar escapar de mí. La chica debe arrodillarse ante mí, y la tendré allí pronto. Y a ti, con toda tu maldita arrogancia y orgullo, te destrozaré antes de que esto termine.

Godric se rio.

—¿Destrozarme? Tú, mi querido amigo, no tienes idea de con quién estás tratando. Tu insolencia solo es comparable con tu estupidez. Eres tú quien debería preocuparse. He destruido a hombres más poderosos por menos que el insulto de tu presencia en mi casa. Incluso si tuviera a la señorita Parr, me la quedaría solo para fastidiarte.

Pero Blankenship no se acobardaba fácilmente.

—Tal vez quiera preguntarle a su amigo Lord Rochester lo que le sucedió a Lord Pitherington. Una terrible mala suerte puede ocurrirle incluso a los más poderosos. Téngalo en cuenta.

—Y usted tenga esto en cuenta: no me gustan los hombres que abusan de las mujeres. Cuando me amenaza, amenaza a otros cuatro hombres muy por encima de usted en inteligencia, poder y fortuna. Si quisiera contarles sobre sus imprudentes palabras, podría no despertar mañana por la mañana. Que tenga un buen día —Godric terminó con un gruñido tan amenazador que Blankenship se tambaleó hacia atrás, y luego se apresuró a llegar a su caballo sin mirar atrás—. ¡Buen viaje! —gritó Godric mientras los caballos dejaban un rastro de polvo a su paso.

—Hasta nunca —replicó Ashton desde atrás. Los demás, salvo Lucien, estaban con él.

—¿Podemos entonces estar tranquilos? —preguntó Charles.

Godric se volvió para mirar a sus amigos.

—Me gustaría poder decir lo contrario, pero la verdad es que no. No somos los únicos interesados en Emily. Creo que nuestro interés en la dama es mucho mejor que el de la alternativa.

❧ 5 ❧

Capítulo Seis

Solo un pequeño rayo de luz atravesaba el agujero de la cerradura del pesado armario de madera.

Emily intentó permanecer absolutamente quieta, concentrándose en los ruidos de la mansión. Varios minutos después, la puerta se abrió y Godric entró, seguido por Blankenship y el juez. Emily se mordió el labio con tanta fuerza que percibió el sabor de la sangre. El socio de su tío se movía por la habitación, estudiándola. Ella contuvo la respiración, aterrorizada de que él oyera sus jadeos de pánico. Finalmente, la inspección de la habitación terminó y los hombres se marcharon. Se hundió contra Lucien, aliviada.

—Cielos, eso estuvo cerca —musitó Lucien—. Pero podrían volver. No te muevas.

Al cabo de un cuarto de hora, las voces de Godric y Ashton se hicieron más fuertes en el pasillo. Lucien soltó a Emily cuando la puerta del armario se abrió. Ashton y Godric se quedaron mirando a la pareja durante un segundo antes de que Godric la apartara del regazo de Lucien y la echara sobre su hombro. Lamentablemente, ella se estaba acostumbrando al trato. A él le resultaba más fácil cargarla de un lado a otro cuando no se podía confiar en ella para caminar. No era una valija que necesitaba ser transportada por un sirviente.

—Bien pensado lo del armario, Lucien. Ese tipo insistió en ver las habitaciones —Godric movió a Emily y ella gruñó incómoda.

—Podrías bajarme, ahora —declaró, pero fue ignorada.

—Gracias —replicó Lucien—. Se sabe que de vez en cuando tengo un impulso de genialidad. ¿Quién era el otro sujeto? No era Parr, ¿verdad?

—Se presentó ante mí como el señor Thomas Blankenship. Supuestamente, él y Parr son amigos.

Blankenship. ¿Por qué estaba aquí? ¿Por qué su tío no había venido a buscarla? Se quedó paralizada, demasiado aterrada para moverse. Probablemente había convencido a su tío para que le permitiera casarse con ella... una idea tan aborrecible que le daba asco. Emily resopló.

—¿Blankenship? —gruñó Lucien—. Ese diablo me debe tres mil libras. Pertenece a un grupo de inversores que me compraron un poco de propiedad.

—¿Sabes algo de lo que le pasó a Lord Pitherington? —preguntó Godric—. Leí sobre el accidente, por supuesto, pero Blankenship sugirió que había algo más.

El ceño de Lucien se frunció.

—Sí. El hombre fue quebrado por las deudas a principios de este año. Algunos de mis intereses estaban relacionados con los suyos, y yo también recibí un pequeño golpe. Hubo rumores sobre el papel de Blankenship en el asunto. Pitherington... bueno... se puso una pistola en la boca cuando no pudo pagar, me temo. Fue reportado como un accidente por el bien de la familia.

—Bueno, parece un tipo absolutamente fantástico, deberíamos invitarlo a nuestro club —dijo Godric con sarcasmo.

La noticia de que alguien odiaba a Blankenship con la misma

intensidad que ella le alegró el corazón. *El enemigo de mi enemigo es mi amigo... espero,* pensó tristemente.

A pesar de que Godric aún la tenía sobre su hombro, los hombres seguían hablando como si ella no existiera. Con un gruñido irritado, Emily lanzó una patada para recordárselos. Godric caminó y la dejó caer sobre la cama de Lucien.

—¿Qué estaría haciendo Blankenship aquí? —preguntó Ashton—. ¿Por qué no ha venido Parr?

Godric se encogió de hombros.

—¿Deseáis saber por qué ha venido Blankenship? —preguntó bruscamente Emily—. ¿Quizás deberíais considerar preguntarle a la única persona aquí realmente involucrada? —ahora, la observaron con sorpresa.

—¿Conoces a ese hombre? —preguntó Lucien.

—Oh, sí, lo conozco. Es despreciable. Lleva rondando la puerta de mi tío desde que me mudé con él. Incluso... —se atragantó con sus palabras. Estaba muy enfadada.

—¿Incluso qué? —los ojos de Godric eran afilados como dagas de jade.

—Incluso se ha tomado libertades con mi persona, libertades que no le he dado, ni le daré nunca. Me ha estado cortejando con la intención de casarse conmigo. Mi tío cree que no lo sé, pero lo sé. No soy tonta.

Los tres hombres parecían justificadamente horrorizados. En ese momento, Charles y Cedric se unieron a ellos. Charles miró sus rostros y sus ojos se abrieron de par en par.

—¿Qué ha pasado? ¿Ha muerto alguien?

—Alguien tal vez lo haga... —musitó Godric.

Lucien hizo una mueca.

—Estamos bien. Acabamos de recibir noticias desagradables.

—¿Oh? —Cedric sostenía su bastón como una espada, con la mano apoyada firmemente en la cabeza del león de plata.

—Al parecer, el señor Blankenship cree que tiene algún derecho sobre mi Emily —dijo Godric con disgusto.

Emily se sonrojó ante el tono posesivo de Godric, pero se sintió ofendida.

—Por el amor de Dios, deja de hablar de mí como si fuera un adorno para tu estantería.

No obstante, pertenecerle a Godric era un pensamiento que la hizo reflexionar.

—¿Qué? ¿Ese viejo sapo? ¿Por qué él...? —Charles comenzó, pero Cedric le dio un golpe en el hombro con la punta de su bastón. Charles decidió no terminar.

—Es un sapo vil y lo odio —escupió Emily con tal aversión que sus captores intercambiaron miradas de preocupación.

—¿Pero no nos odias? —preguntó Lucien, observando su omisión.

—¿Qué razón podría tener para odiaros? ¿A cualquiera de vosotros? Aparte de haber sido secuestrada —se permitió una pequeña y reacia sonrisa.

—Supongo que me agradáis lo suficiente —no tenía mucho sentido confiar en ellos tanto como lo hacía; apenas podía explicárselo a sí misma, y mucho menos a ellos. Claro que la alternativa, que se había acercado a un metro de ella mientras estaba escondida en el armario, era mucho peor.

—Bueno, a pesar de cómo puedas interpretar nuestras acciones, mantenerte aquí ha sido un reto de lo más divertido —Godric se rio.

Emily entrecerró los ojos hasta convertirlos en franjas.

—Me alegro de que mi valor se base en lo mucho que os divierto.

—Bueno —Ashton suspiró—. Al menos nos hemos librado de un posible desastre. Supongo que es lo suficientemente seguro para reanudar nuestro día —los demás estuvieron de acuerdo.

—Tengo algo de trabajo pendiente. Emily, me acompañarás.

La orden en su tono la irritó, pero no protestó. No habría ganado esa discusión.

Godric acompañó a Emily por las escaleras y le indicó que se sentara en un sofá de terciopelo rojo mientras los demás desaparecían. Ella aprovechó para examinar el estudio, suntuosamente decorado con estanterías y baratijas extrañas. Debió de haber viajado por todo el mundo. Sobre las sillas colgaban cuadros en acuarela de lugares lejanos, y junto a ellos se habían colocado cosas insólitas, como colmillos de elefante, sin duda de África.

Godric estaba sentado en el gran escritorio de palisandro, examinando papeles y cartas.

Emily le envidiaba la libertad de levantarse y salir, no solo del sofá, sino para irse a la aventura. Si se veía obligada a casarse con Blankenship, no habría posibilidad de vivir aventuras nunca más.

Volvió a mirar las paredes y se fijó en un pequeño retrato de una mujer de pelo negro sentada en un columpio. El corte de su vestido era lo suficientemente antiguo como para que Emily supiera que el retrato tenía muchos años de antigüedad. Unos ojos encantadores brillaban hacia ella entre las capas de pintura. Eran los ojos de Godric, salvo por el color.

—Godric... —empezó ella.

Él la miró con cautela.

—¿Sí?

—¿Quién es la dama de ese retrato? —Emily se apoyó en el reposabrazos más cercano a su escritorio—. ¿Es tu madre?

La mirada de Godric se ensombreció.

—Sí.

—Es muy hermosa —Emily vio el gran parecido que el hijo de la difunta duquesa de Essex tenía con ella. Godric tenía la áspera belleza de una escultura griega, pero cada rasgo guardaba trazos de la belleza suave de su madre. No era de extrañar que él la cautivara. Ashton había tenido razón. Godric tenía el poder de su padre, pero la dulzura y la compasión de su madre.

Godric se levantó de su silla y se acercó al retrato.

—Era una gran mujer. Nunca le dirigió una palabra dura a nadie, ni levantó una mano contra mí. Yo... —la emoción hizo que su voz se tornara áspera—. Solía subirme a su regazo cada noche después de la cena, y ella me leía. Siempre olía a lilas. Incluso ahora su habitación sigue teniendo ese aroma.

El pecho de Emily se apretó alrededor de su corazón. Él se perdió en los recuerdos; ella lo notó en el enfoque distante de sus ojos.

—¿Y tu padre? —tenía miedo de romper el hechizo, pero quería entenderlo.

—Él la amaba de una manera que nunca me amó a mí. Recuerdo cómo bailaban juntos. Cuando mi madre celebraba su baile anual aquí, yo me escabullía del cuarto de los niños y miraba entre los pilares de la escalera. Mi madre flotaba por el suelo, con la risa brillando en sus ojos. ¿Y mi padre? La sostenía cerca, sonriendo como si las nubes se hubieran abierto para revelar el sol. Podían bailar el vals durante horas, girando en delicados círculos, y yo miraba, embelesado por el espectáculo.

—Siento que haya muerto —dijo Emily. Los pensamientos de sus propios padres se estrellaron contra las paredes de su corazón y lucharon por liberarse. Respiró hondo, fortaleciéndose contra los golpes.

Godric se rio, pero contenía diversión.

—Los dos somos huérfanos, ¿no?

—Supongo que lo somos —un ligero escalofrío recorrió su piel. Hasta ahora, ella no se había dado cuenta de que tenían algo en común. Se produjo un largo momento de silencio. Finalmente, Godric suspiró y volvió a su escritorio. Su expresión agotada le dolió. No había querido herirlo al preguntar por su madre. Emily se levantó y se dirigió a sus estanterías.

—¿Es este el intento de fuga más lento del mundo? Si es así, ¿debería ordenar té antes de perseguirte esta vez?

El sarcasmo de Godric aguijoneó su orgullo.

—Simplemente deseo encontrar un libro para leer. Me ayudaría a pasar el tiempo.

Sus ojos permanecieron en los de ella. Emily dejó que sus sinceras intenciones brillaran en sus ojos. La verdad es que solo quería leer.

Su madre le había enseñado el placer de los libros. De niña había sido un salvaje marimacho. Su padre la había complacido en todos los entretenimientos de niño, desde montar a caballo hasta trepar en los árboles y pescar. Pero por mucho que le gustara atrapar una perca y arrastrarla a la barca con su padre, algo mágico la invadía cuando leía con su madre. Se acurrucaban en el desgastado sofá, buscaban uno de los grandes tomos ilustrados sobre ciencias naturales y estudiaban las representaciones de cada criatura exótica. Por un momento, Emily se perdió en ese recuerdo y, con una agonía punzante, fue empujada de regreso al presente.

Godric se acercó a la estantería del lado derecho de su escritorio y seleccionó un libro para ella. Todos los sentidos de Emily se agudizaron cuando se sentó junto a ella en el borde del sofá. Godric colocó el libro en su regazo y luego cogió las manos de ella entre las suyas. Sus ojos se cerraron durante un breve instante mientras disfrutaba de su contacto. Godric le acarició las muñecas, mirándola.

—Emily, exijo un pago por esto. Si te niegas, me llevaré el libro —alargó la mano y le colocó un mechón suelto detrás de la oreja. Sus dedos se detuvieron en el punto sensible debajo de su oreja. Un fuerte cosquilleo le recorrió la columna vertebral.

Emily se mordió el labio inferior. ¿Qué pago exigiría él por un placer tan pequeño? Temía que su precio fuera algo que ella pagaría sin dudarlo. Cuando su mirada se fijó en ella, como esmeraldas extraídas de un fuego ardiente, sintió sus manos ya sobre su cuerpo.

—¿Cuál es tu precio?

Sus ojos se dirigieron directamente a sus labios, y ella hizo lo mismo. Las suaves líneas que rodeaban su boca a menudo se tensaban cuando ella lo frustraba. Era uno de sus defectos; esa dureza que podía helar sus sensuales rasgos.

—Quiero que me beses —su voz fue un susurro ronco.

Pero su expresión no tenía sentido. ¿Ella debía besarlo?

—Te he besado, pero tú nunca me has devuelto el beso. Quiero que participes plenamente.

❄

—Pero no sé nada de besos —hasta ahora, solo había disfrutado del torrente de sensaciones que él le había provocado, sin aportar nada, solo recibiendo. Pero era impropio hablar tan abiertamente de la intimidad física.

Godric se limitó a sonreír, con un suave movimiento en las comisuras de sus labios.

—Con la suficiente práctica aprenderás. Unos minutos conmigo como tutor y serás toda una experta —su agarre se tensó, como si su charla lo hubiera excitado.

—¿Un beso? ¿No me exigirás nada más?

—Un beso, pero no te librarás de esto con un santo beso en la mejilla, Emily. Exijo un beso de verdad.

—¿Exiges?

—Solicito —modificó.

—¿O es esa petición, o me negarás mi libro? Sigue sonando a exigencia.

—Santo Cielo, mujer, estás poniendo a prueba mi paciencia —parecía estar reprimiendo una sonrisa.

¿Podría ella aceptar un trato del diablo? Los besos de Godric le robaban la racionalidad. Pero si ella no demostraba que podía superarlo, incluso en un beso, entonces él ganaría. Pero esta cuestión iba más allá de un juego. Besarlo era un reto que quería aceptar. Una parte de ella anhelaba demostrarle que era una mujer que lo deseaba y que podía besar tan bien como cualquier otra mujer con la que él hubiera estado antes.

Su corazón danzó en su pecho y habló:

—Estoy de acuerdo entonces. Un beso —se sintió obligada a ofrecer su mano para cerrar el trato, pero sabía que él solo se reiría, así que no lo hizo.

Emily cogió el libro y lo dejó a un lado. Godric apoyó las palmas de las manos en la parte superior de sus muslos musculosos. Le cedió el control a ella, le permitió dar el primer paso.

Por alguna razón, eso la reconfortó y la excitó, y se armó de valor para alzar las manos y coger su rostro.

La ligera barba que ensombrecía la línea de su mandíbula era áspera bajo sus palmas. Su piel se estremeció y su respiración se aceleró. Los ojos de Godric estaban clavados en los suyos, hechizándola con su magia. Estaba demasiado lejos y ella lo necesitaba más cerca. Las yemas de sus dedos se deslizaron hacia atrás para enroscarse a ambos lados de su cuello y así poder atraer su boca hacia la suya. Él inclinó la cabeza y los músculos de su cuello se pusieron rígidos bajo sus manos. Todo vibraba debido a la tensión, a la energía; todo concentrado en un solo lugar: su boca.

Justo antes de besarse, el cálido aliento de Godric danzó sobre sus labios, mezclándose con el suyo. La intimidad de ese instante la quemó por dentro. No era de extrañar que las mujeres se vieran comprometidas tan a menudo, era imposible resistirse a algo así. Las respiraciones excitadas, ese delicioso momento justo... antes... de un beso.

Los labios de Godric se encontraron con los suyos en un suave estallido de dulce calor. Él no respondió de inmediato, pero la dejó explorar su boca sin resistencia. Ella adquirió más coraje, deseando más de él, más de lo que realmente entendía. Imitó algunos de los movimientos que él había utilizado con ella. Su lengua acarició los labios de Godric, incitándolo a darle entrada a su boca, y cuando por fin lo hizo, un estremecimiento de triunfo la golpeó en lo más profundo de su vientre.

Emily se entregó a las sensaciones puramente físicas. Aquel aroma varonil de sándalo y especias, única de él, se impregnó en ella. Los latidos del corazón se duplicaron cuando la lengua de Godric volvió a danzar con la suya, pero no la invadió como lo había hecho junto al lago. Parecía que tenía la intención de cumplir su promesa de que ella lo besaría.

Emily introdujo los dedos en las raíces de su cabello a la altura la nuca, agitando el pelo oscuro y brillante y disfrutando de la falta de aliento que se despertó en Godric cuando su boca se apareó con la de ella. Él se estremeció bajo su contacto, y la excitación fluyó a través de Emily al descubrir que había encontrado una debilidad en él.

Las historias de Ashton sobre los abusos de Godric a manos de su padre añadieron una ternura a su beso que ella no había esperado. Inclinándose sobre él, ella se impulsó hacia arriba, presionando su pecho contra el suyo y rodeando sus hombros con los brazos para abrazarlo. Emily habló sin palabras, diciéndole a Godric que deseaba poder borrar el más oscuro de sus recuerdos.

CUANDO EL BESO DE EMILY CAMBIÓ, GODRIC FUE SACUDIDO hasta el fondo. Él sintió algo más allá de la curiosidad y la inocencia, y una ráfaga de emociones fluyó fuera de ella: ternura, protección, ferocidad, pero también otra emoción, una que era más profunda que los mares.

En aquel beso sin aliento algo increíblemente maravilloso nació entre ellos, algo que lo aterrorizó. El corazón le palpitó dolorosamente cuando las yemas de los dedos de Emily volvieron a acariciar su cuello. Su cuerpo se tensó con deseo, pero unos labios femeninos lo calmaron.

Con un simple movimiento en espiral de su lengua, ella moderó su impulso de reclamarla con una violencia primitiva. Entonces, su cuerpo se apretó contra el de él de una manera que pretendía reconfortar y no estimular. De alguna manera, sus manos la rodearon y sus dedos se clavaron en la parte baja de su espalda para acercarla. ¿Cómo podía un beso calmar y excitar al mismo tiempo? Él nunca lo había experimentado y terminó asustado. Tenía que liberarse de Emily, tenía que cortar los hilos invisibles que unían su corazón al de ella. No podía hacerlo, no podía enamorarse de ella. Estaba mal. No eran el uno para el otro.

Levantó los brazos, apartando las manos de su cuello y sus labios de su alcance. Los ojos de Emily se abrieron de golpe, tan sorprendidos como una mariposa atrapada por una brisa repentina.

Quiso disculparse, pero las palabras lo desbordaban. Se había quedado sin palabras. Aquel beso era más peligroso de lo que ella podía imaginar. Lo había abierto, había expuesto su alma. Si ella volvía a besarlo así, estaría perdido...

—¿Godric? —la preocupación manchó el hermoso rostro de Emily.

Era necesario hacer algo antes de que él se perdiera en la tormenta desatada dentro de sus ojos violetas. Antes de que él buscara aquietarla y volver a la comodidad.

—Lo siento. No debí pedirle a una cría que me besara —se levantó y le dio la espalda, dejándola sola en la habitación con su libro.

¿Una cría? Las palabras de Godric la habían herido. Fue un dolor punzante en el centro de su alma. Lágrimas brotaron de sus ojos y enterró la cara entre las manos, ardiendo con vergüenza.

Levantó la mirada al oír pisadas suaves sobre la alfombra. Ashton estaba parado en la puerta con los ojos oscuros como zafiros. Se acercó a ella sin decir nada. Unos sollozos silenciosos sacudieron su cuerpo mientras él la estrechaba contra su pecho.

¿Cómo pudo Godric marcharse sin más? ¿Creía que todavía era una cría? ¿Después de todo? Ella era una mujer, con un corazón de mujer y un orgullo de mujer, y estaba intentando aprender, quería aprenderlo todo de él, pero ese hombre había despreciado el primer beso verdadero que le había dedicado a alguien. La agonía de su corazón era tan grande que estaba segura de que se había roto en mil pedazos brillantes.

Emily maldijo su estupidez, su convicción de que podía ser deseada por un hombre como Godric. Era la última mujer en la tierra a la que alguien como él podría amar.

Amor... ¿Ella quería su amor?

¿Lo amaba? ¿En qué momento su ira y su frustración con él se habían convertido en algo más profundo y suave? Que el Señor la ayude, ella no podía amarlo.

Pero seguramente solo el amor podría causar un dolor así.

ASHTON DESCONOCÍA LOS SUCESOS OCURRIDOS ENTRE SU AMIGO y Emily, pero las lágrimas de ella lo conmovieron más que nada en años.

Desde la llegada de Emily a sus vidas, partes que creía muertas desde hacía tiempo estaban despertando. El impulso de proteger era el más fuerte ahora, de castigar el motivo de sus lágrimas, aunque fuera Godric quien pagara el precio. Todos habían jurado asegurar su bienestar, y eso, a sus ojos, incluía esto.

A pesar de su corta edad, Emily era una mujer fuerte, y hasta ahora no la había visto llorar. Godric debía haber hecho algo terrible para dejarla tan inconsolable.

—Tranquila, querida, shh —ella se calmó ante sus palabras—. Bien, ahora. ¿Puedes decirme qué ha pasado? —Ashton le cogió la barbilla y levantó su cara hacia la suya.

—No sé si puedo decirlo... —sus mejillas se calentaron con un suave rubor melocotón.

—Por favor, Emily. No quiero verte herida de nuevo, así que debo saber de qué protegerte.

Emily respiró lentamente, estremeciéndose.

—Le pregunté a Godric si podía leer un libro. Dijo que, si quería hacerlo, tendría que besarlo como pago.

La furia creciente oscureció el corazón de Ashton.

—Pero no soy muy buena en eso, y él dijo que me enseñaría.

La resentimiento de Ashton creció.

—¿Te... te obligó? ¿Se puso brusco contigo? —preguntó, con un tono peligroso en sus palabras.

Emily negó con la cabeza.

—¿Entonces por qué lloras?

—Fue lo que me dijo después... Dijo que no debería haberle pedido a una cría que lo besara. *¡A una cría!* —volvió a enterrar la cara en su pecho.

Ashton estaba confundido. No podía entender qué había salido mal. ¿Qué pudo llevar a Godric a decir algo tan extraño? Las mujeres siempre sabían besar por naturaleza y aprendían rápidamente. Los hombres eran los que necesitaban práctica para dominar el arte.

No había ninguna razón para que Godric dijera algo tan cruel, no cuando ella había hecho lo que él le había pedido.

—Emily, mírame, querida.

Ella lo hizo.

—¿Qué hiciste cuando lo besaste? ¿Puedes decírmelo? —tal vez podría descubrir lo que había molestado a su amigo.

—Solo lo besé. Pensé en lo que me habías contado sobre él, sobre su infancia y su padre, y le besé. ¿Lo hice mal?

Las sombras bajo los ojos de Ashton se iluminaron un poco.

—Estoy seguro de que no lo hiciste.

—¿Entonces por qué?

Ashton colocó un dedo en sus labios.

—Creo que le has hecho algo a Godric que nadie ha hecho antes. Eso lo ha asustado. Necesita tiempo para ordenar sus sentimientos. ¿Puedes ser paciente con él?

—¿Pero qué he hecho?

—¿De verdad no lo sabes, querida?

Emily negó con la cabeza.

—Lo besaste desde lo más profundo de tu corazón.

Sus cejas se juntaron mientras consideraba su respuesta.

—¿No es así como se supone que todo el mundo debe besar?

A él le dolió darse cuenta de que ella era tan dulce e inocente como parecía. Ningún hombre bajo este techo era digno de un corazón como el de ella. Ashton le cogió las manos y las besó suavemente antes de hablar.

—Si todo el mundo besara como tú, los hombres nunca dejarían a sus amadas para ir a la guerra, los padres nunca golpearían a sus hijos y las esposas nunca se preocuparían por los maridos infieles, porque no habría ninguno. Más de nosotros deberíamos besar con el corazón. No importa lo que diga Godric, recuerda esto. Lo que has mostrado en tu beso no tiene precio.

Y Emily le había recordado a Ashton que alguna vez él mismo había querido algo más de la vida. Le agradeció en silencio por esta epifanía cuando besó su frente. La ayudó a levantarse y la acompañó fuera del estudio de Godric y de regreso a su habitación.

—Tengo un asunto pendiente con Godric. ¿Puedo pedirte que te quedes aquí sin vigilancia hasta mañana? Charles ha apostado el doble de nuestra cantidad anterior a que escaparás antes del amanecer, y me gustaría mucho verlo perder.

No era la primera vez que sus intentos de fuga eran comparados con un deporte, pero la forma en que Ashton lo dijo hizo reír a Emily.

—De hecho, estábamos hablando de darte diez minutos de ventaja mañana —añadió.

—¿Ah, sí?

—Oh, sí. A pie, por supuesto. Luego usaremos caballos y sabuesos para perseguirte.

—No puedes hablar en serio.

Ashton sonrió.

—Por supuesto que no. Pero te hizo reír. Ahora, ¿me darás tu palabra de honor como hija de un caballero sobre no intentar escapar hasta mañana?

Emily asintió, cansada por la embestida emocional que había sufrido, pero reconfortada por el extraño humor de Ashton.

—Por el honor de mi padre.

—Gracias —le acarició el pelo y presionó sus labios contra su frente antes de dejarla sola. Se detuvo en la puerta, observándola mientras ella se dejaba caer en la cama y se quedaba quieta, contando sus respiraciones.

—Debo besar siempre desde lo más profundo de mi corazón... —musitó para sí misma después de que él se había ido.

GODRIC IRRUMPIÓ EN LA SALA DE BOXEO DONDE CHARLES Y Cedric se habían reunido para practicar un poco de pugilismo. A Charles, un experto boxeador, le encantaba tener unos cuantos asaltos en el ring cuando estaba en Londres. Por supuesto, los cuadriláteros en los que Charles se encontraba a menudo eran de poca reputación. Aunque pasaba horas entrenando en el Salón Jackson, prefería los cuadriláteros más duros, en los que demostraba su valía.

Cedric retrocedió con saltos mientras Charles atacaba.

—¿Godric? Pareces un asesino.

—¿Como el mocoso que tira de tus pantalones cuando no obtiene su caramelo? —bromeó Charles mientras lanzaba un puñetazo en dirección a Cedric, fallando por varios centímetros.

Godric se quitó el chaleco y empezó a arremangarse la camisa. Señaló con la cabeza a Cedric, quien bajó el cuadrilátero forrado que se encontraba un rincón de la gran sala de ocio.

—Cállate y pelea conmigo, Charles.

Charles sonrió con satisfacción, siempre dispuesto a lanzarle golpes a Godric cuando se presentaba la ocasión.

Solo llevaban unos minutos en ello cuando Ashton y Lucien entraron, ambos visiblemente alterados. Lucien parecía nervioso, mientras que el rostro de Ashton ardía con frialdad.

Godric se sobresaltó mucho al ver esa expresión y Charles lo pilló desprevenido, golpeándolo en la cara. Ashton se quitó la chaqueta y el chaleco, entregándoselos a Lucien mientras se arremangaba la camisa.

Fue entonces cuando Godric se percató que nadie de los cinco estaba con Emily.

—Un momento... ¿Quién está vigilando a Emily?

—Está en su habitación —respondió Lucien—. Le dio a Ash su palabra de que hoy no se escaparía.

—¿Y le creísteis? —gritó Godric—. ¡Ya podría estar a kilómetros de distancia!

—Si lo prometió, entonces creo que se quedará allí —replicó Lucien con una frialdad que dejó a Godric más ansioso que antes.

Ashton, quien había permanecido en silencio, se acercó al ring y habló con Charles.

—¿Te importa si intervengo?

—¡No, no puedes! —Godric no quería pelear con Ashton, no después de haber visto su aspecto, y menos si ni siquiera sabía de dónde procedía la ira de su amigo. Godric tenía todo el derecho a estar enfadado con Emily por lo que se había atrevido a hacer, por cómo se estaba sintiendo a consecuencia de ello. ¿Cuál era la excusa de Ashton?

Charles miró entre Godric y Ashton y, sabiendo que cualquier lugar sería mejor que éste —en ese momento—, se agachó y huyó del ring.

—¿Te asusta un poco de competencia, Godric? —las palabras de Ashton tenían un tono de burla, pero Godric percibió la amenaza oculta.

—Nunca me has vencido en el ring, Ash. Hoy no será diferente —sería una pena, pero haría sangrar la nariz de su amigo para demostrar su punto.

—Bien, me alegro de oírlo —la fría sonrisa en el rostro de Ashton prometía dolor. Levantó los puños y esperó a Godric.

Godric dio unos pasos a la derecha, Ashton lo imitó del lado izquierdo, y así comenzó. Pero en lugar de boxear a la defensiva, como solía hacer, Ashton parecía ansioso por recibir cada golpe de Godric. Lo pilló desprevenido y Ashton le asestó un golpe en el estómago. Godric se dobló por el dolor.

Ashton no esperó a que Godric se enderezara antes de embestirlo con tanta fuerza que Godric retrocedió varios pasos por los aires. Charles se movió para intervenir, pero Lucien lo detuvo con una mano.

Adaptándose a la ferocidad de Ashton, Godric contraatacó. Lanzó un gancho izquierdo e impactó el ojo derecho de Ashton. Se le pondría completamente negro a la mañana siguiente. Pero su victoria duró poco, ya que Ashton le devolvió el golpe.

La pelea continuó durante otros cinco minutos. Ashton luchaba como si estuviera poseído. Su implacable persecución agotó a Godric. Los demás no intervinieron. Algunas cosas solo podían resolverse en un ring.

Godric retrocedió de nuevo, recuperando finalmente el aliento.

—Maldita sea, hombre, ¿por qué intentas golpearme hasta que me caiga?

—¿Por qué? —Ashton acentuó la palabra con un golpe en la mejilla inferior de Godric. La sangre descendió por el labio herido de Godric—. Si alguna vez descubro que has hecho llorar a esa encantadora mujer aunque sea una lágrima más, te juro, Godric...

Ashton habló con tal veneno que los puños de Godric cayeron. Su amigo terminó con él a través de un *uppercut*. Godric se desplomó hacia atrás, aterrizando en la colchoneta con un fuerte gemido. Ashton bajó las manos para limpiarse los nudillos ensangrentados en los pantalones.

—Bueno, creo que mi mensaje ha quedado claro —dio varios respiros profundos, se acercó a Godric y le tendió una mano.

Él la aceptó y Ashton tiró de Godric para que se pusiera de pie.

—Mensaje entendido, amigo. Le he hecho un gran daño y necesitaba que me recordaran mi juramento.

Ashton le puso una mano en el hombro en señal de aprobación.

—Lo siento, Godric, pero sabía que no había otra forma de llegar a ti.

—Solo respóndeme una pregunta. ¿Estaba distraído o siempre te has contenido conmigo en el ring?

—Me temo que nunca lo sabrás —giró sobre sus talones y cogió su ropa de las manos de Lucien. Una vez que se refrescaron y estuvieron completamente vestidos, Ashton se volvió hacia Godric—. Ahora que este asunto ha quedado atrás, creo que le debes una gran pila de libros y una disculpa a cierta dama.

—Ella te habló de…

Ashton sonrió.

—Ella me contó todo. Está tan traumatizada por tu crueldad que está convencida de que sus besos fueron miserables. Sabes que eso es lo peor que los hombres como nosotros podemos hacerle a una mujer. Somos libertinos, no bastardos. Buscamos amar a las mujeres, no despreciarlas.

—¿Qué diablos le hiciste a esa dulce gatita? —demandó Cedric.

Cuando Godric no respondió, Ashton suspiró.

—Godric le exigió un beso y, cuando ella lo hizo, se atrevió a reprenderla por besar como una cría. Tendrás suerte si alguna vez te perdona.

La vergüenza calentó el rostro de Godric, pero se recordó a sí mismo que se había alejado por el bien de ella y el suyo. No podía permitir que Emily se enamorara de él, pero eso fue exactamente lo que su beso garantizó.

Como si leyera esos pensamientos, Ashton puso una mano en el hombro de Godric.

—Creo que ella siente algo por ti, Godric.

Los hombres salieron de la sala de boxeo y se dirigieron al salón principal. Simkins pasó por allí y se quedó helado al ver a su amo magullado y ensangrentado.

—¿Su Excelencia?

—No te preocupes, Simkins, solo me estoy divirtiendo un poco.

—Muy bien. Enviaré a una doncella para que limpie, Su Excelencia —Simkins miró por encima de Godric hacia la sala de boxeo—. ¿Tal vez dos? ¿Y uno de los baldes más grandes? —hizo una reverencia y se marchó.

Godric decidió que Ashton tenía razón. A causa de ese beso, Emily se había ganado una pila de libros.

EMILY ESTABA ACURRUCADA EN EL ASIENTO DE LA VENTANA cuando alguien llamó a la puerta de su habitación.

—Adelante —sus ojos estaban puestos en los jardines que había abajo. El débil reflejo de su rostro se proyectaba en el grueso cristal. Emily puso la mano en el cristal y dejó que el calor del sol calentara su fría palma. Por un momento se perdió en la sensación, dejando que todo lo demás se alejara, antes de que el mundo le exigiera volver a enfrentarse a él.

—¿Emily? —la voz de Godric sonó como una sinfonía prohibida. Ella giró la cabeza lo suficiente para mostrarle su perfil, pero no lo miró. No podía soportarlo. Quería volver a despreciarlo por sus tonterías de un cabeza dura.

Amarlo sería el mayor error de mi vida. Me rompería el corazón. Me quedaría sin nada.

—Emily, te he traído algo —un crujido se oyó detrás de ella y algunos objetos cayeron sobre su cama. La puerta se acomodó en su marco cuando Godric la cerró.

—Por favor, vete —dijo ella. Pero su corazón sufría por rogarle que se quedara, que se retractara de sus crueles palabras.

—Si eso es lo que quieres...

Ella asintió.

—Pero primero debo decir algo. ¿Quieres mirarme, por favor? —sus pisadas se aproximaron y ese aroma tan característico de él se detuvo demasiado cerca a sus espaldas.

Emily se volvió. Sus labios se separaron con horror al ver su rostro magullado y ensangrentado.

—¡Godric, te han herido! —se acercó a su cara, pero no la tocó, por miedo a hacerle más daño. Él le dio unas palmaditas en las manos y ella se estremeció al ver sus nudillos magullados. Durante un largo segundo, ninguno de los dos habló. Algo entre ellos había cambiado. Emily se vio obligada a admitir que se preocupaba por él y Godric estaba revelando una ternura que ella no había creído que él fuera capaz de mostrar. Sus ojos se encontraron con los de Emily y hubo una chispa compartida entre ellos. Un rubor calentó sus mejillas—. ¿Qué ha pasado?

—Ashton y yo tuvimos una discusión. Una bastante profunda.

Él besó sus manos y las soltó, luego señaló la cama. Una pila de libros se había volcado allí. Tenía que haber al menos ocho. La curiosidad se apoderó de ella. Subió a la cama para examinar los títulos. Fue un placer inesperado descubrir que él le había traído más de lo que había pedido. Emily no se atrevió a mirarlo, ya que sus ojos seguían irritados por el peso de las lágrimas. En su lugar, centró su atención en el regalo y en lo que podría significar.

CUANDO SE SUBIÓ A LA CAMA, GODRIC QUISO SUJETARLA POR detrás. Su aspecto era irresistible, con rizos sueltos en el cuello y un vaivén en su culo. Se movía con la gracia de una ninfa del bosque. Él sabía que sería una juguetona compañera de cama, ansiosa y encantadora en sus momentos de éxtasis. *¿Qué diablos me pasa?*

Contrarrestó la descarga embriagadora del deseo y se concentró en ella. Las manos de Emily acariciaban las cubiertas de cada libro y sus ojos recorrían la selección, sin prestarle atención a él. Godric temía arruinar el momento si se unía a ella, pero decidió arriesgarse. Se acomodó en el borde de la cama más próximo a ella mientras ésta ordenaba los libros en montones.

—He traído un poco de todo. No estaba seguro de tus preferencias.

Emily se acomodó las faldas alrededor de las rodillas mientras doblaba las piernas para sentarse más cómodamente.

—Filosofía, arte, romances góticos, ciencias —ella escudriñó los montones con tal deleite que Godric esperó que cayera nieve afuera, pues sus ojos se iluminaron como los de un niño en Navidad. En ese momento deseó ser un poeta o un artista; así de desesperado estaba por capturar la belleza del alma de Emily. Sus ojos se alzaron para encontrarse con los suyos, con un rubor que coloreó su rostro. Bajo la luz de la tarde, él pudo distinguir la más tenue capa de pecas en el puente de su nariz. La mayoría de las mujeres las habrían ocultado con polvos, pero Emily no, las mostraba sin pensárselo dos veces. Él adoraba eso de ella. Emily no se obsesionaba con las cosas que otras mujeres habrían visto como defectos.

—Estoy intrigada por tus elecciones. ¿Qué te hace pensar que me interesaría la ciencia o la filosofía?

—Me pareciste una lectora intelectual, no propensa a lecturas frívolas como libros de costura o modales.

—¿Modales? —Emily se mofó—. Una afirmación bastante atrevida viniendo de ti. Pero todas estas son excelentes opciones. Sin embargo, me has traído demasiados —los apartó todos, excepto uno, *La Ilíada y La Odisea*.

Godric se inclinó hacia adelante y, con un movimiento de su brazo, le devolvió los libros.

—Considera el resto como un adelanto de mi disculpa —le cogió la barbilla con una mano y su pulgar la recorrió hasta perfilar la comisura de su labio inferior.

—¿Te estás disculpando?

—Sí, y no solo por lo que dije antes, sino por todo: el secuestro, el lago y el láudano. Por todo —también lo dijo en serio. Herirla era como apuñalar su propio corazón y no podía soportarlo. Ella lo estaba debilitando y debía enviarla lejos antes de que destruyera su vida solitaria. Pero la idea de no verla era igualmente insoportable. Ella se inclinó hacia su caricia, como un gato en busca de afecto. Esa simple acción lo encendió con un intenso placer.

—No te disculpes por todo —sus pestañas se agitaron mientras lo miraba con una sonrisa reservada en los labios.

—Entonces, ¿no te he perjudicado con todas mis acciones? —él se rio.

—No *todas* tus acciones —ella estudió el libro entre sus manos, luego abrió las páginas y suspiró.

—Mi error: olvidé que no sabías leer griego —Godric cogió la novela que ella sostenía. Aunque el título estaba escrito en español, el texto en sí estaba completamente en griego.

—Esta es una de mis historias favoritas. A mi padre nunca le gustaron las novelas, pero le encantaban los clásicos y me leía éste a menudo —se lo entregó—. ¿Podrías leérmelo?

—Pero no podrás entenderlo. Supongo que podría traducirlo para ti —él cogió el libro, apartándolo de su extraña curiosidad.

—Me sé la historia de memoria en español, y si me la lees en voz alta en griego, puedo imaginármela y seguirla. Considéralo otra parte de tu disculpa.

Godric se extendió sobre la cama y Emily lo acompañó, acurrucando su cuerpo contra él, con la cabeza apoyada en su hombro. Dejó que el libro se abriera en la primera página, respiró hondo y comenzó a leer.

La hora siguiente transcurrió bajo la suave luz del sol y el susurro de una lengua extranjera. Volvió a ser un niño, deleitándose con el placer de un cuento bien contado y el confort de la presencia de Emily. Apreció la inocente caída de su cabeza contra su hombro y la arropó contra él, rodeando su cintura con un brazo.

Cuando llegó a un buen punto de pausa, señaló su lugar con el marcapáginas de raso morado y lo dejó a un lado, centrándose en Emily. ¿Desde cuándo no pasaba tiempo con una mujer en una cama, compartiendo un momento íntimo que no terminara con el despojo de la ropa? Demasiado tiempo. Este momento poseía una plenitud y una madurez que le proporcionaban una sensación infinita de paz. Pero algo tan grandioso y encantadoramente perfecto no podía durar para siempre.

Él no la merecía.

No era digno del amor, especialmente del de Emily.

Ella volvería con su tío y se casaría con ese horrible individuo de Blankenship solo para saldar una deuda. Seguramente tenía que haber una forma de salvarla de ese destino, pero no se le ocurría ninguna. Era imposible hacerla su amante. Ella lo encontraría indigno y su decepción lo mataría. ¿Podría casarse con ella? ¿Ofrecerle una vida sin amor? Godric se obligó a dejar de pensar en algo tan bajo e intentó dirigir su mente hacia otra parte.

—¿Vamos a cenar? —su aliento agitó el cabello de Emily.

Ella levantó el rostro y sus labios se rozaron muy ligeramente. Fue más bien el recuerdo de un beso.

—Sí.

Emily se apartó y en ese momento el corazón de Godric dio un vuelco para seguirla. ¿Y si ella era suya, no solo ahora, sino siempre?

Un potente anhelo carcomió en lo más profundo de su ser por una vida así. Luego hubo una desesperación, la cual exigió a Godric que silenciara el extraño impulso de rabia y llanto simultáneos, y que volviera a dominarse a sí mismo.

Todavía tenía que asegurarse de que ella no se enamorara de él. No debería ser demasiado difícil: solo tenía que ser él mismo.

Capítulo Siete

Dispuesta a volver a su habitación después de la cena, Emily se levantó de su silla.

—¿Tengo su permiso para retirarme, Su Excelencia?

Godric sujetó su brazo derecho, tirando de ella hacia su regazo. Tendría que haberse resistido, ella lo sabía, pero le resultó casi imposible reunir voluntad alguna para alejarse. Parecía que su corazón había decidido finalmente luchar contra su cabeza.

—¿Te quedarás en tu habitación como prometiste?

—Prometo que no me escaparé esta noche —ella intentó apartarse de su regazo—. He dado mi palabra.

Él gruñó suavemente y la agarró por la nuca, acercando su boca a la suya. La besó profundamente, casi salvajemente, con una dura penetración de su lengua. El cuerpo de Emily se derritió contra su fuego.

Ashton se aclaró la garganta.

Ella apartó la cara, avergonzada de que la tratara así delante de los demás. Intentó abofetear a Godric, pero él le cogió la mano.

—Ya tengo suficientes moratones por un día. No dejaré que me abofetees. Recuérdalo, Emily.

—No soy una dama promiscua. No puedes andar manoseándome.

—Ella tiene un punto —Ashton se rio dentro de su copa de vino.

Godric lo ignoró, con toda su atención puesta en ella, con la mano de Emily aún levantada y la de él aún reteniéndola. Había algo en su mirada, un desenfreno nacido de su deseo de perseguirla.

—¿Puedo irme ya, Su Excelencia?

—Puedes —ella empezó a soltarse, pero él lo impidió—. Si me das otro beso de buenas noches.

Él le mostró esa sonrisa de suficiencia y ella realmente quiso golpearlo. Emily empezaba a despreciar su propia confusión cuando se trataba de Godric.

—Muy bien, aunque en mi opinión ha recibido demasiados besos hoy, Su Excelencia.

Se inclinó para besar su frente. Él le cogió la barbilla y acercó más su boca para que se encontrara con la suya. Su mano levantada cayó en el hombro de Godric mientras éste introducía la lengua en su boca. El mundo se desvanecía fácilmente cuando él besaba así. *Maldito sea.*

El brazo de Godric alrededor de su cintura se tensó, pero eso la devolvió a la realidad y se soltó de su agarre.

—Bien, vete.

El trato que él le daba no hacía más que reafirmar su creencia de que ella no sería nada más que una amante, un cuerpo para calentar su cama. Él no la respetaba como lo haría con una esposa. Pero tampoco había garantías de que respetara a una esposa. Su reputación estaba ensombrecida por las historias de seducción a mujeres casadas lejos de sus fríos lechos matrimoniales. Evidentemente, no le preocupaba en absoluto la santidad del matrimonio. Lo que significaba que incluso si se casaba con alguien como ella, lo más probable era que siguiera con sus aventuras. La idea era repugnante.

Pero algo amenazaba en el borde del reino de las posibilidades. ¿Y si... y si pudiera hacer que se enamorara de ella? ¿Si encontraba la forma de hacerle ver que ella no era como las demás mujeres, que era perfecta para él? Estaría con un hombre que la quisiera.

Se cruzó con Simkins en el pasillo de camino a su habitación.

—¿Señor Simkins? ¿Podría molestarlo para que suba a una doncella que me ayude a desvestirme?

—Le diré a la señora Downing que envíe a alguien —dijo el mayordomo, y Emily le dio las gracias.

Su habitación estaba a oscuras bajo la luz púrpura del atardecer mientras se sentaba en su tocador, planeando. La cuestión era, ¿cómo seducir al maestro seductor? Persecución. A él le encantaba la persecución y, si era sincera, a ella también le gustaba. ¿Era esa la respuesta?

Minutos después, Libba llamó a la puerta y entró con una amplia sonrisa.

—Buenas noches, señorita.

—Libba, por favor, llámame Emily. Me gustaría que fuéramos amigas —giró en su silla para sonreírle a la criada.

—Pero no sería apropiado, señorita.

—No hay nada en esta situación que sea apropiado, Libba.

Ahora, por favor, seamos amigas. No tengo a nadie aquí con quien hablar.

—¿Hablar? Ciertamente puedo hacerlo, señorita... Emily. Ahora, déjame quitarte ese vestido —las manos de Libba fueron ágiles mientras ayudaba a Emily a deshacerse de su ropa y a meterse en una camisola de muselina blanca que se abría más allá de sus pantorrillas como los pétalos de una flor de luna. Su figura se perfilaba más de lo que le hubiera gustado debido a la delgadez de la tela.

Estar cerca de una mujer de su edad hizo que Emily se sintiera más cómoda. Le sonrió a la doncella.

—¿Qué cotilleos hay en la planta baja? Me encantaría escuchar más sobre Su Excelencia y sus amigos.

Las mejillas de Libba enrojecieron.

—Bueno, me enteré por Bethany, quien se enteró por Jonathan, el ayuda de cámara de Su Excelencia, que Lord Lennox golpeó a Su Excelencia por algo terrible acerca de un insulto en contra de ti esta tarde.

—Pero... ¿quieres decir que se pelearon por mí? —recordó los nudillos magullados de Godric, la cara herida y el labio partido. No había olvidado los moratones de los nudillos de Ashton, ni su ojo morado, pero estaba claro que Ashton había sido el vencedor.

—¡Jonathan también dijo que oyó a Lord Lennox amenazar con matar a Su Excelencia si volvía a hacerte llorar!

—¿De verdad? Eso parece ser un poco exagerado, pero Ashton es dulce.

Libba soltó una risita.

—Todos esos hombres son dulces contigo. Será mejor que tengas cuidado o Su Excelencia actuará conforme a su deseo de que compartas su cama, solo para evitar que los otros te ganen.

—Gracias por la advertencia, Libba —ella no había considerado eso. Si hacía que los hombres se enfrentaran entre sí, podría terminar en la cama de Godric más rápido de lo que pretendía.

—Me iré ahora —Libba compartió una sonrisa de complicidad antes de marcharse.

Sola de nuevo, Emily se acercó a la ventana y contempló la vista. El jardín se extendía debajo de ella. Los laberintos de setos y arbustos con flores seguían aferrados a sus pétalos abiertos a pesar de la proximidad del otoño.

Se había construido un enrejado recubierto de vid a dos metros por debajo del borde de su ventana y, junto al enrejado y en la planta baja, había una ventana que daba a uno de los salones.

—¿Admirando la vista, o contemplando la huida? —la voz de Godric recorrió la habitación detrás de ella. Se le calentó la sangre al oír el tono de su sensual voz.

¿Cuánto tiempo había estado allí observado? Intentando ocultar su sorpresa, Emily no se volvió. Era demasiado silencioso; ella tendría que recordarlo.

Esta vez sus pisadas descalzas se deslizaron por el suelo.

—Hice una promesa, si lo recuerdas. Estaba admirando la vista, a menos que eso no esté permitido, ¿lo está? —se giró para mirarlo.

—Está permitido, siempre y cuando admirar la vista no implique que te caigas por la ventana. La altura es demasiado elevada para dar un salto seguro. Sería una forma desagradable de fracturar esas hermosas piernas tuyas —dijo Godric, en un tono burlonamente trágico.

—Unos cuantos huesos rotos podrían valer mi libertad —ella levantó el mentón, ocultando el impulso de sonreír.

—Me gustaría ver hasta dónde llegas con las piernas rotas. Me han dicho que es bastante doloroso —la miró seriamente.

—¿Es... es una amenaza, Su Excelencia?

—¿Qué? —sus ojos se abrieron de par en par—. ¡No! Por supuesto que no. Yo nunca... simplemente intentaba protegerte... —calló cuando ella se rio ligeramente. Se estaba burlando de él.

Godric soltó una risita y se acercó a ella. Había perdido bastantes capas de ropa desde la cena. El chaleco, las botas y el pañuelo habían desaparecido. Estaba parado en su dormitorio vestido solo con unos bombachos y una camisa blanca, con las mangas levantadas hasta los codos. Avanzó y se apoyó despreocupadamente en la pared, a pocos centímetros de ella, examinando cálidamente su cuerpo de pies a cabeza.

Con un sonrojo, ella recordó que solamente llevaba una camisola. Las manos volaron hasta su pecho mientras le daba la espalda.

—¡Aparte los ojos, señor!

Él no obedeció.

—Has tardado en darte cuenta... y debo decir que esta vista es tan deliciosa como la del frente —susurró de manera ronca y dio un paso más cerca, con un dedo trazando la curva de su columna vertebral.

Emily reprimió un estremecimiento.

—Antes dejaste muy claro que no tenías ningún interés en besar a una cría; y si eso es lo que soy, entonces no te burles de mí amenazándome con tu lujuria —su irritación había regresado, oprimiendo su pecho.

Su dura respuesta provocó que el temperamento de Godric saliera a la superficie.

—¡Maldita sea, Emily, me he disculpado!

Se giró sobre él, clavándole un dedo en el pecho.

—¡Y yo acepté tus disculpas, pero eso no significa que puedas cambiar de opinión y presentarte aquí!

—¡Y una mierda que no puedo! —sujetó sus muñecas con una mano, forzándolas por encima de su cabeza mientras la inmovilizaba contra la ventana con la longitud de su cuerpo.

—¡Suéltame o gritaré! —ella intentó liberarse, pero la mano de Godric retuvo sus muñecas con más fuerza por encima de su cabeza.

—Grita. Te desafío. ¿Quién vendrá?

En pocas horas había pasado de príncipe a villano. Ella no estaba asustada, solo furiosa. Él creía que tenía derecho a ella, pero después de la forma en que la había tratado en su estudio, no merecía ninguna cooperación, no a menos que se arrastrara... de rodillas... durante al menos una hora.

Emily se tensó cuando él se presionó contra ella. Su otra mano se hundió en su camisola cerca de sus muslos, arrastrándola hacia arriba para poder meter uno de sus musculosos muslos entre sus piernas. Emily luchó por mantener las rodillas juntas, pero él era demasiado fuerte.

—¡Oh! —jadeó cuando él empujó su muslo con fuerza contra el suave núcleo fundido entre sus piernas. Su cabeza cayó contra la pared mientras su cuerpo se estremecía—. Godric, por favor... por favor, yo... —intentó hablar, pero él no estaba de humor para escuchar. Ni siquiera estaba segura de lo que intentaba decir. Su boca se posó sobre la de Emily, áspera, firme y breve. La mantuvo contra la pared y su frente cayó sobre la de ella mientras él respiraba hondo.

—¿Sería tan malo para ti disfrutar de tu tiempo aquí? ¿Por qué seguir buscando formas de escapar?

Levantó los ojos hacia los de ella. Los dos estaban muy cerca, con cuerpos casi unidos. La mano que sujetaba sus muñecas por encima de su cabeza se tensó un poco mientras él movía su cuerpo, intentando acercarse aún más.

—Déjame mostrarte una razón para quedarte...

Godric le acarició la mandíbula con la nariz hasta que sus labios encontraron su cuello, plantando semillas de calor con sus débiles besos. Emily levantó la barbilla, proporcionándole un mejor ángulo para torturarla con la sensación de sus labios sobre su piel. La excitación de Godric se clavó en su vientre, a lo que ella respondió con una necesidad aguda y palpitante.

—No es justo. Me estás distrayendo —ella jadeó cuando él le cogió un seno a través de la fina camisola, jugando con su pezón erecto.

—Nada en la vida es justo, dulzura. ¿Continuamos? —él movió la cabeza hacia la puerta que conducía a su propio dormitorio, y ese único gesto mató todo el deseo impotente que había en ella.

—No —declaró con firmeza, esperando que él la soltara. Cuando no lo hizo, ella miró la puerta de su propio dormitorio, preguntándose cuánto tiempo tardaría alguien en derribarla en caso de que estuviera cerrada.

—¿No? ¿Estás segura? —él levantó el muslo entre sus piernas, aumentando la presión sobre su dolorido núcleo. Ella ahogó un gemido cuando él lo hizo de nuevo, más rápido esta vez—. He dicho... ¿Estás segura? —una sonrisa torcida perfiló sus labios cuando él se dio cuenta de que le había robado la capacidad de hablar con palabras claras y no con gemidos. La mano que tenía en su seno se deslizó hacia abajo, a lo largo de su vientre, hacia la unión entre sus muslos, levantando una vez más la tela de su camisola. En el momento en que sus dedos llegaron al punto sensible entre sus piernas, ella chilló fuertemente.

Su grito hizo entrar en razón a Godric. La soltó inmediatamente y se alejó justo cuando Ashton irrumpió en su puerta. Echó un vistazo a la escena y le habló a Godric en griego.

—Creí que ya podías controlarte. Dijiste que podías manejar esto —Ashton dio un paso hacia Godric, quien se pasó las manos por el pelo.

—Ella... puede que no esté tan controlado como creía.

Ashton miró con los ojos entrecerrados la ventana firmemente cerrada de Emily y su estado de desnudez.

—¿Solo si ella se resiste a ti?

—No, no lo ha hecho... —mintió Godric.

—Yo tampoco lo consentí —dijo Emily en un griego impecable.

Ambos hombres la miraron con la boca abierta.

—¿Mentiste sobre el griego? —preguntó Godric.

—¡*Erre Es Korokas!* —soltó ella con brusquedad. *Idos al infierno.*

Godric la apartó de la pared.

—¿En qué más has mentido?

Ashton dio un paso brusco hacia adelante con la mano levantada como si dijera *No, Godric, suéltala.* Pero parecía tener sus propios problemas con su engaño.

—Emily, me has mentido a mí, la única persona de esta casa que se enfrentó a Godric por ti. Te pedí la verdad y me pagas con mentiras.

—Eso fue antes de que confiara en alguno de vosotros... ¡cuando aún me sentía en peligro!

Los ojos de Ashton eran tan oscuros como el mar en la noche.

—¿Alguna vez pensaste que estabas realmente en peligro? Nunca quisimos que te sintieras así.

—Me secuestraron, me drogaron. ¿Qué esperabais? Puede que no seáis mis enemigos, pero perdonadme si no considero esas acciones como las de unos amigos —sus ojos ardían, pero no estaba llorando—. ¿Qué harías tú en mi lugar?

—¿Estabas... me mentiste esta tarde cuando me diste tu palabra?

—No. Eso fue verdad, sobre la tumba de mi padre, en cualquier lugar del mar que esté. No intentaré escapar esta noche.

Ashton guardó silencio durante un momento eternamente largo.

—Te creo. Pero no puedo seguir interponiéndome entre tú y Godric, al menos esta noche. Por favor... no vuelvas a llamarme —Ashton se dio la vuelta y se marchó, cerrando la puerta.

A Emily le temblaron las rodillas. Su único protector la había abandonado.

Godric la empujó hacia la pequeña puerta que llevaba a su habitación. Emily clavó los tacones en el suelo e intentó en vano detenerlo.

—¡Adelante, pelea conmigo! Cogeré tu rabia y la convertiré en pasión —Godric la arrojó al suelo y cerró la pequeña puerta, encerrándola en su habitación.

¿Realmente la forzaría? Ella no esperaba crueldad, pero Godric había cambiado. Éste no era el hombre que le había leído esta tarde.

El duque la agarró por los brazos y la puso en pie de un tirón. Ella lo miró, fría e inquebrantable, incluso mientras se estremecía en sus brazos.

—Adelante, Godric. ¿A qué esperas? Demuéstrame qué clase de hombre eres. Demuéstrame que eres igual a Blankenship —sus dedos se clavaron en sus brazos.

—No me parezco en nada a ese viejo cretino, ¿me oyes?

—Reclamarme por la fuerza te haría igual que él ante los ojos de la ley y de Dios.

La mirada de Godric cambió.

—¿Reclamarte por la fuerza? Emily... puede que ahora estés temblando y confundida, pero eso es deseo, no miedo. Blankenship nunca podría despertar esos sentimientos que tienes en este momento.

Ella sabía que eso era verdad.

—El hombre que quiero es el que me leyó *La Odisea* esta tarde —Emily suavizó su tono—. Encuentra a ese hombre de nuevo y lo reconsideraré.

Sus ojos eran como las hojas de los rosales ingleses.

—Hay una oscuridad en mí contra la que no siempre puedo luchar —su voz apenas superaba un susurro, como si él mismo no lo comprendiera del todo.

Emily vio que la comprensión estaba al alcance de la mano.

—No estoy pidiendo un santo, Godric. Pido tiempo... tiempo para que ambos entendamos qué somos para el otro y qué queremos.

Su agarre en los brazos de Emily se relajó y finalmente la soltó.

—¿Cómo es que eres tan joven, pero muy sabia?

—Me criaron dos padres cariñosos que me educaron bien.

—Entonces, ¿estás rectificando más de tus mentiras?

—Sí, estoy muy, muy bien educada. Hablo con fluidez el griego y el latín. No sabías lo del latín, así que te lo digo ahora, de buena fe. He montado a caballo toda mi vida y soy una excelente nadadora.

Ante eso, Godric comenzó:

—Sobre eso... puede que haya fingido mi ahogamiento en el lago —esperó a que ella estallara en cólera, pero no lo hizo—. ¿Lo sabías?

—Tu entusiasmo tras tu recuperación había levantado mis sospechas. Una persona que acaba de ahogarse no suele estar tan animada —ella suspiró y se echó hacia atrás para sentarse en el borde de su cama.

Godric se acercó y se sentó, y luego deslizó casualmente su mano sobre la de ella, entrelazando sus dedos. Él levantó sus manos unidas y las sostuvo contra su pecho. No era un intento de seducción. De alguna manera, en medio de todas estas confesiones, habían llegado a una especie de entendimiento.

—¿Duermes conmigo esta noche? —le preguntó. Emily empezó a negar con la cabeza, pero él añadió—: No. Solo dormir, eso es todo. Deja que te tenga cerca. Quiero oír tu respiración, sentir tu calor. Por favor...

La palabra "por favor" tembló en sus labios y Emily asintió con la cabeza, aunque no era su intención. ¿Cómo era posible que él siempre hiciera eso?

Él cogió sus hombros y la condujo suavemente hacia el borde de la cama. La inmovilizó con sus caderas y reclamó su boca sorprendida con un beso, uno largo y exploratorio que no se parecía en nada al anterior.

Las palabras de Ashton se repitieron en la mente de Emily, y dejó que la emoción que había estado reteniendo la inundara una vez más en él, en Godric. Sus brazos rodearon la parte baja de su espalda, estrujándola fuertemente contra él antes de detenerse.

—Me va a llevar algún tiempo acostumbrarme a esa forma de besar... —musitó él contra sus labios.

Emily casi sonrió.

—Quizá si tú te adaptas a mí, yo pueda adaptarme a ti —ella pensó en su áspera caricia con un fuego oscuro de fondo, y se percató que la deseaba por muy abrumadora que fuera.

—Parece que ambos aprenderemos.

Godric la estrechó entre sus brazos y la acomodó en el otro extremo de la cama. Emily sintió un breve destello de preocupación, pero Godric se limitó a cerrar los ojos.

—Buenas noches, mi pequeña zorra.

Se quedó quieta durante un buen tiempo antes de rodar sobre su lado para estar más cómoda. Sintiéndose extrañamente protegida, se quedó dormida.

Pasada la medianoche, Godric se despertó con Emily hablando entre sueños. Se movía inquieta y sus susurros eran suaves y afligidos.

—Para... por favor. Te lo ruego... déjame en paz...

A Godric se le revolvió el estómago ante la impotencia que su tono desprendía. Ella estaba soñando y él le rogaba a Dios que no se tratara de él.

—¿Emily? —se acercó para tocarle los hombros. Ella se estremeció y golpeó a su agresor invisible—. ¡Emily!

—¡Moriré antes de que me toques! —gruñó ella. Godric estuvo a punto de soltarla, pero quería despertarla de aquel sueño.

—Emily, soy Godric. Por favor, despierta... —la rodeó con los brazos y la arrastró por la cama para abrazarla mejor.

—Godric...

—Sí, soy yo. Estás a salvo —le besó los labios, intentando besarla como ella lo había hecho en el estudio. Quería prometerle que no le haría ningún daño. Aquellas largas y oscuras pestañas se agitaron contra sus mejillas cuando ella abrió los ojos —. ¿Emily? ¿Estás despierta?

—Lo estoy ahora... Por qué... —ella miró confundida la boca de Godric. Luego su pequeña lengua apareció para humedecerse los labios.

—Estabas hablando en sueños. ¿Con quién estabas soñando?

—Blankenship. Me persigue incluso en mis sueños.

Godric suspiró aliviado.

—¿Creías que estaba soñando contigo?

—Después de mi reciente comportamiento, temí que lo estuvieras —la declaración lo llenó de preocupación. En la oscuridad de su habitación y con el calor de su cuerpo en sus brazos, él solo quería que hubiera la verdad entre ellos.

—Nunca me lastimarías de verdad, Godric, ahora lo sé. Pero no me entregaré a ti —Emily hizo una pausa, como si se le hubiera ocurrido un plan—. Pero podría llegar a un acuerdo.

Godric estaba genuinamente sorprendido.

—¿Tus condiciones?

—Puedo prometer que no me escaparé entre las diez de la noche y las seis de la mañana. Así tú y tus amigos tendréis vuestro sueño reparador sin temor a ser interrumpidos.

—¿Sueño reparador? Por qué, pequeña... —le pellizcó la cintura y ella soltó un falso grito de indignación—. ¿Y esperas que acepte? ¿Qué obtengo a cambio? —la mano de Godric se deslizó por la curva de su cadera, y disfrutó del suspiro que se escapó de su boca cuando intensificó su agarre.

—Tú duermes y yo te prometo ocho horas libres de problemas. Es un trato justo —dijo Emily.

Él gimió.

—Y dieciséis horas sin fugas.

—Bueno, si insistes en ser pesimista, eso no es asunto mío.

Godric se movió más cerca, presionándose contra ella.

—Duerme conmigo todas las noches. Prométeme eso, y aceptaré.

—¿Y por "dormir" te refieres a un sueño inocente e inofensivo?

El brillo travieso de los ojos de Emily, mezclado con la luz de la luna, le fascinó.

—Mmm... sí, pero si quieres que las cosas cambien, estoy dispuesto a complacerte.

—De eso no tengo ninguna duda —musitó Emily, bostezando, con el puño cubriéndole la boca. Intentó girar sobre su espalda, pero Godric la hizo rodar para que su cuerpo fuera la "cuchara pequeña" del abrazo. Él era la "cuchara grande". Enterró la cara en su pelo, cuyo aroma era suave y floral como el de un jardín. El día en que la vio por primera vez regresó a él: la mujer arrodillada en el jardín, con las flores rodeándola y una mariposa bailando alrededor de su cabeza mientras desherbaba. Los labios de Godric se movieron. Él se sentía como esa mariposa, buscando el consuelo de su presencia.

—No puedo creer que esté permitiendo esto… —su voz apenas era un susurro.

—Dame tiempo y nunca querrás irte —le besó la suave piel de la nuca y ella suspiró, casi completamente dormida. Godric la deseaba demasiado, pero mantuvo el control y contó hacia atrás desde cien en griego. *Ekato, eneida enia, eneida okto, eneida efta…*

$\approx$ 6 $\approx$

Capítulo Ocho

odric estaba teniendo el sueño más maravilloso. Emily
yacía acurrucada en sus brazos, encontrando calor y
protección contra sus pesadillas. Rara vez había
dormido con su antigua amante, Evangeline. Aunque era una
mujer seductora y pícara en la cama, era una compañera horrible
cuando se trataba de acostarse para pasar la noche. Lanzaba
patadas, roncaba y le robaba las mantas con demasiada
frecuencia como para que él disfrutara de la experiencia.

Su sueño era demasiado real y perfecto. No había nada carnal
en el acto, solo la comodidad del cuerpo de Emily entrelazado
con el suyo. La cara de Emily estaba presionada contra el hueco
entre su garganta y su pecho, mientras que la mitad de la
longitud de su cuerpo descansaba sobre él, con esa gracia felina
que solo las mujeres poseían.

Los rizos de su pelo eran una cascada rojiza contra la
almohada, y la luz del sol se deslizaba por las ondas formando
tentadores patrones. Uno de sus brazos rodeaba su cintura,

manteniéndola cerca. En este mundo, Emily era suya. No pertenecía a nadie más y él no tenía que compartirla con el mundo.

Por desgracia, Emily no quería pertenecer a él. ¿Por qué tenía que ser tan condenadamente independiente? Si se entregara, Godric podría convertirla en la mujer más feliz del mundo. Le compraría los vestidos más costosos, las joyas más valiosas y todos los caballos que pudiera desear. La deseaba más que nada en su vida.

Deseó que ella no luchara contra él con tanta determinación. Emily no parecía especialmente protectora de su virtud. Se aferraba a su libertad. Él la había enjaulado en su mansión, y ese pensamiento lo fastidiaba. Aunque fuera una jaula, solo era una temporal, y dorada y lujosa. ¿Por qué Emily no podía ser feliz?

Nunca estaría satisfecha a menos que fuera la única dueña de su destino. Pero como mujer joven y soltera, no tenía ninguna posibilidad de conseguirlo. Un hombre tenía las riendas de su destino, la única pregunta era ¿quién?

Pero si ella le dejaba asumir el control, él le prometería hacerla feliz.

Mientras Godric seguía pensando, Emily empezó a despertarse. Su respiración se aceleró y su pecho se elevó más rápido bajo la palma de su mano. Sus piernas se tensaron ligeramente cuando sus músculos cobraron vida. Emily apoyó la barbilla en su pecho mientras sus pestañas se abrían como abanicos.

—Buenos días, Emily —le apartó el pelo suelto de la cara, absorto en la imagen de sus pestañas agitadas y en sus labios rosados entreabiertos. Su expresión somnolienta lo calentó hasta los dedos de los pies cuando se acurrucó contra él.

Ella se sonrojó y cerró los ojos.

—Realmente he dormido aquí, ¿no?

—No lo sientas. Disfruta del hecho de que hayamos pasado una noche inocente juntos. Es algo que nunca he podido ofrecerle a ninguna otra mujer.

Una de sus cejas se arqueó.

—¿Es porque no soy una tentación, o porque has aprendido a contenerte?

—Es porque te respeto lo suficiente como para no romper mi promesa. Pero ahora estás despierta, así que se acabaron las apuestas, querida.

—¿A qué te refieres? —ella comenzó a alejarse de él.

—Se me permiten dieciséis horas de seducción con el fin de distraerte para que no escapes —Godric la agarró con fuerza y se dio la vuelta, cubriéndola con su cuerpo—. Déjame darte un beso de buenos días, Emily, ¿solo un beso? —no había compartido un momento así con ninguna mujer antes y lo quería con Emily. Necesitaba meter sus dedos en su pelo enmarañado por el sueño y rozar sus párpados con sus labios.

Con los ojos muy abiertos, ella se sonrojó, pero asintió.

—Uno... un beso, Godric —susurró.

Él no necesitó ninguna insistencia. Su boca encontró la de ella al mismo tiempo que su mano se deslizó dentro de su camisola. El delicioso calor de su piel bajo la palma de su mano aumentó las palpitaciones en su entrepierna. Rezó para poder contenerse lo suficiente como para disfrutar del placer de Emily.

ELLA SE ESTREMECIÓ CUANDO LA MANO DE GODRIC SE DESLIZÓ entre sus muslos. Sus dedos tocaron sus sensibles pliegues y acariciaron la caliente y húmeda carne. Cuando la yema del pulgar rozó su excitado clítoris, ella se sacudió. La sensación la aterrorizó. Era casi demasiado para ella.

Una dulce tensión se acumuló allí, reflejando la agresiva posesión de la boca de Godric sobre la suya.

Se concentró en el movimiento de su lengua en su boca e intentó imitarlo, aprender el juego salvaje que él pretendía enseñarle. Pero se distrajo con la dura longitud que presionaba contra su cadera derecha.

Los dedos de Godric seguían moviéndose suavemente su sensible centro.

—¿Estás ardiendo por mí? —susurró Godric contra su boca.

—¿Qué? No... —ella intentó negarlo.

Sus labios se perfilaron en una sonrisa y hundió los dientes en su labio inferior. Emily gimió, forcejeando contra él.

—Por favor...

—¿Por favor qué?

Ella ahogó un pequeño sollozo mientras la tensión seguía acumulándose entre sus piernas.

—No sé...

La otra mano de Godric se enredó en su pelo y tiró de su cabeza hacia atrás. Dejó al descubierto su garganta mientras su boca se dirigía a su cuello y sus dedos rozaban ese sensible centro. Emily no pudo evitar que sus caderas giraran en pequeños círculos contra su mano. En su interior, la sangre bombeaba a medida que la presión y el cosquilleo se convertían en agudas punzadas de excitación física. Como si se deslizara más y más alto en un columpio, hasta que sucumbió por fin a la impresionante caída. Gritó.

La risa de Godric le calentó el cuello. Sus besos llegaron de nuevo a sus sorprendidos labios mientras él apartaba su mano de entre sus piernas y la colocaba sobre su cadera descubierta. El toque fue tan posesivo como dulce. El pulgar de Godric trazó pequeños círculos en su piel, justo debajo de la cintura, y ella resistió el impulso de reírse ante la sensación de cosquilleo.

Él frotó su mejilla contra la de ella, con su ligera barba arañando su piel.

—¿Qué te ha parecido tu pequeño beso?

Emily aspiró su aroma, completamente saciada.

—Me gustó mucho, pero creo que hizo trampa, Su Excelencia —ella le dio ventaja con esa respuesta, pero ahora mismo no podía pensar con la suficiente claridad como para mentir.

—No puedo negar que hubo trampa —el diablo se atrevió a guiñarle un ojo—. Cada noche y cada mañana te besaré.

Emily abrió la boca, pero él le puso un dedo en sus labios.

—Ahora no protestes. Estarás segura cada noche en mis brazos. Tengo el suficiente control para detenerme —Godric se levantó y la soltó. Emily debería haber salido corriendo de la cama, pero no pudo. Sus piernas cederían y caería de nuevo en sus brazos.

Él soltó una risita.

—Pensé que seguramente huirías de mi cama en el momento en que te dejara levantarte.

—Yo... no veo la necesidad de apresurarme —Emily intentó ocultar su inestabilidad. Se bajó la camisola para cubrirse y lo miró, esperando que la dejara marchar.

Después de lo que acababa de experimentar, necesitaba un buen tiempo a solas.

GODRIC LE PERMITIÓ A EMILY ENTRAR EN SU PROPIA habitación y cerró la puerta para ofrecerle algo de privacidad.

Aunque él no había encontrado su propia liberación, sentía placer al saber que había sido el primer hombre en tocar a Emily de esa manera. Eso lo animó a vestirse para el día y a dirigirse al comedor. Encontró a Simkins en el pasillo y le dio instrucciones para que le enviara una criada a Emily.

—¿Confío en que la señorita Parr esté bien?

Godric no pasó por alto la preocupación en el rostro del anciano mayordomo.

—Sí, está bien. Supongo que la oyó gritar anoche. Bueno, quédate tranquilo Simkins. La dama está bien.

—Eso es bueno, Su Excelencia. Confío en que nada hará que la señorita Parr se enfade o se asuste lo suficiente como para volver a gritar de esa manera —una suave advertencia se escondía tras el tono del mayordomo. Solo Simkins podía utilizar ese tono.

—No puedo prometer que no vuelva a gritar. Su temperamento y su independencia la convierten en una criatura enérgica. Dígale a los sirvientes que no deben ir a verla, excepto Libba, quien se ocupará de sus necesidades personales. Emily es mi responsabilidad.

—Pero, Su Excelencia...

—Nada de peros, Simkins. Si Emily grita, es porque está teniendo lo que se merece, bueno o malo —Godric era firme en este punto. La seducción de Emily requería dosis diarias de travesuras. No quería que ella se aclarara la cabeza. La lógica siempre arruinaba los mejores momentos de pasión.

—Muy bien, Su Excelencia. Lord Sheridan y Lord Lonsdale cabalgaron a Londres anoche y regresaron por la mañana a primera hora. Creo que Lord Sheridan deseaba hablar con usted sobre un regalo que trajo para la señorita Parr.

—¿A qué demonios está jugando? —independientemente de la Regla Cuatro, la idea de que cualquier hombre intentara cortejar a Emily con regalos le calentaba la sangre—. ¿Intentando superarme? Le compré un maldito guardarropa.

—Tal vez, Su Excelencia, debería esperar y ver de qué se trata.

¿Acaso Simkins sonrió al marcharse? Godric frunció el ceño mientras seguía al mayordomo al comedor. Cedric, quien ya estaba comiendo, parecía aún poseer una energía ilimitada, a pesar de que solo había dormido unas horas.

—¿Te ha hablado Simkins de mi regalo para Emily? —un brillo irritantemente esperanzador en los ojos marrones de Cedric dejó a Godric claramente incómodo.

Godric cruzó los brazos sobre el pecho.

—¿Qué le has comprado?

—Un cachorro. Un foxhound inglés.

Godric no sabía si reír o no.

—¿Un perro? ¿De qué le servirá un foxhound? No va a cazar.

¿Qué iba a hacer una chica con un cachorro, especialmente un perro de caza como ese? ¿Acaso la mayoría de las mujeres no preferían a los gatos? Si Cedric quería cortejar a la joven, un gatito habría sido una elección más inteligente. Aunque en realidad, y tal como a ella le gustaba señalar, Emily no era como las otras mujeres.

—Sé lo que estás pensando, Godric, pero esto es más que un simple regalo. El perro ladrará y aullará y la seguirá por todas partes. Puede que deje de intentar escapar si no quiere dejar al perro atrás.

Godric consideró sus palabras.

—Puede que tengas razón, Cedric.

—¡Maravilloso! —Cedric saltó de su silla con entusiasmo—. ¿Puedo traerlo al comedor cuando ella baje?

—Supongo —Godric ocupó un asiento y empezó a prepararse un plato mientras Cedric desaparecía.

Ashton llegó a la mesa sin decir nada. A Godric le preocupaba bastante ver los ojos usualmente vibrantes de su amigo tan apagados y oscuros —independientemente de su ojo negro en proceso de curación—.

—¿Ash?

Ashton dejó su taza de café, se cruzó de brazos y miró a Godric.

—¿Y bien?

—¿Bien qué?

—¿Terminaste lo que empezaste con Emily, o encontraste algo de piedad en ese negro corazón tuyo?

La acusación de su amigo lo hirió, al igual que su combate de boxeo, uno que sabía que se merecía.

—Ash, no le hice daño después de que te fuiste. Hubo un par de gritos, lo admito, pero me calmé, o más bien, ella calmó mi temperamento.

—¿Por qué me cuesta creerlo? —musitó Ashton.

—Lo juro. Ella sigue siendo tan inocente como el día de su nacimiento... Bueno, más o menos.

Los ojos de Ashton se entrecerraron.

—Júramelo sobre las piedras del Magdalene College —las piedras de su colegio en Cambridge eran la base de la relación de la Liga. Un juramento sobre ellas equivalía a jurar sobre la Biblia.

—Lo juro sobre las piedras.

Los hombros de Ashton se desplomaron con alivio.

—Gracias a Dios. Estuve despierto toda la noche preocupado por si había cometido un error al dejarla contigo. Tenías ese brillo en los ojos.

—Ella me puso de buen humor, pero me calmó con la misma facilidad. Hemos llegado a un acuerdo.

—¿Oh? —Ashton deslizó una bandeja de tostadas en dirección a Godric.

—Emily jura que no hará ningún intento de fuga entre las diez de la noche y las seis de la mañana.

—¿Y qué consiguió ella con ese acuerdo?

—Mi promesa solemne de no seducirla entre esas horas. El resto del día es terreno libre.

—Vaya, vaya, Godric, saliste airoso de ese trato, ¿no es así? —Ashton había vuelto a su habitual semblante alegre.

La puerta del comedor se abrió una vez más cuando Lucien entró con Emily a su lado. Ashton y Godric se pusieron de pie mientras ella se sentaba junto a Godric. Su vestido verde, del tono de la hierba de verano, iluminaba sus ojos color lila. Las mangas del vestido se abombaban holgadamente sobre sus hombros y se ajustaban en la espalda con suaves pliegues que no eran agresivos con su figura, como podría ocurrir con otros vestidos. La prenda mostraba la belleza natural de Emily, acentuando sus curvas. Y la doncella había recogido el pelo de Emily en un nudo poco apretado y atado con cintas verdes.

—Entonces, ¿habéis pasado todos una buena velada? Me pareció oír sonidos de una fiesta... —Lucien observó a Emily y Godric mientras se sentaba junto a Ashton al otro lado de la mesa—. De hecho, si no lo supiera mejor... —Ashton le dio una fuerte patada y Lucien hizo una mueca de dolor—. Me han informado que no lo sé.

Emily alcanzó un plato cerca del codo de Ashton. Él se lo

pasó inmediatamente y ella se sonrojó. Godric se dio cuenta de su mirada y se levantó de la mesa, llamando la atención de Lucien.

—Dime, Lucien, ¿has hablado con Cedric? Pensé que podríamos ir a ver qué ha sido de él... y despertar a Charles, sin duda todavía dormido —Godric se dirigió a la puerta.

Lucien suspiró y lo siguió.

—Supongo.

—¿Puedo... puedo tener una audiencia con usted, milord? —Emily intentó evitar que le temblara la voz, pero no lo consiguió.

—Por supuesto, señorita Parr —respondió Ashton.

Ella se mordió el labio inferior. Si se negaba a llamarla por su nombre de pila, él debía odiarla demasiado.

—Milord, sobre lo de anoche... —tragó con fuerza. Odiaba disculparse, especialmente por algo que creía haber hecho bien. Pero una disculpa valía para su nuevo amigo. En algún momento entre su captura y este momento, se había encariñado con el frío y sereno barón. Era amable y cortés, y había defendido su honor.

—Por favor, señorita Parr, no se angustie por un asunto tan insignificante —su tono era tranquilizador, pero ella necesitaba que él entendiera. Necesitaba saber que él no la abandonaría de nuevo.

—Yo... lamento haberle mentido. No debí hacerlo.

Debería odiarlos. Debería desearles la muerte por lo que han hecho. Pero la rabia no salió a la superficie. Durante el breve tiempo que había pasado con ellos, se había sentido extrañamente feliz. Godric le había mostrado pasión, los otros compañía. No podía dejar que las mentiras —incluso las mentiras para asegurar su libertad—, arruinaran su vínculo con ellos. No sabía cómo era posible una cosa así.

—Señorita Parr, soy yo quien busca el perdón. Hizo lo necesario para protegerse de unos libertinos sin escrúpulos —Ashton empujó su silla hacia atrás y se acercó a ella. Cogió sus manos entre las suyas, sosteniéndolas contra su pecho—. Yo no habría actuado de forma diferente en las mismas circunstancias. Me atrevo a decir que habría hecho algo peor.

—Entonces… ¿entonces no está enfadado, milord?

—Miss Parr…

—¡Por favor, no me llame así!

—Emily, fuiste perdonada en el momento en que dejé tu habitación anoche.

Ella sintió calor, pero estaba confundida.

—Entonces, ¿por qué estabas tan callado esta mañana?

—Temía que no me perdonaras por haberte abandonado. ¿Él te hizo daño? —Ashton puso a Emily en pie y la hizo girar, como si la inspeccionara en busca de señales evidentes de daño, pero no había ninguno.

—Él gritó terriblemente, pero no me hizo daño. Milord…

—Ashton.

—Ashton, si alguna vez me pides la verdad, la tendrás.

Ashton sonrió.

—Solo tengo una pregunta, querida.

—¿Sí?

—¿Cuántos otros idiomas dominas?

A Emily la invadió una ráfaga de felicidad. Él apreciaba su inteligencia cuando su tío no lo había hecho.

—Domino el griego y el latín… Soy aceptable en francés, alemán e inglés.

—¿Italiano no? —sus labios se perfilaron en una sonrisa torcida.

—¿Italiano? No, supongo que es lo suficientemente parecido al latín como para entender algo, pero no lo suficiente como para dominarlo.

—Ah, bien, un idioma que puedo usar contra ti, si lo necesito —Ashton palmeó la parte baja de su mentón mientras Godric y Lucien regresaban al comedor.

Aceptando el chocolate caliente que Godric le sirvió una vez más, Emily se acomodó en su asiento y saboreó el oscuro y exótico aroma. La amabilidad que se le presentaba aquí era genuina y, debido a la compenetración entre ellos, ella perdonaba a regañadientes el secuestro y todo lo sucedido después.

A pesar del trato duro que a veces recibía, Emily estaba mejor bajo el cuidado de la Liga con respecto al asfixiante dominio de su tío o, peor aún, frente al destino que le depararía con su socio.

❄

DESPUÉS DEL DESAYUNO, EMILY SE LEVANTÓ, PERO GODRIC LE puso una mano en el brazo.

—Quédate. Cedric bajará pronto, y tiene un regalo para ti.

Lucien y Ashton levantaron la mirada, sorprendidos.

Los ojos de Emily se llenaron con una tímida incredulidad.

—¿Cedric me ha traído un regalo?

—Sí, lo ha hecho —Godric sonrió, pero con dificultad.

Era extraño que se enfadara por la emoción de Emily. Godric sabía que su tío no había sido muy amable a la hora de mantenerla, pero había empezado a notar el pésimo trato de Albert en el último año. La joven se merecía vestidos finos y pellizas bordadas, no vestidos raídos o zapatillas gastadas. Godric debería alegrarse de ver esta curiosidad infantil brotar en su Emily. Pero esa alegría no había salido de él.

Cinco minutos más tarde, Charles entró, seguido por Cedric, quien llevaba una gran sombrerera azul. Charles le lanzó una sonrisa pícara a Emily, quien casi brincó en su silla.

Ella miró a Godric. Él asintió y ella se levantó de un salto.

Cedric se inclinó y le tendió la gran caja, dejándola a sus pies.

—Un regalo para ti, gatita —la caja se agitó y Emily dio un paso atrás. Godric le rodeó la cintura con un brazo para tranquilizarla.

—¿Se ha movido? ¿Qué me has traído? —sus manos se apoyaron ligeramente en el brazo de Godric.

Godric acercó sus labios a la oreja de Emily.

—Ábrelo y descúbrelo.

Los hombres la observaron con fascinación mientras

desataba la cuerda que sujetaba la tapa de la caja. Ésta salió disparada y la cabeza de un cachorro se asomó, con un lazo de raso azul alrededor del cuello. Como su cola se movía con demasiada fuerza, su pequeño cuerpo temblaba. El pelaje del cachorro era blanco, sus orejas de un cálido color marrón rojizo y su hocico blanco, el cual se estrechaba en una elegante línea hasta la nariz y el espacio entre sus peludas cejas. Ahora era demasiado regordete, pero se convertiría en un sabueso delgado de patas blancas.

Emily no dijo nada, pero se limpió los ojos. Sus amigos se mostraron horrorizados ante su reacción.

—¿No te gusta ella? —Cedric se arrodilló frente a ella con los puños apretados contra los muslos, como si luchara contra una ola de frustración y decepción.

—¿Ella? —Emily cogió a la cachorra que se meneaba y la empujó hacia Godric, quien apenas tuvo tiempo de cogerla antes de que ella abrazara a Cedric.

Godric frunció el ceño mientras Emily depositaba un ligero y emocionado beso en la cara de Cedric. El pobre libertino se sonrojó profundamente cuando ella lo soltó y recuperó su regalo de Godric. La lengua rosada de la cachorra hizo contacto con su mentón cuando Emily la acercó a su cara. Nunca en toda su vida, Godric se había sentido celoso de un perro.

Cedric acarició su pelaje.

—Es una foxhound inglesa. Necesitará mucho ejercicio diario, pero será la mejor cazadora y la compañera más leal que jamás tendrás.

—Eres un encanto, mi pequeña Penélope —Emily besó la cabeza de la cachorra.

—¿Penélope? —preguntó Charles.

Emily le lanzó a Godric una mirada tímida.

—Sí, la fiel esposa de Odiseo.

Él parpadeó sorprendido. Ella había elegido un nombre de la historia que habían compartido ayer por la tarde. Una extraña calidez se instaló en su pecho.

—¿Quieres sacarla a pasear ahora? —preguntó Cedric.

—¿Puedo, Godric? ¿Por favor? —Emily apartó una mano de Penélope para poder tirar de la manga de Godric.

—Si Cedric y Charles te acompañan —ella pasó por alto su guiño a Cedric mientras compartían un triunfo mutuo por el regalo.

La cachorra había frenado las ganas de huir de Emily. Era evidente que no soportaría abandonar a su Penélope. El animal se retorcía en los brazos de Emily y ella lo miraba con tanta felicidad que Godric quería comprarle mil más para asegurarse de que esa mirada jamás abandonara su rostro.

Seguramente otras mujeres no se habrían perdido con tanta dulzura en la alegría por un regalo tan sencillo; habrían deseado joyas y vestidos, pero Emily atesoraba libros y animales fieles, no baratijas brillantes ni vestidos de seda fina.

—¿Nos vamos? —preguntó Cedric y, con un encantado "sí" de Emily, los tres abandonaron el comedor.

Lucien y Ashton se quedaron y dirigieron su atención a Godric.

Lucien sonrió con suficiencia.

—Deja que Cedric compre el afecto de Emily y la engañe para que se quede —los demás se rieron.

—Sí, me pregunto si ya habrá intentado ese pequeño truco con Anne Chessley —musitó Ashton.

—Él tendría que comprarle a esa mujer un caballo, uno bueno, antes de que ella empezara a considerarlo en serio —comentó Godric.

Se rieron ante la idea de que Cedric intentara cortejar a una mujer al comprarle un caballo, cuando la realidad era que ella sabía más que él sobre caballos. Seguramente acabaría en desastre.

—Bueno, me temo que me ocuparé de asuntos más urgentes —comenzó Godric—. Tengo que volver a Londres al menos por el resto del día.

—¿Oh? —las cejas de Ashton se arquearon. Godric

comprendió la reacción de su amigo. Detestaba dejar a Emily sola.

—Sí, necesito arreglar algunos asuntos con mis propiedades. Debo visitar a mi abogado, y he pensado que podría visitar discretamente a Albert Parr.

—¿Qué quieres decirle? —preguntó Lucien.

—Deberías ser cauteloso, Godric, ahora que Blankenship nos sigue el rastro —intervino Ashton—. Seguramente ambos están intentando probar que secuestraste a Emily. Mantén en secreto lo que dices sobre Emily. No podemos tener otra visita inesperada del juez.

Godric tiró de los bordes de su chaleco, ya irritado ante la sola idea de aquel hombre.

—Ash, ¿sería una terrible imposición si te pidiera que vinieras conmigo? Sabiendo cómo encaja Blankenship en este negocio, me temo que puedo necesitar a alguien que me ayude a controlar mi temperamento.

—Sí, por supuesto que iré. Lucien, ¿te importaría hacerte cargo aquí? Todos sabemos lo impulsivo que es Charles, y lo fácil que se distrae Cedric. Creo que todos desconfiaríamos de entregarles un saco de arena en estas circunstancias. Emily necesitará un tercer adversario tanto por su bien como por el nuestro.

—¿No creéis que huirá? ¿Incluso con el perro?

Godric y Ashton asintieron.

—Lo intentará, o conspirará. Está en su naturaleza —Godric no había ignorado lo que ella le dijo anoche, que su libertad era vital para ella. No, el animal no cambiaría los planes de escape de Emily, solo los alteraría.

—Vigilaré a los tres.

Godric asintió.

—Excelente. Llegaremos bastante tarde. Probablemente nos perderemos la cena. Ah, y Lucien, recuérdale a Emily su promesa de permanecer aquí entre las diez y las seis.

—¿Conseguiste que esa diablilla aceptara algunas condiciones? —preguntó Lucien—. ¿Utilizaste los aplastapulgares o el potro?

El rostro de Godric se ensombreció.

—Solo recuérdale su acuerdo antes de dejarla sola, pero... y debo insistir en esta advertencia —Godric y los otros dos hombres salieron al salón principal—, no pierdas de vista a Emily ni un minuto antes de las diez.

—No te preocupes —Lucien le dio una palmada en el hombro a Godric—. Ella estará aquí para ti cuando vuelvas.

—Más vale que lo esté; de lo contrario, sufrirás las consecuencias.

❧ 7 ❧

Capítulo Nueve

El día era extraordinariamente bueno, con un cielo soleado y una ligera brisa. Emily se inclinó para dejar que la hierba sedosa que le llegaba hasta las rodillas le rozara las palmas. Cedric y Charles caminaban a ambos lados de ella, manteniendo una conversación mientras Emily escuchaba. Penélope, quien no estaba atada con una correa, se movía varios metros por delante. La pequeña cachorra se esforzaba por saltar entre la hierba a unos cinco centímetros por encima de su cabeza. Emily sonrió al ver su nariz negra pegada al suelo. Olfateó y luego saltó sobre la hierba para luego volver a olfatear.

—Entonces —dijo Cedric—, le dije al jeque: 'Te apuesto ochocientas libras a que puedo ganar esta mano', y el jeque, el bastardo altanero, respondió: 'Hagamos la apuesta sobre algo más valioso'. ¿Qué te parecería un par de yeguas árabes?' Y le dije que aceptaría esa apuesta.

—¿Son éstas las yeguas que pretendes aparear con el semental de Anne Chessley?

—¡El mismo par! —Cedric se rio.

—¿Entonces le ganaste los caballos al jeque? —preguntó Emily con asombro—. ¿No estaba enfadado? —se imaginó a Cedric jugando la mano ganadora ante un jeque de piel aceitunada cuyos ojos ardieron al perder los caballos.

Cedric balanceaba su bastón por debajo de la hierba mientras caminaba.

—¿Estaba enfadado? ¡El hombre estaba rojo de la furia! Pero gané limpiamente ante una docena de pares de ojos. Sinceramente, los extranjeros no saben jugar *whist*. Demasiados impulsos y bravuconadas.

Una sonrisa irónica arrugó los labios de Charles.

—¿Supongo que era aficionado a sus caballos?

—Aficionado a su linaje —aclaró Cedric—. Las yeguas fueron engendradas por su mejor semental, un árabe llamado Firestorm. Ni siquiera yo podía permitirme hacer una oferta para comprarlas.

Emily estaba asombrada. Había visto una vez a un caballo árabe, en una feria de campo, quien había realizado saltos, bailado y dado patadas en el suelo. Su pelaje era blanco, como la primera nevada.

A diferencia de la mayoría de los caballos, la nariz de los árabes se curvaba un poco al final. Su belleza equina era seductora y misteriosa, y sus patas estilizadas les daban un aire de delicadeza y, al mismo tiempo, mucha fuerza. Su constitución única también contribuía a la rapidez de sus carreras.

—¿Por qué no hay más árabes puros en Inglaterra? Solo he visto uno en mi vida —muchos ingleses se jactaban de poseer buenos árabes, pero esos caballos habían sido criados en Inglaterra durante innumerables generaciones. Era raro que los árabes recién salidos de Oriente Medio llegaran a las costas inglesas.

—Los jeques guardan celosamente sus caballos. Han matado a gente por ellos.

—Me sorprende que el jeque te haya dejado salir vivo —dijo Charles.

—Me dejó salir de la sala de cartas, pero me dijo que un día moriría de forma horrible y que él recuperaría sus caballos.

Emily jadeó, pero los hombres solo se rieron. Ella no veía nada de humor en una amenaza de muerte.

—¿Qué le respondiste? —preguntó Charles.

—Le dije que si quería vengarse por una honesta partida de cartas, sería mejor que esperara su turno, porque he hecho cosas mucho peores a hombres mejores —poco en el mundo asustaba a alguno de estos hombres.

—Pero seguramente no lo dices en serio, Cedric. Tienes tus defectos, como todos los hombres. Pero también eres amable. No le harías algo a una persona que no lo merece —Emily esperaba que fuera la verdad. Sabía que eran capaces de ser bondadosos, pero una pícara curiosidad la impulsaba a saber si esos dos hombres admitirían sus malvados pasados.

—¿Afirmas entonces que las mujeres no tienen defectos? —había un brillo alegre en los ojos de Cedric.

—Mmm. Sé de un defecto que ella tiene... —Charles giró y cogió a Emily por la cintura, haciéndole cosquillas para que se deshiciera entre risas y jadeos de ayuda.

—Intentamos ser amables contigo, gatita, porque eres muy indefensa y dulce.

Cedric se cruzó de brazos y se rio mientras ella luchaba por escapar de Charles.

—¡Oh, ayuda! ¡Cedric, haz que se detenga! —ella intentó liberarse, pero Charles no lo permitió. Cedric dio un golpe bien colocado con su bastón en la parte posterior de las piernas de Charles. Emily se liberó y rodeó a Cedric, utilizándolo como escudo humano, mientras Charles hacía lo posible por acecharla como un gato montés.

—¡Basta! —Cedric esquivó las manos de Charles y ahuyentó a Penélope mientras la cachorra se unía a la diversión. Finalmente, Charles cedió y dejó que Emily recuperara el aliento.

Cedric le tendió una mano.

—Ven, Emily —ella se lanzó hacia adelante, deslizando su

mano en la de él, riendo mientras Charles contaba una divertida historia sobre su último combate de boxeo. Era un día perfecto. Casi. Solo faltaba una cosa. Una persona.

WHITECHAPEL ERA UNA ZONA DESPRECIABLE. DURANTE EL DÍA, los carruajes y las personas que vendían productos baratos llenaban las calles. Por la noche, la zona se transformaba en un refugio para prostitutas, degenerados y asesinos. Las calles laterales se abrían paso a través de la zona, tejiendo un laberinto mortal de suciedad y peligro.

Blankenship se mantuvo en las sombras. Aunque era un hombre corpulento, más que capaz de protegerse en una pelea, nunca había creído que ésta debía ser justa. Mantuvo la palma de la mano metida dentro de su chaqueta, envolviendo una pistola de la marca Manton.

Un grito agudo en lo alto fue su única advertencia para que se apartara mientras un orinal era vaciado en lo alto. Se adentró en un charco de luz amarilla, chocando con una puta harapienta.

—¿Te apetece un polvo rápido, cariño? —la cara pintada de la mujer era una máscara de enfermedad y penuria. Blankenship maldijo y se adentró de nuevo en el refugio de las sombras. Algo se retorció bajo su bota. Dio una patada, provocando la huida de una rata. La siguiente vuelta que dio fue por la calle Dorset, con los dedos enroscados en la empuñadura de su pistola mientras se acercaba a una taberna llamada La Cabeza del Jabalí Negro.

En el trozo de pergamino en su bolsillo, el cual había recibido esta tarde, figuraba el nombre de la taberna y la hora de la reunión. Alguien supo que necesitaba ayuda para conseguir a la chica Parr y le había sugerido que viniera aquí para discutir una alternativa distinta a los medios legales que él había intentado sin éxito. Estaba demasiado desesperado como para no intentar cualquier método, incluso si eso significaba encontrarse con un desconocido en este lugar.

En el momento en que la puerta se abrió, fue asaltado por el olor a ginebra y a cuerpos sucios. Los ojos le lloraron y Blankenship estuvo a punto de salir corriendo.

Esquivó a varias mozas de servicio, cuyos pechos casi se salían de los finos corpiños de muselina. Esas criaturas bajas y sucias ya no le atraían. Ansiaba una piel suave y cremosa, un cabello dorado y brillante y unos labios rosados pálidos.

Ansiaba a Emily Parr.

Cuando Blankenship comenzó a deslizarse hacia una mesa cercana a la puerta, algo llamó su atención. Cerca del fondo, un hombre bien vestido descansaba en una mesa con una mano enroscada alrededor de un vaso de ginebra. La otra mano estaba enredada en el pelo de una mujer mientras la empujaba con la cabeza hacia arriba y hacia abajo sobre su miembro. Blankenship ahogó un gemido, luego se removió incómodo y se ajustó los pantalones. Su mayor deseo era tener a Emily de rodillas, rodeando su longitud con los labios y absorbiéndolo por completo hasta las arcadas.

El hombre de la mesa arqueó las caderas en señal de liberación y apartó a la mujer de un empujón. Ella se limpió la boca con el dorso de la mano y se escondió en un rincón. El hombre sostuvo la mirada de Blankenship, se acomodó los pantalones y sonrió. Era una expresión fría, impenetrable. Con un movimiento de su mano le indicó a Blankenship que se uniera a él.

—Me has estado observando.

Blankenship no pudo ocultar su ceño fruncido.

—Has montado un espectáculo de distracción.

El hombre volvió a reírse. Suave. Peligrosamente.

—Siéntate. Creo que necesitas ayuda.

La silla que ocupó Blankenship crujió en señal de protesta.

—¿Así que tú me enviaste la nota? ¿Quién eres? —estudió al otro hombre. Sus largos dedos estaban cuidados, tenía el pelo arreglado y ropas inmaculadas. ¿Un Lord quizás?

—Hugo Waverly.

Había oído el nombre antes, pero no podía recordar dónde.

—¿Qué interés tienes en mis asuntos? —su mano seguía apoyada en la pistola metida en su abrigo.

Waverly le clavó unos fríos ojos marrones.

—Compartimos un adversario común, ¿no es así?

A Blankenship se le revolvió el estómago. Cualquier hombre que conociera sus asuntos era una amenaza, pero un hombre como éste podría ser un aliado potencial.

—Supongo que te refieres al Duque de Essex —Blankenship se reclinó en su silla, cruzando los brazos sobre el pecho—. ¿Qué tienes contra él?

—Es algo personal. Basta con decir que me gustaría ayudar. Conozco a un hombre —los dedos de Waverly bailaron sobre su vaso de chupito mientras lo hacía girar delante de él, con los ojos fijos en Blankenship—. Es muy hábil. Ojos y oídos en todas partes. Está especializado en rescates de naturaleza delicada. Si le pagas bien, puede recuperar lo que es tuyo por derecho —Waverly sonrió—. Y yo tendré el placer de saber que le han arrebatado algo a Essex, algo que ama.

—¿Crees que él la ama?

—No sé nada de ninguna mujer —su mirada astuta se encontró con la de Blankenship—. Por lo que sé, se trata de una propiedad malversada, nada más. Essex cree que tiene derecho a esa propiedad y tú y yo sabemos que no es suya. Eso no cambia el hecho de que él se preocupe por esta... propiedad.

—¿Quién es este hombre?

Waverly buscó en su bolsillo y sacó un fino papel. Lo deslizó por la mesa. Blankenship lo cogió y se quedó mirando el nombre y la dirección.

—Debo añadir que hay otra persona que podría resultarte útil. Alguien que está íntimamente familiarizado con los hábitos de Essex. Solo tienes que consultar la columna de Lady Society en *El Monóculo de Cristal* para determinar la identidad de ella.

Satisfecho, Blankenship se levantó para marcharse.

—¿Blankenship?

Sus hombros se pusieron rígidos, pero se quedó mirando a Waverly.

—Essex odia especialmente que se *estropeen* las cosas que le importan.

Una vez que Godric concluyó su reunión con su abogado, él y Ashton se dirigieron a la pequeña joyería de la calle Regent que había frecuentado en su adolescencia. Godric examinó las brillantes baratijas del escaparate, reflexionando, escogiendo, debatiendo. Tras un intenso estudio, eligió una peineta de oro adornada con una mariposa, con estructura coloreada de ópalo y alas de nácar.

Emily le recordaba a una mariposa. Volaba hacia su libertad cada vez que él intentaba capturarla, pero cuando él se quedaba muy, muy quieto, ella lo recompensaba con los más encantadores besos pensados solo para él.

Godric rozó con el pulgar el suave ópalo y la perla, imaginándola hundida en las ondas de su melena dorada y castaña. Saborearía el momento de quitársela por la noche cuando ella se metiera en su cama. Su pelo caería en una cascada de color.

Se estaba comportando de nuevo como un adolescente, sin saber cómo conquistar a una mujer. ¿Cuántos años habían pasado desde que él y sus amigos habían conspirado sobre la mejor manera de capturar el corazón de una chica?

Godric eligió un cepillo para el pelo a juego con la peineta, y luego le entregó al vendedor un collar de perro de cuero con una placa de plata para que grabara el nombre de Penélope. Una vez que los artículos estuvieron listos, él y Ashton partieron.

Era el momento de visitar a Albert Parr.

El mayordomo de Parr, con piel amarillenta, los hizo pasar con el comportamiento más rígido y poco acogedor. Se limitó a hacerse a un lado para recibirlos y luego los condujo por el pasillo. Godric frunció el ceño ante el descuidado entorno. Pasó un dedo enguantado por la barandilla más cercana y su frente se arrugó al ver una mancha de polvo gris estropeando el guante. La casa estaba a pocas calles de Park Lane, pero era evidente que el reclutamiento y la supervisión de los sirvientes no eran las principales preocupaciones de Albert Parr.

—Pobre Emily —musitó Ashton—. No es precisamente un lugar cálido para vivir.

Godric gruñó.

—Mi Emily merece un palacio con sábanas de seda y mil sirvientes.

Ashton enarcó una ceja hacia él.

—¿Quieres decir que ella pertenece a un lugar como la residencia Essex?

Godric contempló en silencio el comentario.

—Por el momento, sí.

—¿Por qué no más tiempo? Digamos... ¿para siempre?

—¿Qué haría yo con ella, Ash?

—Cortejarla. Pronto dejará de ser una flor virgen. ¿No preferirías ser tú en vez de un canalla como Blankenship? Se merece un hombre que sea tierno y apasionado con ella.

—Pero, ¿y después? He arruinado su reputación. ¿Voy a casarme con ella y vivir feliz para siempre? Tú lo sabes muy bien —aquellos a quienes había amado, terminaron por abandonarlo o traicionarlo. No quería ninguna de las dos cosas con Emily.

—¿No es eso lo que se supone que hacen los libertinos reformados?

—¿Quién ha dicho que me he reformado?

Ashton se limitó a sonreír.

Ninguno de los dos dijo nada más mientras el criado los conducía al estudio de Parr. La rata del tío de Emily estaba leyendo unas cartas, inclinado sobre su escritorio. Levantó la vista y luego lanzó varias miradas.

En lugar de tratar a un duque y a un barón con la debida cortesía, Parr se levantó de mala gana.

—¿Por qué has tardado tanto?

Godric lo miró fijamente hasta que el hombre añadió:

—Su Excelencia.

Los puños de Godric se cerraron con fuerza a sus costados. Tenía la extraña sensación de que se estaban burlando de él.

—Me gustaría hablar de mi inversión con usted —él y Ashton se acercaron al escritorio de Parr, ambos mirándolo con ceños fruncidos que habrían hecho huir a cualquier otro hombre, como si el mismísimo diablo le pisara los talones.

Parr se acomodó en su silla, mirándolos.

—¿Así es como llama a mi sobrina, Su Excelencia?

—¿Oh? ¿Tienes una sobrina? —Godric sonrió, pero su calidez no alcanzó sus ojos—. Ashton, ¿has oído eso? Parr tiene una sobrina. Encantador.

—Es un terrible mentiroso, Su excelencia. Sé que usted se llevó a Emily —dio un paso a su derecha, como si planeara rodear el escritorio, pero luego lo pensó mejor—. El señor Blankenship no tuvo suerte en encontrarla, según tengo entendido, pero estoy seguro de que usted la metió en su sótano, o tal vez en un armario. Imagino que no tuvo inconvenientes en hacerlo —los labios finos de Parr se extendieron en una sonrisa, una tan fría como la de Godric.

—¿Dónde está mi dinero?

—Su dinero ha desaparecido. Me lo he gastado todo en el pago de los acreedores, cosa que sabe muy bien. No queda nada en esta casa que pueda embargar y vender, o se lo daría. También le debo al señor Blankenship mucho más. Emily era mi última pieza de negociación. Pero, por supuesto, usted ya lo sabía, y por eso se la llevó.

—Ella no es una pieza de negociación. ¡Es una mujer! —Godric golpeó su mano sobre el escritorio de Parr. Ashton colocó una mano firme en su hombro.

—Si no es una pieza de negociación, entonces ¿por qué se la ha llevado? Si ha habido algún comportamiento engañoso en mi uso de su inversión, al menos seamos honestos y admitamos que

dicha deshonestidad ahora camina en ambas direcciones —
contestó Parr.

Quería saltar sobre el escritorio y estrangular a Parr. Pero el
impulso tuvo que luchar con su propia sensación de culpa. Eso
era verdad. Él no era mejor que Parr. No le había importado en
lo más mínimo que sus acciones destruyeran su reputación. De
hecho, había contado con ello y se había reído de la idea,
pensando que todo era un juego.

Godric era el mismo villano que el tío de Emily.

Ashton intervino.

—Señor Parr, ¿qué derecho tiene Blankenship sobre uh… eh…
su sobrina?

La conducta profesional de Parr regresó.

—Algo irrefutable. La cambié por mi deuda. Aceptó cumplir
su parte del trato casándose con ella. A menos, por supuesto, que
ya no sea una doncella.

—¿Y entonces ella se liberará de él? —en ese caso, Godric
tenía la victoria a su alcance.

—No. Si ella llega a él carente de su inocencia, él la
mantendrá como su amante.

—¿Y usted estuvo de acuerdo con esto? —el rostro de Godric
palideció, no con horror, sino con rabia.

Parr bajó la mirada, sin poder enmascarar ya algún sentimiento de culpa.

—Sí… y fue un trato del diablo. ¿Pero qué opción tengo? Si
Blankenship exige el pago, seré destruido. Siento compasión por
la chica, pero si conocieras a Blankenship como yo, lo
entenderías.

—No desconocemos su influencia —dijo Ashton.

—¿En serio? La ruina financiera de los enemigos del hombre
es solo una parte de la reputación del hombre.

—¿Y qué hay de Emily? ¿Ella no tiene voz ni voto en el
asunto? —intervino Godric.

—Ella hará lo que sea necesario. ¿Qué otra utilidad tiene?

Godric le golpeó el rostro y Parr cayó hacia atrás en su silla, agarrándose la boca.

—Eso no sucederá.

La lengua de Parr recorrió sus dientes, mostrando sangre.

—¿Oh? ¿Por qué no?

—Emily ya no es asunto suyo. No la tendrá para saldar sus deudas.

ALBERT SABOREÓ EL DOLOR CON UNA PEQUEÑA SATISFACCIÓN. Essex tenía a Emily y, además, ella lo había cautivado. Nadie sabía cuánto tiempo disfrutaría el Duque de ella, pero, al menos por ahora, ella estaba bajo su protección. A Blankenship le sería difícil encontrar una manera de llegar a ella. Quizá era lo mejor. Ciertamente, Blankenship no podía hacerlo responsable por esto. Entonces, podría sacar provecho de esto y recordarle a su sobrina la bondad que le había mostrado al ser su tutor. Y tal vez Essex perdonaría la deuda de Albert por sus esfuerzos para cuidar de Emily.

El golpe en su mandíbula demostró que Emily estaba en mucho mejores manos que las suyas. Un hombre simplemente no golpeaba a otros hombres en la alta sociedad a menos que sus emociones estuvieran desbordadas.

Albert sonrió, hizo una mueca de dolor y volvió a sonreír. Parecía que el dulce temperamento de Emily estaba dando sus frutos. Pero, por el bien de la chica, esperaba que las ambiciones de Blankenship respecto a ella no fueran tan obsesivas como parecían.

JIM TANNER EXPLORÓ LA OSCURA CALLE FRENTE A ÉL. ERA UNA de las muchas rutas inteligentes de St. Giles por las que podía escabullirse en la impenetrable oscuridad, evadiendo a cualquiera que pudiera estar persiguiéndolo. También era el lugar perfecto para encontrarse con un nuevo cliente. La noche se acercaba y las sombras se extendían por el laberinto de la villa, oscureciendo las ventanas de las casas de empeño y las chozas. Había recibido una nota a través de sus contactos sobre un hombre que deseaba pagarle mucho para rescatar a una joven de las garras de un grupo de peligrosos nobles. La idea lo había intrigado lo suficiente como para aceptar reunirse con el posible cliente una hora después de la puesta de sol.

Unas pisadas sordas en la oscuridad le hicieron alcanzar la espada que guardaba en su abrigo.

—Dije... ¿estás ahí? —preguntó una voz grave y retumbante —. He traído la información y un anticipo —la voz se suavizó hasta convertirse en un áspero susurro mientras un hombre alto y corpulento se adentraba en un charco de luz desvanecida a poca distancia.

Tanner se manifestó, disfrutando del jadeo y del salto del posible cliente. Había estado a solo un metro de distancia y el hombre nunca se dio cuenta.

—¿Así que me necesitas para conseguir una dama? —aclaró Tanner.

—Sí. Actualmente está escondida en la finca del Duque de Essex. Cinco hombres la vigilan en todo momento —dijo el hombre mientras entregaba un trozo de pergamino con las indicaciones para llegar a la finca.

Tanner leyó el papel y luego lo rompió en pedazos, desechándolos en un charco de agua sucia donde la tinta se correría más allá de la legibilidad.

Nunca se había cruzado con el Duque de Essex, pero seguramente era como cualquier otro aristócrata presuntuoso. Aburrido, rico y con demasiado poder.

De joven, Tanner había sentido una gran lealtad hacia estos hombres, especialmente hacia su amo, un vizconde de mediana edad. Como lacayo, había atendido todas las necesidades del hombre sin esperar ninguna amabilidad o trato extra por su duro trabajo. Había estado orgulloso, muy orgulloso de su deber para con su amo.

Al menos hasta que su amo descubrió a la amada de Tanner y la violó. Lacy. La sangre de Tanner hervía al recordar que la había encontrado inclinada sobre la cama de su amo, con las faldas subidas por las caderas mientras recibía todo lo que su amo quería darle. No había protestado, ninguna mujer del servicio lo hacía. Negarse a su amo era motivo de despido.

La rabia había destruido la cordura de Tanner. Mató a su amo con sus propias manos y luego huyó. Ahora, siete años después, se había establecido como un ladrón profesional a sueldo, uno de los mejores. El talento de la destreza y la capacidad de pasar desapercibido para todos —un oficio de lacayo—, le funcionaban aún mejor como especialista en adquirir objetos deseados para los clientes que pagaban.

El hombre, Thomas Blankenship, sin duda podía pagarle bien. Sus fuentes se lo habían confirmado, aunque también le advirtieron que era peligroso y embustero.

—Quiero quinientas libras por la entrega de la chica. Enfrentarse con un duque requerirá un tiempo fuera de Inglaterra.

Su cliente resopló y le arrojó una bolsa de cuero.

—Aquí tienes cien por adelantado, tal y como exigía tu nota.

Tanner cogió la bolsa y comprobó el peso.

—Bien. Esto es lo que debes hacer por mí. Necesito que alguien acceda al interior de la finca de Essex, un amigo, un confidente, un sirviente, cualquiera al que puedas comprar para que entre en la casa y me dé detalles de los horarios de los guardias y los sirvientes. Son cosas que no puedo controlar, pero que necesito saber para obtener su *posesión*.

Blankenship se removió allí de pie y luego asintió.

—Sé de alguien.

—Excelente, envíelo a la dirección a la que envió su nota anterior y entonces llegará a mí —esperó, curioso, por ver qué haría el cliente. Era evidente que al hombre no le gustaba recibir órdenes, pero por el dinero que estaba pagando, era mejor dejar que Tanner hiciera su trabajo sin interferencias.

—Muy bien. Le escribiré cuando tenga los detalles.

Ninguno de los dos hombres se dio la mano, simplemente cruzaron miradas, sellando el trato con un asentimiento. Con una suave risita, Tanner se embolsó el dinero y se deslizó hacia la oscuridad de los callejones secretos de St. Giles.

EMILY SE APARTÓ DE LA VENTANA.

—¿Cuándo volverán Ashton y Godric de Londres?

—En algún momento de la noche —dijo Lucien—. Él supuso que se perderían la cena.

El corazón de Emily se desplomó por la decepción.

Echaba de menos a Godric, echaba de menos las miradas encendidas, la ternura de sus labios, el peso áspero de su cuerpo, esas manos que la llevaban a la locura. Pero también echaba de menos el intenso timbre de su voz, la forma en que atendía a todas sus necesidades. Incluso echaba de menos su deseo de dormir a su lado solo para oírla respirar.

—¿Estás deseando que vuelva?

Emily asintió. Un oscuro y vasto vacío se había instalado en su corazón. A pesar del agradable momento que estos hombres le proporcionaban, la misma oscuridad para su futuro permanecía allí, en ella. Un temblor sacudió su cuerpo mientras el pánico y el temor amenazaban con invadirla.

—Anímate, dulzura —Lucien le pasó una mano por la cintura, haciéndole un poco de cosquillas.

Sin poder evitarlo, se le escapó una pequeña risa. Ella lo fulminó con la mirada.

—Es poco caballeroso utilizar de esa manera mis debilidades sobre mi persona.

—Entonces es de agradecer que yo no me considere a menudo un caballero.

Simkins entró en la habitación y anunció la cena.

Emily se instaló en el comedor, entre Lucien y Charles, con Cedric frente a ella.

—¿Puedo hacer una pregunta?

—Eso depende —los ojos de Lucien brillaron—. No vamos a obsequiarte historias de nuestras legendarias aventuras en brazos de nuestros amantes. No besamos y luego lo contamos.

Charles le lanzó una mirada.

—Creía que eso era todo lo que hacíamos.

—Bueno, no a otras mujeres —Lucien puso los ojos en blanco.

Cedric se encogió de hombros.

—Mis amantes siempre preguntan por mis pasadas... eh... indiscreciones con una ávida curiosidad.

—No puedo creer que, por primera vez, sea la voz de la razón —dijo Lucien—. Emily es una dama decente. Ninguno de vosotros compartirá una palabra o os arrancaré las orejas.

Emily soltó una risita.

—Solo quería preguntar, ¿cómo es que todos vosotros habéis llegado a ser amigos? Sin duda, eso incluye las historias de vuestros amantes.

Cedric y Charles intercambiaron una mirada divertida.

—No, no, nuestros encuentros son más aventura que romance —habló Lucien.

—¿Queréis hablarme sobre ello?

—La historia se cuenta mejor cuando estamos todos, pero tal vez podamos contarte cómo conocimos a Godric, cada uno de nosotros. Esas son historias que se cuentan por sí solas —respondió Charles.

—¡Eso sería maravilloso! —nada le gustaba más que una buena historia, y estos cinco hombres habían sido los protagonistas de muchas.

—Entonces debería ir yo primero —Cedric terminó su plato y miró alrededor de la mesa en busca de aprobación para continuar—. Yo fui el primero en conocer a Godric, en 1807, cuando él y yo teníamos diecisiete años. Lo convencí para que se escapara de los dormitorios del Magdalene College. Cenamos en una taberna local y nos liamos a golpes con un alumno de último curso llamado Hugo Waverly por una mujer. Golpeé a Waverly hasta hacerlo polvo y cogí su bastón como una cuestión de honor —los dedos de Cedric se enroscaron suavemente en el tallo de su copa de vino.

La mirada de Emily se posó en la cabeza de león de plata del bastón que estaba apoyado contra la mesa.

—¿Es su bastón el que llevas ahora?

Se lo tendió a Emily, quien lo cogió como a un precioso artefacto de épocas pasadas.

—Sí.

Ella percibió, por la mirada tensa de Charles, que había algo más que no estaban compartiendo con ella.

—¿Hugo Waverly se vengó alguna vez?

Charles dejó caer la botella de vino que había estado examinando, la cual impactó contra el suelo con un estruendo repugnante y un estallido carmesí que le arruinó la ropa. Se precipitó a recoger los pedazos.

—Charles, ¿estás bien?

Lucien se arrodilló para ayudarle.

—Entonces, ¿qué pasó con Hugo Waverly? —había algo en su nombre, o quizás en su recuerdo, que había hecho reaccionar a Charles. Era evidente que había mucho más en esta historia que una simple pelea y la adquisición de un bastón. Había habido razones, y había habido consecuencias.

—Es tal y como has dicho. Él juró vengarse —la respuesta de Cedric evadió su pregunta, pero ella sabía que no oiría más sobre el misterioso villano.

Le devolvió el bastón y un tímido suspiro de nostalgia escapó de sus labios.

—Me habría encantado vivir aventuras como ésa.

Todos estaban boquiabiertos, como si su declaración hubiera sido un impacto.

—¿Cómo diablos llamas a esto, Emily? Secuestrada, defendiéndote de las insinuaciones de descarados libertinos... Nada de eso es para los cobardes —comentó Cedric con leve humor.

—Lo sé... pero no es realmente peligroso, ¿verdad? —pasó la punta de un dedo por la superficie del mantel blanco y luego reprimió un escalofrío—. Aparte de la visita de Blankenship.

—Entre cabalgar como una amazona y saltar paredes, has puesto nuestras vidas en peligro, y eso debería contar como algo —replicó Lucien.

Los labios de Emily se transformaron en un ceño de decepción. Era inútil explicarles a esos hombres que ella ansiaba viajar a tierras extranjeras, a lugares desconocidos y al arte que aún no había sido creado por las manos de un pintor. Había muchas cosas que ella se estaba perdiendo.

Si su tío la casaba con Blankenship, su vida terminaría.

Ahogando un bostezo, Emily se preguntó cuándo volvería Godric. La conversación de la cena la había distraído durante unos momentos.

—Es tarde. Tal vez debas retirarte a dormir, Emily —habló Cedric.

—Supongo que tienes razón. Estoy fatigada —se inclinó para coger a Penélope, quien se sacudió contra sus faldas. La perrita le lamió la barbilla y se retorció emocionada, y Emily no pudo evitar sentirse reconfortada por tan inocente afecto. Cedric la acompañó al piso de arriba; un sombrío recordatorio de su condición de prisionera.

—Tienes tus libros y a Penélope. ¿Estarás bien el resto de la noche?

—Sí.

—Muy bien entonces, gatita. Haré que Simkins envíe tazones de comida y agua para Penélope.

—¿Y una cesta? ¿No necesitaría una para dormir?

—Me encargaré de que tenga todo lo que su pequeño corazón desee.

—Gracias, Cedric.

—De nada. Estaremos abajo, por si necesitas algo.

Una vez sola, se acomodó en la cama con Penélope en su regazo y sacó una de las novelas de la mesa auxiliar. *Lady Viola y el Duque Galante.* Quería una buena historia.

Mientras leía sobre la valiente heroína y su primer encuentro con el galante héroe, vio a Godric y le dolió el corazón. Justo ahora, ¿estaba pensando en ella, o siquiera lo hacía? ¿Y si se quedaba dormida antes de que él regresara? ¿Él aún vendría a reclamar su beso de buenas noches?

No debía desear aquello, pero, qué Dios la ayude, lo deseaba. Quería que él entrara en su habitación y la besara hasta dejarla sin sentido. El beso de Godric era un fuego salvaje en un prado seco, y ella ansiaba ese infierno como ninguna otra cosa. Era una locura desearlo de esa manera. Lógicamente, conocía el peligro que él representaba para su corazón, pero no podía resistirse a él.

Emily se relajó en la cama y soñó con Godric. Penélope se acurrucó contra su pecho y sus ojos marrones se apagaron mientras se quedaba dormida. Emily permaneció en ese delicioso estado de insomnio parcial, imaginando las manos de Godric sobre su cuerpo, su boca sobre la suya y unas suaves palabras de amor haciéndole cosquillas en el oído. Pero eran sueños y solamente eso.

❧ 8 ❧

Capítulo Diez

Godric nunca había estado tan ansioso por volver a casa.

Cabalgó tan fuerte sobre su caballo castrado que en dos ocasiones Ashton le gritó, por encima del estruendo de los cascos, para que redujera la velocidad o su caballo perdería una herradura. Entonces sí que se retrasarían. El viaje había durado más de lo previsto y no llegarían a la finca hasta una hora después de la medianoche.

Los regalos de Emily estaban guardados en el bolsillo de su abrigo de montar y él estaba desesperado por verla, por tenerla en sus brazos, por besarla, por hacerle cosquillas solo para escuchar esa risa sin aliento. Se moría por saborear sus labios, ver cómo sus ojos brillaban de placer o se encendían con el primer resplandor de la pasión. Quería hablarle en griego, descubrir cuánto sabía realmente. Ansiaba poner a prueba su mente y saborear sus labios. Emily era un enigma para él, una mujer diferente a cualquier otra que hubiera conocido.

La nacarada luz de la luna se abría paso sobre las pálidas piedras de la lejana mansión, tentándolo como un espejismo en el desierto. ¿Emily lo estaría esperando? Eso esperaba. Quería meterla en su cama y darle un beso de buenas noches y, para su sorpresa, su motivo no era puramente carnal.

¿Cómo diablos había llegado a interesarse por esta joven de una manera en la que nunca se había interesado por nadie, salvo por sus amigos más cercanos?

Ashton tuvo razón. Ella lo había encantado, y él esperaba que el hechizo durara para siempre.

Cuando él y Ashton llegaron a la mansión, dejaron sus caballos en manos de un caballerizo y entraron. Un criado había apagado las velas y el salón estaba en silencio. Un lejano resplandor de luz dorada iluminaba el camino hacia el salón. El humo del cigarro se extendía por el pasillo hacia Godric y Ashton.

Emily no estaba con ellos. Incluso los caballeros como ellos nunca fumaban delante de una dama.

Godric y Ashton se dirigieron hacia el salón y encontraron a Cedric, Charles y Lucien descansando en asientos con reposabrazos cerca del fuego. Una nube gris de humo de cigarro se cernía sobre sus cabezas mientras hablaban en voz baja y jugaban a las cartas.

—Habéis vuelto —Cedric parecía aliviado de verlos.

—Parece que nos habéis echado de menos —el tono de Ashton estaba lleno de preocupación.

A Godric no le gustó la repentina ola de pánico en su estómago. ¿Le había pasado algo a Emily?

—Casi me da miedo preguntar, pero ¿dónde está Emily? —a Godric se le apretó el corazón en el pecho.

—No te preocupes, Godric. Está en su habitación, dormida. Lo está desde las diez.

—Gracias a Dios por eso. Disculpadme —Godric se despidió de los demás, desesperado por asegurarse de que ella seguía allí, que seguía siendo suya.

Subió corriendo las escaleras, pero se detuvo en la puerta de Emily. Comprobó el pomo de la puerta de su habitación. Estaba abierta. ¡Qué tontos! Podría haberse escapado sin que ellos lo supieran.

La luz de la luna iluminaba la habitación de Emily y el cuerpo oscura de la joven se perfilaba en la cama. Todavía estaba completamente vestida y parecía que se había desplomado de cansancio. ¿Había tenido la intención de esperarlo despierta y se había quedado dormida? Un destello de esperanza ardió en su pecho. Quería que aquello fuera cierto.

Godric dudó antes de armarse de valor para entrar y cerrar la puerta. Se agachó, se quitó las botas y las dejó cerca de la puerta.

Avanzó suavemente hasta la cama y examinó a Emily. Parecía estar soñando con días más felices por la suave expresión en su rostro. Se inclinó con cuidado y rozó sus labios sobre los de ella, sin querer despertarla, pero Emily se movió igualmente.

—¿Godric? —musitó, con los ojos aún cerrados.

—¿Sí? —él se arrodilló junto a la cama mientras ella abría los ojos.

—¿De verdad has vuelto?

—Por supuesto, querida. Vivo aquí, ¿sabes?

Ella intentó no reírse.

—¿Ah, sí? No tenía ni idea —le mostró una sonrisa pícara—. Quería esperarte despierta, pero debí quedarme dormida —extendió una mano para tocarle la mejilla.

Godric dirigió sus labios hacia el centro de la palma de su mano, besándola.

—¿Qué hiciste mientras yo no estaba? —quería saber todo lo que había hecho, y si lo había echado de menos. Detestó cada minuto que pasó lejos de ella, y quería que Emily le asegurara que no estaba solo.

Cruzó los brazos en el borde de la cama y apoyó la barbilla en ellos mientras ella le contaba su día. Su pecho se llenó de un extraño calor. En ocasiones, Emily era un libro abierto para él, pero esta noche sus ojos eran pozos misteriosos. Se hundió más y más en ellos, atrapado por las maravillosas emociones que allí se reflejaban.

Ella arrugó la nariz y luego sonrió. La mano de Emily jugó con su pañuelo distraídamente mientras lo miraba, con ojos amplios y oscuros como diamantes velados por las sombras de la medianoche.

—¿Y tú? ¿Qué tal tu viaje a Londres? —su pregunta hizo que Godric sonriera.

—Bastante agradable, pero...

—¿Pero?

Pero te he echado mucho, mucho de menos, quiso decir, pero las palabras se ahogaron y murieron en algún lugar entre su garganta y sus labios.

—No importa. Te compré algunos regalos mientras estuve allí. ¿Te gustaría verlos?

—¿Regalos? —una sonrisa se dibujó en su rostro, un encanto irresistible que le robó el aliento. Había esperado todo el día para verla mirarlo así, como si hubiera subido a un corcel blanco dispuesto a luchar por su corazón.

Pero Godric no podía confiar en ese pensamiento en sus ojos. Quería que fuera cierto, pero Emily, ¿cómo podía quererlo? ¿A él, el hombre que le había arrebatado demasiado?

—Por supuesto que traje regalos. Cedric no podía tener toda la diversión.

Sacó los paquetes del bolsillo de su abrigo y Emily los cogió. Godric se unió a ella en la cama. Se deshizo del papel morado oscuro y encontró los dos primeros objetos, el cepillo y la peineta adornada con mariposas. La perla de las alas de las mariposas canalizaba la luz de la luna, y el ópalo brillaba en la oscuridad, como el mar a medianoche. Con el roce de su dedo acarició la superficie de la mariposa en la peineta y giró la cara hacia Godric, sin darse cuenta de lo cerca que estaba. Sus narices se rozaron y ella sonrió antes de darle un beso en la mejilla. Un beso de mariposa, tan tenue que él se preguntó si lo había imaginado.

—Son muy hermosos. Nunca he tenido nada tan encantador. Gracias.

Godric se sonrojó. Nunca había visto a una mujer aceptar regalos tan sencillos con tanta adoración y alegría. Podría haber arrojado las Joyas de la Corona a los pies de Evangeline y ella no habría expresado la misma gratitud. La idea lo humilló de una manera que no había creído posible.

—Los elegí yo mismo. Las mariposas me recordaron a ti.

Emily le besó la otra mejilla, mirándolo a través de sus pestañas coloreadas con humo.

—¿Te recuerdo a una mariposa?

—Sí, lo haces. Son hermosas, misteriosas, seductoras, fáciles de atrapar si llevas una red lo suficientemente grande... —su voz era baja y ronca mientras le miraba los labios.

—Godric, creo que estás intentando seducirme —sus palabras eran una provocación, pero el calor en sus ojos no lo era.

—Siempre, querida. Siempre —los labios de Godric estaban muy cerca de los suyos. Se moría por besarla, necesitaba besarla. Tenía que cegarla con la luz del fuego de su corazón, justo como ella lo había cegado con la suya.

—¿Vas a darme un beso de buenas noches? —su pregunta era inocente, pero su tono contenía algo más.

—Todavía no —señaló el paquete en las manos de Emily—. Todavía hay un regalo más para ti.

Ella hurgó en el envoltorio y encontró el collar de cuero con la placa de plata grabada.

—Penélope —leyó en un susurro emocionado y saltó de la cama.

Cruzó la habitación hasta la pequeña cesta que había cerca del tocador. La perrita estaba profundamente dormida, ajena al mundo que la rodeaba. Emily deslizó el collar por su cuello. Aseguró la hebilla y acarició la cabeza de Penélope antes de volver con Godric.

—Estoy segura de que se emocionará por la mañana cuando se despierte.

Godric casi se rio.

—Imagino que sí —se puso de pie, cogiendo a Emily del brazo—. ¿Nos vamos a la cama, querida?

Un destello de pánico ensombreció su hermoso rostro.

—¿Qué pasa?

Las mejillas de Emily se colorearon de rojo.

—Yo…

Pero Godric se dio cuenta de su miedo e intentó tranquilizarla.

—Dormiremos, y nada más. Me importas demasiado como para querer hacer otra cosa. Solo quiero abrazarte —desde el fondo de su negro corazón, lo dijo en serio. Esta noche quería garantizarle a Emily sus honorables intenciones.

Honrosas intenciones. ¿Qué locura era esta que corría por su alma de manera caprichosa? Godric era incapaz de amar. ¿Cuántas veces se lo había dicho su padre? Le dijo que, si fuera capaz de amar, su madre nunca habría muerto. Racionalmente, Godric sabía que su padre había intentado aliviar su propio dolor al cargarle el peso de su muerte, pero no podía evitar darle la razón. Si hubiera sido mayor, o más fuerte, podría haber cabalgado hasta el pueblo para ir a buscar al médico mientras su padre la atendía. Pero no lo hizo. Se había escondido en el comedor con las rodillitas metidas bajo la barbilla, escuchando los gritos de su madre. Y luego ese temido silencio y cómo había golpeado sus oídos.

Mi culpa. Siempre mi culpa.

Tal vez él era capaz de amar, pero se había contenido porque el riesgo era demasiado grande. Había perdido a su madre, a su padre, al hermano que nunca tuvo la oportunidad de respirar por primera vez. ¿Y si perdía a Emily? Sus entrañas se revolvieron al pensarlo. No debía preocuparse por Emily, no debía sentir nada por ella. Era mejor así.

Pero todo era una mentira. Sí sentía algo por ella.

Fuertemente.

❄

Las preocupaciones de Emily se desvanecieron en la estela de la excitación mientras él la conducía a través de la puerta anexa a su dormitorio. Él apartó las sábanas de su cama, pero le impidió meterse dentro. Sus manos cayeron con fuerza sobre los hombros de ella.

—Deja que te desnude —su voz era intensa y oscura.

Emily debería haberse negado, pero su mirada con párpados caídos le impidió hablar.

Parecía que miraba a los ojos del cautivante saqueador convertido en duque de su novela.

Godric aceptó su silencio como un consentimiento y la puso de espaldas a él mientras le desataba los lazos. El vestido cayó a sus pies.

Sus dedos deshicieron con destreza el corsé externo, liberándolo como un hábil arpista.

Emily se estremeció, nerviosa ante la intimidad de ser desvestida.

—¿Ha tenido mucha práctica en esto, Su Excelencia? —se dio cuenta enseguida de que era una pregunta tonta.

—Ya conoces mi reputación, querida —él continuó después de que ella cogiera aire—. Pero nunca me había complacido tanto.

Emily estaba segura de que se derretiría.

Él se inclinó hacia adelante y la besó, mordisqueando el punto de unión entre su hombro y su cuello. Se dejó caer indefensa sobre él, quien la atrapó antes de que se desplomara en el suelo.

—Tranquila. Todavía no hemos terminado —la empujó hacia atrás para que se apoyara en el borde de la cama.

Solo llevaba la camisola y las medias.

Godric se arrodilló ante ella y palmeó su muslo derecho.

—Pon tu pie izquierdo aquí.

Ella obedeció, mareada por el hambre interior mientras las

manos de Godric recorrían su muslo, desprendían la liga y sujetaban la parte superior de la media. La deslizó por la pierna y
depositó suaves y calientes besos en cada centímetro de piel que
dejaba al descubierto hasta que liberó su pie por completo.
Godric repitió el ritual con el pie derecho.

Regresó las manos a su pierna y apartó del camino la camisola
para poder inclinarse hacia delante y besarla en la parte interior
de la pierna, cerca de la rodilla.

Emily se estremeció. No era propensa a desmayarse, pero
cuando Godric le chupó la piel y la lamió, se estremeció.

—¿Estás bien?

Ella se rio un poco.

—Si sigues besándome así, seguro que me olvido de mi
nombre...

—Eso es señal de que estoy haciendo todo lo correcto —se
mofó—. Creo que has tenido suficiente por un día. Ni siquiera yo
soy tan canalla como para exigir más esta noche —Godric fue
hasta la habitación de Emily y regresó con su bata de noche.
Emily le dio la espalda, se quitó la camisola y deslizó la bata
sobre su cuerpo. Cuando se dio la vuelta, encontró a Godric
observándola con los puños cerrados.

Él movió la cabeza hacia su cama.

—Entra, antes de que cambie de opinión sobre la idea de solo
dormir.

Ella se deslizó entre las sábanas y lo observó fascinada mientras se desnudaba.

—¿Llegaré a desvestirte alguna vez?

Él le devolvió la mirada durante un largo instante, con una
expresión ilegible en sus ojos.

—Mañana por la noche —se descubrió el pecho, se quitó los
bombachos y se puso su camisón. Emily, repentinamente cohibida, se apartó de él cuando se unió a ella bajo las sábanas, pero
el colchón se hundió con su peso y ella rodó hacia él.

—Ahora, sobre ese beso de buenas noches —la envolvió en
sus brazos y la besó.

Emily no quería que aquel beso terminara nunca; el suave movimiento de sus labios juntos, la danza de sus lenguas, las tensas respiraciones compartidas en la tranquila oscuridad... Nunca podría abandonar la cama y siempre estaría contenta, mientras él siguiera besándola.

GODRIC AMOLDÓ EL CUERPO DE EMILY AL SUYO MIENTRAS LA besaba con fuego y delicadeza. Desnudarla había sido una mala idea. Lo único en lo que podía pensar era en el sabor de su piel, en sus temblorosos suspiros cuando él le quitó cada prenda. Eso había sido el regalo de Emily para él, y ella ni siquiera se había dado cuenta. Ahora la tenía en sus brazos, devolviéndole los besos con su dulce e inexperta boca. Se moría de ganas de enseñarle todo lo que sus años de experiencia le habían enseñado. ¿Le gustaría que él pusiera su boca entre sus piernas? ¿Querría ella hacer lo mismo con él? Que ella lo torturara de esa manera sería glorioso. Desesperadamente, contuvo su hambre y se concentró en la suave e insistente boca de Emily que se encontraba con la suya con un desenfreno salvaje.

¿Qué le había dicho Ashton a Godric? Emily lo besó desde lo más profundo de su corazón.

¿Podría él hacer lo mismo? Esta noche quería intentarlo...

Hoy te he echado de menos, no he pensado en otra cosa, yo... yo creo que te a...

El último pensamiento había surgido sin querer, pero era demasiado débil para negar lo que se sentía con tanta fuerza y veracidad. Quería reclamarla, pero también protegerla. Haría cualquier cosa para mantenerla así. Dulce. Inocente. Suya.

¿Acaso Godric St. Laurent, se había convertido finalmente en un tonto enamorado? Que Dios lo ayude.

El reloj de pie dorado del pasillo de arriba marcó las siete, despertando a Godric. El fuego crepitaba con el chasquido de las ramitas y los troncos. Estaba tumbado de espaldas, y Emily, aún dormida, yacía acurrucada contra su costado. La sensación de tenerla entre sus brazos era maravillosa. Ellos encajaban perfectamente. Quería abrazarla más a menudo, tenerla cerca para poder oler el aroma floral de su pelo y deleitarse con su piel satinada bajo sus palmas.

Se dio cuenta de que siempre podrían ser así. Él y Emily podrían envejecer así, pasando años explorándose mutuamente. Ansiaba ese futuro escurridizo e imposible. Querer algo, saber que podrías tenerlo, y una vez que lo tuvieras, perderlo. No estaba preparado para eso, quizá nunca lo estaría. Pero ¿qué daño podía hacer el hecho de pretender, al menos durante unos días, tener lo que quería? Godric deslizó una mano bajo las sábanas, buscando el extremo de su camisola. Sus dedos se encontraron con la piel desnuda cerca de las pantorrillas y deslizó la tela hacia arriba para dejar las caderas al alcance de su mano. Emily giró un poco la cabeza, acariciándole el pecho con la nariz. Godric ahogó un gemido.

Seducir a esta mujer era un proceso exasperantemente lento, pero no se atrevía a precipitarse. Quería saborear la primera vez de Emily y saber con toda seguridad que estaba bien y verdaderamente complacida en sus manos. Se había acostumbrado demasiado a los encuentros sexuales deliciosamente agresivos durante los cuales daba rienda suelta a sus impulsos primitivos y liberaba a su amante de sus propias inhibiciones, pero con Emily eso vendría después. La cuestión era si él podría contenerse durante esa primera vez. Lo último que quería hacer era herirla.

Godric rodó de lado, de cara a Emily, mientras subía más la mano para acariciar su terso y redondo culo. La piel satinada bajo la palma de su mano le provocó una pequeña descarga de adrenalina. Frotó la mano hacia arriba y hacia abajo sobre su trasero, disfrutando de un pequeño gruñido de placer somnoliento que brotó de la garganta de Emily. Godric empujó su mano con más fuerza, instándola a apretarse contra él.

Ella se removió, arqueando las caderas hacia las de él, permitiendo que su excitación se encontrara con ella.

—Mmm...

Godric frotó sus caderas contra las de ella, simulando la presión y el ritmo como si estuviera realmente dentro de ella. Sus ojos casi se pusieron en blanco mientras su erección friccionaba contra su creciente humedad. Finalmente, Emily se despertó. Él le besó los labios abiertos, silenciando cualquier protesta que ella hubiera estado a punto de hacer. Emily levantó los brazos, pero él los atrapó en las almohadas a ambos lados de su cabeza mientras la montaba. No iba a escapar, no todavía. Godric le separó las rodillas y se deslizó entre sus muslos. Detuvo su beso para mirarla.

—Godric, ¿qué estás haciendo? —preguntó Emily sin aliento.

—Estoy intentando enseñarte, al sacrificar demasiado mi satisfacción personal, lo que se siente hacer el amor —volvió a besar sus labios, deslizando lentamente su lengua hacia dentro y chasqueándola contra la de ella antes de apartarse y morder su labio inferior.

—Nunca te rindes, ¿verdad? —intentó sonar irritada, pero ya se estaba rindiendo por la necesidad.

—Soy un St. Laurent. Nunca nos rendimos una vez que nos proponemos tener algo, y yo te quiero, Emily. Te quiero desesperadamente. Ahora recuéstate y disfruta —esperaba que su tono firme la acobardara para que se sometiera. Sus labios se separaron y esas pestañas oscuras se agitaron contra sus mejillas. Él apretó sus caderas contra las de ella. Emily gimió, un sonido libre, profundo y salvaje que lo excitó más allá de todo pensamiento racional.

—¿Sientes cuánto te deseo? ¿Lo mucho que te necesito, Emily? —rozó sus labios a lo largo de su mandíbula hasta llegar a su oreja; le mordió el lóbulo y luego besó la suave y sensible piel que había allí detrás.

—Sí... —su voz era apenas un jadeo sofocado mientras él se apretaba contra ella. Emily arqueó la espalda y sus piernas se apretaron alrededor de sus caderas.

Mantén el control, ¡maldito seas! Pero con su siguiente gemido, fue casi imposible. Él se movió contra ella, y Emily se desgarró en sus brazos con un gran grito de sorpresa. Godric derramó su semilla en su ropa de noche como un maldito joven inexperto. Emily estaba débil y jadeante bajo él, mirándolo con asombro.

Godric intentó calmarse, con todo su cuerpo débil por las punzantes secuelas de su liberación.

—Maldita sea.

—¿Qué has dicho? —Emily se incorporó y se apoyó sobre sus codos—. Estás temblando.

Ella no tenía ni idea. Él nunca perdía el control. ¿Qué clase de hombre era si no podía actuar mejor que un simple chico con su primera chica? El Duque de Essex, disparando un tiro de advertencia a través del arco de Emily. Dios, si los demás se enteraban, nunca lo dejarían en paz. Godric intentó separarse, pero estaba desesperado por ocultar su vergüenza, así que prácticamente se sacudió fuera de sus brazos. Apoyó los codos en las rodillas y bajó la cabeza para pasarse los dedos por el pelo. Emily se acercó a él, pero la apartó con la mano.

—Godric, ¿qué pasa?

—Nada. Vete, antes de que las criadas vengan a buscarte —intentó no sonar frío, pero fracasó.

—¿He... he hecho algo malo? —ella se le acercó, pero él se levantó y corrió hacia su armario para coger su bata.

—¿Godric? —sus ojos se llenaron de lágrimas.

Él maldijo en silencio y volvió a acercarse a ella, cogiéndole la cara y besándola con ternura.

—Estuviste perfecta, Emily. Fui yo. Es... complicado. Vete ahora y vístete, si así lo deseas —le recorrió los labios con la punta de un dedo.

—¿No estás enfadado? —el tono de su voz le hizo lo mucho que le afectaba su comportamiento. Emily no sabía nada sobre los hombres, y no iba a entender que él estaba enfadado consigo mismo y no con ella.

—Me enfadaré si lloras, mi diablilla —dejó caer sus manos en su cintura, haciéndole cosquillas hasta que ella se rio sin parar.

—¡Está bien! Está bien, me rindo —jadeó.

—Ahora, vuelve a tu habitación —la levantó de la cama, la puso de pie y le palmeó la nalga, empujándola hacia la puerta. Ella se fue, pero lo miró de nuevo, con una mezcla de emociones que él no pudo descifrar. Había curiosidad en sus ojos, como si sintiera que lo había conquistado de alguna manera. Que Dios lo ayude si Emily alguna vez descubría que ella tenía razón. Él podría haberse reído. El poder de Emily sobre él era tan poderoso que podría acceder a cualquier cosa que le pidiera. Qué idea tan horrible la de saber que era un prisionero de sus besos y sus caricias cuando nunca antes había sido cautivo de nadie.

Emily cerró la puerta de su habitación y se apoyó en el marco, respirando profundamente. Su cuerpo aún se sacudía con pequeños espasmos de placer. ¿Así se sentía hacer el amor? ¿Qué clase de dios pecador era Godric si podía hacerla sentir de esta manera sin estar dentro de ella? Emily se estremeció. Ella había cambiado demasiado en los últimos días. Su resistencia a su encanto se estaba debilitando. Solo después de unos cuantos besos calientes, unas caricias traviesas, había perdido hasta la última gota de autocontrol.

No era justo que se enamorara tan fácilmente de él, que se emocionara solo con oírle pronunciar su nombre, con la esperanza de que, en cualquier momento, él pensara en ella. Preocuparse por Godric era una debilidad peligrosa. Si quería sobrevivir a este cautiverio, necesitaba recuperar su orgullo, volver a encender su fuego interior. No se vería reducida a una amante insignificante a quien él desecharía y olvidaría.

Su mente reprodujo lo que acababan de hacer, la forma en

que él se había agitado sobre ella, la forma en que se había alejado, como un animal salvaje. El destello de vulnerabilidad en su rostro le había mostrado algo increíblemente importante. Él también había perdido el control... con ella. ¿Era posible? ¿Había conseguido que la deseara tanto como ella a él? ¿Eso sería suficiente para que se enamorara y se casara con ella? Si era posible, Emily tenía que jugar esta partida como jugaba al ajedrez, de forma pasiva y con una sutil agresividad. Y luego hacer los sacrificios necesarios para llegar al jaque mate.

Llamaron suavemente a su puerta y Libba entró.

—Buenos días, Libba.

—Buenos días —la doncella fue a seleccionar un vestido para Emily y luego se le unió en la mesa del tocador. Estudió a la criada a través del reflejo del espejo, y la observó ordenar su tocador.

—¿Qué te hizo venir a la mansión de St. Laurent? Para trabajar, quiero decir. Seguro que ser criada no era tu sueño.

—Me he criado en el servicio, pero siempre había soñado con ser cantante. Mamá dice que tengo una voz maravillosa.

—¿Cantarías para mí?

Libba soltó una risita.

—Tal vez más tarde, señorita.

—Entonces, ¿por qué aquí? ¿Por qué elegir trabajar para Su Excelencia?

—Mi madre era la doncella de una condesa. Me educó para estar preparada para entrar en el servicio desde que tenía cinco años.

Emily comprendía muy bien el hecho de tener un mundo que le pertenecía completamente a uno mismo. A veces, dejar ese mundo privado era aterrador. Mudarse con su tío había sido aterrador. Pero el mundo de Godric era un sueño diferente a cualquier otro.

Extendió la mano para tocar el brazo de Libba.

—Me alegro de que estés aquí.

—Eres muy dulce. Ninguna de las otras amantes de Su Excelencia fue dulce.

—¿Amantes? Pero no he... quiero decir, no hemos... bueno, no exactamente. No de la manera que tú estás pensando. Quiero decir... —la suposición hizo que se le revolviera el estómago. No podía ser su amante... su esposa, sí, pero una amante... no. No podía permitirlo.

Libba se sonrojó y señaló hacia la puerta, en dirección a un par de botas negras... las botas de Godric.

—Lo siento, señorita. Vi las botas de Su Excelencia y...

—Olvídalo, Libba. Ese hombre tiene la horrible costumbre de tirar la ropa por ahí y dejarla donde no debe. No me sorprende que las haya dejado en mi habitación —dominar al duque y conseguir que la valorara por encima de una amante no sería fácil. Para que se enamorara de ella lo suficiente como para desposarla, tendría que descubrir qué lo hacía vibrar.

Capítulo Once

En lugar de Godric, Ashton esperaba frente a la puerta de Emily para acompañarla a desayunar. Hoy el barón lucía extremadamente elegante con un abrigo azul oscuro, unos bombachos pardos pálidos y un pañuelo inmaculadamente anudado.

Sonrió y la cogió del brazo.

—Emily.

—Buenos días, Ashton —ella no pudo resistir el impulso de devolverle la sonrisa.

Solo con Ashton se sentía como una reina. Era una pena que Charles careciera de su sutil encanto. Él sería realmente peligroso para todas las mujeres de la *alta* si lograra esa habilidad.

Bajó con Ashton al comedor, donde solamente estaba Cedric. Se levantó, hizo una reverencia y volvió a su asiento mientras ella ocupaba el suyo.

—Lucien y Charles se fueron a Londres hace unos diez minutos. Creo que volverán esta noche —comentó Ashton.

—¿Godric bajará? —ella no podía olvidar la tensión que se había desatado entre ellos. Tuvo la inquietante sensación de que él podría intentar evitarla.

—Sí, está intentando encontrar un viejo abrigo de caza.

—¿Un abrigo de caza? ¿No tiene uno? —todo hombre sensato tenía al menos un abrigo de caza.

—Sí, claro que lo tiene —replicó Cedric—. Intenta encontrar uno para ti.

—¿Para mí? —estaba encantada de que la dejaran ir a una escapada así, a la que las mujeres no solían ser bienvenidas.

—Sí, gatita. Vas a venir a nuestra excursión de hoy. ¿Por qué crees que tu criada te ha preparado un vestido de sarga y unas botas negras? —preguntó Cedric con una pequeña sonrisa.

Emily se miró a sí misma. Ya casi no hacía preguntas cuando las criadas sacaban la ropa. Estaba vestida para un día de paseo, no para cabalgar.

—Entonces, ¿no vamos a cazar zorros?

Ashton se rio.

—Dios, no, tú eres *él único zorro* que hemos cazado últimamente. Queremos algo menos problemático, así que nuestras presas serán faisanes.

Emily se sentó en el borde de su asiento.

—¿Podré dispararle a uno?

Las cejas de Cedric se alzaron con sorpresa.

—Nunca te habría creído cazadora, Emily.

—Parece que nunca dejo de sorprenderos. ¿Conseguiré disparar?

—Si crees que somos tan estúpidos como para darte un arma de fuego...

—¡Ya he manejado una antes! Sé cómo cazar.

Ashton juntó los dedos.

—Nuestro temor no es que no hayas manejado un arma... —

las palabras no pronunciadas revelaron su verdadera preocupación, y no era por los faisanes.

Emily miró a los hombres con reproche.

—¿De verdad creéis que os dispararía? ¿A cualquiera de vosotros? Bueno, tal vez a Charles, pero solo si intenta hacerme cosquillas de nuevo.

Cedric se incorporó en su silla, inclinándose hacia ella.

—Estarás a cargo de Penélope. Tiene que aprender a coger las aves una vez que les hayamos disparado. Es mejor que empiecen de pequeños, ya sabes.

—Supongo que eso no me importará —Emily mordisqueó un bollo. Le irritaba que le limitaran su diversión por un tonto temor a que les disparara. Bueno, tal vez no era tan tonto. La idea de verse a sí misma en la hierba con cinco hombres con los brazos levantados en señal de rendición, le hizo sonreír.

Unos minutos más tarde, Godric se unió a ellos con un aspecto varonil en su chaqueta de caza y en sus pantalones de piel de gamo. Le tendió un abrigo negro.

—Es mi antiguo abrigo, Emily. Deja que te lo ponga.

Ella se levantó de la silla y metió los brazos en la prenda que él le estaba tendiendo, y luego la hizo girar para que quedara frente a él y pudiera abrocharlo. Quería apartar sus manos y hacerlo ella misma, pero sabía que perdería esa batalla.

—Listo —le palmeó fuertemente los hombros y Emily se tambaleó. La chaqueta le quedaba suelta, ocultando su figura.

Godric la volvió a sentar y él ocupó el asiento junto a ella.

—Ahora, termina tu desayuno.

Emily sintió una réplica infantil en la punta de su lengua, pero, por primera vez, se contuvo.

Después de que todos comieran, Ashton y Cedric fueron a buscar las armas mientras Godric se quedaba en el pasillo con Emily. Parecía indeciso sobre algo, pero finalmente habló:

—Sabes, creo que no me has dado un apropiado beso de buenos días —sus ojos se calentaron al posarse en ella.

—Te equivocas. Me has robado un buen número de besos esta mañana.

Algo en su rostro había cambiado. La parte oscura de él parecía haber regresado, queriendo restaurar su control. Emily no podía permitir eso, no si quería que se enamorara de ella.

—Esta mañana fue una introducción a otro tipo de placer.

—Bueno, odio decepcionarte, Godric, pero se te han acabado las oportunidades —dio un gran paso atrás, poniéndose fuera de su alcance inmediato.

Él avanzó.

—Eso es lo bello de tenerte cautiva. No tengo que preocuparme por las oportunidades.

¿Oh? ¿Pensó que ella no podía responder al juego? Bueno, él estaba a punto de ganarse sus besos. Reprimió una sonrisa y miró por el pasillo. ¿Podría subir las escaleras hasta una habitación? No, él la atraparía a mitad de camino.

Salió corriendo, pensando solamente en llegar a la primera puerta que encontrara. Su estudio. Cerró la puerta de golpe, giró la llave en la cerradura y se apoyó contra la puerta.

Godric la golpeó desde el otro lado.

—¡Emily, abre la puerta de inmediato! No estoy de humor para perseguirte.

Ella resopló.

—Pero es un buen día para cazar, ¿no crees?

Que él haga lo que quiera con eso.

—¡Simkins, tráeme la llave de repuesto!

—Oh, rayos —ella estudió la ventana. Una ventana guillotina. La vista más allá del cristal revelaba un pequeño jardín lateral en el extremo izquierdo de la mansión.

Levantó el alféizar hasta que la mitad inferior quedó abierta de par en par. Sujetando sus faldas con una mano, subió las piernas y se dejó caer por el borde hacia una cama de flores.

Las esperanzas de Emily de evadir a Godric sin ser vista se vieron obstaculizadas. Un jardinero se ocupaba de una hilera de arbustos cercanos con un par de tijeras: un joven impresionantemente guapo de unos veinte años. Él se pasó una mano por su pelo rubio rojizo que proyectaba sombras sobre sus ojos mientras miraba fijamente los arbustos en los que estaba trabajando. Con la esperanza de pasar a hurtadillas, Emily empezó a moverse, pero él se giró justo cuando ella levantó un pie. Su mirada captó la de ella, y fue una hechizante trampa esmeralda con la que estaba íntimamente familiarizada.

El estómago se le apretó y se dio cuenta de que ese hombre tenía que ser pariente de Godric. El hombre frente a ella era una réplica de pelo dorado.

Pero Godric había sido hijo único...

El hombre dejó caer las tijeras y se quitó los guantes de jardinería.

—Tú, supongo, no deberías estar aquí sola. Su Excelencia debe estar buscándote.

—Yo... yo estaba tomando un poco de aire fresco.

Él la estudió con divertido interés... sus ojos tenían el mismo verde hechizante. ¿Un primo lejano, quizás? Seguramente, tenían que compartir la misma sangre.

—Aire fresco, ¿eh? ¿No podrías haber salido por la puerta principal, como una jovencita decente? Salir por las ventanas del estudio es muy sospechoso.

Ella agitó la mano con ligereza.

—Oh, es toda una tendencia en Londres, te lo aseguro. Excelente fuente de ejercicio si uno no puede ir a pasear a Hyde Park.

El hombre sonrió.

—¿Una tendencia? De todos modos, me temo que debo escoltarla de regreso con Su Excelencia.

Podría simplemente haberla cogido del brazo, acompañándola amablemente hasta sus captores, pero no lo hizo. La agarró por la cintura y la levantó sobre su hombro. Parecía que también tenían eso en común.

—¡Santo cielo! ¡Bájame de una vez! Te aseguro que es solo un juego que estoy jugando con Su Excelencia. Me habría encontrado muy pronto.

—Estoy seguro de que lo haría, señorita. Sin embargo...

Incluso hablaba como Godric. Si no fuera por su pelo rubio rojizo, ella habría jurado que... pero eso era imposible.

El joven la llevó hasta la parte delantera de la mansión. Cedric y Ashton estaban esperando con las armas en sus manos.

Cedric soltó una risita.

—Buenas tardes, Jonathan. Supongo que, después de todo, estamos cazando zorros.

—Y el sabueso ya la tiene —añadió Ashton.

Emily sabía que debía estar ofreciéndole a los pícaros una excelente vista de su culo y de sus patadas. Jonathan le puso una mano firme en el trasero y Emily gruñó indignada. ¿Ningún hombre en este mundo la trataría con el respeto que merecía?

—¡Bájame de una vez! —Emily cerró el puño y lo golpeó en el trasero—. ¿Qué te parece eso?

Jonathan se sacudió conmocionado.

—¡Ella es una fiera!

Ashton se rio.

—No tienes ni idea.

A pesar de ser un sirviente, éste parecía estar a gusto con los amigos de Godric, incluso más que Simkins. Emily guardó esa información para examinarla más tarde.

—¿Cómo atrapaste a la zorra? —Cedric caminó por detrás de Jonathan para mirarla. Emily frunció el ceño mientras la sangre se le subía a la cabeza.

—Estaba trepando por la ventana del estudio de Su Excelencia. Pensé que Su Excelencia podría haberla perdido.

Como si lo hubieran convocado, Godric apareció furioso al doblar la esquina. Sin duda, él había salido por la misma ventana. El alivio suavizó la ira de sus ojos.

—Ah, Helprin, la has encontrado. No sabía hasta dónde había llegado.

—No muy lejos. Apenas se resistió. Solo se quedó allí mirándome —Jonathan bajó a Emily de su hombro y la dejó en los brazos a la espera de Godric.

Godric la sostuvo firmemente en su lugar mientras ella apartaba la mirada de todos los hombres sonrientes. Habían vuelto a herir su orgullo, y las cosas seguían empeorando.

Godric aflojó un rollo de cuerda en su brazo.

Cedric y Ashton la mantuvieron pegada al suelo mientras Godric la aseguraba. Con un complejo nudo alrededor de su cintura, Emily se encontró anclada a Godric, separada por solo dos metros. Sus amigos la soltaron. Ella tiró de la cuerda y luego miró a Godric con evidente falta de diversión.

—Esto no es para nada humillante —dijo ella, con la voz cargada de sarcasmo.

—No pongas mala cara, Emily. Ahora no puedes huir de mí. Siempre consigo lo que quiero, y es hora de que lo aceptes.

—Si estamos hablando de cosas que debemos aprender a aceptar, ¡deberías aceptar que no me acobardaré y me derretiré en tus brazos cada vez que me lo ordenes! ¡Tengo mejores cosas que hacer con mi vida que convertirme en tu juguete!

Godric no pareció perturbado en lo más mínimo. La agarró por los brazos, la atrajo hacia su pecho y aplastó su boca contra la suya. La lengua de Godric se disparó directamente entre sus labios y el cuerpo de Emily reaccionó como siempre lo hacía, con rodillas débiles y un calor que desafiaba por completo el pensamiento racional. Malditos sean sus sentidos.

Seguía de pie solo porque Godric la tenía sujeta por los brazos. De lo contrario, habría colapsado como un potro recién nacido, tembloroso y carente de experiencia.

—¿Qué era lo que decías de no derretirte en mis brazos?

Poco a poco, Emily recordó a los presentes. Mirar fijamente a los ojos de Godric era como ser engullida en un prado de hierba alta, un paraíso personal para ella y solo para ella.

—Yo... —no fueron posibles las palabras coherentes. Godric sonrió con la sonrisita de un gato saciado con un tazón de crema. Ella se erizó de indignación. Él disfrutaba destruyendo su resistencia. Si lo que pretendía era jugar con ella y utilizarla como lo haría con cualquier mujer... ¡Bueno! Eso no iba a suceder—. Me atas como si fuera un perro con correa, y luego reclamas lo que deseas sin tenerme en cuenta. Tócame de nuevo, sin mi permiso —su voz descendió hasta convertirse en un siseo cortante—, y perderás una parte de tu cuerpo, la que más te gusta. Piénsalo. No he pedido estar aquí. No soy una prostituta, y cuando me tratas como tal, es humillante.

Godric parpadeó. Era evidente que no se esperaba esa reacción.

—Pero, querida...

—No me diga 'querida', Su Excelencia —Emily arrastró el dedo índice en una línea peligrosa por el pecho de Godric hasta su cintura y reflejó una tijera con sus manos—. Te castraré como a un caballo si sigues tratándome así.

Sus palabras podrían haber causado más impresión si los otros pícaros no se hubieran reído tanto.

—¿Estamos listos para irnos? —preguntó Cedric—. Por mucho que disfrute de un buen beso, si no estoy en un extremo del mismo, tiendo a perder el interés. Estamos desperdiciando el día viendo cómo vosotros dos tenéis toda la maldita diversión.

Godric estudió la cara de Emily durante un largo momento, y luego le apartó un mechón suelto de la mejilla.

—Estamos listos, Cedric. Dirige el camino.

La expedición de caza se puso en marcha. Penélope se adelantó, guiada por sus jóvenes instintos. Cedric, el cazador más ávido, sostenía su arma en la fosa del codo, escudriñando los campos y los bosques. Treparon por el muro de piedra y se adentraron en el bosque. El clima era agradable. Una brisa fresca tiraba juguetonamente del pelo suelto de Emily.

No había usado la peineta de mariposa de Godric. Libba le dijo que no combinaría con su traje y había tenido razón, pero Emily la había traído con ella para recogerse el pelo más tarde.

Mientras caminaba detrás de Godric y de Ashton, Emily la deslizó en su cabello. La sacó del bolsillo oculto de las faldas y se recogió el pelo en un moño suelto, y luego deslizó los dientes de la peineta para asegurarlo.

Godric caminaba delante de ella. La cuerda se tensó entre ellos antes de que ella pudiera alcanzarlo y terminó por empujarla hacia delante. Él giró mientras la cuerda daba el tirón, justo a tiempo para atraparla tropezando hacia sus brazos.

La levantó contra él con facilidad, salvándola de una fea caída.

—¿Qué estabas haciendo, pequeña zorra? ¿Escapar de nuevo?

—¿Y darte una razón para perseguirme? Ni lo sueñes —ella esperaba que él se diera cuenta de la peineta, pero no iba a señalársela. No necesitaba alimentar su ego.

Ashton pasó junto a ellos.

—Es una peineta preciosa la que llevas en el pelo, Emily —se apresuró a alcanzar a Cedric.

Godric, cogiendo el brazo de Emily, la hizo girar.

—No llevabas eso cuando partimos.

Las pestañas de Emily cayeron.

—Libba dijo que no combinaba con mi atuendo, pero supuse que habría viento, así que la saqué a escondidas.

Godric sonrió con tal calidez y orgullo que Emily sintió un cosquilleo. Volvió a agarrarla por la cintura, atrayéndola contra él; su cuerpo cálido y duro, a diferencia del aire frío que danzaba, giraba y se manifestaba alrededor de ellos. A Emily no le importaba en absoluto.

—Sí que encuentras formas de conseguir lo que quieres, aunque sigas actuando como si no lo hicieras —él soltó una risita.

—Las victorias menores, Su Excelencia, no merecen ser contadas.

—Todo lo que haces vale la pena contarlo.

Godric no se movió para besarla como ella había esperado. Se limitó a subir y bajar las manos por su espalda por encima de la holgada chaqueta de caza.

Ella se estremeció bajo su contacto.

—¿Estás lo suficientemente caliente, cariño?

—Estoy caliente siempre que me tocas —al darse cuenta de

que había admitido demasiado, Emily se apresuró a añadir—: Cuando deseo que me toquen, claro.

—Mmm, recordaré eso —él liberó su cintura y le pasó un brazo por los hombros mientras caminaban detrás de los demás.

Emily se dio cuenta de que Godric no llevaba un arma.

—¿No vas a disparar hoy?

—No necesito cazar. Ya te he cazado —le besó la parte superior de la cabeza.

—Es muy injusto que Penélope ande libre mientras yo estoy atada.

Godric pensó en ello.

—Tienes mucha razón. Cedric, ata a la cachorra para que no se aleje —volvió a mirar a Emily—. Ya está, querida, se ha logrado la equidad.

Cedric refunfuñó.

—Por favor, ¿podríais dejar de arrullaros el uno al otro como un par de palomas? Estáis espantando a los faisanes.

—¿Celoso, Sheridan? —era la primera vez que Emily oía a uno de los cinco hombres llamar a otro por su apellido. Sonaba como un reto de colegiales, y casi se rio. Los hombres siempre serían niños en algún nivel. Eso nunca cambiaba.

—¿Celoso de ti? —Cedric resopló—. ¿Crees que quiero perseguir y atar constantemente a un pequeño zorro como ella? De ninguna manera, St. Laurent. Es demasiado trabajo. No hay mujer que valga eso.

Emily se levantó las faldas al pasar por encima de una gran piedra.

—¿Ni siquiera Anne Chessley?

Cedric se paralizó con el pie apoyado en un tronco caído mientras observaba al perro.

Penélope olfateó la abertura del tronco y luego se zambulló en su interior.

—¡Penny, ven! —ordenó Cedric, tirando de la correa.

La pequeña sabuesa salió, arrastrándose por debajo del tronco caído. Parecía estar en alerta y preparada.

—Penny, siéntate —sus patas traseras cayeron y su cola se agitó entre la hierba, sacudiendo las hojas con su enérgico movimiento.

—Buena chica —Cedric sacó una galleta del bolsillo y le lanzó un trozo. Penélope cogió la miga y se lamió los labios —. Aprende rápido. No deberías tener problemas con ella, Emily.

—Cedric, no has respondido a mi pregunta.

—No tenía previsto hacerlo.

—Pero...

—No, Emily —montó un espectáculo al revisar su arma y saltó sobre el tronco, alejándose de ellos. Emily observó su espalda con decepción.

Ashton se inclinó para acariciar la cabeza de Penélope.

—Es un poco terco cuando se trata de mujeres.

—¿De verdad? Cuando me contó cómo conoció a Godric...

Godric y Ashton la miraron.

—¿Te contó esa historia? —la cara de Godric estaba roja. Emily no pudo contener su sonrisa. Era agradable verlo nervioso para variar.

—Oh, sí. Me contó que te peleaste con un estudiante de último año por una mujer.

Godric dio un paso a trompicones.

—¿Lo hizo?

Emily pensó en el hombre del bastón.

—¿Conocías muy bien a Waverly?

—Hugo era un estudiante mayor y un tipo desagradable, por decir lo menos —replicó Ashton—. Nos causó muchos problemas, pero si no hubiera sido por él nunca habríamos conocido a Charles.

—¿Cómo conocisteis a Charles?

Godric y Ashton se rieron. Sus reacciones no contenía humor, solo una extraña frialdad.

Ashton respondió vagamente.

—Menuda noche. Basta con decir que lo rescatamos de una

situación bastante delicada en la que Waverly lo metió. La Liga se formó con su rescate.

—¡Oh, pero debes contarme más que eso, Ashton! —Emily tiró de su manga, molesta porque la privara de lo que seguramente sería una gran historia.

—Tal vez en la cena. Es mejor si Charles está allí. Después de todo, es más su historia que la nuestra.

Había otro tronco delante de ellos. Ashton pasó casualmente por encima de él. Emily intentó levantarse las faldas, pero Godric simplemente la alzó en brazos y lo superó antes de volver a dejarla en el suelo. Se sacudió las faldas, intentando recuperar algo de dignidad, pero ninguno de los otros se había dado cuenta. Ellos se tomaban la caza muy en serio.

A lo lejos, se oyeron unos disparos cuando Cedric abatió un faisán. Emily, asustada por el sonido, dio un paso más cerca de Godric. No le asustaban las armas, pero había algo en esos primeros disparos, cuando el tirador no estaba a la vista, que la ponía nerviosa.

—No puedes alejarte de mí después de todo, ¿eh?

—En realidad, tu altura y complexión son excelentes para un escudo.

Ashton soltó una risita, pero Godric se recuperó rápidamente y le pasó un brazo por los hombros, manteniéndola pegada a su costado.

—Cedric es un buen tirador. No me alcanzará, por mucho que desees que dispare a mi negro corazón.

Emily le dedicó una sonrisa traviesa.

—Si lograra darle a tu trasero, eso sería suficiente para mí.

—Cuidado, cariño, mi temperamento está por las nubes hoy.

Ella tenía una réplica preparada, pero probablemente el silencio era lo mejor.

—Bueno, mirad eso —Ashton señaló a Penélope. Como era demasiado pequeña para cargar con su premio, la cachorra había recurrido al arrastre el faisán, gruñendo por el esfuerzo. Cedric siguió al perro, lanzándole una mirada oscura a Emily.

—Aquí, Penélope —Emily palmeó sus muslos. La cachorra dejó caer el pájaro y corrió en su dirección, con sus brillantes ojos fijos en Emily. Más bien parecía que estaba sonriendo, con su pequeña lengua rosada asomándose entre sus blancos y pequeños dientes.

—Buena chica —Emily levantó a la perra, la abrazó y la volvió a dejar en el suelo.

Ashton cogió el faisán y lo dejó caer en un saco de arpillera.

Cedric dirigió una mirada hosca a Penélope.

—La pequeña Penny es tan terca como su ama. Se zafó de mi agarre y luego se negó a traerme el pájaro que yo mismo cacé —siguió frunciendo el ceño hacia la perra, pero sin verdadera malicia.

Godric sonrió.

—Es leal. No puedes culparla por eso.

Cedric frunció el ceño mientras recargaba su fusil de chispa. Emily supuso que la irritación de recargar un arma era una de las razones por las que Cedric había aprendido a ser un buen tirador. Un hombre podía envejecer recargando su arma.

—Creo que voy a probar suerte —Ashton levantó su pistola y se marchó. Penélope lo siguió de cerca.

Ahora, a solas con el duque, Emily pensó en otro asunto.

—Godric, ¿puedo hacer una pregunta?

Él asintió.

—¿Qué es el señor Helprin para ti? —formuló la pregunta con cuidado, por si la respuesta resultaba molesta.

—¿Jonathan? Es mi ayuda de cámara.

—¿Ayuda de cámara? No lo he visto atenderte...

Godric tiró de ella, la detuvo y cogió sus hombros.

—¿Por qué el repentino interés en mi ayuda de cámara? No estarás pensando en ponerme celoso, ¿verdad? —él sonrió con ojos fríos.

No pudo resistirse a provocarlo.

—¿Te pondrías celoso? Supuse que, con tus cientos de amantes, no te preocuparías si dirigía mi atención a otra parte.

—No te atrevas a bromear con eso, Em —Gruñó el nuevo apodo—. Solo te quiero a ti. No tengo otras mujeres.

No declaró su amor ni prometió una relación permanente, pero fue un comienzo.

Emily se apoyó en él, abrazando brevemente su cintura por impulso.

—¿Me desatas ahora? No me apetece en absoluto salir corriendo.

—No. Me gusta que estés atada a mí —sus palabras parecían contener un significado más profundo.

El bosque estaba tranquilo y hermoso. Una sensación de plenitud se instaló en el aire y en el bosque, como si un dios dormido habitara en un árbol cercano. Los árboles suspiraban y se mecían con la fuerza de la brisa. La magia cubría el suelo del bosque y las hojas caían por momentos en una tormenta dorada y roja.

Todo era perfecto. Era dueña de una leal sabuesa y caminaba en presencia de un hombre que no la dejaba separarse de su lado —aunque de forma demasiado literal—, y la compañía de nuevos amigos construía en su interior una paz y un fervor alegre. Las palabras eran innecesarias. En su lugar, le habló a Godric con sonrisas y estrechando su mano entre la suya.

La vida con su tío había sido fría. No había bromas, ni risas, ni siquiera lágrimas; sólo un silencio espantoso y el roce de las plumas sobre el papel. ¿Por qué el tiempo no podía detenerse durante unos días? ¿Unas semanas? Ella podría quedarse aquí para siempre con Godric y los demás.

—¿En qué estás pensando? —preguntó Godric. Emily volvió en sí, intentando disolver la repentina melancolía.

—No es nada —intentó limpiar la evidencia de sus lágrimas.

El ceño de Godric se frunció.

—¿Eres infeliz? ¿La cuerda te está lastimando?

El tono cariñoso colisionó con sus palabras de tal manera que la hizo reír, pero también soltó un sollozo.

—¿Infeliz?

Él le masajeó la cintura, pero ella negó con la cabeza y se apartó, avergonzada. Tropezó con una rama rota, pero Godric la atrapó. La atrajo completamente a sus brazos y la estrechó contra su pecho.

—¿Qué... qué puedo hacer? —él no podía saber lo que ella quería o necesitaba, pero sus intenciones le calentaron el corazón.

—Por favor, Godric, solo abrázame un momento —sus labios rozaron su garganta mientras se acurrucaba contra él.

Él los llevó hasta el tronco más cercano y se sentó, acunándola en su regazo. Desde el momento en que sus padres murieron, nadie la había abrazado ni consolado. Habían sido obligada a vivir en la casa de su tío, donde su corazón se marchitó y murió.

Godric no le estaba ofreciendo amor, pero al menos se preocupaba por ella y eso era mil veces más puro para ella que todo lo que su tío le había proporcionado.

En ese momento, Emily necesitaba el calor de Godric, su fuerza, su abrazo, más que el aire de sus pulmones.

Por fin lo entendió. Sus padres estaban muertos y nunca volverían. Estaba sola.

Las lágrimas aparecieron. Lágrimas violentas y dolorosas, pero las dejó fluir, las dejó dominarla. Pronto se desvanecieron y Emily se quedó vacía. Un esqueleto por dentro.

—Emily, ¿estás bien? —los cálidos labios de Godric le acariciaron la oreja.

—Estoy... estaré bien. Siento haber llorado. Debe ser molesto escucharme.

—Lo único que me molesta es saber que te he hecho llorar.

—¿Tú? Oh, Godric, esto no era... Mis lágrimas eran por mis padres. Por fin he asimilado que mis padres están muertos... que nunca van a volver —su voz se estremeció—. No puedo evitar preguntarme cómo fueron sus últimos momentos. Mi madre nunca aprendió a nadar... Debió de estar muy asustada —Emily no podía respirar, pensando en las frías y oscuras aguas. Una opresión se apoderó de su mente, comprimiéndole la cabeza y dificultándole pensar.

—Respira, Emily. Respira —los brazos de Godric se estrecharon en torno a su cuerpo mientras la acercaba a él. En lugar de sentirse asfixiada, su abrazo la resguardó con fuerza. Sintió su boca contra la sien mientras la besaba. Emily respiró lenta y dolorosamente.

—Mi pobrecita —musitó él entre suaves besos que viajaban desde su sien hasta su mejilla. Le acarició el cuello con la nariz y su aroma inundó sus fosas nasales. Era relajante, encantador y a la vez estimulante.

—Sé lo que puedo hacer para que vuelvas a sonreír.

—¿Qué? ¡No, eso no!

—Oh, sí.

Emily se abrazó a sí misma a la defensiva, pero fue demasiado tarde ya que Godric comenzó a hacerle cosquillas.

No tardó en volver a reír. Era demasiado extraño de creer que ella y el infame Duque de Essex estaban atrapados juntos, riendo y burlándose. Emily siempre creyó que el amor sería así.

La tormentosa pasión en sus ojos se suavizó cuando ella le sonrió.

—Vamos. Deberíamos alcanzar a los demás.

Emily se bajó de su regazo.

Empezaron a caminar y, sin decir nada, Godric deslizó su mano entre la suya y sus dedos se entrelazaron como si el mundo siempre hubiera querido que estuvieran juntos.

❧ 9 ❧

Capítulo Doce

Thomas Blankenship estaba parado en el salón de la casa señorial de Evangeline Mirabeau, admirando a la mujer. Ella estaba reclinada en un diván y lo observaba a través de unos ojos entrecerrados pintados de un inusual e intenso color miel. Sus curvas, grandes pechos y piernas torneadas, expuestas a través de un vestido de muselina fresca de color azul, podrían endurecer fácilmente a un hombre. Su pelo rubio pálido se enroscaba en perfectos rizos por el cuello y la espalda.

Blankenship sonrió. No era de extrañar que aquella cortesana hubiera sido la amante del Duque de Essex durante un año y algo más. Si Blankenship no sintiera tanto odio por las prostitutas, estaría tentado de saciar sus deseos entre los muslos de esta mujer. Evangeline tenía el cuerpo de una sirena, una que atraía a los hombres a perecer en las rocas del mar, pero carecía de la inocencia y la dulce naturaleza de Emily. Ansiaba eso, necesitaba bañarse en ella, dejar que calmara a la bestia que habitaba en su cabeza.

—*Monsieur* Blankenship, no nos conocemos, ¿verdad? —el acento de Evangeline, un francés rítmico y sensual, habría persuadido a la mayoría de los hombres por sí solo. Debió haber entretenido a Essex en su cama de una manera que la pequeña e inocente Emily Parr nunca haría, a menos que el duque se tomara el tiempo de enseñarle. Blankenship ciertamente esperaba que lo hiciera. Haría que su propia reclamación de ella fuera aún más dulce.

—No, señorita Mirabeau, aún no hemos tenido el placer. Pero compartimos un conocido en común: el Duque de Essex.

Los ojos de Evangeline se entrecerraron.

—¿Oh? ¿Y cómo llegó a conocer a Su Excelencia? —ella escupió sus palabras con toda la simpatía de una víbora. El duque había quemado este encantador enlace y Blankenship se beneficiaría de la destrucción.

—Él y yo nos cruzamos cuando robó algo que me pertenece.

Ella se rio ásperamente.

—¿Su Excelencia, robar? Imposible, *Monsieur.* Todo lo que quiere, lo consigue, ya sea por encanto o por dinero. ¿Robar? *Mais non.*

—Ahh, pero él ha cambiado, señorita Mirabeau. Lo que me robó es la razón por la que he venido a verla.

Evangeline levantó una mano para contemplar ociosamente sus uñas, pero el más leve rubor en sus mejillas reveló su interés.

—¿*Moi? ¿Pourquoi?* No he estado con Su Excelencia durante los últimos seis meses. ¿Qué le ha robado, *Monsieur?*

—Una joven.

La ex-amante de Essex se sobresaltó.

—Me ha robado una joven.

—¿Una joven?

—Sí. Su nombre es Emily Parr, y su tío está en deuda conmigo, así como con Su Excelencia. Essex decidió secuestrar a la señorita Parr de su tío, quien se ha negado a pagarle. Como ella es de mi propiedad, la quiero recuperar.

Ella se movió para apoyar su mano en la cadera, alisando la seda mientras lo hacía.

—¿Cómo sabe que él ha robado a esta chica?

—Le escribió una nota a su tío —Blankenship se acercó a ella y le tendió un papel. Lo examinó.

—Es la letra de Godric, escrita con la mano izquierda. Un truco de colegial.

—Sí. Llevé al magistrado a su finca, pero no pudimos encontrarla. Ellos debieron haberla escondido.

—¿Ellos? —Evangeline enarcó una ceja.

—Él tenía a su Liga —ahogó las ganas de escupir—, con él.

—¿Ah, sí? Entonces eso no es ninguna sorpresa. Esos hombres son obstinadamente leales entre sí —su tono burlón y el brillo de rencor en sus ojos fueron una agradable sorpresa.

Sería una excelente aliada.

—¿Qué quiere de mí, *Monsieur*?

—Me gustaría utilizarte en un plan que me devuelva a la señorita Parr, y tal vez te dé la oportunidad de recuperar a Essex.

—¿Recuperarlo? Nunca lo perdí.

—Ah, sí, por supuesto —resistió el impulso de sonreír. Ella había revelado su debilidad. El orgullo.

Evangeline hizo un mohín antes de volver a hablar.

—¿Cuál es su plan?

—Te doy esta carta, escrita con una letra que imita la de Essex, que te invita a ir a su finca y pasar tiempo con él. Implica que no está encontrando satisfacción con Emily. Confirmarás mi sospecha de que Emily está allí y me enviarás una carta por correo a este nombre y dirección. No debería levantar la sospecha de Essex en caso de que vigile su correspondencia. Proporcióname cualquier detalle sobre su paradero exacto en la casa, dónde la tienen, las rutinas de los sirvientes, cualquier cosa que puedas decirme que me ayude a recuperarla.

—¿Y una vez que sepa que ella está allí?

—Tengo a mi servicio a un hombre muy peligroso que no se detendrá ante nada para conseguir a la chica. Asumiendo que el duque y sus amigos se mantengan fuera del camino, no deberían sufrir daños. Una vez que yo tenga a la chica, Essex quedará libre para que lo recuperes —la sonrisa de Blankenship no era cálida.

Un indicio de desconfianza traicionó a la francesa.

—Este hombre contratado… ¿Mataría a Godric?

—Si Essex intenta impedir que recupere a la chica, entonces sí. Es muy hábil. Tengo más hombres para respaldarlo, igual de despiadados en sus métodos —si alguien le extraía la información, mejor que ella hiciera creer a los hombres de Godric que Blankenship tenía un ejército a su disposición.

Durante un largo momento, la señorita Mirabeau no habló. Él no dudaba de que ella todavía se preocupaba por Essex. Solo la hacía más propensa a ayudar a su causa si podía perdonar a su amante y recuperarlo.

—Su plan es ridículo. Su Excelencia sabrá que no escribió esta carta. ¿Cómo explicaré mi repentina aparición?

—Dile que debe haber sido una broma que te han gastado. Muéstrale la nota, di que has dado vacaciones a tus sirvientes y que te resultaría muy difícil regresar tan pronto. Es un caballero y sin duda te dejará quedarte. Te pagaré generosamente por esta pequeña misión.

La codicia iluminó sus ojos.

—¿Qué tan generosamente, *Monsieur*?

—Mucho.

Ella cogió el cheque que él le tendió y sus ojos se abrieron de par en par al ver la suma.

—¡*Monsieur*! —ella sonrió, pero al mismo tiempo, no era una sonrisa en absoluto.

—Y habrá más a tu regreso —añadió.

—Considérenos socios.

Pronto Emily estaría en casa de Parr y Evangeline de nuevo en la cama de Essex. Blankenship perdonaría amablemente las deudas de Parr en el momento en que Emily fuera suya. Él tendría a Emily, y Essex estaría fuera del camino.

❄

LA PARTIDA DE CAZA CASI HABÍA LLEGADO AL BORDE DE LOS jardines, con las bolsas llenas de faisanes, pero Emily tropezó con una piedra perdida y se torció el tobillo. Los hombres se volvieron al oír su grito. Le dolía una barbaridad y no pudo reprimir su gemido. Godric evaluó al instante la lesión y le levantó las faldas con los dedos. Le tocó el tobillo cubierto por las medias con dedos suaves, pero firmes.

—¿Te duele?

Emily respondió con una mueca de dolor. Luchó por mantenerse erguida.

—No seas tonta. Yo te llevaré —Godric deslizó un brazo en su espalda y el otro bajo sus rodillas, levantándola. Penélope los siguió de cerca, gimoteando suavemente. Ashton y Cedric se quedaron al frente para ayudar a abrir la reja del jardín y la puerta hacia el interior de la mansión.

—¡Su Excelencia! ¿Qué ha pasado? —Simkins se acercó, con su rostro arrugado aún más.

—Emily se ha torcido el tobillo. Haz que lleven a mi habitación una cena para dos. No quiero que se lastime más.

Él la miró, luego a Godric y dijo:

—Por supuesto, Su Excelencia —se marchó.

—¿Qué es todo esto? —una voz familiar llamó desde las escaleras. Charles y Lucien habían vuelto de Londres, al parecer.

—¿Cuándo volvieron? —preguntó Ashton.

—Hace media hora. Simkins nos dijo que habían salido a cazar —Lucien miró a Emily con preocupación.

—Qué faisán más raro tienes ahí, Godric. ¿Le has disparado en la pierna? —Charles, por desgracia, se mostró tan insolente como siempre.

—Difícilmente. Tropecé con una piedra al volver al jardín.

—¿No estás herida? —preguntó Lucien.

Cedric levantó a Penélope, quien ahora olfateaba las botas de Charles.

—Puede que se haya torcido un tobillo.

Godric ignoró la conversación y llevó a Emily por las escaleras. La tumbó en su cama y desató la cuerda de su cintura, pero no la liberó. Cogió el extremo suelto de la cuerda y ató el mismo con un intrincado nudo al poste de su cama.

—Godric, de verdad, ¿es necesario?

Él cogió su mentón con una mano, inclinando sus labios hacia los suyos mientras la besaba.

—Todavía no son las diez, y no creo que haya que arriesgarse cuando se trata de ti. Volveré pronto —la besó de nuevo; un largo tirón de sus labios, una provocación de su lengua contra la de ella, antes de dejarla finalmente sola.

Emily se frotó el tobillo y lo giró lentamente unas cuantas veces en cada dirección, soportando el dolor. De niña se torcía el tobillo a menudo. El dolor nunca duraba mucho. La rigidez ya había empezado a desaparecer.

Godric fue inteligente al mantenerla sujeta, pero fue tonto al pensar que ella estaba había perdido las fuerzas. Emily estudió el nudo de la cuerda que le rodeaba la cintura. Era una creación de varias vueltas que podría deshacer eventualmente. Luchando con el nudo durante unos minutos, consiguió aflojarlo, pero al oír pisadas afuera, dejó caer las manos en su regazo. Godric, Simkins y Libba llevaban dos bandejas de comida, una botella de vino y un par de vasos. La criada le lanzó un guiño conspirador a Emily mientras ella y Simkins se marchaban.

Godric acercó una de las bandejas a Emily, señalando los platos antes de desatar la cuerda de su cintura. Supuso que, ahora que había regresado, podría vigilarla él mismo.

—Sopa de liebre, pudín de alondra y —sonrió, señalando el pequeño cuenco frío cubierto con una tapa de plata—, helado de jengibre.

—¿Helado? —el estómago de Emily gruñó. El helado era una exquisitez que solo podían permitirse aquellos con una fábrica de hielo.

Godric sonrió.

—Quizá debería haber usado el helado antes para sobornarte para que fueras una buena cautiva...

Emily cogió el pequeño cuenco, ansiosa por sentir cómo se derretía el fresco manjar en su boca. Godric le apartó la mano con un ligero golpe.

—Debes comer primero tu otra comida. Simkins me arrancaría la cabeza si se enterara de que me has seducido para que te deje comer primero el postre.

—¿Él lo haría? —ella no podía imaginar eso.

—Bueno, no, simplemente me miraría con decepción, lo cual es de alguna manera mucho peor.

—¿Se puede seducir incluso por un helado? —ella curvó sus labios en una pequeña pero sugerente sonrisa. La sonrisita de respuesta de Godric casi le derritió las entrañas.

—Te sorprendería.

Godric le entregó un cuchillo, un tenedor y una cuchara. Emily sonrió con remordimiento mientras él cerraba y aseguraba la puerta de su habitación, encerrándolos juntos.

—¿Voy a comer aquí en tu cama?

—*Vamos* a comer en mi cama —corrigió él mientras se sentaba junto a ella.

—Pero...

Era demasiado agradable, demasiado dulce pensar que él quería compartir una comida de forma tan privada con ella. Emily se apartó de él, sabiendo que, si la tocaba, perdería su frágil control. Una parte de ella quería tirar la comida de la cama y probarlo a él; la otra mitad sabía que cada momento que pasaba con él, daba un paso más hacia la pérdida de su corazón.

—Come, querida, o no llegarás al helado.

Emily suspiró y empezó con la sopa y el pudín.

Godric comía junto a ella. El silencio era sorprendentemente agradable. Era una simple alegría, tenerlo así de cerca, simplemente existiendo en un espacio tan próximo a ella.

—¿Cómo está tu tobillo? —Godric dejó la bandeja en el suelo

y alcanzó su pierna. Le subió las faldas por encima de la rodilla. Un escalofrío recorrió la columna vertebral de Emily.

—Está mucho mejor. Creo que pronto estará bien. De niña me lastimaba con frecuencia. Nunca me quedaba quieta por mucho tiempo. Mi madre decía que era un poco marimacho. Por eso empezó a educarme en todos esos idiomas —Emily se acomodó en las almohadas de la cama, moviendo los hombros para conseguir la mejor posición de relajación. Los recuerdos de su infancia se desplegaron como banderas de colores brillantes en el viento.

La palma de la mano de Godric se movía sobre su pierna mientras la escuchaba hablar. Emily sabía que debería avergonzarse por dejar que la tocara con semejante descaro, pero ya habían hecho demasiado juntos y no podía resistirse a un contacto tan simple y dulce.

—El aprendizaje era la única manera de mantenerme quieta. Nos encerrábamos en la biblioteca durante horas, leyendo historias en otros idiomas. Me retaba y me recompensaba cuando lo hacía bien —Emily sonrió. Que su madre la convenciera de abandonar el exterior al menos durante una hora para poder leer era todo un milagro—. Solíamos escondernos de papá cuando iba a buscarnos a la hora del almuerzo. Nunca olvidaré cuando nos escondimos debajo de la mesa, junto a la puerta, y salimos a hurtadillas pasando por delante de él. Entró en el comedor y nos encontró ya comiendo. Creo que nunca descubrió cómo lo hicimos. Mamá era muy inteligente —se limpió una lágrima.

—Imagino que era una mujer maravillosa —Godric volvió a acariciar la pierna de Emily, jugueteando con el borde de la media cerca de la rodilla, como si deseara deshacerse de ella. Emily sintió que su respiración se aceleraba, pero se esforzó por mantener la calma.

—Era una gran mujer. Mi padre decía que el mundo necesitaba más mujeres como ella. Quería que yo fuera tan inteligente como ella —los ojos de Emily se llenaron de lágrimas, pero no dolían. Eran lágrimas de aceptación al recordar días más felices. ¿Alguna vez volvería a sentirse así?

Godric le robó la atención al subirla a su regazo, coger el cuenco de helado y acercarle una cucharada a los labios. Se había despojado del pañuelo y el chaleco, y la camisa blanca de linón moldeaba su cuerpo. Apoyó la barbilla en su hombro mientras la miraba comer. Sentarse en su regazo, sentirlo mientras la abrazaba, hizo que Emily experimentara una sensación de euforia.

—Quiero conocer todo sobre ti, Emily. Cuéntame la historia de tu vida.

—¿La historia de mi vida? No hay mucho. He pasado más tiempo soñando con una vida futura en lugar de realmente vivirla. Mi padre no era ambicioso y no tenía amor por la ciudad. Rara vez íbamos a Londres y nunca he pisado suelo inglés. Mis padres, sin embargo, lo visitaban a menudo. Mi padre era propietario en parte de una compañía de mensajería y viajaba a los distintos puertos para ver cómo iba el negocio. Siempre llevaba a mi madre... estaban muy enamorados.

Hubo fragmentos de recuerdos, sonrisas fugaces de su padre a su madre cuando ella se ponía la capa para viajar. El roce de los labios en su regordeta mejilla infantil cuando se dirigían a su carruaje alquilado, dejándola atrás, aferrada a las faldas de la señora Danvers. Si tan solo hubiera sabido que ése sería su último viaje. Cuando sus padres se marcharon, ella estaba en lo más profundo del bosque, detrás de su casa, dibujando flores silvestres y pájaros para un ensayo que estaba escribiendo. Había llegado una hora tarde para despedirse y eso la atormentaba.

Emily habría dado su alma por retroceder en el tiempo y obligarse a dejar sus bocetos para otro día y volver a casa antes. Habría abrazado a su madre con fuerza, se habría aferrado a su padre y les habría rogado que no se fueran. Uno nunca sabía los errores que podía cometer, ni el precio que debía pagar hasta que era demasiado tarde.

Godric pareció percibir su lejanía y le apartó un mechón de la cara.

—¿Deseas viajar? —su mano libre sumergió la cuchara en su cuenco y le robó helado.

—Más que nada, quiero…

—¿Qué quieres?

—Es una tontería.

Godric soltó la cuchara para acariciar su mejilla con el dorso de la mano.

—Dime.

Era muy fácil ceder, entregarse a cualquier cosa que él le pidiera, cuando la tocaba así.

—Mi padre me dejó como herencia su participación en la empresa. Una buena cantidad de dinero venía con ella y habría ido a parar a mi marido al casarme. Esperaba casarme con alguien que me permitiera hacerme cargo de mi participación en la empresa y gestionar los números. Yo podría viajar, ver el mundo cuando tuviera la oportunidad. ¿No sería glorioso tener la oportunidad de vivir? Quiero bañarme en el mar Mediterráneo, quiero sentir el sol de Egipto en mi piel, y quiero lanzar una bola de nieve en los Pirineos. Quiero probar el curry indio, y ver los templos de Oriente…

Los ojos de Godric se suavizaron.

—Esos no son deseos tontos —la mano de Godric contra su mejilla descendió por su cuello y el roce de un dedo dibujó una línea hacia su clavícula. En ese momento, Emily solamente deseaba vivir sus sueños con él.

—Tal vez no, pero soy tonta por esperar que alguna vez ocurran —bajó la cuchara y el bol.

Cuando quedó claro que él no la soltaría, ella se acomodó de nuevo en sus brazos. La rodeó, enterrando su cara en el espacio entre su cuello y su hombro mientras sus labios presionaban su piel. La cabeza de Emily cayó contra su hombro cuando él movió la boca por su cuello hacia su oreja, mordiéndole el lóbulo. Suspiró y una ola de calor envolvió su cuerpo. Podría haberse quedado dormida, segura entre sus brazos. El reloj de pie del vestíbulo marcó las nueve. Los lejanos pitidos despertaron a Godric y la bajó de su regazo.

—Debo bajar a ver a los demás. Volveré pronto y nos iremos a la cama —no esperó a que ella protestara, sino que la dejó sola para que esperara sentada.

Los cinco hombres estaban situados alrededor de la mesa de billar del salón. Cedric alineó su tiro mientras Lucien y Charles les relataban a los demás su estancia en Londres.

—Nos cruzamos con Blankenship en Hyde Park —habló Charles, haciendo girar una copa de brandy.

Los ojos de Ashton brillaron.

—¿De verdad?

—Sí, me tomé el tiempo de recordarle su deuda conmigo —dijo Lucien—. Al parecer, es bastante astuto en sus prácticas financieras. Acepta inversiones de hombres como yo y las utiliza para quebrar a hombres como... Albert Parr. Hoy he preguntado por ahí y parece que hay indicios aquí y allá que apuntan a que Blankenship fue el cerebro detrás de los problemas financieros de Parr.

Godric cogió un taco del soporte de madera colocado contra la pared.

—Me pregunto si Blankenship llevó a Parr a la bancarrota solo para obtener a Emily... —estudió la mesa de billar y luego miró a Lucien—. ¿Cómo se produjo la deuda de Blankenship contigo?

Lucien se tomó su tiempo para responder. Una vez que metió dos bolas, respondió a la pregunta de Godric.

—Solo me he reunido con él una vez. Le vendí una de mis propiedades más pequeñas en Francia, la pequeña casa de campo cerca del Château de Chenonceau.

Charles suspiró con nostalgia.

—Me gustaba bastante ese lugar...

—Bueno, Blankenship tiene la escritura de la misma. Solo me

ha pagado el anticipo —el rostro de Lucien se ensombreció y sus rasgos se impregnaron de frialdad—. No me ha hecho llegar el importe restante de la propiedad.

Godric casi compadeció a Blankenship. Aquellos que se atrevían a engañar a Lucien con cualquier cosa podían acabar en el extremo equivocado de una pistola de duelo.

—¿No crees que intentará estafarte? —preguntó Ashton.

—No, soy demasiado precavido para caer en esas trampas, al igual que él para que lo pillen usándolas. Simplemente está retrasando el pago hasta el último momento por el interés.

—¿Qué estaba haciendo en Hyde Park? —fue el turno de Godric. Cogió su taco y realizó su tiro, fallando al meter la bola por una pulgada. Su mente estaba decididamente en otra parte y su juego sufría por ello.

—No estoy seguro. Parecía muy engreído cuando nos vio, el muy canalla —gruñó Charles.

Godric ahogó una carcajada. Todos odiaban a Blankenship por la única razón de que creía que Emily le pertenecía. Godric intentó no insistir en ese pensamiento. Eso solo le recordaba su propio comportamiento poco respetuoso.

—Eso no presagia nada bueno. Tenía mis dudas sobre él desde que llegó aquí con el magistrado —comentó Ashton.

—No descansará hasta que Emily sea suya —replicó Cedric.

—Entonces el hombre se cansará mucho —Godric luchó contra el impulso de pasearse por los pasillos de la casa hasta agotar toda su energía—. Debemos estar atentos —dijo, y los demás coincidieron.

Cedric sonrió.

—Aparte de encontraros con Blankenship, ¿supongo que os lo habéis pasado bien?

—¡Claro que sí! Lucien tiene una gran habilidad para elegir mujeres a las que les gusta experimentar. Ellas tenían estos espléndidos juguetes importados de...

—*Ejem* —Ashton tosió—. Por mucho que todos disfrutemos de las historias de tu depravación y la de Lucien, Charles, hay una joven inocente bajo este techo que no debería oírte presumir de tus conquistas.

Godric ahogó una carcajada. Una vez más, sus pensamientos lo llevaron hasta Emily. La había dejado en su dormitorio, incapaz de confiar en sí mismo allí con ella un momento más. Pero no buscaba simplemente los placeres de su carne. Quería estar con ella completamente, en cuerpo y alma. ¿Había estado alguna vez con una mujer de esa manera? Si lo había hecho, había sido hacía años... Dejó el taco sobre la mesa, llamando la atención de los demás hombres. El tiempo de espera había terminado. Él la quería y, si era capaz de interpretar a las mujeres, ella también lo quería de la misma manera.

—Disculpadme. Tengo que ver cómo está Emily.

—Por supuesto que sí... —Charles soltó una risita—. Imagino que tendrás que comprobarla toda la noche.

Godric ignoró las risas que lo siguieron mientras salía de la habitación.

EMILY ESTABA ESTIRADA BOCA ABAJO, LEYENDO UNA COLECCIÓN de ensayos sobre filosofía cuando Godric entró. Sus ojos se levantaron de las páginas cuando él cerró su puerta y se apoyó en ella con los brazos cruzados. Una ceja oscura se alzó, al igual que una de las comisuras de su boca. El corazón de Emily dio un salto. Tuvo el impulso de salir corriendo y esconderse en la maleza como un cervatillo asustado. Las brasas entre ellos habían ardido bajo la superficie durante demasiado tiempo, y por fin iban a ser alimentadas. No habría vuelta atrás. ¿Confiaba en él?

Sí. Mucho más de lo que debería, pero era demasiado tarde para cuestionar esa parte de su corazón que se entregaba a él.

—Ven a mí, cariño —como la serpiente ofreciéndole una manzana, su tono prometía educarla con todas las cosas que una joven inocente no debería saber.

El libro cayó de sus manos y se incorporó hasta quedar

sentada. Su mente se nublaba con un deseo embriagador. Él tenía que estar tan desesperado por esto como ella. Emily dejó que sus piernas colgaran sobre el costado de la cama y se inclinó hacia atrás con las manos detrás de las caderas y la barbilla levantada, ofreciéndole lo que ella esperaba que fuera una mirada provocativa.

—Si es a mí a quien quieres, entonces ven.

El brillo voraz de sus ojos le dijo que sabía que ella estaba intentando controlar la situación. Finalmente, se apartó de la puerta cerrada y se acercó a ella.

Godric le cogió la cara con una mano y sus ojos se dirigieron a sus labios.

—Emily, me estás volviendo loco.

—¿Crees que esto ha sido fácil para mí? Sabes lo que siento, pero para ti la elección es fácil y sin consecuencias. ¿Para mí? Estoy renunciando a mucho para estar contigo. Por favor, dime que lo entiendes... —no quería suplicar, pero el temblor de su voz la delataba.

—Lo entiendo... —Godric movió las manos desde los hombros de Emily hasta el cuello de su camisa, agarrando sus bordes. Con un rápido movimiento, la rasgó en dos, la deslizó fuera de sus brazos y la lanzó a través de la habitación. La camisa cayó al suelo, un símbolo blanco de la rendición de Emily.

—Nunca te arrepentirás de esta elección. Te lo juro —su voz era ronca mientras la cogía por los hombros.

—Godric... —ella intentó extender una mano para estabilizarlo. Todo su cuerpo tembló mientras sus dedos liberaban rápidamente su corsé externo.

—Ni una palabra más, zorra. El sabueso ha llegado, y no hay escapatoria.

La imagen de un zorro de pelaje rojo atrapado entre los dientes de un sabueso se apoderó de su mente. Ella siempre había sido el zorro para él, y él había ganado.

Las manos de Godric bajaron hasta sus pies, desatando sus botas y dejándolas caer al suelo. Luego le quitó las medias. Emily se quedó quieta, observándolo trabajar con los ganchos de su falda antes de deslizarla hasta el suelo. Él retrocedió, quitándose lentamente la camisa y dejando las botas a un lado. Empezó a quitarse los bombachos, pero se detuvo cuando ella se removió incómodamente en la cama.

—¿Ahora me temes?

Emily creyó oír una pizca de preocupación en su tono. *Por supuesto que te temo. Tienes el control de todo, exiges que te entregue todo, no solo mi cuerpo.* El miedo danzaba en su interior, tirando de ella hacia atrás. Su respiración se volvió lenta y su corazón marcó un ritmo inestable y débil. ¿La lastimaría accidentalmente?

La había sacado de su carruaje por la fuerza y la había sometido. Pero con el paso de sus días juntos, Godric también había mostrado una dulzura que era incapaz de ocultar. ¿Se apoderaría de ella el libertino insensible o el alma herida?

La mirada decidida de Godric le dijo que el libertino tenía el control, pero la sombra de esa alma amable se asomaba bajo sus largas y oscuras pestañas.

Cualquier vestigio de sus temores se desvaneció, pero una tensión nerviosa igual de punzante para sus sentidos ocupó su lugar. No sabía cómo estar con Godric como pareja.

—Yo... no tengo miedo —su tono insistente no convenció a ninguno de los dos.

GODRIC SE FIJÓ EN EL ASPECTO DE EMILY: UNA CRIATURA asustada con una camisola ligera y lechosa, con el pelo recogido. Se acercó a ella, pero solo para quitarle la peineta y dejarla en la mesita de noche. El pelo le cayó por los hombros. Le pasó las manos por él, admirando su sedosidad.

Ella lo hipnotizaba como una diosa antigua. Había estado con algunas de las mujeres más bellas y deseadas de toda Inglaterra, pero nunca en su vida una mujer lo había cautivado de esta manera. Todo tenía que ver con la forma en que ella susurraba su nombre, la forma en que sonreía y las cosas que pasaban por su cabeza cuando hablaba de sus sueños. Ella no era solo un cuerpo caliente con el que acostarse. Emily era infinitamente más para él. Ella era real.

Subió las manos para coger su cara, inclinó la cabeza de Emily hacia atrás y devoró su boca temblorosa. Luego la acercó más a él.

La sostuvo; el calor de ella lo excitaba y lo calmaba. Lo último que quería era asustarla, pero allí estaba él, rasgando su ropa y gruñendo como un maldito lobo. Su necesidad de tenerla, de hacerla suya, predominaba rápidamente sobre el sentido racional. Pero sus acciones también tenían su origen en un nuevo temor: perder a Emily. Se había vuelto imposible estar sin ella. Los brazos de Godric se estrecharon a su alrededor, como si soltarla fuera a eliminar su protección.

El aroma de su cabello, como el de las flores recién cortadas, lo envolvió, lo calmó. Ella estaba aquí, en sus brazos, a salvo.

—No tengas miedo —musitó. Su boca trazó una línea desde su mandíbula hasta su cuello.

Emily suspiró y lo rodeó con los brazos, tratando de acercarlo. Él aprovechó su distracción para subirle la camisola. Siguió besándola hasta que la fina tela estuvo cerca de su cuello, y luego se la sacó por la cabeza. Dejó escapar un grito ahogado mientras intentaba cubrirse los pechos. Godric le cogió las muñecas y la bajó lentamente contra la cama. Le inmovilizó las muñecas cerca de la cintura.

—Godric... no creo que esté preparada para hacer esto.

—Nunca te haría daño, cariño. Por favor, créeme —depositó un suave beso en la comisura de su boca, provocándola. Solo quería mantenerla a salvo, mantenerla feliz. No se atrevería a arriesgarse a perderla ahora.

EMILY SE RETORCIÓ CON UN PLACER CADA VEZ MAYOR CUANDO él deslizó sus caderas hacia el interior de sus muslos. La boca de Godric descendió sobre la suya. El calor de su beso la estremeció. Oyó en el tono de su voz que no le haría daño, pero su corazón se resistía a creerlo.

—Por favor, Emily, confía en que te cuidaré. Te necesito.

Emily empujó su pecho.

—Necesitas mi cuerpo.

Godric se apartó y sus ojos esmeralda la ahogaron en los interminables destellos de luz.

—Es más que eso. Siempre ha sido más. Desde el primer momento, supe que eras mía, en cuerpo y alma. Para siempre.

Envolvió un mechón suelto en un dedo, girando el brillante espiral en una mezcla de juego y ternura que la desconcertó.

—Me has hechizado, Emily. Estoy bajo tu hechizo y no quiero despertar nunca. No me niegues el derecho a adorarte, diosa mía —selló su súplica con un suave círculo de sus labios sobre los de ella, dejándola desesperada por más.

El cuerpo de Emily cobró vida. Cada nervio, cada músculo, se agitó en espera de ese placer que aún no había experimentado. Era un regalo que no se atrevía a pedir. Lo único que importaba ahora era Godric. El poder de su cuerpo, la danza de su lengua, y el dolor que se acumulaba entre sus piernas.

Godric acurrucó su cuerpo contra el de ella, meciéndose hacia delante, apretándose contra ella. Emily luchaba por respirar. Sus labios seguían siendo sus prisioneros mientras él inclinaba su boca sobre la de ella. Sus dientes le mordían los labios mientras sus manos se deslizaban por la parte exterior de sus muslos, presionando ligeramente. Cuando por fin bajó la mirada hacia sus pechos, gimió al ver los rosados pezones floreciendo para él.

—He esperado mucho tiempo para probarte —dejó un camino de besos desde su cuello hasta sus pechos. Cuando se llevó uno a la boca, Emily se arqueó hacia él al sentir un violento escalofrío en la columna vertebral.

Su boca rodeó el pezón y lamió la punta erecta hasta que Emily hundió las manos en el pelo de Godric, instándole a continuar. Él abandonó su pecho y sujetó sus manos, devolviéndolas a la cama cerca de sus caderas.

—Todavía no voy a darte lo que deseas.

—¿No? —jadeó ella.

Él soltó una risita mientras le besaba la clavícula.

—No. Es hora de que te castigue por tus intentos de fuga.

Sacó la lengua y le lamió la piel. Emily gimió.

—Si esto es un castigo, déjame admitir otros pecados, para poder expiarlos también.

La intensa risa de Godric la cautivó con su ardiente dulzura.

Godric bajó su boca entre el espacio de sus pechos, pasando por su vientre y hacia el oscuro triángulo entre sus piernas. Él se deslizó fuera de la cama y se arrodilló entre sus piernas, utilizando los hombros para mantener sus rodillas abiertas mientras le besaba el interior del muslo derecho. Los ojos de Emily se nublaron mientras él se acercaba lentamente a su húmedo núcleo.

—Godric... —gimió cuando, finalmente, su boca se introdujo entre sus piernas. Cuando su lengua se arremolinó en su carne palpitante, ella volvió a gritar su nombre. Él gruñó, amando el sonido de su nombre mientras se desgarraba a través de sus labios con desesperación.

Godric estaba tan apretado en sus bombachos que apenas podía pensar. Sabía que no debía acostarse con Emily. Debía dejar de probarla, debía detenerse antes de ir demasiado lejos y clavarse profundamente en ella. Era virgen, inocente, y la primera vez sería dolorosa. Necesitaba los besos tranquilos y dulces de un enamorado, no la violencia de un hombre poseído. Godric estaba a punto de recuperar el control cuando Emily gimió con fuerza, instándole a continuar.

Le mordió el sensible punto de su excitación, jadeando él mismo mientras ella gritaba de placer. Godric liberó sus manos mientras se ponía de pie para deshacerse de sus pantalones. Si no la penetraba pronto, perdería la cabeza como lo había hecho esta mañana.

Los ojos de Emily se abrieron de par en par cuando él se quitó los bombachos y se paró frente a ella completamente desnudo.

Emily se quedó mirando su excitación, con los ojos brillando de fascinación.

—Godric, ¿vas a...?

—Emily, sé que esto va a doler, pero tendré todo el cuidado posible —su voz era tensa mientras le separaba las rodillas con suavidad.

Emily se retorció mientras él se acomodaba sobre ella.

—¿Lo prometes?

—Lo prometo —nunca había prometido mayor cosa en su vida.

Deslizó las manos por debajo de su trasero y levantó sus caderas. Con un movimiento lento, la penetró profundamente. La pared de su virginidad se rompió contra la fuerza de su entrada. El agudo grito de dolor de Emily acompañó el ascenso de sus caderas mientras intentaba liberarse, pero el movimiento solo lo obligó a penetrar más profundamente.

Godric se paralizó al oír su dolor.

—¿Debo parar? —su voz era áspera, raspando sus propios oídos.

Ella rozó besos en su mandíbula y levantó las caderas en señal de aprobación.

—No, no lo hagas.

Inclinándose, Godric atrapó su boca en un profundo beso. La tensión de Emily disminuyó. La instó a moverse con él y a seguir su ritmo. Pronto, él se perdió en la intensa presión de sus paredes internas y en la subida y bajada de sus pechos mientras ella respiraba, y cada vez un suave sonido salía de los labios de

Emily. Sus piernas se movieron para rodear los muslos de Godric, quien estaba de pie en el borde de la cama, inclinado sobre ella, introduciéndose en su interior. Nunca antes se había sentido tan consumido por una mujer, tan desesperado por marcar su alma en lo más profundo de su ser.

Mía. Eres mía, dijo en el violento juego de su lengua contra la de ella, y sus manos estrujaron más las caderas de Emily mientras sus senos frotaban contra su pecho.

UN MAR CARMESÍ DE DESEO ENVOLVIÓ A EMILY MIENTRAS Godric se introducía más y más profundamente en ella. Cada vez que él se retiraba, ella sentía las profundidades de su propio vacío. Solo las embestidas de Godric aliviaban el dolor. Nada existía, nada tenía forma ni materia, más allá del apareamiento de su cuerpo con el de Godric. Apretó las piernas, reclamándolo como suyo mientras su propia lengua luchaba por entrar en su boca, saboreando el jengibre de su helado y los restos de brandy.

El dolor y los destellos de dolor se convirtieron en rayos de placer. Ella se dirigía hacia un precipicio y, una vez que cayera, no habría forma de volver a la cordura. El placer de esta unión entre ellos era hermoso y devastador.

—Llévame más adentro —le instó él al oído mientras sus dientes le rozaban el cuello.

Emily golpeó sus caderas tan fuerte como pudo contra las de él. Todo el ser de Godric entró, extendiéndose hacia su vientre mientras la presión dentro de ella alcanzaba su punto máximo. Emily nadaba en una orilla desconocida de deseo, un atardecer escarlata que bañaba su mundo con tonos de fuego y placer. Godric estaba allí con ella, con su mano extendida para sujetarla, haciéndola suya para siempre.

Ella era suya. El fuego estalló en su cuerpo desde ese único punto de conexión y se extendió por ella en forma de olas violentas. Emily volvió a gritar, esta vez de puro placer, y Godric le dio dos embestidas más, más fuertes que antes, y se desplomó sobre ella con un gemido.

Emily luchó por recuperar la respiración. El calor de Godric se extendió profundamente entre sus piernas mientras salía de ella unos centímetros antes de volver a deslizarse dentro. Ella gimió y sus paredes internas se convulsionaron alrededor de él, todavía recibiéndolo. Sus cuerpos estaban húmedos mientras él se deslizaba contra ella, acariciando su cuello. Ella lanzó sus brazos a su cuerpo y lo rodeó. Los músculos de su espalda se sacudieron con sus movimientos bajo las manos de Emily. Godric metió la mano por debajo de ella y la levantó un poco, deslizándola hacia atrás en la cama para poder tumbarse a su lado.

Cuando por fin se separó de ella, Emily se estremeció e intentó volver a conectar con él, queriendo que la abrazara. Godric la atrajo contra él y sus manos le acariciaron la espalda, el culo, los muslos, hasta llegar a su pelo, sujetándolo en la nuca para poder besarla. Emily apoyó su mejilla en su pecho, disfrutando de su calor y del constante latido de su corazón.

—¿Estás bien, Emily? —su voz se volvió ronca por la preocupación.

Ella cerró los ojos, disfrutando del calor de su piel bajo su mejilla.

—Sí —le encantaba sentirlo respirar, saber que la vida bullía en él y que era suyo y solo suyo, incluso durante un breve tiempo.

Él le besó el pelo.

—No quería hacerte daño, cariño. La primera vez siempre duele, pero yo debería haber sido más cuidadoso.

—Shh... —ella levantó una mano para cubrirle la boca. Él besó las yemas de sus dedos con ternura y ella sonrió—. Y pensar que querías castigarme —Emily soltó una risa suave y sensual que despertó su deseo.

—No me tientes a ser más creativo. Lucien tiene algunas ideas fascinantes del Lejano Oriente que implican el *bondage* con tiras de seda roja...

—¡No te atreverías! —levantó la cabeza, con los ojos ensombrecidos, y jadeó cuando él la pellizcó. Le golpeó el pecho con un puño débil—. ¡Pícaro! —siseó, pero ahora sus ojos solo estaban llenos de risa.

—Nunca he pretendido ser otra cosa.

Emily se relajó, hundiéndose en él, absorbiendo su calor. Godric, en lugar de seguir abrazándola, se liberó y retiró las mantas de la cama.

—Métete a la cama —susurró. La arropó y empezó a vestirse. Emily lo miró con las sábanas ceñidas a su barbilla. Acababa de convertirla en una mujer y, sin embargo, la abandonaba.

—¿Adónde vas? —el temblor en su tono la avergonzó.

—Abajo. Volveré pronto —se puso la camisa, esperando su respuesta.

Emily abrió la boca, pero el reloj de pie del vestíbulo de afuera sonó.

—Ah, las diez en punto —él se inclinó y le besó la frente.

Ella permaneció inmóvil en su cama durante un largo minuto. Quería reír, gritar de alegría. Nunca se había sentido mejor. Durante un tiempo, ella y Godric habían sido un solo ser con vida, sin un final ni comienzo. Él se había perdido en ella, y ella en él. En cuanto se dio cuenta de esto, comprendió algo más importante. Nunca quería dejarlo.

—Lo amo... —la epifanía le produjo emoción y dolor.

Estaba enamorada de un hombre que nunca la amaría. El amor no iba con él. Los hombres como él nunca amaban.

Su plan para seducirlo era cada vez más crucial. Debía hacer lo imposible y ganar su corazón. Solo así podrían ser felices los dos.

Emily se acurrucó más en las sábanas. El aroma de Godric la envolvió y la reconfortó mientras soñaba con esa unión.

10

Capítulo Trece

Godric volvió al salón, donde encontró a sus cuatro amigos excesivamente interesados en su partida de billar. Lo miraron, luego todos apartaron rápidamente la mirada, y durante un largo minuto nadie dijo nada.

Charles tiró descuidadamente su taco de billar sobre la mesa, arruinando el juego al desplazar las bolas de su sitio.

—Maldita sea, si nadie va a preguntar, lo haré yo. ¿Cómo estuvo?

—¿Cómo estuvo qué? —Godric fingió inocencia.

—Todos sabemos que tú y Emily... —para ser un hombre al que nunca le faltaban las palabras, Charles se quedó ciertamente corto ahora—. Bueno, ya sabes... ¡Oh, por el amor de Dios, tenemos oídos, hombre!

—Dios mío, ¿quieres que nos disparen? —siseó Cedric.

Godric no se molestó lo más mínimo. De hecho, le resultó bastante divertido la imagen de sus amigos peleándose como colegiales en el pasillo solo para echar un vistazo por el orificio de la cerradura... ¿Cómo no iba a reírse?

—No se le disparará a nadie, a menos que algún hombre aquí se atreva a intentar seducirla ahora. Recuerden la Regla Cuatro. Ella me ha elegido a mí. ¿Está claro?

Cortantes asentimientos siguieron a su comentario.

—¿No la has herido? —preguntó Ashton al cabo de un momento, con la cara un poco roja.

Cedric reflejó la preocupación de Ashton mientras se apoyaba contra la mesa de billar.

—Ella está bien ahora. No fui tan cuidadoso como debí... Pero sé cómo distraer a una mujer del dolor y sustituirlo por el placer. Fue valiente, mi Emily —solo se había acostado con dos vírgenes en su larga vida de conquistas. Ambas habían llorado todo el tiempo y él había jurado no tener inocentes desde entonces. A ningún hombre le gustaba pasar toda la noche persuadiendo a una mujer para que volviera a aceptarlo.

Pero Emily lo había recibido con una pasión sorprendente, una que rivalizaba con la suya.

Ashton lo miró fijamente.

—Ella te ama, Godric. Una mujer enamorada puede soportar más dolor y sufrimiento que el hombre más fuerte. Sus corazones son cosas únicas, resistentes y leales, pero susceptibles de una gran debilidad.

El repentino calor en su pecho lo sorprendió. Emily lo amaba. Le gustaba saber que ella lo amaba. Se esforzó por mantener la compostura.

—¿Y qué debilidad es esa?

Ashton frunció el ceño.

—Se rompe fácilmente si no se la ama a cambio. Debes encontrar en tu corazón el amor por ella, Godric, o habrás cometido una gran injusticia con ella.

Godric suspiró y se pasó una mano por el pelo.

—Puede que tengas razón, Ash. En todo caso, la he arruinado

y merece que la quieran. Desde luego, no podemos regresarla con su tío.

El rostro de Lucien se ensombreció.

—Eso sería lo mismo que entregársela a Blankenship.

—Está decidido, entonces. Al final de la semana volveré a Londres para decirle a Parr que Emily ya no es suya. Su permanencia aquí conmigo será el pago de su deuda conmigo, y todo contacto desaparecerá entre nosotros.

—¿Y qué pasará con Emily? —preguntó Cedric.

—La mantendré aquí.

—¿Eso prudente? —habló Lucien.

—Estará obligada por su honor. Además, dudo que intente marcharse, sobre todo después de lo ocurrido esta noche —Godric intentó contenerse, pero sus labios terminaron por alzarse.

—Entonces, fue muy bueno, ¿eh? —Charles se rio.

Godric negó con la cabeza.

—Como si fuera a decírtelo —lo que a Emily le faltaba de experiencia lo compensaba con confianza y entusiasmo, y si Ashton tenía razón, con amor.

Él se preguntó si esa emoción, tan escurridiza en su propio corazón, había llenado los momentos de fuego y ternura. Había vivido una vida de placer, y en esa vida, el amor no representó ningún papel. Sus amantes disfrutaban de él y él, a su vez, de ellas, pero nunca hubo más que eso.

Emily... Eso había sido algo totalmente distinto.

—Godric, tendrás cuidado la próxima vez, ¿verdad? —habló Ashton después de un minuto—. Odiaría ver a Emily agobiada con un bebé siendo muy joven.

Godric hizo una mueca. Ni siquiera había pensado en eso. ¡Cristo! Podría estar embarazada ahora mismo como consecuencia de su descontrol.

—Adoptaré las precauciones necesarias —había varias maneras, pero la mejor era un preservativo, algo vieja, pero una de sus favoritas. Estaría preparado la próxima vez. Por supuesto, el mes siguiente resultaría angustioso mientras rezaba a Dios para que la primera vez con Emily no hubiese sido un desastre.

Incluso mientras lo pensaba, sabía que el niño nacido de ese singular momento a base de un placer maravilloso y delicado sería hermoso. Con su pelo oscuro y los expresivos ojos violetas de su madre. Sus cosquillas. Su audacia. Menudo niño sería. La imagen de este encantador niño inexistente lo impactó. ¿Un niño? Con el tiempo necesitaría un heredero.

Necesitaba despejar sus pensamientos de Emily y de ese niño imaginario.

—¿Empezamos un nuevo juego? —los otros hombres se unieron a él en la mesa de billar.

Cuando Godric regresó finalmente a su alcoba, llevaba a una Penélope dormida bajo un brazo y su cesta en el otro. Dejó la cesta cerca de su mesita de noche y ahuecó las mantas para la cachorra antes de dejarla en el suelo. Penélope le lamió la mano con un suspiro de satisfacción.

—Buena chica —le acarició la lisa cabeza y le rascó detrás de las orejas. Los ojos del animal se cerraron y Godric se desvistió rápidamente, dejando la ropa en un montón desordenado a los pies de la cama. Luego se metió bajo las sábanas. Su cuerpo se calentó al instante al entrar en contacto con el de Emily.

—Godric… —musitó ella mientras rodaba para quedar frente a él.

—Estoy aquí, cariño —deslizó sus brazos alrededor de su cintura, atrayéndola contra él. Ella suspiró, algo así como Penélope, sin estar realmente despierta. Él aprovechó y le besó los labios. En la oscuridad, con sus cuerpos entrelazados, sin más testigos que la luz de la luna, casi creyó que podía ser capaz de amarla. Emily casi leyó sus pensamientos cuando él liberó sus labios y le acarició el cuello con la nariz.

—Te amo —susurró ella, hablándole a un príncipe oscuro en sus sueños. No parecía esperar una respuesta.

—Lo sé —replicó con un susurro mientras ella se dormía en sus brazos. Godric no tardó en seguirla a la tierra de los sueños, a un lugar rodeado de campos de exquisitas mariposas. No pudo atrapar ni una sola...

EMILY SE DESPERTÓ EN UN MUNDO NUEVO.

Su cuerpo estaba débil y ligero, ruborizado por una nueva comprensión de sí misma. Ya no existía una barrera entre ella y el inalcanzable estado de virginidad.

El hombre que lo cambió todo yacía junto a ella, con su piel cálida contra la suya. Hasta ahora solo se había sentido avergonzada y tímida por su cuerpo, pero Godric había visto y saboreado cada parte de ella. Él también se había compartido. Ella había sentido la pasión en la dulzura de su beso y en el brillo vulnerable de sus ojos.

Emily se recogió el pelo en un espiral suelto en la nuca mientras se acercaba a Godric. Su pecho subía y bajaba en un lento patrón de sueño, y no pudo resistirse a él, tan expuesto como estaba en ese momento.

Le besó la barbilla y recorrió su pecho con los labios hasta llegar a su pezón izquierdo, y su boca lo acarició. Godric gimió con dificultad mientras su cuerpo dormido respondía.

Emily tenía una pierna metida entre las suyas y su miembro viril se sacudía contra su muslo.

Chupó más fuerte antes de bajar por su abdomen.

Una mano le sujetó la cabeza, manteniendo su boca pegada a su cuerpo. Definitivamente, Godric ahora estaba despierto.

—¿Qué estás haciendo, pequeña zorra?

—Pensé que debía despertarte. Deseo mi beso de buenos días.

—¿Tu beso? Querida, ahora estamos mucho más allá de los besos —su tono ronco encendió un fuego estremecedor entre sus piernas.

Él no esperó una invitación, sino que la deslizó hacia arriba y la hizo rodar debajo de él. Atrapando su boca en un tierno y pecaminoso gesto, su brazo izquierdo alcanzó el pequeño cajón de su mesita de noche.

—¿Qué estás haciendo? —preguntó ella entre besos.

La mano de él volvió a sus cuerpos por debajo las sábanas.

—No te preocupes, cariño. Te estoy protegiendo, eso es todo.

El calor del siguiente beso le robó a Emily todo pensamiento racional.

Algún tiempo después, ella y Godric jadeaban en los brazos del otro mientras el placer inundaba sus extremidades. El cuerpo de Godric temblaba y Emily apoyaba su cabeza contra sus pechos, acariciando su pelo. No pudo evitar admirar los profundos tonos de marrón que la luz de la mañana capturaba en su espesa melena.

—¿Por qué tiemblas?

—Hacer el amor contigo... —la voz de Godric apenas superaba un susurro.

—¿Sí? —Emily besó su cabello oscuro, inhalando su aroma varonil.

—Me siento como un chico otra vez.

Emily no estaba segura de qué hacer con esto.

—¿Eso es... algo bueno?

—Es algo maravilloso, Emily. Cada sensación, cada beso... Se siente nuevo. Nunca pensé que podría volver a sentirme así —él se levantó sobre los codos mientras se recostaba sobre ella, todavía muy dentro, con la conexión intensa entre ellos. Las largas pestañas de Godric se extendieron sobre sus mejillas mientras cerraba los ojos. La confesión pareció exponerlo, hacerle vulnerable. Ella conocía demasiado bien esa mirada atormentada y vacilante—. Emily, hay algo de lo que me gustaría hablarte —se apartó suavemente y se acomodó cerca de ella.

—¿De qué se trata? —la sospecha nubló la soleada calidez de su corazón.

—A causa de este nuevo acontecimiento —agitó una mano sobre las sábanas arrugadas—, regresarte con tu tío está fuera de discusión. No lo permitiré. Pero debes decidir qué quieres hacer ahora.

Emily se sentó, levantando la sábana para cubrirse.

—¿Deseas enviarme lejos? ¿Ahora? —la tristeza se apoderó de ella como una gruesa manta de lana, asfixiándola.

—¿Qué? —sus cejas se juntaron—. ¿Mandarte lejos? ¿Estás loca? Quiero que te quedes aquí, que te quedes conmigo. No tienes que volver a preocuparte por tu tío —sus pulgares le acariciaron las mejillas. El gesto la calmó, pero su pecho aún punzaba, anticipando el golpe mortal que sabía que algún día él le asestaría a su corazón.

—¿Quieres que me quede aquí contigo? ¿Por cuánto tiempo? —ella tenía que tener algunas respuestas, aunque fueran dolorosas.

—Sí —a la primera pregunta respondió sin dudar, pero con la segunda titubeó—. Te quedarás todo el tiempo que quieras una vez que este asunto con tu tío haya terminado.

Emily intentó ahuyentar el ardor de las lágrimas. No le estaba ofreciendo matrimonio o amor, sino tiempo. Si esto era todo lo que podía tener de él, lo aceptaría, por ahora.

Mañana pensaré en las consecuencias.

—Entonces me quedaré —su aceptación hizo que él volviera a caer sobre ella con besos ansiosos.

El reloj de pie del exterior anunció que eran las nueve. Las horas de la mañana se esfumaron mientras yacían en medio de la destrucción de almohadas y sábanas.

—¿Qué pasa con el desayuno? —preguntó ella aturdida.

—¿Desayuno? —la mano de Godric trazó patrones en su clavícula. Emily estaba recostada contra su pecho. Un brazo rodeaba la parte superior de su cuerpo mientras sus dedos bailaban sobre su piel. Ella observó cómo uno de ellos formaba un patrón decisivo una y otra vez.

—¿Qué estás haciendo?

Sus labios se perfilaron en una sonrisa contra su mejilla.

—Escribir mi nombre en ti.

—Si me estás reclamando, entonces merezco hacer lo mismo —Emily le cogió la mano y le giró la palma de la mano hasta que quedó frente a ella. Le mantuvo la mano quieta y utilizó el dedo índice derecho para dibujar su propio nombre en una firma invisible, luego se llevó la palma a los labios y selló su nombre con un beso. Godric cubrió la mano de Emily con la suya y colocó sus manos juntas en la cintura de ella. El suave silencio entre ellos era cálido y reservado. Más allá de Godric y de su cama, no existía nada más.

¿Había algún momento mejor que éste? Acurrucada en sus fuertes brazos, ella misma se sentía fuerte. No pudo evitar imaginar cómo podría ser la vida con el apuesto e inquietante Duque de Essex, quien estallaba en sonrisas solo para ella y la hacía reír y gritar de placer. Cada aliento, cada beso compartido entre ellos, ataba su corazón con cuerdas y la conectaba a él. Siempre sentiría esa atracción cósmica hacia él y caería en la gravedad de su ser. Pasara lo que pasara, este momento, esta única instancia perfecta, siempre existiría. Un recuerdo alegre bañado en amor y embotellado en su corazón. Nunca sería suficiente, pero ella aceptaría todo lo que viniera hasta que eso se acabara.

El rugido del estómago de Emily rompió el silencio.

—¡Bien! ¡El desayuno! Debes estar hambrienta —Godric salió volando de la cama para vestirse rápidamente. Emily cogió sus prendas rasgadas, dirigiéndose a su habitación.

Cuando por fin llegaron al comedor, los demás estaban terminando de comer. Emily leyó de inmediato sus miradas conocedoras y se sonrojó, con los ojos puestos en el suelo al recordar sus gritos de placer. Toda la mansión debió oírlos a ella y a Godric anoche... y esta mañana.

Godric los saludó sin una pizca de vergüenza.

—Buenos días.

—Buenos días —Lucien tenía su periódico de siempre, pero lo dobló sobre sus dedos para mirarlos a ella y a Godric. Luego volvió a levantar su escudo hecho de papel. Emily dedujo que

Lucien estaba menos interesado en su papel que en ocultar su expresión. Ella había vislumbrado una sonrisa antes de que el periódico le impidiera verlo.

Charles ahogó un bostezo y se pasó una mano por los mechones rubios despeinados. Era un hombre muy extraño. Sus ropas siempre estaban limpias y cuidadas, pero el propio Charles siempre tenía los ojos somnolientos y estaba desaliñado, como si acabara de salir de la cama.

Cedric se mantenía ocupado con Penélope, dándole migajas de sus sobras de pan tostado. Un sirviente debió de subir a buscar a la cachorra antes de que ella y Godric se despertaran.

Ashton miró a Emily con el mismo escrutinio intenso que ella les había dedicado a los demás.

—Estás muy bella esta mañana, Emily.

El cumplido la sobresaltó y la complació.

—Gracias.

Ashton sonrió y luego se volvió hacia Godric y, ¡maldito sea el hombre!, habló en italiano. Cualquier cosa que Godric respondió pareció aliviar a Ashton, y divertir a los demás, excepto a Cedric. Éste miró más de una vez a Emily con una expresión compuesta de lástima y preocupación. A ella se le hizo un nudo en el estómago. Desayunó, pero masticar se convirtió en un esfuerzo. Por el rabillo del ojo observó a Godric hablar y comer con sus amigos.

Después de que no ocurriera nada más angustioso, se relajó.

Cedric se reclinó en su silla.

—Bueno, Godric, ¿cómo es la pesca en ese lago tuyo? ¿Hay algo que valga la pena pescar en esta época del año?

—Hace meses que no voy allí con la intención de pescar. Adelante. Siéntete libre de llevar a los demás contigo —Godric apoyó su mano en la rodilla de Emily bajo la mesa. ¿Quería que ella también fuera?

Emily se mordió el labio un momento, debatiendo lo que significaba su toque antes de hablar.

—¿Puedo ir yo también? Me encantaba pescar de niña.

Cedric y Charles intercambiaron miradas divertidas. La mano de Godric se tensó en su pierna.

—¿Puedo, Godric?

—¿Quieres pasar el día pescando? —el disgusto oscureció sus ojos.

—Bueno, si prefieres que no lo haga… —ella deseaba entender mejor a los hombres. Eran criaturas muy reservadas y precavidas, y totalmente impredecibles en lo que querían. Eran frustrantes.

—Déjala venir, Godric. El aire fresco es bueno para una mujer como Emily —habló Cedric.

—¿Realmente deseas sentarse en un bote durante varias horas bajo el sol? —los ojos de Godric se abrieron de par en par en señal de incredulidad.

—Estarías allí conmigo, ¿verdad? —la mano de Emily por debajo de la mesa se posó ligeramente sobre la suya—. Y si te caes y finges ahogarte, puedo fingir que te rescato de nuevo.

Godric suspiró derrotado y lanzó una mirada bastante amotinada a Cedric.

—Entonces, a pescar. Dame una hora en mi estudio. Tengo algunas cosas pendientes —Godric se levantó de la mesa y dejó a Emily sola con los otros cuatro lores.

Ella terminó su chocolate caliente antes de saltar para seguir a Godric.

Charles se incorporó, dispuesto a seguirla, pero Ashton le puso una mano en el antebrazo.

—Tranquilo, Charles. Ella no va a ninguna parte.

—¿Cómo puedes estar seguro? Ese pequeño zorro nos ha hecho polvo en los últimos días. ¿Cómo sabes que no va a volver a intentarlo?

—Es obvio que nunca te has enamorado. Emily no quiere

despegar un ojo de Godric. Está apegada a él ahora más que nunca.

Charles volvió a hundir su espalda en el asiento.

—¿Dices que no huirá porque está encaprichada con él?

—Algunas personas se pasan toda la vida enamorándose una y otra vez, una y otra vez. Otros se enamoran esa primera vez, y es una verdadera chispa de amor y no un capricho pasajero. Lo que Emily ha mostrado hacia Godric no es un encaprichamiento —Ashton suspiró y dio un largo sorbo a su café—. Y eso es lo que me preocupa.

Le rezó a Dios para que Godric fuera consciente de lo que estaba haciendo. Si Emily salía perjudicada física o emocionalmente, eso los afectaría a todos.

Pensar que la infame Liga de Pícaros giraba en torno a la felicidad de una joven.

EMILY SE DETUVO EN LA PUERTA ABIERTA DEL ESTUDIO DE Godric. Él estaba sentado en su escritorio, examinando libros de contabilidad y cartas. Aprovechó la oportunidad para memorizar sus rasgos, pintarlos en el lienzo de su mente y grabarlos en su corazón: la forma en que su cabello oscuro caía sobre sus ojos, las fuertes manos que agarraban las páginas, las piernas delgadas y musculosas estiradas y cruzadas por los tobillos.

Con un paso tentativo cruzó el umbral del estudio. El suelo de madera crujió. Godric la miró, sonrió y continuó con su trabajo. Tal vez otra mujer se habría molestado por no haber sido atendida. Pero la cortés aceptación de Godric con respecto a su intrusión tenía un significado totalmente diferente. Representaba la confianza. Ella no deseaba arruinar el momento al causar molestias y distracciones. Seleccionó un libro de los estantes, una discusión botánica sobre las plantas nativas de Kent, y se acomodó en el sofá cerca de él.

Al cabo de un cuarto de hora, levantó la vista y encontró a

Godric mirando un libro de contabilidad con los dientes apretados en un gruñido silencioso. Emily dejó su libro y se levantó del sofá, acercándose a Godric y estudiando lo que le había molestado. Era un libro de cuentas desordenado, muy mal cuidado y confuso. Pero la aguda mirada de Emily localizó al instante los lugares donde los números estaban mal calculados.

Apoyó una mano en su hombro izquierdo, con sus dedos arrugándole la camisa.

—Oh, vaya. ¿Puedo ayudar?

Él giró la cabeza sorprendido, como si no fuera consciente de su presencia.

—¿Qué?

Ella señaló los libros.

—¿Es así como guardas todos tus libros?

—Es como me enseñaron.

—Pero es muy confuso el modo en que has colocado tus columnas de números.

Godric sonrió.

—Así es como se hacen los negocios, querida.

Esta vez, Emily arqueó una ceja.

—Sí, lo sé, lo he visto antes. *En negocios que han fracasado.* Tu estructura está mal. Es un milagro que pueda siquiera entender las partidas.

—¿Sabes de contabilidad?

—Sí, de hecho, lo hago. ¿Quieres que te corrija los errores? Puedo hacerlo en un libro nuevo si te sobra uno...

La miró boquiabierto.

—¿Hablas en serio?

—Ayudé a mi padre con el suyo —Emily lo echó de la silla y se sentó, acercando el libro de contabilidad y cogiendo un libro en blanco cuando él se lo llevó. Regresó el viejo libro a la primera página y comenzó desde cero con sus cuentas—. Los números son mucho menos confusos cuando se ordenan correctamente. Deja que las sumas se sumen solas, por así decirlo.

En menos de una hora, ella había corregido todos los errores de cálculo, así como resaltado las inversiones más débiles que él había hecho, incluido el plan de la mina de su tío. Godric se apoyó en el escritorio junto a ella.

—Justo cuando me he convencido de que lo he aprendido todo sobre ti, llegas y me sorprendes —envolvió uno de sus mechones entre los dedos y la miró con ojos cálidos.

Emily se pavoneó.

—Entonces, ¿estás complacido conmigo? —quería asegurarse de que no había herido su orgullo masculino. Los hombres eran criaturas muy frágiles.

—¿Tú qué crees? —Godric la levantó y la abrazó. Le plantó un lánguido beso y sus dedos se clavaron en la parte baja de su espalda mientras la empujaba más cerca de su cuerpo.

—Sospecho que es un sí.

Godric mantuvo los brazos alrededor de su cintura, acariciando su cuello con la nariz. El abrazo era más dulce que sensual.

—¿De verdad quieres ir a pescar, querida? Podríamos librarnos de los demás y tener toda la casa para nosotros —le pasó la lengua por la oreja.

El deseo la recorrió con fuerza. Por mucho que quisiera volver a la cama, unirse a él, le preocupaba que se cansara de ella. Necesitaba que él pasara tiempo con ella fuera del dormitorio.

Emily debía mantener su deseo en ella porque, en el momento en que él dejara de sentirlo, su corazón se rompería y tendría que coger a Penélope y marcharse. Nunca querría ni amaría a otro hombre como lo hacía con Godric. Él no solo había dibujado su nombre en su cuerpo, lo había grabado en su corazón.

—Quiero pescar —ella jugó con los pliegues de su corbata. Él le cogió las manos y se las llevó a la boca para darle un beso.

—Podría hacerte cambiar de opinión —el intenso timbre de su voz la calentó.

—Sé que podrías, pero no debemos abandonar a tus amigos. Son muy amables al hacerte compañía mientras me tienes cautiva. Deberías recompensarles con tu presencia al menos durante el día.

—¿Todavía te ves como una prisionera?

Emily lo consideró. Todavía se sentía enjaulada por la situación, pero en el último día se había sentido claramente menos cautiva. Y algo mucho más.

—No. Pero tenemos que ser más sociales. No puedo estar en la cama contigo todo el día —por muy agradable que fuera.

Godric sonrió y la arropó con su brazo.

—Tú, querida, tienes una determinación de piedra y una lengua enérgica —suspiró mientras se marchaban para reunirse con los demás.

Cedric y Lucien sostenían las cañas de pescar y Charles una caja de señuelos. Penélope estaba sentada pacientemente a los pies de Ashton, con su pequeña nariz negra levantada mientras miraba de hombre en hombre, esperando y observando, consciente de que algo estaba a punto de suceder.

—¿Listos? —Cedric no intentó ocultar su excitación infantil mientras se apartaba el pelo castaño de la frente. Sus ojos marrones brillaban con la ferviente expectativa de su futura expedición de pesca.

—Sí, lo estamos—Emily se alejó de Godric mientras alcanzaba a Cedric y a Lucien.

—¿EMILY SE UNIÓ A TI EN TU ESTUDIO DESPUÉS DEL DESAYUNO? —le preguntó Ashton a Godric, mientras observaban a Emily y a los demás.

—Sí, y me ayudó a ordenar mi libro de inversiones, ¿puedes creerlo? Ya sabes lo mal que se me da. Es una excelente matemática. Me organizó.

—Parece que sigue guardando secretos para nosotros. Emily me dijo que no era buena para los negocios.

—Efectivamente —Godric asintió—. Pero tu elección del

italiano esta mañana fue inteligente. Estoy seguro de que no se enteró de nada de lo que dijimos. Sin duda se habría sonrojado.

—Lo que dije fue en serio. Debes ser cuidadoso con ella. Es demasiado joven para ser madre.

—Ash, hoy no, por favor. Ya he escuchado suficiente de tus regaños. ¿No puedo simplemente disfrutar de Emily? Ella es feliz, yo soy feliz, tú deberías ser feliz.

Cuando la mirada de Ashton no cedió, Godric continuó.

—No importa si Emily tuviera una docena de bebés tirando de su delantal, ella nunca perdería esa inocencia. Es algo que ni siquiera el tiempo en la cama puede curar, y me alegro de ello. Hace que cada momento sea precioso —era la primera vez que admitía tal emoción en voz alta, pero Ashton solo sonrió.

—Mientras veas el valor de esto por lo que es, que Emily es realmente preciosa, todavía hay esperanza para ti —los ojos azules de Ashton estaban más grises hoy, y llenos de contemplación y preocupación.

Godric palmeó el hombro de su amigo.

—No haré nada malo con ella, Ash. Tienes mi palabra.

—Me alegra oírlo. Mientras la trates con amabilidad, ambos seréis felices.

—Tal vez —Godric conocía a Emily más y más cada día, y si bien ella era gentil hasta el extremo, su cualidad rebelde no era tanto una cualidad como un río imposiblemente profundo, un río que nunca se secaría y que nunca cambiaría su curso.

La verdad era que no podía estar sin ella. Estar con ella era como ganar el derecho a respirar. Debía tenerla, toda ella, durante todo el tiempo que pudiera.

LA SALIDA HABÍA SIDO AGRADABLE. CEDRIC ESTABA ENCANTADO con la captura de percas y quería quedarse más tiempo, pero cuando los cielos por encima de la mansión se oscurecieron, el grupo decidió volver a la orilla.

Lucien estudió las nubes.

—Vaya horrendo giro del clima.

Emily miró al marqués.

—¿Crees que habrá tormenta esta noche?

—Ciertamente nos vendría bien la lluvia, pero hará que los caminos sean terribles para cualquier tipo de viaje.

Un trueno de baja intensidad recorrió la pradera mientras ellos caminaban de regreso a la mansión. El siniestro estruendo de los cielos revolvió el estómago de Godric. En lo más profundo de sus huesos sintió que algo andaba mal.

Simkins los recibió en el vestíbulo con el rostro tenso.

—Su Excelencia, tiene una visita.

—¿Una visita? —Godric movió la cabeza para que Cedric y Lucien llevaran a Emily al salón—. Solo será un minuto.

Simkins se esforzó por mantener la compostura.

—Sí, Su Excelencia. Ella está en el salón.

—¿Ella?

—Es la señorita Mirabeau la que quiere verle.

Godric maldijo. ¿Qué diablos estaba haciendo ella aquí? Él le dejó claro que nunca más quería verla cruzar su puerta.

Godric palmeó el hombro de Simkins.

—Gracias, Simkins. Ahora la veré.

En otro tiempo fueron amantes, pero ella no lo había entendido a él ni a la forma en que se dirigía a sus sirvientes. Godric había soportado su mala actitud hacia su gente. Habiendo nacido en una familia de aristócratas franceses exiliados, la mujer tenía diferentes expectativas sobre las relaciones entre las clases. Godric consideraba a algunos de sus propios sirvientes como familia extendida y Evangeline se había opuesto con mucha vehemencia a esa cercanía. El recuerdo de su última pelea por el trato de ella hacia Simkins le dejó un sabor amargo en la boca.

Evangeline estaba sentada delicadamente en el sofá cerca de la chimenea, pero su expresión recatada no lo engañó ni un poco. Le encantaba jugar a ser una dama, pero durante su tiempo juntos, Godric no había buscado una dama.

—Señorita Mirabeau, buenas noches.

Ella se levantó, ofreciéndole la mano. Él la ignoró y se inclinó rígidamente.

—Vaya, Godric, somos amigos. No debes ser tan formal —se rio como si le divirtiera su fría bienvenida. Su acento francés era más suave cuando hablaba con él. Solía encantarle oírla pronunciar su nombre en el calor de la pasión.

—Estaré encantado de dejar de lado las formalidades. De hecho, seamos breves. No eres bienvenida en mi casa. ¿Qué estás haciendo aquí? —quería que se fuera, ahora. Ella no tenía derecho a venir aquí y perturbar su vida. Y sobre todo, Godric no quería que Emily se enterara de ella.

Evangeline se apartó de él mientras cogía su abanico, balanceando sus estilizadas caderas. Su vestido color salmón humedecido revelaba demasiado de su cuerpo, pero la imagen no lo inmutó.

Ella sacó una carta de su *reticule* y se la entregó. Sus ojos la recorrieron de arriba abajo mientras leía.

Godric volvió a poner la carta en sus manos.

—Nunca envié esto.

Ella pareció confundida y extendió una mano sobre su antebrazo:

—Pero... pero *mon amour*, esta es tu letra. Después de todas las cartas que me has escrito, ¿cómo podría no reconocerla? ¿Recuerdas...? ¿Cómo solías contarme todas las cosas perversas que deseabas hacerme? —ella empujó su pecho hacia adelante, aunque apenas fue necesario.

La idea de acostarse con esta mujer ya no tenía ningún atractivo.

—Esos días han quedado atrás, y yo no escribí ninguna carta pidiéndote que vinieras aquí. Le diré a tu carruaje que se le necesita —esto debía ser uno de sus nuevos planes. Probablemente lo había pensado ella misma en un intento de crear una razón para venir aquí y reavivar su relación.

—*Mon dieu.* No he traído el mío. Llegué en uno alquilado. Se fue justo antes de que empezara la tormenta. No puedo irme.

Godric abrió la boca y la cerró. ¿A qué demonios estaba jugando?

—Además, les he dado a mis sirvientes unos días libres. Sería imposible encontrar sustitutos adecuados antes de que ellos regresen.

Se apartó de ella. La mujer era una mancha negra en su vida que quería borrar desesperadamente.

—Puedes pasar la noche y cenar en tu habitación. Espero que te vayas a más tardar mañana al mediodía. No me molestes a mí ni a mis invitados.

Ella agitó las pestañas.

—¿Molestar? *Moi* ? Godric, ¿desde cuándo he sido problemática?

Él juntó sus manos en la espalda para resistir la tentación de estrangular a la maldita mujer.

—¿Desde cuándo? Hubo una vez que derramaste té sobre toda mi colección de pañuelos solo porque no quise comprarte ese collar de esmeraldas que querías.

—Un accidente, como te dije entonces.

—O quizás la vez que exigiste que te hicieran tu propio carruaje con el blasón de mi familia.

—*Oui.* Admito que eso fue un *petite* presuntuoso.

—Y no olvidemos la razón por la que hice que te fueras. Exigiste que jubilara a Simkins.

Sus labios formaron una *moue*. Ella no tuvo palabras al respecto.

—¿Me quedaré en mi antigua habitación? —su tono esperanzador le erizó la piel. Algo no andaba bien con ella aquí, pero no podía precisar qué.

—No. Tengo amigos en casa, como habrás adivinado.

—En efecto. Me encontré con Lord Lennox y Lord Lonsdale hace un momento, cuando regresaron de *qu'est-ce que c'est...* ¿una excursión de pesca? —ella parecía resistir el impulso de reírse de él por disfrutar de sus tierras de forma tan campestre. Eso no era nada nuevo—. ¿No me digas que estás obligando a un Lord a dormir en mi encantadora habitación?

—A un huésped.

Evangeline levantó una ceja inquisitiva.

—¿Un huésped?

—Sí. Una amiga mía de Londres. Se quedará aquí un tiempo antes de continuar hacia Escocia.

—Muy bien. Si no me vas a hablar de ello, y como está claro que no deseas entretenerme... Supongo que debo retirarme —ella sonrió mientras él la acompañó fuera de la recepción. Godric dio instrucciones a la señora Downing para que la acomodara a ella y a sus cosas en la habitación al final del pasillo de la planta superior. La habitación más alejada de la suya y la de Emily.

Cuando Evangeline se fue, Godric se dirigió al salón y encontró a Lucien, Cedric y Charles alrededor de una mesa de palisandro jugando al Whist. Emily estaba acurrucada junto a Ashton en un sofá, escuchándolo leer. Ella se llevó un puño a la boca para sofocar un bostezo y luego acarició a Penélope. Los celos recorrieron a Godric. Él quería ser la persona contra la que ella se acurrucara, con su hombro ofreciéndole un lugar de descanso. Emily levantó la mirada cuando Godric entró en la habitación.

Su mirada lo derritió. Disfrutó de esa simple expresión de alegría y la guardó en la parte más sagrada de su corazón.

De inmediato dejó a Penélope en el suelo y se deslizó fuera del sofá, acercándose a él.

—¿Has atendido a tu visita? —Ashton se levantó y se paró detrás de Emily. Ella miró a los dos hombres con curiosidad. Godric sabía que ella debía estarse muriendo por preguntar los detalles.

Él miró a Ashton.

—Cenará sola. Sabe que debe irse mañana a mediodía.

Una creciente sensación de malestar le apretó las entrañas. Emily enarcó una ceja y él suspiró.

—La señorita Evangeline Mirabeau, una antigua conocida mía. Pensó por error que la había invitado aquí.

Emily parpadeó rápidamente. Sus ojos violetas se oscurecieron con una emoción ilegible.

—¿Evangeline? ¿Tu pareja está aquí? —la voz de Emily salió un poco más alta y aguda de lo que le habría gustado.

Godric se estremeció.

—¿Cómo supiste que era mi pareja?

Los otros tres hombres se volvieron para mirarla.

Emily titubeó y luego dijo:

—Mira la compañía que tengo. Prácticamente no fue una casualidad.

Le cogió la barbilla, inclinándole la cabeza hacia arriba.

—Ex pareja —admitió—. Ya no es bienvenida aquí.

Emily rodeó el brazo de Godric con sus brazos, buscando en su rostro el más mínimo indicio de engaño.

Él le besó la frente.

—Confía en mí, cariño. Ella ya no significa nada para mí. Solo estás tú —para su propio asombro, Godric lo dijo en serio. Para él solo existía Emily. Solo su risa, su sonrisa, sus alegres sueños y su feroz pasión. Todo lo demás era intrascendente, irrelevante.

Emily no se relajó. Era inocente, pero no carecía de sus naturales instintos femeninos para defender y proteger lo que era suyo. Godric, al menos por ahora, era ciertamente suyo. Si la señorita Mirabeau decidía declararle la guerra, Emily demostraría ser una enemiga peligrosa. La severa determinación en su rostro reconfortó a Godric. La sostuvo con más fuerza contra él.

Las cejas de Ashton se juntaron.

—¿Dijiste que ella pensaba que la habías invitado?

—Sí. Me mostró una carta que había recibido. Ciertamente parecía mi letra. Afirmó que alguien debió de gastarle una broma.

El ceño de Ashton se frunció.

—Tal vez. Pero el momento no podría ser más sospechoso. Será mejor que estemos atentos a posibles jugarretas.

Charles asintió.

—Estoy de acuerdo. Evangeline es una desagradecida...

Lucien golpeó el pie de Charles para silenciarlo.

—¿Cuándo es la cena? —le preguntó Emily a Godric, todavía apoyada en él.

—Dentro de unas horas, imagino. ¿Por qué?

—¿Podría darme un baño? No he podido hacerlo esta mañana —le apretó el brazo.

Los labios de Godric se perfilaron en una sonrisa.

—Por supuesto, siento haberlo olvidado. Ven conmigo —la acompañó fuera del salón, dejando atrás a cuatro hombres que sabían mucho más de lo debido sobre la vida personal de Emily. Pero nada en la Liga era apropiado, y así debía ser.

EMILY SE HABÍA CALMADO TRAS EL SUSTO DE LA INESPERADA llegada de Evangeline antes de que llegaran a las escaleras, pero su alivio duró poco. Una puerta en el extremo del pasillo se abrió. El brazo de Godric se tensó bajo su agarre.

—¡Ah *bonsoir*, Godric! —la mujer más atractiva que Emily había visto en su vida caminó por el pasillo. Estaba radiante con su vestido color salmón, sus grandes pechos y sus anchas caderas. Sus rizos rubios danzaban por su espalda en perfectas proporciones.

A Emily se le apretó el pecho. Esperaba que Godric eligiera a una mujer preciosa como pareja, pero ver a esta Afrodita en carne y hueso era demasiado para soportarlo. En comparación, Emily era joven e inexperta. Nunca podría igualar el aspecto de Evangeline, ni imitar su mirada lujuriosa o el movimiento de sus caderas. Para mortificación de Emily, se dio cuenta de que ella misma no representaba una competencia. Si Godric quería una mujer de verdad, podía aceptar a Evangeline con toda tranquilidad.

Godric frunció el ceño, claramente incómodo con la presentación requerida.

—Vuelve a tu habitación de inmediato —el tono mordaz de su voz hizo que ambas mujeres se estremecieran.

—Pero, Godric... —comenzó Evangeline con un suave acento francés.

Emily agradeció no tener que intercambiar comentarios amables con esa mujer. Quería arrojarla por la ventana más cercana, preferiblemente una que diera a un rosal espinoso. Eso estropearía su perfecto cutis.

Evangeline le puso una mano bien cuidada en el brazo.

—Estaba a punto de buscar algo de entretenimiento. Godric, ¿estás seguro de que no me acompañarás?

Godric deslizó su otro brazo alrededor de Emily.

—Tengo asuntos pendientes. Mis otros invitados están en el salón. Te sugiero que busques su compañía —esas palabras contenían una orden. Una orden que Evangeline ignoró.

—¿No me arrojarás a esos lobos que llamas amigos?

Emily casi gruñó.

—¿Lobos? Esos cuatro hombres de allí abajo son algunos de los más generosos y caritativos de toda Inglaterra. No te atrevas a insultarlos —Emily pronunció su discurso con tal veneno que esperaba que Evangeline se marchitara en el acto. En cambio, se rio.

—Estoy bromeando —el brillo de sus ojos desmentía sus palabras. Volvió a dirigirse a Godric—. ¿Dónde has encontrado una criatura tan encantadoramente ingenua, Godric? Los niños pueden ser muy dulces cuando malinterpretan las cosas.

¿Niña? El resentimiento desgarró las entrañas de Emily. Si Godric no estuviera allí, podría haber hecho algo verdaderamente infantil... como arrancarle el pelo a la mujer, rizo a rizo.

Godric rescató a Emily de cualquier otra vergüenza.

—Debes disculparnos —en cuanto a los rescates, se sintió más como una retirada cobarde.

Sola en la seguridad de su habitación, Emily se apartó de él.

—¿Por qué no me defendiste? ¿Por qué no hiciste... algo? —Emily luchó contra el impulso de gritarle. Su falta de acción se sentía como una traición.

Godric se sentó al borde de su cama mientras ella se paseaba.

—Quería más que nada estrecharte entre mis brazos y besarte sin parar, demostrar que eras mi mujer.

A Emily se le calentó la sangre al pensarlo.

—¿Entonces por qué no lo hiciste?

Godric parecía desconcertado.

—Porque ella puede ser celosa, y cuando lo es, la gente sale herida, querida.

—¿Estás diciendo que quieres protegerme? —esto era divertido si lo decía el hombre que había destruido su reputación.

Los labios de Godric se contrajeron, pero continuó.

—No quiero que ella vaya al juez y le diga que te he estado reteniendo en secreto. No antes de que visite a tu tío una vez más. Eso podría hacer que Blankenship volviera a caer sobre nuestras cabezas.

—Seguro que ella no sabe por qué estoy aquí.

—Por el momento, no, pero es inteligente y podría adivinarlo. Sería mejor que la evitaras.

Emily sabía que era arriesgado exponer la verdad de sus sentimientos, pero lo hizo de todos modos.

—Godric, ya no me importa mi reputación. Me importas tú.

Los brazos de Godric envolvieron su cintura. Emily se entregó, apoyándose en él. Él le besó el cuello ligeramente, provocativamente.

—¿Lo dices en serio? —su aliento agitó su pelo.

—Sí. No me importa lo que ella piense de mí.

La hizo girar en sus brazos e inclinó la cabeza hacia abajo, tocando su frente con la de Emily.

—No, pequeña zorra... dijiste que te importo, ¿fue en serio?

—Por supuesto que me importas —las mejillas de Emily se calentaron. Lo había admitido una vez, entre sueños, pero ahora era diferente. No estaba cegada por la pasión. Era su corazón el que estaba expuesto, anhelando que Godric le correspondiera.

Las manos de Godric se posaron en la parte baja de su espalda, presionándola más contra su cuerpo. Le besó la comisura de la boca, la punta de la nariz y la barbilla.

—¿Me amas, Emily? —él la sujetó con más fuerza, y el placer de su toque la hizo marearse de deseo.

—Yo...

—Responde a mi pregunta —fue un rugido sensual, no una orden.

Emily se estremeció.

—Sí. ¡Sí, te amo!

Una dulce diversión se mostró en los ojos esmeralda de Godric. Era un hechicero, lanzando conjuros de amor sobre el corazón de Emily, robándole el alma con besos llenos de cariño y sueños susurrados.

Le levantó la barbilla y fijó sus ojos en ella.

—Entonces quédate tranquila. Mientras me ames, no debes preocuparte por ninguna otra mujer. ¿Lo entiendes?

—Lo entiendo —pero ella no lo entendía. Él no había dicho que la amaba, pero había prometido serle fiel mientras ella lo amara... ¿Qué diablos significaba eso? ¿Podía ella confiar en la palabra de un libertino?

Godric la soltó y se dirigió a la puerta.

—Enviaré a Libba a preparar tu baño.

—Godric... —Emily no debería haber hablado. Se había preparado para la decepción. Él se detuvo, con la mano apoyada en el pomo de la puerta. Volvió a mirarla.

—¿Me amas? —Dios, sonaba patética.

La expresión dulce y satisfecha que había descansado tan cómodamente en el rostro de Godric se marchitó.

—Emily... —su nombre escapó de sus labios en un suspiro desgarrador—. Para mí, no es una pregunta fácil.

No debo llorar... no voy a llorar. Intentó recordarse a sí misma que este era el hombre que la había secuestrado y seducido. Se concentró en esos recuerdos más oscuros; de lo contrario, el dolor de su corazón seguramente estrangularía el propio aliento de su cuerpo.

—¿Exiges una respuesta mía, pero no puedes responder de la misma manera? —cuando él no respondió, Emily se lanzó contra él y lo besó. Enroscó los dedos en su pañuelo, tirando de él hacia abajo para poder alcanzar mejor a su boca.

Inmovilizándolo contra la puerta, Emily le devoró la boca sorprendida. Le dolía que él no la amara, pero no podía evitar amarlo. Pasara lo que pasara, ella amaba verdadera y profundamente a Godric St. Laurent.

Emily rompió el beso y se apartó, poniendo distancia entre ellos. Las tarimas crujieron cuando Godric dio un paso hacia ella, pero no fue más lejos. Emily bajó la cabeza, con los ojos fijos en un punto del suelo, y esperó a que él dijera o hiciera algo.

—Yo... me preocupo por ti, mucho —y entonces se marchó, llevándose el corazón de Emily con él. Ella sabía, con una dolorosa certeza, que nunca podría recuperarlo.

❧ I I ❧

Capítulo Catorce

La cena de esa noche fue mucho más formal que cualquier otra desde el secuestro de Emily. Antes de la llegada de Evangeline, toda la educación y la formalidad habían sido desechadas por parte de los cinco lores. Ahora ellos respetaban todos los puntos de cortesía, aunque Evangeline no estuviera presente. Libba le había dicho a Emily que Godric le había ordenado a su antigua amante tener sus comidas en su habitación. Eso, al menos, le dio a Emily una pequeña sensación de consuelo, sabiendo que Godric no le permitiría cenar con ellos.

Él se sentó en el frente de la mesa con Emily directamente a su derecha. El resto de los hombres se colocaron a ambos lados según el orden de los títulos. Bien arreglados, todos los caballeros llevaban bombachos negros hasta la rodilla y abrigos negros a medida. Emily llevaba un vestido de seda azul claro forrado con una capa de redecilla plateada. Había estrellas pálidas bordadas en sus zapatillas de casa a juego y perlas enhebradas en su pelo como gotas de rocío congeladas. Ella misma no podía creer el resultado que Libba había conseguido. Nunca se había visto más bella; nunca se había sentido más bella. La peineta de mariposa estaba anidada entre las perlas de su pelo. Los ojos de Godric brillaron cuando la acompañó a la cena, y una sonrisa orgullosa cruzó sus labios, lo que hizo sonreír a Emily.

La conversación se extendió por toda la mesa mientras cenaban faisán asado y carpa. La mejor porcelana de Wedgewood fue utilizada y la mejor botella de Burdeos llenó sus copas.

Emily tenía a Godric y a Charles como compañeros de conversación en la mesa. Godric hablaba poco y sus ojos se detenían en ella por poco tiempo antes de danzar a lo largo de la mesa con los demás invitados.

Charles, sin embargo, estaba en su hábitat mientras deleitaba a Emily con divertidas historias sobre otras aventuras. Él bajó el tenedor y cogió una copa de vino.

—¿Has visitado ya los jardines de Vauxhall?

—Todavía no. Mi debut se vio interrumpido. Ya te habrás enterado —ella levantó una ceja sardónica.

—Bueno, te llevaré, querida. ¡Es hermoso! Fuegos artificiales, fiestas, y tienen el mejor cóctel de arrack-punch...

Una risa baja interrumpió a Charles. Godric cortó un trozo de faisán.

—No hay nada en este mundo que pueda convencerme para que lleves a Emily a esos jardines sin compañía. No olvides que estuve presente la última vez que bebiste demasiado arrack-punch.

—Me estás arruinando la diversión —Charles mostró una sonrisa, pero un ligero guiño afilaba sus palabras. Un desafío—. Emily se lo pasaría muy bien conmigo. ¿No es así, Emily?

—Imagino que sí, Charles, suponiendo que siguieras siendo un caballero.

—Para ti, me esforzaría en ser el perfecto caballero. Puede que incluso lo consiga.

Emily se sonrojó e intentó cambiar de tema.

—Me halagas, Charles. Ahora, cuéntame qué pasó cuando bebiste demasiado arrack-punch.

Godric le respondió.

—Creo que, esa noche, Charles dejó sola a más de una joven decepcionada bajo la ilusión de que pronto se casaría con un conde.

Charles bajó su copa de vino.

—No es mi culpa que me vuelva excesivamente romántico cuando estoy un poco pasado. Todas las mujeres parecen más bonitas, saben más dulces, e incluso la temida perspectiva del matrimonio no suena tan horrible como de costumbre.

Godric se rio.

—Me encantaría conocer a una mujer que pudiera durar un día casada contigo.

Charles imitó melodramáticamente el hecho de ser apuñalado en el corazón.

—¡Eso duele, Godric! —gimió, y fingió morir.

Emily se mordió el labio inferior para reprimir una risita.

—¿Nunca has sentido suficiente afecto por una mujer como para querer casarte con ella?

Resucitado al instante, Charles dijo:

—Soy un hombre activo, querida. Necesito una mujer que pueda seguir el ritmo acelerado de mi vida y, hasta ahora, no he encontrado nadie así. Solo me casaría con una mujer si ella pudiera entender que, en verdad, no puedo sentar la cabeza.

—Te encontraré una mujer, Charles —prometió Emily. Durante unos breves momentos, ella vislumbró una sorprendente melancolía en su expresión.

—Te lo agradezco, Emily, pero preferiría robarte de ese odioso duque de allí —Charles movió la cabeza en dirección a Godric.

Bajo la cubierta de la mesa, la mano derecha de Godric se posó sobre la rodilla de Emily. El calor de su gran palma le calentó la piel a través de la fina seda, pero su mano se limitó a acariciar su rodilla antes de volver a desaparecer. Necesitó todo su autocontrol para evitar un suspiro al verse privada de su caricia, del calor de su toque.

Después de la cena, los invitados se retiraron al salón, donde los hombres sirvieron vasos de oporto. Luego, optando por retirarse, Emily presentó sus excusas y dejó a los hombres con sus bebidas. Al llegar a las escaleras, un susurro como la seda sobre la madera paralizó sus pasos.

Evangeline salió de las sombras detrás de la escalera.

—Dime. ¿Qué te parece tu estancia aquí? ¿Tu captor te trata bien?

Emily, desprevenida por este comentario, palideció.

—¿Perdón?

—No parezcas tan sorprendida. Sé que Godric y sus amigos te han secuestrado.

Emily se recuperó rápidamente.

—No sé de qué hablas.

—Mentir no te sienta bien, señorita Parr —Evangeline sonrió, y Emily supo que el miedo en su pecho se reflejaba en sus facciones.

—Estoy aquí por mi propia voluntad.

—Por supuesto. Sin duda estás disfrutando del calor de la cama de Godric. No serías la primera. Le encanta seducir a pequeñas criaturas inocentes. Alimenta su orgullo, ya sabes —las palabras de Evangeline se clavaron en la piel de Emily.

—Te equivocas con él —replicó, pero las palabras se sentían duras y pesadas en su lengua.

—¿Puedo ofrecerte un consejo, señorita Parr? Vete de aquí y vuelve a Londres. Godric solo romperá ese delicado corazoncito tuyo, o te dejará embarazada. Incluso si se preocupara por ti… me temo que eso no impedirá que *Monsieur* Blankenship te persiga. Es un hombre muy decidido.

—¿Qué?

¿Cómo podría Evangeline saber sobre Blankenship?

Evangeline dudó, y el primer indicio de emoción genuina traspasó sus rasgos.

—Voy a ser sincera contigo, creo que nos convendría a los dos. *Monsieur* Blankenship visitó a mi residencia. Me habló de tu secuestro. Intuí de inmediato que él estaba... no recuerdo la palabra... —una pequeña arruga marcó su frente.

—¿Loco?

—*Oui.* Loco como Robespierre. Me pagó para venir aquí y proporcionarle información sobre ti. Él tiene más poder de lo que crees. Las consecuencias no le importan, solo conseguir lo que quiere. Pero eso ya lo sabes.

—Sí —admitió Emily.

—Lo que no sabes es que ha contratado hombres para recuperarte. Mercenarios, me han dicho. Son los hombres más bajos y viles. Hombres que asesinarían felizmente a Godric y a sus amigos si intentaran protegerte.

Emily sintió que su rostro palidecía.

—¿Cómo sabes esto?

—*Monsieur* Blankenship se jactó de su plan. No deseo ver sangre. Esto es vil y ni siquiera yo quiero ver a Godric o a sus amigos salir heridos. *Debes* abandonar este lugar y convencer a *Monsieur* Blankenship de que te has ido, o estoy segura de que lastimará a Godric y a los demás —Evangeline tiró de una de las mangas de seda blanca, pero las manos de la mujer temblaban ligeramente. Estaba diciendo la verdad.

—Él... No... No puedo irme, aunque quisiera —dijo Emily, más para sí misma que para Evangeline. Sabía que, entre su amor por Godric y su estricto control sobre su libertad, nunca podría irse. Sería imposible.

—No es una decisión fácil, lo entiendo. Eres un peón en los juegos de otros hombres. Aunque me resista a admitirlo, yo también lo soy en este momento. Los peones siempre son sacrificados. No es justo, pero ese es nuestro destino, *n'est pas?* Si no te vas, Godric morirá.

Evangeline tenía razón. Godric solo conseguiría que lo mataran al intentar protegerla. ¿Qué opción tenía Emily? Ella era un peón.

—La cosa sobre los peones —habló Emily, casi para sí misma —, es que si llegan al otro extremo del tablero, se convierten en una reina.

Una sonrisa se dibujó en los labios de Evangeline.

—Juegas al ajedrez. *Très bien. Monsieur* Blankenship espera que acudas a él de inmediato, y aunque no me corresponde decirlo, creo que no deberías hacerlo. Deseo que te vayas de la vida de Godric, pero no deseo que caigas en manos de un loco. Busca a alguien que te acoja. Eres una chica hermosa, y creo que no eres tonta. Puedes encontrar un protector —de nuevo, hizo una pausa, como si se perdiera en los recuerdos—. Así es como sobreviví. Yo sigo cruzando el tablero, por así decirlo.

Emily no estaba segura de cómo reaccionar. Estaba recibiendo consejos de la antigua amante de Godric, y descubrió renuentemente que admiraba a la mujer.

—Gr... gracias, señorita Mirabeau.

Evangeline asintió y la dejó sola.

Emily no podía dejar que Godric o los demás salieran heridos, lo que significaba que tendría que marcharse inmediatamente. Pero primero debía encontrar a Jonathan Helprin. Jonathan conduciría el carruaje a Blackbriar para buscar provisiones, de eso estaba segura. La abierta amistad de Jonathan con los amigos de Godric era impropia, incluso rebelde en cierto modo. Emily estaba poniendo sus esperanzas en ese indicio de rebelión. Si podía convencer a Jonathan de que la ayudara a escapar, por el bien de Godric, ella podría tener una oportunidad.

Se dio la vuelta y corrió directamente hacia el mayordomo de Godric.

—¡Simkins!

Él se inclinó y dio un paso atrás.

—Mil perdones, señorita Parr. No esperaba que nadie abandonara el salón tan temprano.

—¡No te disculpes, Simkins! La culpa es mía. ¿Podrías decirme dónde está el señor Helprin?

Las blancas cejas del mayordomo se alzaron con sorpresa.

—¿El ayuda de cámara de Su Excelencia?

Emily asintió.

—Sí.

—Creo que está en las habitaciones del servicio —pareció sospechar—. ¿La ha molestado?

—No. Solo quería verlo brevemente —si Simkins no confiaba en ella, su plan de fuga se desharía en cuestión de minutos.

—Bueno, entonces, buenas noches, señorita Parr —Simkins sonrió, hizo una reverencia y se deslizó hacia el salón, dejándola sola en el vestíbulo.

Emily corrió hacia las escaleras del servicio. Tras pedirle indicaciones a un lacayo, encontró la habitación de Jonathan y abrió la puerta de golpe. Estaba sentado en el borde de la cama. Llevaba una camisa blanca de linón medio desabrochada y en su regazo descansaba una de las finas botas de arpillera de Godric, la cual estaba puliendo.

Levantó la mirada con sorpresa. Sus ojos verdes se entrecerraron al verla sola. Por un segundo, Emily se arrepintió de la decisión de acudir a él en busca de ayuda. No había olvidado la forma en que se la había echado al hombro para llevársela a Godric cuando se había arrastrado por la ventana del estudio.

Dejó la bota y se puso de pie.

—No debería estar sola, señorita Parr. Estoy obligado a devolverla a Su Excelencia.

—¡No, espera! Necesito hablar contigo... —empezó con fuerza, pero su tono se volvió inseguro. Su corazón dio un vuelco cuando Jonathan avanzó hacia ella. ¿Había cometido un error al pensar que podía confiar en él, que podía persuadirlo para que la ayudara?

—¿Conmigo? ¿Qué tendría para decir una joven decente a un ayuda de cámara? —le dedicó la misma media sonrisa devastadora que Godric le mostraba a menudo. Le rodeó el cuerpo con un brazo para cerrar la puerta de la habitación detrás de ella. Ahora estaba atrapada, en más de un sentido. Respirando hondo, se obligó a recordar que ese hombre se preocupaba por Godric y que esa lealtad era la que ella esperaba que salvara la vida de Godric.

—Necesito tu ayuda —notó que, si hablaba con Jonathan a solas de esta manera, podría darle una impresión equivocada sobre ella. Demasiado tarde para volver atrás. Su cuerpo ya se inclinaba ligeramente hacia ella. Incluso se acercaba como Godric. Aunque no había conseguido que Godric hablara de Jonathan, Emily no era tonta. Algunas miradas simplemente se llevaban en la sangre. Decía que no tenía hermanos, y nunca hablaba de primos, así que quedaban pocas opciones. ¿Quién era Jonathan para él?

—Estaré encantado de ayudarte —levantó la otra mano, recorriendo su brazo desnudo. Esa caricia lenta y prohibida le provocó escalofríos. Dios, si él no era pariente de Godric, entonces ella no era una mujer. Le apartó la mano con un golpe.

Ella mantuvo la atención del hombre en el asunto en cuestión.

—¿Puedes llevarme a Blackbriar mañana? Debo escapar. Iré vestida de criada y tienes que llevarme en el carruaje, solo eso.

—¿Me estás pidiendo que traicione a mi amo? —en lugar de parecer escandalizado, como ella había esperado, el demonio de pelo rubio tuvo el descaro de sonreír.

Emily respiró firmemente.

—Que yo sepa, él nunca te prohibió que me llevaras a Blackbriar, ¿verdad? Si es necesario, puedo eludirte en el pueblo y esconderme para que puedas decir honestamente que no pudiste regresarme.

Jonathan la miró críticamente.

—Muy bien, señorita Parr. Pero primero debe decirme por qué se va. He visto la forma en que mira a Su Excelencia. No puedo empezar a entender por qué querría huir.

Emily respiró profundamente, rezando por estar haciendo lo correcto.

—Debo irme para salvar su vida.

Las cejas de Jonathan se levantaron.

—¿Qué?

—Es Blankenship, el hombre que vino aquí con el juez. Planea matar a Godric y a cualquiera que se interponga en su camino para llegar a mí. Si me voy, no tendrá motivos para lastimar a nadie aquí.

La sospecha estrechó los ojos del ayuda de cámara.

—¿Cómo lo sabe?

—La amante de Godric, Evangeline. Ella me advirtió, me dijo lo que pasaría si no me iba. Blankenship está loco. Ya ha contratado hombres para el trabajo.

—Habla en serio, ¿no? ¿Su Gracia está realmente en peligro?

Emily asintió.

—No puedo arriesgarme a que le pase algo.

—¿Ha pensado en contarle lo que le dijo Evangeline?

—Por supuesto que sí. Pero ya conoces al hombre. ¿Crees que se quedaría de brazos cruzados ante esa clase de amenaza? ¿Sin importar lo emparejados que estuvieran?

El sirviente consideró sus palabras.

—No, el maldito tonto reuniría a sus amigos y saldría al ataque para que lo mataran.

Los hombros de Emily se hundieron.

—Así que entiendes por qué tengo que irme. Él no puede saber la verdad o hará algo estúpidamente noble.

—¿Sabe que es un plan extremadamente malo? El hombre tiene un temperamento que hace que hasta los ángeles tiemblen de miedo. No estará contento con su partida.

Ella no necesitaba la advertencia de Jonathan, sabía el riesgo que corría.

—Es una elección entre herirlo o matarlo, y eso no es realmente una elección, ¿verdad?

Jonathan reflexionó durante un largo momento.

—Muy bien. La llevaré al pueblo si acepta mi precio —estaba atrapada contra la puerta, sin poder escapar. Su cálido aliento le acarició la cara.

Emily levantó un poco la barbilla, esperando que eso reforzara su decisión.

—¿Qué precio?

—Mmm... —él la estudió. Ella no sabía qué buscaba—. Lo decidiré más tarde. Prepárese para partir mañana —la empujó suavemente hacia el pasillo.

Emily volvió a subir apresuradamente la escalera de los sirvientes, y luego la principal mientras se dirigía a su dormitorio en el segundo piso y se metía cuidadosamente.

—¡Aquí estás, pequeña zorra! He estado esperando que aparecieras —la voz de Godric la hizo saltar—. ¿Pensaste que podrías escabullirte de mí? —se rio, y sus manos rodearon su cintura.

La tensión de su cuerpo se relajó al darse cuenta de que él no había escuchado su conversación con Jonathan.

—No, claro que no. Simplemente tenía que arreglarme el pelo, algunos broches se soltaron —su mano se levantó hacia su cabello como para mostrar que había arreglado el problema.

Su mirada depredadora le provocó un dolor interior.

—No te creo, querida. Pensé que habíamos llegado a un acuerdo.

Le irritó saber que no le creía, aunque ella estuviera mintiendo.

—Lo hemos hecho. Déjame ir, Godric.

—Ya, ya, he tenido que hacer de caballero toda la noche y no soy capaz de soportar ni un minuto más el comportamiento de un maldito santo —sus manos en su cintura se clavaron alrededor de su espalda, luego se deslizaron más abajo sobre la curva de su trasero y apretaron con fuerza, levantándola hacia él.

Emily jadeó.

Él la presionó contra su puerta. Los tendones de sus musculosos brazos se tensaron bajo sus manos mientras ella intentaba apartarlo. Debía mantener sus sentidos claros si quería escapar mañana, pero era casi imposible hacerlo.

Godric metió un muslo entre sus piernas, y la presión se

encendió. La cabeza de Emily cayó hacia atrás, ofreciéndole su garganta. Él arrastró la boca desde su mandíbula hasta su hombro.

Emily apenas tuvo tiempo de prepararse, antes de que él le robara el control, asaltando su mente y su corazón con un profundo beso. Se alejaron de la puerta y él la hizo girar de modo que la parte posterior de sus rodillas chocara contra la cama y se volcaran, con Godric encima. Con una suave carcajada, le acarició la mejilla y los hizo rodar hasta que ella quedó tendida a lo largo de su pecho. La miró, con ojos cálidos y dedos suaves mientras recorría su columna vertebral con caricias tranquilizadoras.

—¿A qué viene esa mirada, cariño? Pareces preocupada —él se rio y subió la cabeza para morderle cariñosamente la clavícula.

Él fascinaba a Emily. En un momento era ardiente y posesivo, y al siguiente tierno y desgarradoramente dulce. El corazón de Emily dio un vuelco. ¿Sería éste el último momento que tendría con él? Si escapaba mañana, lo sería.

Las lágrimas aguijonearon sus ojos y se mordió el labio inferior, esperando que el dolor la distrajera de la herida punzante en su pecho. Nunca más habría momentos como éste.

—No llores... por favor, no llores. Iremos despacio. No quería asustarte —Godric se sentó, manteniéndola a horcajadas en su regazo. Sus pulgares le limpiaron las lágrimas y luego alivió el dolor con besos suaves a lo largo de las mejillas, la punta de la nariz y la frente.

Entonces, la arropó contra él y Emily se rindió, enterrando su cara en el espacio entre su cuello y su hombro. Permanecieron unidos así durante un momento, y el contacto por sí solo fue suficiente para calmarla.

Cuando consiguió no derrumbarse por dentro, ella le plantó un beso en el hombro. Luego, a pesar de sus lágrimas y su tristeza, deseándolo desesperadamente, lo mordió. Él gimió cuando ella pasó su lengua por el lugar que había mordido.

—¡Diablilla! —él se rio y le cogió la barbilla, levantando su cara hacia la suya—. Sabes que me vengaré por eso —le tocó los senos y, cuando el pezón se puso erecto bajo su mano, lo pellizcó —. ¿Empiezo por aquí? O... —deslizó la mano por su costado, recorriendo su muslo y su culo—, ¿aquí, tal vez? —le apretó las nalgas y Emily se sacudió mientras el deseo inundaba sus muslos.

Levantó sus ojos hacia los de Godric, ojos que lo desafiaban.

—Creo que es usted es pura habladuría, Su Excelencia.

—Lo soy, ¿lo soy? —gruñó y la hizo rodar debajo de él. En lugar de desabrocharle el vestido, la puso boca abajo, cogió una almohada que ella tenía cerca de la cabeza y le levantó las caderas, colocando la almohada debajo de su pelvis. Temblando, Emily lo miró por encima del hombro, confundida por lo que pretendía hacer. Se arrodilló entre sus piernas abiertas y se desabrochó los pantalones. La sonrisa perversa que le dedicó cuando la sorprendió mirando le provocó nuevos escalofríos en las piernas.

Godric deslizó las palmas de sus manos por debajo del vestido a la altura de las rodillas, levantándolo junto con las enaguas hasta dejarla al descubierto. Le acarició el culo, bajando los dedos hasta llegar a su sexo.

—Estás muy caliente, muy mojada, cariño. Destrúyeme tú. No puedo esperar ni un segundo más —se colocó en su entrada y, apoyando una mano junto a su hombro en la cama, la penetró.

Compartieron un grito mutuo de felicidad por la conexión. Una parte de placer y una pizca de dolor cuando él se deslizó y se hundió profundamente. Emily chilló por el éxtasis. Godric continuó, arrastrando la punta de su excitación a lo largo de sus paredes internas, golpeando un punto en lo más profundo de ella que la dejó aturdida por la pasión. La desesperación la desgarraba; necesitaba a Godric, más que a su cuerpo, esta unión de cuerpos y almas podría ser la última vez de ambos. El pánico forzó un sollozo en su garganta, pero el placer le robó el aliento.

—Em... oh Em. Cariño... me encanta cómo te sientes... empuja tus caderas hacia atrás... ¡SI! —los jadeos desgarrados de

Godric y sus roncos elogios deshicieron su corazón y su alma. Ella se corrió, estallando en un millón de pedazos a su alrededor.

Emily fue vagamente consciente del grito estrepitoso de Godric y del gran peso suyo sobre su espalda. El aliento de él contra su cuello fue una recompensa sensual.

Después de unos instantes, él se recuperó, con la respiración más controlada mientras caía de lado. La alcanzó y Emily unió sus cuerpos, quizá por última vez. Las lágrimas pesaban sobre sus mejillas, pero Godric no las vio. Tenía los ojos cerrados, las pestañas oscuras se le clavaban en las mejillas.

—Te amo. No importa lo que pase. Te amo —susurró ella. Él no se inmutó.

Ella le besó el pecho en la zona en la que sentía más fuerte el latido de su corazón. Si él la había oído, ella no quería que le contestara. Si no la amaba, la realidad la heriría. Si él lo decía, la mataría.

Godric mantuvo el débil cuerpo de Emily contra él. Una de sus piernas desnudas se extendía sobre su abdomen y él apoyaba una mano posesiva en la suave piel de la parte exterior de su muslo. Su cabeza estaba apoyada en su pecho y sus ligeras respiraciones delataban su profundo estado de sueño. Él la había agotado esta noche; ella aún se estaba adaptando a su voraz apetito. También era más atrevida, pero seguía haciendo el amor con esa extraña mezcla de inocencia lasciva.

Sería una mentira negar su alegría por el entusiasmo y la audacia de sus respuestas. Ella lo amaba, la oyó susurrarlo por primera vez entre sueños, y hoy lo había dicho sin la influencia de la pasión. Y no se había retractado, y él se alegraba de ello.

Nadie había afirmado amarlo antes, ninguna mujer aparte de su madre. Simkins y la Liga lo amaban, pero Emily era diferente. Siempre había asumido que el amor de una mujer sería una carga, pero no lo era. Su afecto y lealtad lo fortalecieron. Ella lo conocía por lo que era, pero lo amaba de todos modos, lo amaba lo suficiente como para declarar inútil su propia reputación. Pero eso le importaba a Godric. La idea de que alguien hablara mal de Emily le revolvía el estómago.

Haría lo que fuera necesario para proteger su honor, incluso si eso significaba renunciar a ella. Le había dicho que podía quedarse mientras lo amara, pero la verdad era que nunca podría dejarlo. Solo quedaba una opción para ella, y para él.

Un matrimonio. Tenía que casarse con Emily para salvar la reputación de la chica. A cambio, ella tendría la vida que deseaba vivir, y él daría cualquier cosa por verla feliz.

A plena luz del día, sabía que el matrimonio con Emily era una idea terrible. Su reputación en la sociedad estaba lejos de ser impecable y, aunque nunca le había importado, a ella le afectaría. ¿Sería aceptada alguna vez como la esposa de un duque, o simplemente sería vista como una amante glorificada? Por la noche, sin embargo, no podía dejar de preguntarse cuán felices podrían llegar a ser.

Se permitió imaginar toda una vida de noches durante las cuales Emily envolviera su cálido cuerpo alrededor del suyo y su cabello se esparciera por la almohada como un campo de trigo ámbar. En sus sueños, ella siempre estaría allí, su astuta zorrita. Dentro de unos años, los bebés en cunas llenarían los rincones vacíos de su vida plagados de fantasmas, y él tendría la familia que nunca había esperado. Le compraría a Emily un establo lleno de caballos, mil sabuesos, lo que ella deseara.

Emily giró contra él, moviéndose ligeramente. Godric la cubrió con las mantas para mantenerla caliente. Solo cuando dormía podía saborearla: los senos voluminosos que ahora se apretaban contra su pecho, y las pantorrillas y los muslos suaves y musculosos. Aquellas piernas lo sujetaban con fuerza por las caderas cada vez que la montaba. Ella era dulce... y real. Nada que ver con la escultural perfección de Evangeline, a quien nunca le gustaba un mechón suelto ni un vestido arrugado. Ella no vivía realmente, no como Emily. Él adoraba la forma en que ella abrazaba la vida.

Su mano ascendió hacia la unión entre sus muslos. Deslizó un dedo en su interior y ella volvió a agitarse. Godric sonrió, jugando suavemente con ella. Emily emitió ese adorable y adictivo sonido de placer. Necesitó toda su fuerza de voluntad para dejar de provocarla y comenzar a torturarse a sí mismo. Ella necesitaba dormir después del día que había tenido.

Emily le acarició el pecho con la nariz, frotándose contra él mientras ella misma se acomodaba de nuevo. Entonces, a Godric le impactó que aquel momento se sintiera correcto, aterradoramente correcto. Todo lo que había conocido cambió cuando acostó a esa joven inconsciente en su cama aquella primera noche. ¿Cómo era posible que ella hubiera entrado en su vida hacía menos de una semana? ¿Qué pasaría cuando ellos se vieran obligados a aceptar su situación? No quería pensar en ello. Se le apretó el pecho y se le cerraron los puños.

El secuestro de Emily Parr no lo había cambiado solo a él. El vínculo de la Liga era el ejemplo perfecto del duro amor que los hombres compartían entre sí; pero cuando se trataba de Emily, todos estaban indefensos. Ashton admiraba la pureza de alma de Emily, Charles su carácter juguetón, Cedric su amor por la naturaleza, Lucien su inteligencia y Godric... amaba *todo* de ella.

La idea lo conmocionó. Si podía amar todas las cosas de una persona, ¿acaso eso no significaba que amaba a la persona? La pregunta lo atormentó.

Pasó una mano por el cabello de Emily, enrollando un sedoso mechón entre sus dedos. Nunca, en todos sus años, podría haber esperado que una criatura tan diferente a él le produjera semejante felicidad. Vivía para verla sonreír, para hacerla reír, para besarla. Quería pasar todo el día leyendo con ella, toda la noche amándola. Encontrar cada punto sensible a las cosquillas y cada zona que la hiciera gemir y suspirar. Quería una vida con ella, pero no era posible.

—¿Godric? —la voz de Emily interrumpió sus pensamientos. No se había dado cuenta de que ella estaba despierta.

—Lo siento, cariño, ¿te he despertado?

—Tengo el sueño ligero —ella levantó un poco la cabeza. Sus ojos violetas pálidos lucían plateados bajo la luz de la luna—. ¿Puedo preguntarte algo?

Godric luchó contra el impulso de sonreír.

—Oh, supongo.

—Ashton mencionó a tu padre, y cómo él...

La sonrisa de Godric se desvaneció.

—¿Cómo me disciplinaba?

—Sí.

—¿Qué hay con eso? —su tono resultó más duro de lo que pretendía. El dolor de aquella vieja herida aún ardía.

Emily le puso una mano en el pecho, justo encima del corazón.

—Siento que te haya hecho daño.

—Eso no es una pregunta.

Su frente se arrugó.

—No, supongo que no, pero... pero desearía que no te hubiera hecho daño. No sé cómo alguien podría querer hacerte daño —ella presionó los labios sobre su pecho en un beso tentador. Era tan puro en su afecto, en su ternura, que a Godric se le hizo un nudo en la garganta. No sabía cómo decirle que sus palabras significaban todo para él.

En lugar de eso, le rodeó la cintura con los brazos y la deslizó varios centímetros hacia su boca. Los labios de Emily se abrieron y las yemas de sus dedos acariciaron su mandíbula. Luego, suspiró satisfecha.

—Tengo otra pregunta —dijo por fin—. Una de verdad.

A Godric le divirtió el brillo sagaz de sus ojos.

—Muy bien entonces, querida, escuchémosla.

—Cuando tú y los otros me secuestraron, ¿cómo supiste que yo estaba en el carruaje? Pensé que te había engañado con el fondo falso de ese asiento... —apoyó las palmas de las manos sobre su pecho y se levantó un poco, lo que le dio una agradable vista de sus senos.

—Me engañaste por completo. Ashton, sin embargo, notó que sobresalía un trozo de tu vestido de noche e ideó un plan para esperarte —sonrió mientras el recuerdo de aquella noche lo inundaba con la adrenalina, el puro regocijo de perseguirla, luchar contra ella, capturarla...

Emily frunció el ceño.

—¿Y si no hubiera salido del carruaje? Podría haberme asfixiado.

—Me atrevo a decir que no pudo haber sido impenetrable —Godric intentó levantar sus propias caderas, pero Emily se deslizó un centímetro fuera de su alcance.

—¿Realmente tuviste que usar láudano? Lo detesté —ahora ella tenía el ceño fruncido, el cual de alguna manera se asemejaba a un gruñido de cachorro.

—Lo usamos por recomendación de Ashton. Nos preocupaba que pudieras gritar pidiendo ayuda.

—¿Por qué no simplemente me amordazaron?

—¿Y tenerte retorciéndote en mi regazo todo el camino? Podrías haberte caído y lastimado.

—¿Tu regazo? —sus ojos eran cálidos, pero su nariz se arrugó con consternación—. ¿Me cargaste?

Godric tiró de un mechón de su pelo, enrollándolo en su dedo.

—Por supuesto. Una vez que te puse los ojos encima, me negué a dejar que otro hombre se responsabilizara de ti. Te quería solo para mí, lo cual, déjame asegurarte, fue toda una batalla. Tuve que soportar casi una hora de quejas de Charles. Es un perdedor terrible —Godric soltó una risita.

Emily asimiló sus palabras en silencio.

—¿Planeabas seducirme antes de verme?

Esa era una pregunta volátil, y Godric decidió que lo mejor era la verdad.

—Solo pretendía arruinarte trayéndote aquí, no tenía realmente la intención de arruinarte físicamente eh... No pensé en la seducción hasta que te acosté en esta misma cama. Estabas tan sucia y pálida por tus intentos de fuga, pero cuando te puse en el suelo... me quedé embelesado... tenía que tocarte... así que lo hice.

—¿Lo hiciste?

—Solo un toque, sostuve tu cara en mis manos. Tus mejillas estaban cubiertas de suciedad y las froté para limpiarlas. Necesité hasta el último ápice de mi autocontrol para no besarte. Fue entonces cuando supe que me habías hechizado.

EMILY ESTABA SORPRENDIDA, PLACENTERAMENTE. RECORDABA poco de aquella primera noche, pero tenía un vago recuerdo de que un apuesto príncipe le había acariciado la cara y casi la había besado, como un elaborado sueño de cuento de hadas.

Emily se bajó de Godric y se refugió en el calor de su abrazo. El hecho de compartir la cama con él justo ahora, le permitió darse cuenta de lo sola que estaría mañana. No habría besos de buenos días, ni más tardes tranquilas en su estudio. No habría ningún cálido cuerpo varonil para abrazar por la noche cuando las sombras se extendieran por su cama.

Cada hora que pasaba con Godric, su amor por él ardía más y más, pero ese amor lo mataría si ella no se iba. Los hombres de Blankenship llegarían y habría sangre por todas partes.

Pensó en decirle la verdad, en contarle lo que Evangeline había dicho, pero no pudo. Él y los otros lores eran muy orgullosos y obstinados. Jurarían defenderla y alguien saldría herido o muerto. Su sangre no podía manchar las manos de Emily, ellos se habían convertido en familia. Tenía que marcharse. Tal vez podría enviarle una carta a Blankenship cuando llegara a Blackbriar, diciéndole que había escapado y que no la encontraría en la finca de Essex. Solo podía esperar que funcionara, y que eso los mantuviera a todos a salvo.

La mano de Godric le acarició suavemente el pelo, y la sensación era tan relajante y tranquilizadora que Emily apenas podía mantenerse despierta. Necesitaba un momento más.

—Godric...

—¿Mmm? —su respuesta hizo vibrar su cuerpo con su suave estruendo.

—Gracias.

—¿Qué he hecho ahora?

—Me has enseñado una parte de la vida que, de otro modo, podría haberme perdido.

El dorso de sus nudillos rozó la mejilla de Emily.

—Si fuiste una oportunidad, querida, entonces yo tuve la suerte de cogerte.

Los ojos de Emily ardían. No podía llorar, no ahora.

—Sé que no debería decirlo, ya que arruina nuestros momentos... pero te amo —podría no volver a verlo después de esto y quería saber que era lo suficientemente valiente como para decírselo, una última vez.

—Nunca podrías arruinar nada, cariño.

Godric levantó la cabeza de Emily hacia la suya y descendió hasta su boca. No importaba cómo la besara, casta o lujuriosamente, ella cobraba vida ante su contacto. La lengua de Emily bailó entre sus labios. Él gimió suavemente, cerrando el puño en su pecho. Las yemas de sus dedos le masajearon el cuero cabelludo y las manos de Emily se deslizaron por su pecho, deleitándose con la piel caliente bajo las puntas de sus dedos.

—Hazme el amor —le suplicó ella entre profundos y lánguidos besos.

—Como tú ordenes.

Capítulo Quince

La casa se libró de Evangeline Mirabeau mucho antes de que el desayuno estuviera listo. Alguien se había encargado de que se fuera antes de tiempo, y el resto de la casa no sabía quién lo había hecho. Al parecer, después de haber desempeñado su papel, la mujer había optado sabiamente por marcharse para no presenciar la llegada de los hombres de Blankenship. El alivio entre los lores era tangible. El desayuno se convirtió en un asunto alegre y, a pesar de los planes de Emily sobre su partida, aprovechó estas últimas horas con sus amigos. Porque eran precisamente eso. Echaría de menos a Ashton ejerciendo de madre sobre los demás. Echaría de menos los intentos de Lucien de esconderse detrás de su periódico mientras se burlaba de los demás. No podría pescar ni cazar con Cedric, ni escuchar las extravagantes historias de Charles.

Y Godric... Echaría de menos la *vida* con él, pero no tenía otra opción.

—¿Pan tostado, Emily? —Charles le ofreció un plato, rompiendo sus pensamientos negativos.

—Vaya, gracias, Charles.

—De nada —el conde le guiñó un ojo y, cuando ella alcanzó una rebanada de pan tostado, él le pasó el plato a Ashton por encima de la cabeza de Emily.

—¿Qué ha planeado todo el mundo para hoy? —preguntó Ashton a la mesa en general.

Charles se balanceaba precariamente sobre las dos patas traseras de su silla.

—Tengo que ponerme al día con la correspondencia.

—¿Ah, sí? ¿Realmente respondes a tus cartas? —comentó Lucien desde detrás de su periódico.

—Por supuesto que sí. Que nunca conteste las cartas de tu madre no significa que no conteste ninguna.

Lucien dobló su periódico y le dirigió a Charles una mirada severa.

—¿Mi madre te escribe cartas y tú no las contestas?

—Alto... —interrumpió Cedric—. Lucien, ¿tu madre le escribe a Charles?

El ceño oscuro y fruncido de Lucien hizo reír a Cedric.

—Continúa, Charles. ¿Sobre qué te escribe? —espetó Godric.

—Es de carácter privado.

—Contigo nunca nada es privado, Charles, así que más vale que hables —los labios de Ashton se curvaron en la más leve expresión de una sonrisa.

Charles frunció el ceño.

—¿Queréis saberlo? Bien. La madre de Lucien se ha convencido de que soy el marido perfecto para Lysandra.

—¡Mi hermana! —Lucien se atragantó—. Dios del cielo, hombre, más vale que nunca respondas a esas cartas o te juro...

—¡Tranquilo! Lysandra no es mi tipo, como bien sabes —Charles miró alrededor de la mesa—. Además, tenemos nuestras reglas, ¿no?

—¿Reglas? —Emily negó con la cabeza, confundida.

Ashton la miró.

—Incluso la llamada Liga de Pícaros tiene reglas, querida.

¿Tenían reglas? La idea la hizo reír.

—Incluso los pícaros deben establecer un límite en alguna parte —añadió.

—Y en este caso, ningún miembro de la Liga puede seducir a la hermana de otro miembro —dijo Lucien.

Charles asintió.

—Regla Ocho, para ser exactos.

—Todavía me pregunto por qué os llamáis la Liga —Emily soltó una risita. Había oído hablar del nombre antes, por supuesto, susurrado entre las matronas de la sociedad, a menudo seguido de jadeos de horror.

Godric sonrió vorazmente.

—Ese curioso alias nos lo impuso *La Gaceta del Monóculo de Cristal* en la columna de Lay Society. Entretiene a la *alta* con historias sobre nuestras hazañas, o lo que creen que hemos hecho. Exageran con frecuencia, pero nos pareció que su nombre era acertado. Lo aceptamos sabiamente y ahora lo usamos, con mucho gusto, debo añadir.

—Tiene un sonido bastante encantador —dijo Emily.

Ashton cambió la conversación a los acontecimientos del día.

—Así que Charles escribirá cartas. ¿Y tú, Cedric?

—Pensé en ir a dar un paseo.

Emily se enderezó en su silla. Tal vez podría ir a dar un paseo antes de tener que poner en marcha su plan de fuga final. Un último buen recuerdo...

—¿Y tú, Lucien?

—Tengo que ocuparme de un pequeño asunto en Londres. Debería estar de vuelta al anochecer.

Emily no pasó por alto la mirada lanzada hacia Godric. Dudaba que él la hubiera notado.

—¿Tal vez debería acompañarte? —sugirió Ashton.

—No me molestaría la compañía.

Era como si hablaran en clave. Emily se preguntó qué pretendían los dos hombres.

Una vez terminado el desayuno, ella siguió a Cedric fuera de la habitación, deseosa de verlo cabalgar. Pero Godric la agarró por la espalda del vestido y tiró de ella hasta detenerla bruscamente.

Él le acarició juguetonamente el cuello con la nariz y le dijo:

—¿Y ahora a dónde vas?

Emily suspiró, observando la espalda de Cedric mientras se alejaba.

—Pensé que podría ver a Cedric cabalgar —Godric le rodeó la cintura con los brazos por detrás. Sus labios le rozaron la oreja derecha y le mordisqueó el lóbulo. Ella ahogó un pequeño gemido.

—Podríamos quedarnos aquí... —cada palabra estaba cargada con la promesa de la pasión.

Era muy difícil resistirse, pero el segundo suspiro que se le escapó fue de derrota y Godric lo notó.

—¿Todo bien, querida? —le acarició la barbilla con el roce del pulgar. La verdad de sus temores se hallaba en la punta de su lengua, pero Emily la reprimió.

Él la estudió en silencio.

—¿De verdad echas de menos montar a caballo?

Emily se animó un poco.

—Sí, oh, sí.

—Te dejaría montar... —él hizo una pausa cuando los ojos de Emily se iluminaron de esperanza—. Si montas conmigo.

—¡Oh, Godric, gracias! —le echó los brazos al cuello y lo cubrió de besos.

En el momento en que Cedric salió trotando de los establos, ellos lo alcanzaron. Su yegua gris moteada parecía ansiosa por galopar, al igual que él.

Cedric llamó cuando los vio pasar:

—¿Os espero?

—¿Podrías? —preguntó Emily.

Godric entró a buscar su castrado mientras Emily esperaba.

Cedric la miró.

—Emily, cuando vuelvas a Londres, ¿puedo presentarte a mis hermanas? Horatia y Audrey te adorarían.

—Me gustaría mucho. Conozco a muy poca gente en la *alta*. Principalmente, tenemos contactos en el campo.

—No te preocupes, gatita. Mis hermanas son criaturas sensatas la mayor parte del tiempo. Creo que te agradará especialmente Horatia. Se parece mucho a ti —Cedric sonrió, como si recordara alguna broma personal—. Audrey... es un poco traviesa. Siempre metida en líos por una u otra cosa.

—¿Adoran el exterior como tú?

Cedric asintió.

—A Horatia le gusta montar a caballo casi tanto como a mí. A Audrey le encanta el aire fresco, aunque no le gustan los caballos. La mordió un poni con bastante mal genio cuando tenía ocho años. No los ha perdonado desde entonces, pobrecita.

Emily acarició la crin color carbón de su yegua.

—Mi padre siempre decía que eran propensos a morder, así que tuve la suerte de no sufrir nunca las consecuencias del temperamento de un poni. Los caballos, sin embargo, eran otra cosa. Él tenía el mejor par de purasangres que me enseñó a montar.

—Tu padre era un hombre inteligente —Cedric se inclinó hacia abajo para palmear suave y cariñosamente el cuello de la yegua.

En ese momento, Godric salió con su magnífico castrado negro por detrás, una mano apoyada en el cuello del caballo y la otra metida en las riendas colgantes.

—¿Sujétalo por mí, Cedric? —le entregó las riendas. Godric cogió a Emily por la cintura y la subió a la silla de montar, y luego se colocó detrás de ella. Le rodeó la cintura con un brazo y la atrajo hacia sus caderas.

Salieron trotando de los establos, con Cedric adelantado unos pasos. Los caballos se acomodaron a un ritmo natural.

Cabalgaron durante una hora antes de que Godric decidiera que las posibilidades sobre una repentina tormenta eran demasiado fuertes. Emily fijó su atención en el cielo, donde aún pendían nubes de tormenta. No había caído ni una sola gota la noche anterior, pero ella podía saborear la densidad del aire, y el aroma limpio y delicioso de una tormenta eléctrica se burlaba del aire con un atisbo de peligro. Emily no protestó por el final del viaje. Tendría que volver pronto a la mansión para ocuparse de sus preparativos.

Una hora después, Charles se unió a Godric, Cedric y Emily para un ligero almuerzo, pero ella apenas podía comer. Su estómago se revolvía con dificultad y apenas hablaba.

—¿Te encuentras bien? —Godric le puso el dorso de la mano en la frente.

Emily cerró los ojos, disfrutando del calor de su mano. Sería la última vez que la tocara. El dolor le desgarró el corazón, partiéndolo en dos. Lo recordaría así, amable y preocupado. Un pícaro tierno que le ocultaba su corazón por miedo a salir herido. Pero ella iba a sufrir más. Al menos él no la amaba, por lo que le sería más fácil aceptar su partida.

—Te sientes un poco de fría —la preocupación oscureció su tono.

—Me temo que estoy bastante indispuesta —fue una oportunidad para excusarse.

Godric comenzó a levantarse de su silla.

—¿Mando a llamar a un médico?

—¡No! No, no te molestes, por favor. Creo que dormiré la siesta. Eso me ayudará —Emily abandonó su asiento, puso una mano en el hombro de Godric y lo obligó a volver a sentarse.

—Entonces, iré a verte dentro de unas horas, cariño —Godric le besó la mano que tenía apoyada en su hombro. Su corazón lloró al saber que ese sería su último beso. No podía ser el último... No algo tan insignificante y casto como un beso en su mano...

Emily se inclinó y capturó su boca. No podía respirar... no

podía pensar. Solo existía este último, eterno y, sin embargo, efímero beso. Era su último recuerdo, uno que tendría que durarle durante el resto de su vida solitaria.

Te estoy dejando ir porque te amo y es la única manera de salvarte. Suplicó en silencio, con todo su corazón, para que Godric lo entendiera. Casi se le partió el corazón en dos cuando él sonrió contra su boca y le pasó una mano por la mejilla mientras se iba.

¿Qué iba a pensar al llegar a su habitación, después de descubrir que no estaba? ¿Se preguntaría por qué lo había abandonado? ¿Su abandono sería peor que el abuso de Godric a manos de su padre?

Algún día lo entendería. Emily encontraría la manera de decirle la verdad cuando fuera seguro hacerlo. Pero incluso entonces, dudaba que él la perdonara. Hasta ese día, ella moriría lentamente por dentro a causa de un corazón herido.

Con una fuerza que no sabía que poseía, Emily levantó la barbilla y salió del comedor con elegancia.

Una vez en su habitación, se apoyó en la puerta. Su pecho se agitó mientras ahogaba sollozos silenciosos. Todo su mundo se redujo a ese único momento de pérdida. Su garganta se cerró y se esforzó por tragar.

Al hundirse en el panel de madera de la puerta, Emily acurrucó las piernas bajo la barbilla mientras las lágrimas resbalaban por su rostro. Había sido una tonta al enamorarse, pero no volvería a cometer ese error. Su corazón se endurecería y seguiría viviendo sola sin Godric y sin amor. Tenía que hacerlo.

Dentro de unos años estaría en algún lugar del mundo recordando este último día, esta última hora en la que perdió a su primer y único amor. El recuerdo se abalanzaría sobre ella como un ladrón en la noche y le produciría un dolor en el pecho tan intenso y punzante como el de hoy. Las lágrimas formaron huellas saladas en sus mejillas y trazaron senderos como poderosos ríos sobre la piedra.

Esto era lo correcto. Si ella se iba, Blankenship no tendría motivos para lastimar a los demás. Eso era más importante que sus lágrimas. Esta decisión la fortaleció. Recordó algo que su padre solía decir: El miedo es tan fuerte como la debilidad dentro de ti.

Su elección era clara, siempre había sido clara. En lo más profundo de su ser, siempre supo que tendría que irse en algún momento. Entre más rápido lo aceptara, más rápido podría continuar con su vida.

Una vez que sus ojos se quedaron sin lágrimas, dominó su dolor y llamó a Libba a su habitación.

Mientras esperaba a la doncella, escribió una nota para Godric. No podía permitirse decirle la verdad, pero tenía que decir algo.

Cuando Libba llegó, se sorprendió al ver el rostro de Emily manchado de lágrimas. Pero, antes de que pudiera decir una palabra, Emily utilizó la confianza que

—Ese hombre que viste antes con el juez, va a volver, con hombres armados. Son muchos. Lastimarán a cualquiera en su camino. Tengo que irme. La vida de Su Excelencia depende de esto. Debes confiar en mí. Necesito que me prestes tu vestido de servicio. Me voy con Jonathan a Blackbriar.

Para sorpresa de Emily, no hubo ninguna protesta por parte de la doncella, solo un asentimiento de comprensión.

—Cuando ese hombre me vio en tu habitación, creyó por un momento que eras tú. Sé cómo la mira, señorita —Libba retorció sus manos dentro de las faldas—. Buscaré mi vestido de repuesto.

—Después de que me vaya, mete algunas almohadas en mi cama. Haz que parezca que estoy durmiendo. Cuando descubran que no estoy, diles que me has visto cruzar los prados, puede que eso me de algo de tiempo. Hagas lo que hagas, no les digas que me he ido con Jonathan. Prométemelo, Libba. La vida de Godric depende de tu silencio.

—Lo prometo. Pero... señorita... quiere quedarse aquí, ¿verdad?

Aunque pensó que había consumido sus lágrimas, se le escapó un sollozo ahogado.

—Algunas personas no están destinadas a conseguir lo que quieren, Libba.

Lucien y Ashton se encontraban acuclillados bajo la ventana abierta de una casa adosada en Bloomsbury Street, a las afueras de Mayfair. Los dos hombres compartieron una mirada preocupada mientras escuchaban a escondidas una conversación en el salón que estaba justo al lado de la ventana.

Llevaban una hora en Londres y habían ido directamente a la casa de Evangeline con la intención de hablar con ella. La mujer se había marchado por el día, pero la sirvienta en la trascocina de la puerta de al lado le dijo a Lucien en qué dirección la había visto irse después de que él le calentara los labios con un beso no demasiado inocente y unas cuantas caricias bien colocadas. La pobre chica quiso contarle todo después de aquello, solamente si él le prometía quedarse y entretenerla. Solo el cortés carraspeo de Ashton le recordó su misión.

Para Ashton, la nota falsificada de Evangeline insinuaba que ella no era un peón indefenso, sino una jugadora activa en este juego de engaños, y era imprescindible que determinaran quién era el titiritero para proteger a Emily.

Lucien sostenía que Emily era la causa de la aparición de Evangeline, pero, como siempre, solo Ashton veía el juego más grande que se estaba jugando. Él no creía en las coincidencias, y la aparición de Evangeline tenía poco que ver con el azar.

Cuando rastrearon el carruaje de Evangeline hasta esta dirección en particular, Ashton confirmó sus sospechas. En cuanto giraron en una calle transversal, Lucien palideció y luego se puso rojo de furia.

—Sé a dónde ha ido —gruñó—. Blankenship vive no muy lejos de aquí.

Se deslizaron por la calle lateral y se acuclillaron bajo la ventana del salón de Blankenship.

—Señorita Mirabeau, ¿ha vuelto a Londres tan pronto? —la voz de Blankenship llegó hasta el callejón.

Ashton levantó la cabeza unos centímetros por encima del alféizar y vio a Evangeline y a Blankenship. Ella estaba frente a él y sus ojos se abrieron de par en par al verlo. Se le cortó la respiración mientras temía que ella delatara su presencia. Pero no lo hizo. Sus ojos regresaron hasta los de Blankenship como si nada hubiera ocurrido.

—¡Me han echado en menos de un día, *Monsieur*! Pero ya que me ha pagado, le he traído la información que busca.

—¿Y?

Un breve momento de silencio carcomió el aire.

—Su cordero perdido está allí como usted sospechaba. La he conocido. *Elle est très jolie !* No me dijo eso, *Monsieur*.

—¿Acaso importa? —Blankenship resopló con rudeza.

—*Pour moi,* por supuesto. Essex está demasiado aferrado a ella. Vigila todos sus movimientos.

La voz de Blankenship descendió.

—¿Ella es virgen?

Evangeline soltó una risita.

—No, *Monsieur*. En mi opinión, Su Excelencia recogió el fruto de esa vid hace mucho tiempo.

—Su amor no me importa. Uno no necesita eso en una amante.

La boca de Lucien se torció en un gruñido y los puños de Ashton se cerraron, pero ambos controlaron sus temperamentos.

—Muy bien. Aquí tiene un pago extra, como acordamos, señorita Mirabeau. Yo me encargaré del asunto desde aquí —Blankenship se alejó de la escena.

Evangeline se encontró con la mirada de Ashton y le dio el más mínimo indicio de reconocimiento antes de volver a hablar.

—Debería saber, *Monsieur* Blankenship, que convencí al

cordero para que se fuera. Le dije que, si no regresaba a Londres, usted mataría a Godric y a sus amigos.

—¿Por qué demonios hiciste eso? Lo último que necesito es que estén advertidos.

—Solo quería ahorrarle la molestia de recuperarla por la fuerza como había planeado —su voz era toda sinceridad, pero Ashton sabía que no debía tomar ese tono al pie de la letra. La mujer hablaba en voz demasiado alta como para que sus palabras fueran solo para Blankenship.

—No sabes nada de mis planes. Aun así, me habrás ahorrado algún esfuerzo si ella obedece —Blankenship tarareó, como si estuviera satisfecho, con una nota cruel a lo largo de su garganta.

—No tengo ninguna duda de que ella obedecerá, *Monsieur*. Ninguna en absoluto.

Cuando el volumen de la conversación disminuyó, ambos hombres cruzaron la calle y llamaron a un carruaje para dirigirse a la residencia en la ciudad de Lucien.

—Debemos volver con Godric inmediatamente —dijo Lucien.

—Estoy de acuerdo. Emily volverá a huir, y sospecho que esta vez podría tener éxito. Godric no tolerará otro intento. Se pondrá furioso.

—Lo sé, y prefiero que lleguemos antes de que la castigue.

Ashton lo miró, y luego apartó la mirada.

—¿Crees que la lastimaría?

—¿Golpearla? No, pero su temperamento... Todos sabemos lo mucho que lo combate. Me preocupa lo que le dirá a Emily. Ella no lo conoce como nosotros. Las palabras pueden afectar más profundamente que cualquier golpe, y él dirá cosas que no pretende para proteger su propio corazón.

—¿No lo hacemos todos?

Lucien sacó una pistola del interior de su chaqueta.

—El mismo Lucien de siempre —dijo Ashton en voz baja.

Lucien sonrió ampliamente.

—Los viejos hábitos nunca mueren.

Ashton se rio. En efecto, los viejos hábitos…

—¿Crees que volveremos a tiempo para detener a Emily?

Ashton inclinó la cabeza.

—Por ahora me preocupan más los hombres de Blankenship, quienesquiera que sean, y lo que él pretende hacer con ellos —observó a Lucien comprobar la pistola—. Dentro de poco puede que todos tengamos que llevar una, viejo amigo. Nunca he sido un hombre religioso, pero creo que ahora es el momento de rezar.

EMILY PASÓ SUS ÚLTIMAS HORAS GUARDANDO SUS POCAS pertenencias en la pequeña bolsa de tela que Libba dejó bajo su cama. Metidos estaban su peineta de mariposas y su cepillo, su camisola y un juego de ropa extra para cambiarse una vez que pudiera quitarse el uniforme de Libba. La parte más complicada sería Penélope. No podía abandonar a la cachorra. Libba iría a buscar a la perra y la llevaría al carruaje. Pronto sería la única compañía de Emily.

Libba regresó y ayudó a Emily a ponerse su vestido de repuesto. Emily se metió su pequeña bolsa de pertenencias en los brazos mientras Libba le arreglaba el gorro blanco sobre el pelo. Si mantenía la cabeza baja, aún podría escapar.

Libba se asomó por la puerta y luego le indicó a Emily que los pasillos estaban despejados. No había señales de nadie; el salón superior de la mansión estaba tranquilo. Caminó a paso ligero, con la cabeza inclinada hacia el suelo y los oídos atentos al más mínimo ruido.

En el salón, Cedric y Godric se reían de algo. Ella se detuvo un breve y doloroso segundo.

Adiós, mi Liga de Pícaros.

Se deslizó por las escaleras de los sirvientes y salió por una puerta que llevaba a los establos. El impulso de mirar hacia atrás fue fuerte, pero se resistió. Solo se llevaría recuerdos. En las noches frías se hundiría en esos momentos de felicidad y se encontraría de nuevo aquí, aunque solo fuera en sus sueños.

Jonathan estaba sentado impacientemente en el carruaje con el rostro sombrío. Frunció el ceño cuando la vio, como si hubiera esperado su ausencia. Levantó la mano, indicándole que se diera prisa. A su lado había una cesta. Contenía a una Penélope somnolienta.

—¿Qué le pasa? —siseó Emily mientras se subía al asiento junto a él.

—Nada. Cuando Libba la bajó, le di leche caliente. La mantendrá tranquila hasta que lleguemos al pueblo.

Emily se relajó, pero la cachorra estaba más que somnolienta.

—¿Solo leche caliente?

—Bueno, tal vez un poco de algo más fuerte para garantizar que no huya. El deber obliga, como dicen.

Emily lo entendía muy bien.

Jonathan golpeó las largas riendas contra el lomo del alazán y el carruaje se puso en movimiento. Cuando salieron al camino, Emily soltó un suspiro de alivio acompañado de tristeza.

Rumbo a Blackbriar...

La lluvia salpicaba la cara de Emily, empapando su ropa. Se maldijo por no haber traído una capa de lana con capucha.

—¿Cuánto falta? —el aroma embriagador de la hierba húmeda y la lana la rodeó. Se estremeció y su piel se congeló con la lluvia.

—No mucho —replicó Jonathan—. Tendremos que conseguir una habitación en la posada. No se puede viajar con este clima, y yo no puedo volver esta noche. La comida podría estropearse — su hermosa boca se contrajo desagradablemente.

Ella volvió a temblar.

—Supongo que tienes razón.

Jonathan le pasó el brazo por los hombros para acercarla. Estaba igual de mojado, pero mucho más caliente.

—Gr-gracias —sus dientes temblaron mientras un escalofrío profundo se hundía en ella.

—Por nada, señorita Parr —sus ojos estaban en el camino, no en ella.

Emily se relajó un poco y Penélope se removió bajo sus faldas negras. Dejó caer una mano cerca de ella y la cachorra le lamió ansiosamente los dedos.

—Tranquila, tranquila, cariño —musitó.

Cabalgaron en silencio el resto del camino. El viaje hasta el pueblo les quitó mucho tiempo, ya que el camino bordeaba las tierras de Godric y el lago.

El pueblo parecía casi desierto. El carruaje chirrió y crujió al pasar por las ásperas y accidentadas piedras de la calle principal, resonando en medio de los estruendos de la tormenta. Jonathan llevó al caballo hasta el alto granero situado junto a una posada llamada El Lucio Joven.

—Lleva a Penélope adentro. Espérame cerca del bar — Jonathan no esperó a que ella protestara.

Cogió a la cachorra y su bolsa de tela, y avanzó a través de la lluvia hacia la posada. Había lámparas de aceite encendidas en las mesas y varios aldeanos apiñados alrededor de la chimenea principal, calentándose las manos. Todos volvieron la cabeza al verla entrar. Una mujer regordeta que limpiaba la barra con un paño sonrió y, al verla empapada y temblando, se preocupó inmediatamente.

—¡Pobre corderito! —se apresuró a rodear el mostrador para ver mejor.

—¿P-puedo esperar aquí? —sus dientes castañetearon tan bruscamente que le dolió la mandíbula.

—¡Por supuesto, querida! —la mujer cogió una toalla y secó a Penélope—. ¿Atrapada en la tormenta sin un abrigo adecuado? Ten, déjame ayudarte.

—Gr-gracias.

Jonathan entró, sacudiendo su pelo rubio.

—¡Jonny, amor! —lo saludó la mujer.

Jonathan levantó los brazos.

—Lucy, cada vez que te veo estás más bella.

La mujer de mediana edad se sonrojó:

—Oh, cállate, canalla —le dio un golpe en el hombro.

—¿Podríamos tener una habitación, Lucy? —Jonathan inclinó la cabeza en dirección a Emily.

—Ahh, así que ella es tuya, ¿no?

—No es lo que piensas, Lucy.

—Nunca lo es, amor. Pero siempre lo es —Lucy guiñó un ojo, pero no dijo nada más. Cogió un juego de llaves de un clavo de la pared y los condujo por unas estrechas escaleras y por un pasillo de cuatro habitaciones. Eligió la última a la derecha y la abrió para ellos. Allí había una cama angosta, una pequeña mesa y una palangana con agua junto a unas toallas.

Emily bajó a Penélope y a su equipaje, mientras Jonathan se quitaba la capa y el abrigo empapados.

—Enviaré un poco de sopa para los dos —Lucy los dejó solos.

Durante un momento, Emily permaneció indecisa, fría y mojada, y observó a Jonathan con desconfianza.

—¿Deberíamos compartir habitación?

El apuesto demonio se limitó a reír.

—Es parte de mi precio... y una habitación es más barata que dos.

—Pero nunca me has dicho tu precio.

Jonathan, quien seguía sin mirarla, se quitó de un tirón la camisa blanca de linón y la colgó sobre el borde de la única silla cercana a la mesa para dejarla secar. Unos músculos dorados y marcados atravesaban su amplio pecho. Godric era un centímetro más alto, pero los músculos de Jonathan parecían más grandes, presumiblemente por los años de trabajo en la finca. De todos modos, a Emily le llamó la atención la similitud.

Él cruzó la distancia que los separaba y, sin decir nada, le quitó la tonta gorra blanca de la cabeza. Su pelo cayó como una cascada.

—Mejor —extendió la mano para tocarla.

Emily retrocedió otro paso.

—¿Qué estás haciendo?

—Mi precio, señorita Parr. Lo estoy cobrando ahora —los ojos verdes de Jonathan ardían.

Emily estuvo a punto de entrar en pánico, pero un golpe los interrumpió. Jonathan abrió la puerta y cogió los dos tazones de sopa de Lucy antes de cerrarle la puerta en la cara.

—Siéntate y come, luego discutiremos el pago.

Aparentemente, sus temores sobre el método de pago no eran infundados. La sopa la calentó considerablemente, pero el vestido mojado no ayudó a evitar el frío que la invadía. *Debería cambiarme,* pensó Emily, pero no quería desnudarse con Jonathan en la misma habitación. Dejó que Penélope lamiera su cuenco y comiera la corteza de su pan. Mientras tanto, Jonathan la observaba.

—Señor Helprin, ¿puedo hacerle una pregunta un tanto extraña?

Jonathan agitó una mano en el aire, instándola a continuar.

—¿Es pariente de Godric?

La sopa se derramó sobre la mesa. Se paralizó, y luego se limpió cuidadosamente la boca con una servilleta.

—¿Qué te hace preguntar eso?

—¿Lo eres? —insistió ella.

—Por supuesto que no.

Emily bajó la cuchara.

—Siento haberte ofendido. Es solo que... bueno, te pareces mucho a él. Incluso actúas como él.

Cuando Emily levantó la cara, sus ojos se clavaron en los de ella. Jonathan apoyó los codos en la mesa, apoyando el mentón en sus manos.

—No me ofendo, simplemente me has sorprendido. Nunca nadie había dicho eso —hizo una pausa, con los ojos posados en el rostro de Emily, pero su expresión era ilegible. Después de un momento, empujó su silla hacia atrás, arañándola contra el suelo de madera. En lugar de acercarse a ella, comenzó a pasearse. La gracia ágil de sus movimientos era idéntica a la de su amo.

Cuando él se giró, a ella le llamó la atención su perfil, su cuerpo musculoso y las largas extremidades de un hombre que había trabajado en el servicio, pero que seguía teniendo una cualidad elegante. La mitad de la *alta* carecía de los rasgos y los modales innatos de la buena educación que eran tan naturales en Jonathan. Algo en su propio espíritu lo diferenciaba de sus compañeros de servicio.

—Te pareces mucho a él —susurró parcialmente—. La forma de moverse, de hablar.

—Supongo que es porque crecí queriendo ser como él. Nací y crecí en esa casa. Mi madre era la doncella de su madre. De pequeño lo seguía de cerca. Es ocho años mayor que yo.

¿Esto podría ser así de sencillo? Supuso que sí, y se sintió como una tonta por haber pensado lo contrario. Ellos no eran parientes. Simplemente imitaba a su amo como cualquier hombre lo haría con alguien a quien admiraba. Pero aún así, su instinto le decía lo contrario. Pero ella tenía que asegurarse...

—¿Tu madre tenía los ojos verdes?

—No.

—¿Y tu padre?

—Nunca lo conocí —una respuesta que no era realmente una respuesta, al igual que Godric. Era el momento de cambiar de tema.

—¿Qué harás cuando me vaya? ¿Volverás a la mansión?

Los labios de Jonathan se fruncieron por un momento.

—Suponiendo que Su Excelencia no haya descubierto que fui yo quien te ayudó, entonces sí, regresaré.

—Libba prometió que no le diría a nadie cómo me escapé. Estoy segura de que estarás a salvo.

Jonathan rio. El sonido fue intenso, oscuro, peligroso.

—¿Preocupada por mí?

—Estoy preocupada por todos nosotros. Blankenship no es un hombre que se pueda tomar a la ligera —Emily se puso de pie y miró la pequeña habitación—. ¿Puedo tener algo de privacidad para cambiarme? —probablemente era más seguro no desnudarse cerca de él, pero su ropa mojada pesaba y sofocaba su piel.

—No será necesario, señorita Parr. Estaré encantado de ayudarla —se dirigió hacia ella.

Emily retrocedió, la pared de madera la golpeó por detrás.

—Señor Helprin, por favor, no se acerque más.

—Sé que esto es un juego, señorita Parr. No es la primera vez que interpreto papeles dramáticos para una mujer. Al igual que la última amante de Su Excelencia, usted busca saciarse con un hombre más joven de vez en cuando. A Evangeline le gustaba fingir que los revolucionarios la habían capturado. Pero usted no necesitó una elaborada artimaña para atraparme. Sé que Godric realmente no está en peligro —él intentó alcanzar los botones delanteros delantera de su vestido. De repente, Emily fue muy consciente del gran tamaño de sus manos, la anchura de sus hombros y la potencia de su complexión musculosa.

Mostró los dientes como un animal acorralado. Si tenía que luchar contra él, lo haría.

—Suéltame.

—Shh... Cálmese, señorita Parr. Será agradable, se lo aseguro. Sé que por eso me pidió que la ayudara. Es evidente que está aquí para estar conmigo. Nunca he tenido quejas... y estaremos muy, muy calientes después —su voz exudaba miel.

Emily, agotada y angustiada, empujó sus manos, intentando apartarlo.

—¿Te digo que tu amo está en peligro y que huiré para salvarle la vida, y tú asumes que es parte de una elaborada treta para que me lleves a la cama? ¿Posees un cráneo tan grueso que la lógica no puede penetrarlo? —lo que Emily esperaba que fuera una amarga diatriba, terminó en un estornudo muy poco femenino y en un repentino dolor de cabeza.

En el exterior, se oía el sonido de los caballos corriendo bajo la lluvia.

—¡Oye! —jadeó él—. Son los hombres de Blankenship. Estamos rodeados. Es solo cuestión de tiempo antes de que nos atrapen. Debemos aprovechar este breve momento mientras podamos.

—¡Esto no es un juego, señor Helprin!

Emily se tambaleó mientras una ráfaga de mareos la golpeaba. Sus manos cayeron sobre los hombros de Jonathan cuando luchó por mantenerse en pie.

Él la levantó del suelo y la llevó hasta la cama.

—Solo cierra los ojos. Estoy seguro de que sentiré lo mismo que mi amo.

Emily luchó con los músculos tensos mientras intentaba mantener a Jonathan a una distancia considerable.

—¡Quítate de encima, patán! ¡No puedo creer que seas un imbécil tan trastornado! No te quiero —su protesta fue inútil y ella volvió a estornudar.

Jonathan la inmovilizó en la estrecha cama, presionando sus caderas contra las piernas de Emily.

—Eso es lo que dijo Evangeline, pero luego me besó y casi me arrastró a su cama. Dijo que le gustaba jugar, y que a la mayoría de las mujeres les gustaba. Usted no puede ser tan diferente, señorita Parr.

Él inclinó su boca sobre la de ella.

Juro que cuando tenga la oportunidad, patearé su miembro, juró ella. Le arañó el pecho, pero estaba muy cansada y sentía la cabeza cargada con una nube de confusión que la asustaba. Las lágrimas se le clavaron en las comisuras de los ojos.

La boca de Jonathan se dirigió a su cuello y, en el momento en que sus labios fueron liberados, un pequeño y desgarrador sollozo escapó de la garganta de Emily.

Jonathan se paralizó cuando ella volvió a sollozar. Se apartó, sorprendido.

—Dios mío. Realmente no me quieres —su expresión de absoluta sorpresa la alivió. Parecía completamente horrorizado por sus propias acciones.

Emily se hundió sin fuerzas en sus brazos, pero logró asentir débilmente y luego estornudó de nuevo.

—Lo siento mucho, señorita Parr, pensé... no importa. ¿Le he hecho daño? —se apartó de ella y se relajó. Emily rodó de lado, lejos de él, y se echó a llorar. Jonathan le dio unas torpes palmaditas en la espalda. Él no podía entender el desgarramiento de su corazón desde su alma, la fragmentación de su esencia en mil pedazos. Lloró por la vida que dejó atrás y por el amor que nunca volvería a conocer.

—Calma, calma —intentó consolarla.

Ella detuvo sus lágrimas y solo gimoteó una o dos veces, temblando.

—Yo... no creo que esté bien... —empezó a decir. Un fuerte golpe en la puerta cortó la cadena de palabras de sus labios.

—¡Estamos ocupados!

El golpe se convirtió en una furiosa descarga de golpes. Jonathan se levantó con un gruñido, todavía sin camisa.

Cuando abrió la puerta, hubo un silencio absoluto durante dos segundos antes de que alguien rugiera y Jonathan se apresurara a pedir explicaciones. Un puño voló a través de la puerta abierta para impactar a Jonathan justo en la mandíbula.

❧ 13 ❧

Capítulo Dieciséis

odric abandonó a Cedric en el salón para ir a ver a Emily. Ella se había visto muy pálida y él estaba preocupado.

¡Le leeré! Eso le gustará.

Su entusiasmo lo sorprendió. La tentación de abandonar a sus amigos y buscarla era poderosa. Pero probablemente ella necesitaba un tiempo a solas; las mujeres lo necesitaban a menudo; eran criaturas muy misteriosas. Saber esto no le hizo extrañarla menos. Cogió un libro de su estudio y se apresuró a subir las escaleras.

De camino a la habitación de Emily, pasó por una en la que hacía años que no entraba. Extrañamente tentado, abrió la puerta. La recámara de los niños era un lugar encantador, incluso cuando estaba apagado por las sombras vespertinas. Se sentía cálido debido a sus paredes de color amarillo mantequilla decoradas con varias escenas pintadas. Escenas pintadas por el padre de Godric un mes antes de que éste naciera.

Recordaba a su padre señalando una poderosa fragata con los cañones disparando a un barco pirata mientras su profunda voz retumbaba al hablar de historias antiguas.

La mirada de Godric se fijó en otra escena, la de un bebé en un cesto enclavado contra un muro de juncos mientras una mujer egipcia se arrodillaba para investigar su descubrimiento: El cuento de Moisés, la historia favorita de su madre. Un niño perdido amado por dos madres.

Se le formó un nudo en la garganta al acercarse a la cuna vacía. Las mantas desteñidas estaban perfectamente dobladas, y el polvo cubría los bordes lisos de la cuna. Pasó la punta del dedo por la madera blanca, admirando el trabajo artesanal. Los fantasmas de sus padres estaban muy presentes en esta habitación, como no lo habían estado en mucho tiempo. Aunque su padre había permanecido más tiempo que su madre, Godric siempre sintió que su padre había muerto con ella, al menos por dentro.

Los recuerdos eran agridulces. Su padre se transformó en algo muy diferente después de perderla. El hombre, cuyas talentosas manos habían creado sueños tan vívidos, terminó por convertirlas en puños para golpear a su único hijo.

Ningún niño debería elegir entre querer la partida de su padre o temer el abandono real. Nunca. Durante la mitad de su vida, una pesadilla lo mantuvo atrapado en una relación que fallida con su único progenitor superviviente.

Godric se preguntó si podría recuperar la suave magia de aquellos primeros días, con su madre aún viva y con la mirada alegre de su padre. ¿Podrían volver esas horas sagradas de amor y seguridad? Parecía imposible.

No podía borrar la difícil y vacía situación de los días posteriores a la muerte de su madre. Solía mirar por la ventana del cuarto de los niños, esperando que su padre abandonara la lejana tumba. Con la silenciosa paciencia de un niño asustado, permaneció junto a la puerta de su padre cada noche, esperando que lo reconfortara. Un abrazo, una sonrisa, cualquier indicio de afecto, cualquier señal de que no había sido olvidado. Unos meses después, la indiferencia de su padre se convirtió en violencia.

Entonces Godric se vio desesperado por esconderse, por fingir que nunca había existido. Fue bastante fácil vivir como un fantasma en la solitaria mansión.

Una imagen apareció frente a él, fragmentando los oscuros recuerdos con su rayo de luz. Luego, la habitación se iluminó con las lámparas de aceite. Una dama de pelo castaño se asomó por el borde de la cuna y emitió un suave arrullo. Se volvió hacia él, con los ojos violetas muy abiertos ante el milagro del bebé frente a ella. Un milagro que ellos mismos habían engendrado.

La imagen se desvaneció. Emily y un niño. Un sueño que aún podría hacer realidad. Acarició el suave algodón de la manta del bebé, añorando la realidad de aquel niño. Lo amaría, fuera niño o niña, lo cuidaría y lo criaría para que fuera perfecto, como su madre. La mujer a la que amaba. Amaba.

Estaba enamorado de Emily.

La revelación no le sorprendió como había esperado. Más bien, su amor creció como las semillas, lentamente, sembradas inicialmente durante la noche en que la tuvo en sus brazos. La risa de Emily, sus sonrisas, sus sueños y sus suaves caricias, lo habían alimentado hasta que el amor cubrió su corazón como una frondosa hiedra. Llevaba todos estos años convencido de que amar a alguien lo dejaría vulnerable. Qué tonto había sido.

El amor fortalecía a una persona. El amor fortalecía sus corazones hasta el punto de permitirles vencer a cualquier enemigo, sobrevivir a toda adversidad, alcanzar cualquier sueño.

Godric volvió a colocar la manta del bebé en su sitio y salió de la habitación con una expresión de alegría en el rostro. Se lo diría a Emily ahora mismo. Le confesaría su amor y le exigiría que se quedara y se casara con él, sin importar el escándalo. Tenía que tenerla, tenía que pasar el resto de su vida en el altar de su amor, adorando a la mujer que le había enseñado a confiar en sí mismo y en su corazón.

Golpeó ligeramente la puerta con sus nudillos. Eran las tres y media de la tarde. Seguramente había dormido, o al menos descansado, desde el almuerzo. Golpeó más fuerte cuando nadie respondió. Godric frunció el ceño, puso la mano en el pomo y lo giró. La puerta de Emily se abrió, revelando una habitación oscura con las cortinas cerradas. Parecía estar hundida en sus mantas.

—¿Emily? ¿Estás bien? —el silencio continuó—. Pensé que podría leerte... —se precipitó hacia su cama y apartó las mantas. Movió los labios y su voz aumentó de volumen—: ¿Emily?

La imagen que presenció le heló la sangre.

Alguien —Emily—, había alineado almohadas bajo las sábanas, imitando la presencia de un cuerpo. Había clavado un papel blanco en la almohada. Él lo cogió con los dedos entumecidos, sin sentir siquiera el escozor del alfiler al pincharse el pulgar. Godric parpadeó, abrió el papel y leyó la carta.

GODRIC, SIENTO HABERME IDO ASÍ, PERO NO HABÍA OTRA FORMA. Debes creerme. Somos dos personas diferentes, nuestras vidas son mundos opuestos. Te quiero, pero no puedo quedarme contigo. Lo siento mucho.

EMILY SE HABÍA IDO.

En lugar de arrugar la nota en su puño, la dejó sobre la almohada. Era lo último que tenía de ella, lo último que ella había tocado en su mundo. No podía soportar destruirla y estaba demasiado débil para borrar el doloroso recuerdo.

Se tambaleó y tropezó cuando la realidad lo asaltó.

—¡Oh, Dios... Emily!

No podía haberse ido... No podía haberlo dejado...

Una profunda rabia lo envolvió con llamas gélidas, devolviéndole la fuerza allí donde el amor lo había debilitado.

Nunca más.

—¡Cedric, Charles! —vociferó. Su cólera crecía dentro de él, aplastando la desesperación que oscurecía su corazón. Y le dio un propósito.

Godric salió corriendo de la habitación y encontró a sus amigos subiendo las escaleras hacia él.

—¿Qué? ¿Qué ha pasado? —preguntó Cedric.

—¿Alguien ha visto a Emily? —temblaba de rabia y, extrañamente, de miedo.

Charles negó con la cabeza.

—No...

—Yo tampoco he visto a Penélope... —añadió Cedric—. No crees que...

Godric gruñó.

—¡Buscad a Simkins y a la señora Downing! Que los sirvientes registren toda la mansión. Charles, revisa los establos y los jardines. Cedric, registrarás el prado conmigo. Cogeremos caballos y también rodearemos el lago.

Charles enarcó una ceja.

—¿Y si la encontramos?

—La someteremos por los medios que sean necesarios. Cedric, trae el láudano.

Charles se resistió.

—Pero ella odia...

—Lo sé. Fue un error concederle la más mínima dosis de libertad.

Godric frunció el ceño y ninguno de los dos se atrevió a discutir con él, no mientras la furia encendía sus ojos como los fuegos del infierno.

Diez minutos después, Godric y Cedric galopaban por la pradera bajo un cielo amenazante. Cedric se detuvo muy por delante del muro y se dispuso a escalarlo, pero Godric clavó los talones en el costado de su caballo. Superó el muro por completo. Luego giró bruscamente el caballo hacia la izquierda, como se lo había visto hacer a Emily, y se ahorró otro desagradable chapuzón.

No esperó a Cedric.

Sus ojos escudriñaron el suelo en busca de alguna señal.

Nada… Era como si ella se hubiera desvanecido en el aire.

Cedric estudió el prado.

—¿Crees que ha estado planeando esto durante mucho tiempo?

—Lo creo. Pienso que estaba esperando este momento, haciéndome sentir una falsa sensación de seguridad.

—Entonces nos engañó a todos —la voz de Cedric se oscureció con decepción.

—¿Y ahora qué?

Godric se pasó una mano por el pelo.

—¿Adónde habrá ido?

Cedric se encogió de hombros.

—Podría estar en cualquier parte. Debe estar muy lejos.

—No, no llegará lejos con la tormenta que se avecina. La encontraremos, no importa cuánto tiempo nos lleve. La encontraré.

La voz de Cedric era tranquila.

—Tal vez deberías dejarla ir.

—¿Ir?

Un tic se produjo en la mandíbula de Cedric, pero no se retractó.

—Tú y yo sabemos que aferrarse a cosas que no merecemos no es saludable. Tal vez sea mejor así.

—¡No me importa qué es mejor! —rugió Godric—. Ella es mía —no podía vivir sin ella. Ella estaba grabada en su corazón, en su alma. Ella había dicho que lo amaba. Él no dejaría que se fuera.

Cuando regresaron a la mansión, Charles apareció en la puerta con un brillo de aprensión en sus rasgos.

—¿No hay rastro de ella?

Cedric frunció el ceño.

—No. No estaba en los jardines, ¿verdad?

Charles negó con la cabeza.

—No. Tampoco en los establos, y todos los caballos están contados.

Volvieron a la casa, ayudando a los sirvientes a buscar habitación por habitación. La lluvia azotaba las ventanas y los relámpagos cubrían el cielo con franjas blancas de fuego. El reloj del vestíbulo marcaba las cuatro y media. Otra preciosa hora desperdiciada.

Godric estaba de pie en el rellano, con el ceño fruncido mientras miraba por la alta ventana hacia el prado, hacia el lago.

—¿Por qué me has dejado? —su voz vaciló. Si no estuviera sufriendo así, se habría reído. El Duque de Essex había encontrado su corazón, solo para que lo rompieran.

El abandono de Emily fue infinitamente más doloroso que cualquier golpe de su padre.

Su querida, dulce e inocente Emily lo había traicionado. Ella no era diferente a Evangeline. Sin embargo, la arrastraría de regreso aquí y la encerraría todo el tiempo que quisiera. Al diablo con la sociedad y la ley. Ella había herido su orgullo, su corazón. Ella lo pagaría caro.

—¿Su Excelencia? —la señora Downing interrumpió los oscuros pensamientos de Godric.

Se giró para mirar a su ama de llaves al pie de la escalera. Una de las sirvientas estaba escondida detrás de ella, evitando la mirada de Godric.

—¿Qué?

—Esta joven tiene información sobre la señorita Parr —la señora Downing se apartó y expuso a la muchacha a la ira de Godric.

Godric bajó los escalones y sujetó a la doncella por los hombros.

—¡Habla, muchacha!

La doncella lanzó una mirada furtiva hacia el ama de llaves, buscando alguna ayuda.

Godric la sacudió.

—Habla ahora, o encontrarás empleo en otra parte.

—S-se ha ido con Jonathan Helprin al pueblo de Blackbriar. Llevaba mi vestido adicional del servicio. Dijo que su vida estaba en peli...

Godric la soltó.

—¡Silencio! —se volvió hacia los demás, buscando a su mayordomo—. ¡Simkins! Que los caballerizos preparen tres caballos. ¡Charles! ¡Cedric!

Ellos salieron de las habitaciones en las que habían estado buscando.

Godric se dirigió con pasos largos a la puerta.

—Ella se ha ido al pueblo de Blackbriar. Partiremos inmediatamente. Si cabalgamos duro podremos llegar en una hora —Godric se subió a la silla de montar—. Te seguiré el rastro otra vez, pequeño zorro —iba a atrapar a Emily Parr por última vez, y nunca más se le escaparía.

Jonathan retrocedió a trompicones y se llevó una mano a la mandíbula cuando Godric entró furioso en la habitación.

Emily se levantó de la cama, dándose cuenta de cómo debía parecerle la situación a Godric; ella llorando en ropa interior y Jonathan semidesnudo.

—¿Qué le has hecho? ¡Bastardo! —Godric se lanzó sobre Jonathan.

Jonathan levantó las manos.

—¡Nada! No he hecho nada, lo juro.

Godric lanzó otro golpe despiadado, y eso fue todo. Jonathan cayó al suelo inconsciente.

Penélope le gruñó a Godric, abalanzándose sobre sus botas de arpillera mientras él se volvía contra Emily. La cachorra estaba decidida a proteger a su ama.

Cedric y Charles entraron corriendo en la habitación y el alivio iluminó sus rostros.

—¡Emily, gracias a Dios que te hemos encontrado! —dijo Cedric

—Esperad afuera, y llevad a ese asqueroso rufián con vosotros, y a Penélope también.

Cedric cogió a la cachorra mientras Charles arrastraba fuera al ayuda de cámara.

Godric cerró la puerta tras ellos, giró la cerradura y se paró frente a ella. El agua caía por su ropa, y su cabello oscuro se rizaba contra el borde de su nuca.

El mundo dejó de moverse. Las estrellas parpadeaban en el lejano cosmos, el viento y la lluvia del exterior palidecían en la niebla. Emergiendo de la penumbra, Godric era su faro de luz, el refugio de sus tormentas.

Emily se percató que nunca podría vivir sin él, que nunca podría abandonarlo de nuevo. Sin él, ella se habría desvanecido en una sombra de su verdadero ser. Aquello ya había empezado antes de que él la encontrara.

Emily ahogó un sollozo.

Pero sí lo había abandonado. A pesar de sus razones, del amor que la impulsaba, de la esperanza que la animaba, él no la perdonaría ahora, quizá nunca. El dolor en sus ojos le decía exactamente el precio que él había pagado por su partida.

Todo lo que tenía que hacer era explicarse. Godric la escucharía, y quizás, si tenía suerte, la perdonaría. Él tendría que hacerlo, una vez que supiera lo que Evangeline había dicho.

Godric se quitó la capa, el abrigo y la camisa, y luego respiró lenta y profundamente mientras se acercaba a ella. El corazón de Emily se aceleró. Ella vio una lujuria salvaje en sus ojos y supo que su propia mirada respondía a la suya.

Sin pensarlo dos veces, Emily se lanzó hacia él, presionándose y rodeándole el cuello con los brazos. Pero Godric no le devolvió el abrazo. Sus brazos colgaban a los lados. Estaba tenso, duro y muy, muy distante.

—Godric, me alegro mucho de que estés aquí, pero... — Godric retiró sus brazos y la apartó firmemente de él. La distancia entre ellos era un vasto océano, oscuro y sin fondo. Ella tenía que explicarse. No había otra opción—. No deberías haber venido. No puedo protegerte así.

—No. Hables.

Como un conejo atrapado contra la mirada de una serpiente, Emily se quedó hipnotizada e incapaz de moverse. La arrinconó contra la pared, inmovilizando sus hombros con las palmas de las manos.

—Me dejaste. Me has mentido.

—¡Escúchame! Tuve que hacerlo.

—Me *abandonaste*. Demasiado para tu amor —su voz era dura y sus dientes estaban apretados.

—No entiendes, Blankenship iba a…

Le cogió la barbilla con una mano y embistió su boca contra la suya, aceptando todo lo que ella le ofrecía. No le dio tiempo para respirar o pensar. Emily se rindió. El duro beso se volvió suave y profundo. Su toque estaba lleno de ternura mientras acariciaba su cuerpo. La había perdonado, tenía que hacerlo, de lo contrario él no se habría mostrado tan gentil ahora.

Sus pechos se endurecieron, anhelando su contacto y el calor sedoso de su boca. Todas las cosas, que juró que podía vivir sin ellas, se precipitaron hacia ella. Tan pronto como la luna abandonara a la tierra, ella también podría abandonarlo a él. Godric la aceptaría de nuevo, la perdonaría por haberle roto el corazón. La dulce emoción que ella anhelaba, estaba presente en su beso.

—Godric, por favor… te necesito —su súplica fue un susurro doloroso contra su cuello.

La respiración de él Godric se agitó mientras palpaba sus bombachos, liberándose. Introdujo una mano entre las piernas de Emily, encontrando la humedad que se estaba acumulando allí para él, y hundió dos dedos entre sus pliegues. Emily gimió. Le dio placer con la mano, y cada vez que ella intentaba cerrar los ojos, él le exigía que lo mirara. Y así lo hizo. El rostro de Godric estaba oscurecido por las sombras.

—Me dejaste. Tu habitación estaba vacía. ¿Tienes idea de lo

que eso me hizo? —los gruñidos vibraron contra su garganta mientras él la acariciaba con la nariz—. Tú eres mía. ¿Lo entiendes? Nunca te dejaré ir. Nunca.

Finalmente, cuando las rodillas de Emily empezaron a doblarse por el deseo, él aprisionó su muslo izquierdo y lo colocó alrededor de su cadera. Se situó en su entrada, con la punta apenas dentro. Durante un tenso segundo, sus respiraciones se mezclaron, sus ojos se clavaron, y entonces él la penetró. Emily chilló. Su cabeza cayó contra la pared y Godric cerró su mano libre en el pelo de su nuca, manteniéndola en su sitio. Los dedos de su otra mano se hundieron en la piel de su muslo mientras la embestía contra la pared. La besó de nuevo, apoderándose de sus labios, como un guerrero conquistador.

Emily lo aceptó todo, moviendo sus caderas contra las de él, anhelando esta nueva agresividad. Sus propias manos rozaron su espalda, marcándolo. Olas de placer recorrieron su cuerpo mientras se acercaba al clímax.

Emily le pasó una mano por el pelo. Godric apartó sus labios de los de ella para poder enterrar su cara en su cuello. La penetró con más fuerza y sus embestidas la llevaron al borde del éxtasis. Espirales rojas llenas de un oscuro embeleso brillaban en los ojos de Godric. Ella susurró su nombre como una plegaria a medianoche, debilitándose en sus brazos. Con un rugido de satisfacción primitiva, él se corrió. Su semilla se derramó dentro de ella.

Jadeando, se desplomó contra ella, manteniéndolos a ambos de pie contra la pared. Emily finalmente cerró los ojos y le acarició el pelo, alisando los oscuros y sedosos mechones que caían desde las sienes hasta su cuello. Lo estaba tranquilizando.

—Dios, soy un maldito tonto —se apartó de ella. A Emily se le doblaron las rodillas y se apoyó en la pared para sostenerse.

—¿A qué te refieres? —el tono de Godric la preocupó y el miedo le carcomió por dentro. No la estaba abrazando, ni besando. Este no era el reencuentro que ella había imaginado. El pánico comenzó a recorrerla y sus ojos se empañaron con lágrimas.

Godric seguía musitando, sin mirarla mientras se arreglaba la ropa.

—Tú no me quieres. Nunca lo has hecho —su risa autocrítica hizo que ella sintiera escalofríos—. Si amas a alguien, no lo abandonas. No lo lastimas.

—No te abandoné, Godric, pero tuve que irme. Siento mucho lo de la nota que... —la silenció con un gesto de mano antes de arrojarle la ropa a los pies—. ¡Pero estás en peligro!

Godric la ignoró.

—Vístete. Tenemos que volver a casa de inmediato.

—¿Pero por qué? —Emily paralizó, con el vestido a medio camino de sus temblorosas pantorrillas. Tuvo una inquietante sensación de horror, como si se encontrara subiendo las escaleras en la oscuridad mientras creía que había un último escalón, pero no. Su pie cayó en el vacío, arrastrando el resto de su cuerpo con él.

—Creo que tal vez tu tío y yo finalmente estemos de acuerdo en algo. Has agotado tu utilidad y es hora de que te devuelva a él.

Un golpe en su mejilla habría dolido menos.

¿He agotado mi utilidad?

El cariño de Godric no había sido más que una atracción momentánea basada en la lujuria, tal como Emily había temido. Ahora, y como respuesta, él la destruiría al entregarla otra vez a su tío y al matrimonio que sellaría su perdición.

Parpadeó, aturdida al ver que Godric sostenía un frasco de plata, sin duda lleno de agua y del láudano que tanto odiaba. El día no podía empeorar, de eso estaba segura.

—No será necesario, prometo ir en silencio —se tambaleó. Los truenos sacudían la posada y los relámpagos centelleaban afuera de las ventanas. Aquello reflejaba la tormenta en el corazón de Emily.

Godric la estudió antes de guardar la petaca.

—Muy bien, aunque tus promesas significan poco para mí.

Ella terminó de vestirse, insertando apresuradamente los botones en todas las aberturas equivocadas, pero no importaba.

Ya nada importaba. Emily había perdido a Godric. Lo que ella había creído que era el perdón, no había sido más que un último adiós. Sus propias acciones estúpidas habían destruido su frágil control sobre el afecto de Godric.

Una desesperación desconocida se apoderó de ella. Sus pulmones se ralentizaron y su respiración comenzó a fallar. Unos puntos negros mancharon su visión. Dio un paso tembloroso hacia Godric, pero el movimiento hizo que su visión se descontrolara. Emily se desplomó hacia delante mientras la oscuridad descendía y el suelo se precipitaba a su encuentro.

GODRIC ATRAPÓ A EMILY UN SEGUNDO ANTES DE QUE CAYERA al suelo. La sostuvo contra su pecho, disfrutando de la sensación de tenerla entre sus brazos, y luego se reprendió por hacerlo.

Su huida había demostrado bastante bien sus intenciones. Sus palabras de amor susurradas no eran más que mentiras, una astuta treta para que él bajara la guardia.

Recuperó la pequeña bolsa de tela de Emily que ella había dejado junto a la puerta. Su cabeza se inclinó hacia un lado, chocando contra su pecho. Dios, era un tonto.

Era aún más tonto por amenazar con devolverla. Sabía la vida que le esperaba allí: casarse con Blankenship, una vida de miseria. Quería que ella se mereciera eso después de lo que le había hecho, pero la venganza parecía algo muy inalcanzable para su corazón.

Emily tenía que irse. Eso era todo. Si se quedaba, Godric haría algo de lo que se arrepentiría, como rogarle que lo amara. Él reviviría de nuevo su infancia, buscando el amor, sabiendo que nunca llegaría. El odio a sí mismo lo envolvió y aumentó con cada paso que dio; solo se detuvo cuando finalmente abrió la puerta y salió al pasillo.

Cedric y Charles estaban allí, Cedric sosteniendo a la cachorra que se resistía y Charles a Jonathan Helprin, aturdido pero consciente. Los tres hombres miraron a Emily con profunda preocupación.

—¿Está…? —comenzó Charles.

—Está bien. Se ha desmayado —ya se había formado un feo moretón en la mandíbula de Jonathan.

—Su Excelencia, le juro que no le ha pasado nada.

—Me ocuparé de ti cuando volvamos a la mansión —si intentaba hablar con el hombre ahora, Godric lo estrangularía.

Sus amigos lo siguieron mientras cargaba a Emily por las escaleras de la posada, pasando entre los sorprendidos huéspedes y de regreso a la lluvia, donde Cedric la sostuvo hasta que montó en su caballo. Una vez que Emily estuvo en sus brazos, se relajó, pero solo un poco.

Mientras la noche caía, cabalgaron de regreso a la mansión, con el cielo estruendoso anunciando el regreso de todos.

Cuando llegaron, Simkins alejó a Jonathan y a Penélope para ocuparse de ellos. Charles y Cedric siguieron a Godric hasta su alcoba, donde acostó a Emily. La despojó del vestido mojado y de la ropa interior después de que los otros dos hombres salieran al pasillo. Apartó las sábanas y la metió en su cama, y luego llamó a sus amigos a la habitación.

—Comprueba las ventanas, Cedric. Charles, cierra la puerta contigua —ambos se apresuraron a hacerlo, sin duda temiendo su sombrío humor. Godric se inclinó sobre Emily y la envolvió en las mantas con más fuerza, hasta la barbilla. Le apartó suavemente los suaves y húmedos mechones, y luego hizo un gesto para que sus amigos salieran con él. Era hora de enfrentarse a otro traidor.

Volvieron al salón, donde Simkins y Jonathan los esperaban.

Godric se dirigió a su mayordomo.

—Simkins, envía a alguien a encender un fuego en mi alcoba. *No* a Libba.

Simkins se inclinó y desapareció.

Charles comenzó a acercarse a la puerta.

—¿Nosotros… eh… nos vamos también?

—No os mováis. Puede que tengáis que evitar que mate a este bastardo —dijo Godric mientras su mirada se clavaba en Jonathan—. Pero no os esforcéis demasiado.

Jonathan se levantó, desafiante.

—No ha pasado nada, Su Excelencia. Me pidió ayuda. Se la di. Solo cogimos la habitación de la posada para evitar la lluvia.

—¡Mientes! —los dedos de Godric se clavaron en las palmas de sus manos mientras apretaba los puños—. ¡Estaba semidesnuda, al igual que tú!

Jonathan apartó de una patada la silla que había entre ellos.

—¿Quieres matarme? ¡Pues mátame! Si crees que puedes.

Cedric y Charles dieron un paso adelante, listos para intervenir.

—¡Que así sea! —Godric se abalanzó sobre él y le agarró el cuello de la camisa, sacudiéndolo.

—¡Suéltalo de inmediato!

Godric y Jonathan se detuvieron y giraron las cabezas, sorprendidos al ver quién se atrevía a dirigirse a Godric de esa manera. Simkins estaba de pie en la puerta abierta, como si fuera el amo de la Residencia Essex. Cuando tuvo sus atenciones, volvió a ser el de siempre y añadió:

—Su Excelencia.

Godric recuperó la compostura.

—No interfieras. Es una cuestión de honor.

Simkins sacó una pistola de su abrigo y apuntó el cañón al pecho de Godric.

—Se alejará de su hermanastro, Su Excelencia —dijo Simkins, con una voz sorprendentemente serena.

—¿Hermano? —preguntó Godric, soltando la camisa de Jonathan.

Simkins bajó la pistola.

—Le juré a tu padre que lo protegería. Esto me pone en una posición difícil. Por supuesto, presentaré mi renuncia después de esto, pero me mantengo firme en mi decisión de proteger a Jonathan.

Jonathan miró con dureza a Godric al asimilar la noticia.

—¿Soy su qué?

Godric no estaba muy sorprendido. Desde que Emily lo había mencionado, ya sospechaba que había más en el pasado de su ayuda de cámara de lo que él sabía. Incluso le había gustado la idea, pero eso fue antes de esta noche. Esta noche era un mal momento. Ahora mismo quería a Jonathan muerto.

—¡No me importa si es el rey de Inglaterra! Si le hizo daño a mi Emily...

—Entonces nos ocuparemos de ese problema, pero solo si la señorita Parr confirma su idea de que, de hecho, la ha dañado.

Godric gimió y sus hombros se encorvaron hacia delante mientras presionaba con fuerza los bordes de las manos en sus ojos, con demasiada fuerza como para ver estrellas. Ahora mismo ni siquiera se sentía el amo de su propia casa. No con su mayordomo apuntándole con una pistola.

—¿Cómo... cómo somos hermanos? —preguntó Jonathan.

Simkins bajó la pistola, pero no la guardó.

—El difunto duque buscó consuelo en los brazos de tu madre. Se preocupaba por ella, al igual que por ti. Cuando cayó enfermo, juré cuidar de ti como lo he hecho con Su Excelencia.

—Así que realmente soy...

—Un bastardo —replicó Godric.

—No. Jonathan es hijo legítimo del antiguo Duque de Essex. Él se casó con ella en secreto diez meses antes de que Jonathan naciera. Su nacimiento quedó plasmado en el registro parroquial con el nombre de su padre, Su Excelencia.

—Si no soy un bastardo, ¿por qué no fui criado junto a él? —Jonathan señaló a Godric con un dedo.

Unas pesadas líneas arrugaron los ojos de Simkins.

—El antiguo duque me dijo, en su lecho de muerte, que mantuviera a Godric como hijo único. Nunca quiso que se conociera la verdad de tu linaje, a menos que Godric muriera sin heredero.

—¿Por qué haría eso? —la ira de Jonathan comenzó a sobrepasar la de Godric—. ¿Por qué me quitaría mi derecho como hijo de un duque?

—Tu padre se dio cuenta de que había sido terriblemente cruel con Godric, y que admitir que había encontrado el amor con otra solo empeoraría las cosas, y temía que Godric estuviera celoso de ti.

Godric no podía creerlo. ¡El muy estúpido! Godric habría preferido un hermano a la soledad. Que su padre eligiera amar a una doncella no suponía ninguna diferencia, pero sí lo hacía el hecho de haberle negado a su hermano todos estos años.

Jonathan miró a su hermano, sin saber qué decir.

—Bueno, entonces... ¿Dónde nos deja eso?

Godric frunció el ceño.

—Sigues siendo un bastardo.

—Si crees que alguna vez voy a pulir otra bota tuya, te equivocas. No soy un bastardo y no puedes tratarme como tal.

—No me refería a esa clase de bastardo, imbécil. Eres un bastardo por tocar a mi Emily.

—¿Tu Emily? Qué afecto debes haberle dado si la pobrecita estaba llorando a mares.

Charles suspiró y se apoyó contra el marco de la chimenea.

—Ah, el amor fraternal. Me recuerda a mi casa.

Cedric ahogó una risa.

—Para ti, tal vez. ¿No desafiaste a tu propio hermano a un duelo por una mujer?

—Sí, fue un poco de mala suerte. Mamá nos encontró contando pasos en el jardín. Esa mujer todavía puede usar una vara para hacer llorar a un hombre adulto.

—Bueno, Jonathan ciertamente tiene el temperamento de un St. Laurent, ¿eh, Godric?

¿Cuántas veces había odiado ser hijo único? Ahora había sido bendecido, o más bien maldecido, con un hermano, al igual que el resto de la Liga.

Godric y Jonathan compartieron miradas asesinas, pero una repentina conmoción en el exterior dispersó sus atenciones.

—¡Godric! —gritó alguien.

Lucien y Ashton irrumpieron en el salón, apartando a Simkins del camino como consecuencia de su apuro. La pistola cayó de sus manos, golpeó el suelo y se activó, rompiendo un jarrón a menos de un metro de distancia de Godric.

El pánico generalizado tardó un momento en desaparecer. Luego todo volvió a la normalidad (si algo de la jornada de hoy podía llamarse normal).

—¡Godric! —Lucien observó al mayordomo y el arma que estaba en el suelo—. ¿Por qué tenía Simkins un arma?

Charles hizo un gesto con la mano para que los recién llegados se pusieran cómodos.

—Mi querido Lucien, es propio de ti iniciar una conversación en la parte más aburrida.

Ashton miró a Godric y a Jonathan.

—¿Qué? ¿Aburrido?

Godric lanzó una mirada punzante a Jonathan.

—Ashton, Lucien... os presento a mi hermanastro, Jonathan.

Lucien parecía más que confundido.

—¿Hermano?

Ashton consultó su reloj de bolsillo.

—Pero solo hemos estado ausentes un día...

Cedric se cruzó de brazos.

—Las lecciones sobre el nuevo linaje pueden esperar. Ahora, ¿qué ha pasado con vosotros dos?

—Pudimos seguir a Evangeline en Londres. Blankenship la contrató, Godric. Ella vino aquí para espiarte, para asegurarse de que, en efecto, tenías a Emily —replicó Ashton.

Oír su nombre desvió la mirada de Godric desde su hermano hacia Ashton.

—¿Qué? ¿Ella era la marioneta de Blankenship? —Godric parpadeó sorprendido. Eso lo explicaría todo. Su extraña historia, aparecer en su casa con una nota falsificada. Ese astuto bastardo.

Ashton asintió.

—No exactamente. Di lo que quieras de ella, pero creo que todos sabemos que esa mujer no es la marioneta de nadie. Evangeline le dijo a Blankenship que convenció a Emily para que escapara o, de lo contrario, los hombres de Blankenship aparecerían y nos matarían a todos para llegar a ella. Hay que detener a Emily antes de que haga una tontería.

Godric ahogó un sollozo.

—Demasiado tarde...

Dios, él había hecho la cosa más horrible. La hirió por el delito de intentar salvarlo y recompensó su devoción al encerrarla en su alcoba una vez más. Si antes no había un círculo del infierno reservado para él, bueno, ahora acababa de calificar para un reino entero.

Lucien palideció.

—¿A qué te refieres?

—Ella llegó a la aldea de Blackbriar con la ayuda de mi hermano. Acabamos de regresar.

Ashton frunció el ceño.

—¿Y Emily?

—Arriba.

—Bueno, hazla bajar. Tenemos que discutir qué hacer con Blankenship.

—Eso no es exactamente posible —intervino Cedric—. Él la dejó algo... indispuesta arriba.

—Oh, Dios —habló Lucien.

Ashton se pellizcó el puente de la nariz.

—Godric, escúchame. Ella solo huyó para protegerte. No sabe cuán capaz eres de defenderte. Lo hizo porque te quería y no podía soportar que te hicieran daño por su culpa.

Charles y Cedric intercambiaron miradas tristes. El rostro de Jonathan palideció y no pudo encontrar los ojos de Godric.

—Es demasiado tarde, ¿verdad? —preguntó Ashton.

Godric asintió y les dio la espalda.

—La he herido de una manera que nunca perdonará —él no podía perdonar la traición, así que ¿cómo esperaba que Emily lo hiciera? Saber que la había perdido para siempre porque había actuado precipitadamente al dejar que su temperamento dirigiera sus acciones, agravaba la agonía de su pérdida.

—Con vuestro permiso —salió de la habitación y nadie se atrevió a detenerlo.

GODRIC SE HABÍA ENCERRADO EN SU ESTUDIO Y A LOS DEMÁS les tocó asumir la responsabilidad de cuidar y proteger a Emily.

La encontraron en la cama de Godric.

Emily se removió ligeramente, todavía dormida. Todos ellos eran igual de culpables por arruinar y herir a Emily que Godric. Eso cambiaría.

Ashton se volvió hacia Lucien.

—Encárgate de tener listas un par de prendas interiores limpias para cuando despierte.

Lucien asintió y se fue a buscar su ropa.

Ashton se acomodó en el borde de la cama y se inclinó para presionar sus labios contra la frente de Emily. Ella se sintió febril bajo su beso. Si se enfermaba... No, no debía pensar en eso.

Le apartó el pelo de la frente.

—Duerme, querida Emily.

Lucien regresó y se colocó cerca de los pies de la cama en una silla. El fuego cercano crepitaba y centelleaba en la oscuridad.

La Liga había ido demasiado lejos para satisfacer su propio orgullo y lujuria.

EMILY SE AGITÓ, CON LA RESPIRACIÓN DÉBIL.

Había rocas pesadas en su pecho. Cada vez le costaba más llenar los pulmones.

El pánico la invadió, haciendo que su cuerpo se estremeciera. Cuando intentó tragar, pareció tener fragmentos de cristal incrustados en la garganta. Necesitaba toser, pero no le quedaban fuerzas. El ruido de su respiración entrecortada sonaba como un siniestro estertor.

—¡Emily! —una voz masculina grave, ronca y chirriante para sus oídos. Hizo una mueca de dolor al intentar tragar de nuevo, y finalmente consiguió una tos débil—. ¿Emily? —la voz era familiar. Había una mano cálida en su frente.

¿Dónde estoy?

Las sensaciones volvieron a invadirla: el suave deslizamiento de las sábanas bajo su piel desnuda, el aroma del sándalo. Había hombres cerca. ¿Quiénes? Aunque no podía verla, sentía el latido de una vela cercana.

—Rápido, Charles, el agua —Cedric; por fin, su mente pudo recordar. Estaba en la finca de Godric, en su cama. Una vez más, una cautiva de la Liga de Pícaros.

—Go... dric...

Cedric la hizo callar y le acercó un vaso de agua a sus labios agrietados. Ella bebió, el agua fresca fue un bálsamo para su garganta reseca. Por fin abrió los párpados. Estaba en la habitación de Godric; Cedric y Charles se cernían sobre ella. Se estremeció y se frotó los brazos desnudos...

Estaba desnuda.

Emily jadeó. Un sonido terriblemente enfermizo.

—Tranquila, amor, estás a salvo —habló Charles. Ni él ni Cedric parecían interesados en su estado de desnudez. Ella tragó, lo que todavía era doloroso.

—¿Cómo?

—¿Cómo? —los hombres compartieron una mirada confusa.

—Cómo... —pero ella no pudo terminar.

Cedric le quitó el vaso a Charles y sirvió más agua con ayuda de una jarra.

—Te trajimos de la posada de Blackbriar hace dos días, gatita. Has estado muy enferma.

Le tendió el vaso a Emily. Ella lo aceptó, pero los brazos le temblaron. Charles lo cogió y se sentó en la cama antes de acercarlo de nuevo a sus labios. Ella vació el vaso.

—¿Dos… días?

Charles asintió y le acomodó un mechón suelto detrás de la oreja.

—Debería matarte a cosquillas por todas tus tonterías.

Las manchas oscuras bajo sus ojos grises revelaban su falta de sueño. Charles siempre había dado la impresión de ser el más inmaduro, aunque solamente un año lo separaba de Godric y Cedric. Pero una expresión arrugada y cansada ahora marcaba el semblante del joven conde. Ella se acercó y le tocó la mejilla. Charles cerró los ojos, con un tic en su fuerte mandíbula. Él le cogió la mano, la besó y la volvió a colocar bajo las mantas, donde estaba caliente.

Emily miró a Cedric. Él también parecía enfermo de preocupación, con círculos oscuros debajo de sus ojos marrones mientras se mantenía cerca.

—¿Los demás?

—Ashton y Lucien están descansando. Hemos hecho turnos para vigilarte.

—¿Y… Godric? —eso era lo que realmente deseaba saber. ¿Dónde estaba él? Lo necesitaba.

—Él… —Cedric hizo una pausa, como si estuviera eligiendo cuidadosamente sus palabras—, no es él mismo en este momento.

—¿Se encuentra mal?

¿Los demás sabían sobre el incidente en la posada? ¿Sabían cómo ella lo había traicionado? Recordó el sonido ahogado que él había hecho cuando intentó calmarlo. Un sonido horrible. Emily solo había querido asegurarle que lo amaba, que solo lo había abandonado para protegerlo. Pero él no le había dado la oportunidad.

Ese… *idiota*. No estaba triste, estaba furiosa con él. Lo único que tuvo que hacer fue explicarse y él no le dio la oportunidad. Quería abofetearlo, besarlo y volver a abofetearlo. Ese maldito tonto.

—Llevadme con él. Ahora.

Cedric le puso una palma en el hombro.

—No está en su mejor momento, gatita. Está...

—¡No me importa! Llevadme con él —ella solo pudo emitir un susurro que acompañó con una mirada firme.

Cedric se levantó de un salto.

—Yo iré.

Charles asintió, sacó una pistola de su pretina y se sentó de nuevo en la cama, de cara a la puerta.

—¿Una pistola? No... no se ha vuelto loco, ¿verdad? —ella intentó coger el arma, pero Charles la apartó de su alcance.

Charles le dedicó una sonrisa despreocupada.

—No es por Godric, Emily. Lucien y Ashton siguieron a Evangeline Mirabeau hasta Londres. Se enteraron de que Blankenship la contrató para encontrarte, y de lo que él ha planeado para nosotros. Por eso las armas.

—¿Godric sabe por qué me fui?

Charles asintió.

—Hasta que regresamos a la mansión lo supo. Lucien y Ashton llegaron un poco tarde a la fiesta, por así decirlo. Godric ha tenido un par de días difíciles. Te perdió, intentó matar a su hermano y ahora no ha hecho más que beber en su estudio. Solo Simkins ha logrado verlo sin que le arroje algo a la cabeza. Casi me golpeó con una Biblia —Charles se rio—. No me confundas, Emily, me gustó bastante la ironía. Me recordó a una señora que me lanzó un vial de agua bendita, esperando que me quemara.

—Para ser justos, sacaste un poco de humo —replicó Ashton.

Charles se mofó.

—Era invierno y el agua estaba caliente.

Emily intentó sonreír, pero fue atrapada por el tema más destacado.

—¿Hermano?

—Oh, por supuesto. Supongo que te has perdido muchos de los fuegos artificiales. Godric intentó estrangular a Jonathan.

Simkins apuntó a Godric con una pistola y le dijo que no podía matar a su hermanastro. Resulta que Jonathan es el hijo del difunto duque y de la criada de la madre de Godric.

Entonces, Emily sonrió; después de todo, no se había equivocado con Jonathan.

—Lo sabía.

Charles acarició con afecto la parte inferior de su barbilla.

—Ninguno de nosotros se dio cuenta.

—Lo conocéis desde hace demasiado tiempo y simplemente os habéis acostumbrado a él, supongo.

Cedric se volvió, mirando con atención el suelo.

—Esto es como lo temí… Él está completamente destrozado. Créeme, gatita, no quieres verlo así.

—Sí quiero y lo haré —luchó por levantarse, pero recordó que estaba desnuda y sujetó la sábana contra sus pechos—. Bata, por favor —Cedric dudó, pero la mirada de Emily le hizo coger enseguida la prenda de terciopelo rojo de Godric. Emily estudió a Cedric y a Charles, sopesando en quién confiaba más para que mantuviera las manos quietas. Ninguno de los dos era una buena opción, pero uno era sin duda peor. Eligió a Cedric.

—Ayúdame tú.

—Ejem —le dijo Cedric a Charles, quien salió y esperó afuera con un resoplido.

Cedric desvió la mirada mientras apartaba las mantas y luego introducía los brazos de Emily en las mangas de la bata. Emily la envolvió cómodamente y ató bien el cordón de la cintura antes de salir de la cama. Por muy sucia que se sintiera, lo más importante era ver a Godric. Podría bañarse más tarde. Respiró hondo e intentó ponerse en pie.

Se tambaleó y Cedric la sostuvo.

—Te ayudaré, gatita.

Debían de ser una imagen extraña, Emily con su enorme bata y descalza, apoyada en Cedric para que la sostuviera. Por suerte, nadie los vio excepto Simkins, colocado frente a la puerta del estudio de Godric.

Los ojos del mayordomo se abrieron de par en par.

—¡Lord Sheridan, ella no debería estar fuera de la cama!

Emily levantó una mano y señaló la puerta del estudio.

—Ábrela.

Simkins negó con la cabeza.

—Me temo que no está en condiciones de ver a nadie.

—No me importa —gruñó Emily.

—Muy bien, señorita Parr, pero intervendré si se pone violento —Simkins manipuló torpemente su juego de llaves.

—Sí, podría disparar a otro jarrón —comentó Charles.

—¿Qué? —Emily jadeó.

—Era un jarrón feo, uno que su madre siempre odió. No se echará de menos —dijo Simkins.

Godric gritó desde el otro lado de la puerta.

—¡Simkins, te he dicho que me dejes en paz!

—Silencio, St. Laurent —la voz de Cedric resonó, un estruendo que provocó que Godric se callara—. Emily está aquí. Compórtate, ¿me oyes?

Simkins abrió la puerta y Cedric entró con Emily apoyada en él. Godric estaba en el fondo del estudio, de cara a la ventana y de espaldas a ellos; la noche en el exterior era negra como la tinta. Una vela iluminaba la habitación.

—Ayúdame a llegar al sofá —dijo Emily—. Entonces déjanos.

—Me quedo, Emily.

Ella le acarició la cara como había hecho con la de Charles.

—Gracias, Cedric, pero estaré bien.

Él se inclinó para besar la parte superior de su cabeza antes de retirarse. Simkins cerró la puerta desde afuera.

Se produjo un agonizante momento de silencio; Cedric en la ventana, ella en el sofá, ambos quietos como estatuas. ¿Podría hacerle entender que no lo había traicionado?

—Godric —respiró ella.

Lentamente, se volvió para mirarla. Su príncipe oscuro tenía sombras bajo sus torturados ojos esmeralda, y el pelo revuelto como si hubiera clavado los dedos en él una y otra vez. ¿Cómo habían llegado a esto?

Emily conocía la mortífera calma que precedía a la tormenta, pero creía que la calma posterior era la que a menudo resultaba peor, con árboles centenarios arrancados del suelo y pájaros muertos en el suelo tras ser lanzados por poderosos vientos. En todas partes había destrucción. Al observar los ojos atormentados de Godric, vio ese mismo camino de devastación.

Ella encontró una nueva fuerza en su voz.

—Ven a mí.

Él obedeció, arrastrando los pies hasta pararse frente a ella, mirándola con aquellas largas pestañas oscuras que golpeaban sus mejillas mientras cerraba los ojos por un breve instante. Su mano derecha era lo más cercano que ella podía alcanzar. Le cogió la muñeca, levantándola hasta capturar su palma y llevársela a los labios. Le besó el interior de la mano, dejándolo sentir su cariño.

Te amo.

Las piernas de Godric se doblaron. De repente, estaba de rodillas con la cabeza enterrada en su regazo, rodeándola con los brazos mientras se aferraba a ella. Emily se inclinó sobre él, besándole el pelo, acariciándole los hombros mientras él se estremecía con violentos sollozos silenciosos. La apretó con fuerza, como si temiera que se desvaneciera entre sus brazos. Cuando Godric levantó finalmente la cabeza, ella sintió cómo los temblores de su dolor disminuían.

—Emily...

Ella le puso un dedo en los labios y negó con la cabeza.

—Te perdono —ella consiguió una sonrisa y dejó que iluminara sus labios, pero eso solo hizo que él se estremeciera. Su cara era la de un ángel caído. *Su* ángel.

—No puedo perdonarme... —se apartó de ella.

Emily cogió su mentón, forzando su cara hacia ella y atrapándolo en un violento beso.

—Eres un tonto, Su Excelencia —dijo y volvió a devorarle la boca, magullándolo con su posesión. Él apenas tuvo tiempo de devolverle el beso antes de que ella lo soltara. Godric se llevó una mano temblorosa a la boca, asustado al sentir sus labios hinchados y azotados.

—Estoy aprendiendo tu forma de besar —ella le sonrió, una sonrisa pícara. El beso, de alguna manera, le había dado vida a Emily.

Godric se levantó lentamente y se unió a ella en el sofá. Se inclinó hacia delante para besarla. Emily se preparó para recibir de nuevo la acalorada fusión de bocas que ella le había dado, respondiendo al fuego con más fuego.

Pero no lo consiguió.

Godric apenas la besó al principio, la presión de sus labios sobre los de ella era muy débil. Fue un beso de ensueño. Pero luego lo profundizó. Su lengua se deslizó entre los labios de Emily, con infinita ternura, mientras sus labios iniciaban esa lenta y antigua danza. La emoción inundó aquel beso. Godric tenía que decirle todo lo que sentía: alivio, alegría, culpa, pasión, preocupación.

Emily Parr tenía que ser una especie de ángel. Ninguna mujer mortal podría perdonar a un hombre por tales pecados. Había abusado de su confianza y la había acorralado contra la pared como un bárbaro. La había amenazado con devolverla a su tío y entregarla a un matrimonio infeliz con un hombre que ella despreciaba. La aterrorizó hasta el punto de provocarle un desmayo y dejarla inconsciente durante dos días.

¡Siénteme, cariño! Siénteme. Que sepas que te amo. Esta vez, cuando las palabras se precipitaron en su mente, Godric las recibió. Esto tenía que ser amor. Cuando hieres a la persona que amas, hieres a tu propia alma. Nada se compara a ese dolor. Cómo quería decir en voz alta esas palabras, pero se sentía incorrecto cuando no había hecho nada para demostrarlo. No. No le confesaría su amor hasta que pudiera demostrarlo. Estaba demasiado ebrio y

habría sido incapaz de pronunciar las palabras que ella merecía. *Soy un maldito tonto.*

Cuando sus labios se separaron, los ojos de Emily seguían cerrados. Godric le pasó un dedo por la curva ascendente de la nariz y ella abrió los ojos para mirarlo.

—Deja que te lleve arriba a descansar —él se levantó y metió su cuerpo entre sus brazos cuando notó que estaba desnuda bajo la bata. Casi se rio—. ¿No llevas nada más? —Emily se sonrojó y esa imagen lo alivió. Su rostro había estado demasiado pálido—. Después de todo lo que te he hecho, sigues recompensándome —bromeó mientras admiraba la forma en que el terciopelo se amoldaba a sus curvas. Emily le mostró un ceño fruncido y él sonrió ampliamente, presionando su frente contra la de ella, mirando profundamente sus ojos violetas.

—¿Prometes no volver a huir?

—No me escapé. Estaba salvando tu vida. Y todavía no estás a salvo. Debemos hablar...

—Tranquila, querida. Cuando te sientas mejor, hablaremos —le besó la mejilla y luego abrió la puerta del estudio.

Charles, Cedric y Simkins estaban apiñados junto a la puerta con los rostros pegados al marco, pillados en el acto.

De los tres, solo Simkins consiguió mantener su porte digno.

—Estábamos vigilando el pasillo por seguridad, Su Excelencia.

—¿Seguridad? Supongo que esas alfombras parecen muy sospechosas, Simkins. Buena idea, lo mejor es vigilar los cuadros y las estatuas. Podrían estar colaborando con nuestros enemigos —Godric ocultó una sonrisa—. Ahora, si nos disculpáis. Voy a llevar a Emily de regreso a la cama para que descanse —los tres hombres lo vieron marcharse, sin duda preguntándose qué demonios había ocurrido para calmar la tempestad de su famoso temperamento.

. . .

UNA VEZ ARRIBA, GODRIC DEJÓ A EMILY EN SU CAMA Y comenzó a acercarse a la silla vacía que había cerca. Emily sujetó su brazo, manteniéndolo cerca.

—Quédate —su mano libre palmeó la cama. Godric se sentó en el borde de ésta, se agachó y se quitó las botas. Luego se unió a ella. Emily se acurrucó profundamente en las mantas.

Godric le giró la cara hacia la suya.

—Emily, sobre lo que pasó en la posada...

—¿Sí?

—Eso no debió ocurrir. No volverá a ocurrir —rozó sus labios sobre los de ella.

—No prometas eso. La situación sobrepasó cualquier otra cosa que haya experimentado. Por supuesto, en ese momento pensé que me habías perdonado y que me habías echado mucho de menos.

—¿Perdonarte? Emily, no fui gentil contigo. ¿Por qué no me *odias?* —una temerosa confusión nubló sus grandes ojos.

—Nunca podría odiarte. Godric, te amo. ¿No te lo he dicho lo suficiente como para que me creas? En cuanto a lo de no ser gentil... lo disfruté. Ahora quédate. Duerme conmigo —su voz era una orden—. Según Cedric, no has podido descansar.

Godric quería gritar, reír. Si este era el alcance del temperamento de Emily, realmente era un ángel. La atrajo hacia sus brazos, enterrando su cara en su cuello y besando el punto sensible justo detrás de su oreja hasta que su respiración se aceleró.

—No te merezco, cariño.

—Desde luego que no. Por suerte para ti, parece que he desarrollado un gusto por los pícaros —le pasó los dedos por el pelo, jugando con su nuca.

—¿Pícaros? —Godric le pasó la lengua por el cuello, consiguiendo un suave gemido—. Es decir, ¿más de uno?

—He vivido con cinco de vosotros bajo el mismo techo. Basta con decir que he encontrado tu pequeña Liga bastante... —

hizo una pausa mientras él succionaba su piel. Ella se sonrojó al sentir el calor.

—¿Sí?

—¿De qué estábamos hablando? —Godric deslizó una de sus manos por debajo de la bata y le tocó los pechos, acariciando el pezón rosado que se tensó bajo sus dedos.

—Creo que estábamos hablando sobre dormir —musitó contra sus labios antes de deslizar su lengua en su boca, apenas pudiendo pensar con claridad.

—¿Dormir?

—Dormir... sí... —Godric apenas se había permitido descansar; es decir, dormir en los últimos dos días. Ahora la somnolencia empezaba a vencerlo. Respiró hondo y lento, y su cuerpo se relajó, pero su corazón y su alma suspiraron, danzaron y se alegraron. Ella había vuelto a donde pertenecía, con él. Godric podía descansar. Emily estaba a salvo.

—Emily —susurró contra su cuello.

—¿Sí?

—No soy como mi padre. Tengo su carácter, pero no soy como él.

—Godric. Cuando estuviste enfadado, me hiciste el amor. Eso no te hace como tu padre —sus ojos centellearon mientras pasaba la punta del dedo por su camisa abierta, rozando su pecho desnudo. Godric gimió, deseando que ese dedo siguiera bajando —. ¿Podemos hablar de Jonathan?

—¿Mi hermano? Ojalá pudiera matarlo. No puedo —refunfuñó—. Es un St. Laurent —las palabras de Godric se dispersaron mientras luchaba contra su necesidad por Emily. Ella necesitaba descansar, no hacer el amor.

—Se parece mucho a ti.

—¿Oh? ¿En qué sentido? —la mano de Godric se desplazó hasta su espalda, acariciándola por debajo de la bata de terciopelo.

—Es un pícaro testarudo de ojos verdes que supone que todas las mujeres lo desean en secreto y que solo necesitan ser convencidas de ello —ella soltó una risita y giró su cuerpo para quedar tumbada de espaldas.

Una sonrisa apareció en sus labios y se inclinó para volver a besar a Emily.

—Tienes razón, ese demonio suena como yo.

—Necesitas descansar.

—Tú también, cariño —la acomodó más en su abrazo.

Ambos permanecieron en silencio durante un largo momento. Godric respiró profundamente.

—Prométeme que estarás aquí cuando me despierte —le apartó un pelo de la cara—. Sé que lo harás, pero necesito escucharlo —Emily lo miró de forma adormilada, con el ceño fruncido adorablemente.

—Te prometo que estaré aquí. Godric, siento mucho haberme ido. No puedo imaginarme el dolor que debiste sentir —pasó la punta de un dedo por su mandíbula, trazando su rostro.

Se recostó y se pasó una mano por los ojos en un intento de borrar los recuerdos.

—No podía pensar, no podía respirar. Pensé que me estaba muriendo, Emily. Dios, no tienes ni idea de lo que es eso —sus ojos eran los de un niño, uno que había visto años de abuso—. Juré que, después de mi padre, nadie tendría el poder de hacerme daño.

—Cuando me di cuenta de que tenía que irme... volví a mi habitación y me derrumbé —Emily luchó por controlar su voz—. Lo único que quería era volver corriendo al comedor y caer en tus brazos. Pero tenía que protegerte. Haría cualquier cosa para protegerte —se inclinó para rozarle un beso en la frente antes de volver a acomodarse, apoyando la cabeza en su pecho—. Estaré aquí mañana temprano. Lo prometo.

Sus pulmones se llenaron con alivio. Ella era su mundo, su todo.

—Buenas noches, Godric —la voz de Emily se mostró suave y cansada. La intimidad de este momento era perfecta. La vida podría haberle robado todo lo demás, pero mientras tuviera a Emily, él podría sobrevivir.

—Buenas noches, cariño —se quedó dormido con los labios presionados contra su pelo. El sentimiento de culpa aún estaba allí, pero Emily (la angelical y cariñosa Emily), había borrado gran parte de su autodesprecio.

¿Cómo había vivido todos estos años sin ella?

14

Capítulo Diecisiete

A la mañana siguiente, Ashton se despertó con un horrible calambre en el cuello. Se había quedado dormido en una silla frente a la puerta de Godric. Bostezó y se frotó los músculos tensos de la nuca. Vaya noche.

Ashton se atrevió a echar una rápida mirada a la habitación de Godric y encontró a su amigo acurrucado con Emily, como si nunca más fueran a separarse.

Cerró la puerta y volvió a su silla. *Godric, te casarás con ella. No hay otra forma de mantenerla a salvo y de mantenerte cuerdo.*

Nadie lo había despertado para el cambio de guardia programado. En lugar de dejar que la ira surgiera en él, se limitó a sonreír.

Qué extraño era que un acto de secuestro nacido del orgullo herido de Godric terminara así, ¿verdad? Con Godric irremediablemente enamorado de una joven muy singular y parecida a él.

Simkins subió las escaleras con una bandeja de té, lo que

significaba que debía de querer hablar en privado con Ashton, a escondidas de los demás sirvientes.

—¿Le apetece una taza de té, Lord Lennox?

—Sí, gracias —aceptó la taza de té humeante—. ¿Qué hora es, Simkins?

—Son un poco más de las nueve de la mañana.

Ashton se pasó una mano por la barbilla, donde la pálida barba de dos días ya ensombrecía su mandíbula.

—¿Las nueve, dices? Dios... Hemos dormido en exceso —sorbió su té—. ¿Alguien más está despierto?

Simkins sonrió.

—No, milord, usted es el primero. Toda la casa está bastante agotada por los acontecimientos del día anterior. Dejé que el personal durmiera hasta las ocho y media esta mañana. Espero que a Su Excelencia no le importe.

Ashton movió la cabeza hacia la puerta cerrada del dormitorio.

—Estoy seguro de que no le importará. En este momento, tiene otros asuntos pendientes.

El mayordomo se puso serio.

—¿Puedo hablar con usted, milord? Tengo que pedirle un favor.

—Dilo —replicó Ashton, sin dudarlo.

—Han ocurrido muchas situaciones en estos últimos días. Su Excelencia ha soportado muchas cosas —Simkins mantuvo la voz baja—. Necesita estabilidad en su vida.

—¿Estabilidad? —Ashton dio otro sorbo. El líquido caliente se sentía bien en su garganta—. ¿Supongo que tienes una sugerencia?

—Espero; es decir, deseo que le sugiera a Su Excelencia que haga lo correcto con la señorita Parr y se case con ella. No estaría bien que yo hiciera tal sugerencia.

—Porque presentaste tu renuncia durante el asunto de la pistola.

—Oh no, milord. Su Excelencia me prohibió dejar el empleo

hasta que pagara el horrible jarrón que rompí. Luego procedió a beber demasiado y se olvidó de que yo había presentado mi renuncia en primer lugar. No, aunque hice lo que pude para atender las necesidades de Su Excelencia mientras crecía, me temo que, en lo que respecta a los asuntos del corazón, mi enseñanza fue bastante escasa. Usted es la mejor opción.

Bajó su taza.

—Déjame preguntarle algo, Simkins. ¿Por qué *crees* que él debería casarse con ella?

Simkins se irguió y se mostró regio, aún sosteniendo la bandeja.

—Nunca he visto a Su Alteza preocuparse tanto por otra alma en toda su vida, excepto quizás por usted y sus amigos. Pero ese es un amor que él conoce y comprende. Una amistad entre hombres, si así lo prefiere. Con la señorita Parr, puede que él no reconozca que sus pasiones son alimentadas por un anhelo más profundo. Tal vez pueda ayudarlo a ver eso.

Las palabras del mayordomo; el peso de la importancia que él le había otorgado a sus deberes con Godric y la familia St. Laurent, conmovieron profundamente a Ashton.

—No te preocupes, Simkins. Estoy muy de acuerdo contigo. Hablaré con los demás y le plantearemos el asunto.

—Gracias, milord. Me reconforta saber que él ha elegido bien a sus amigos —Simkins inclinó la cabeza y se retiró por las escaleras con su bandeja de té.

Ashton terminó su té en el tranquilo silencio del pasillo vacío, reflexionando sobre el otro problema. La amenaza de Blankenship no había abandonado su mente. No era prudente permanecer en la finca de Godric mientras Blankenship se encontrara tramando la captura de Emily.

El hombre era más temerario de lo que Ashton podía creer. ¿Había contratado realmente a unos matones para atacar la finca del duque? Tenía que ser un engaño, pero Blankenship podía cometer casi cualquier locura. Había destruido a más de un rival de manera completamente legal mediante desastres financieros.

Sin embargo, todos ellos habían sido por cuestiones de dinero. Con una mujer involucrada, Ashton no podía evitar temer que Blankenship adoptara medidas más violentas. En ese caso, Ashton no lo subestimaría.

Tal vez la mejor solución era recurrir al fraude con Emily en Londres. Podrían trasladarla de residencia en residencia, ya que los miembros de la Liga poseían varias. A Blankenship le sería imposible encontrarla.

Mientras tanto, necesitaban convencer a Godric de que debía casarse con Emily. Si lo hacía, Blankenship no tendría ningún derecho sobre ella. Emily estaría infinitamente más segura y un secuestro escandaloso se convertiría en una fuga romántica ante los ojos de la sociedad. Una puerta se abrió al final del pasillo y Cedric salió, con los ojos nublados y la camisa y los pantalones arrugados, como si hubiera dormido con ellos. Bostezó y luego vio a Ashton.

—¿Cómo van las tareas de centinela?

Ashton se rio.

—Intolerablemente aburrido. Esperaba mucho más entretenimiento, pero los tortolitos no se han movido ni un ápice. Pero Godric por fin está descansando.

Cedric lanzó un suspiro.

—Gracias a Dios por eso.

—Cedric, ¿están tus hermanas en tu casa de Londres?

—Sí, llevan dos semanas allí —Cedric miró a Ashton—. ¿Por qué?

—¿Te importaría llevar a Emily a Londres y esconderla en tu casa? Si tus hermanas están presentes, podrían montar una escena confusa si los hombres de Blankenship acaban buscando allí.

Los ojos marrones de Cedric se entrecerraron.

—¿Me estás pidiendo que utilice a mis hermanas como cebo?

Ashton levantó las manos.

—¡No! Pero creo que Blankenship no esperará que llevemos a Emily a Londres. Ella podría pasar desapercibida allí. Mientras tanto, nosotros nos repartiremos por las demás residencias de Londres y distraeremos a los hombres de Blankenship hasta que... —Ashton se detuvo, inseguro de revelar sus planes por completo.

—¿Hasta que?

—Hasta que podamos convencer a Godric de que se case con Emily.

Cedric guardó silencio durante un largo momento.

—¿Crees que lo hará?

—Creo que debe hacerlo. Se preocupa por ella hasta el punto de autodestruirse. Ella lo ama. No puede haber otra respuesta.

Cedric frunció el ceño.

—Él siempre insistió en que el matrimonio era una locura. ¿Y si no acepta?

Ashton levantó la barbilla.

—Entonces es un tonto. Pero hay que proteger a Emily. Si Godric no quiere casarse con ella, lo haré yo. Ella será libre de vivir y amar como quiera, al igual que yo. No es un acuerdo poco común, siempre y cuando ambas partes empleen la discreción. Pero ella necesita la protección del matrimonio —no podía olvidar la codicia en los ojos de Blankenship, la monstruosa frialdad que se apoderó de su naturaleza cuando buscó a la chica habitación por habitación—. De lo contrario, Blankenship perseguirá sus pasos hasta el día de su muerte.

—Puedes incluir mi nombre en la lista de opciones para el matrimonio. Podemos dejar que ella elija entre nosotros, si Godric se niega.

Eso sorprendió a Ashton. Pensó que sería el único dispuesto a soportar el matrimonio por Emily, pero parecía que se había equivocado.

—¿Y qué hay de Anne Chessley? Si Emily te elige, nunca podrías hacer de Anne una amante, no cuando te has casado con su amiga.

El rostro de Cedric adquirió tal estado de desesperación que Ashton dejó su taza a un lado y se levantó de su silla preocupado.

—Tal vez no, pero si Emily me eligiera, renunciaría a Anne. Por mis pecados en este asunto, estoy en deuda con ella. Haría todo lo que estuviera en mis manos para protegerla.

—Esperemos que Emily no necesite elegir a nadie más que a Godric.

*

GODRIC ESCUCHÓ CADA PALABRA DESDE EL OTRO LADO DE LA puerta. Había dejado que Emily se quedara acurrucada contra él y estaba feliz, pero al oír la voz de Simkins, se obligó a levantarse. Se detuvo en la puerta y fue testigo de la conversación entre su mayordomo y, más tarde, sus amigos, sintiéndose conmovido por sus opiniones y por la sinceridad de sus deseos.

Sin embargo, sus ofrecimientos no eran necesarios. Una noche atrás, Godric había decidido casarse con Emily. En cuanto llegaran a Londres, comenzaría inmediatamente con los planes de la boda. Pero, para mantener la seguridad de Emily, la ceremonia tendría que ser rápida.

Con una sonrisa emocionada, se salpicó la cara en el lavabo antes de cambiarse para el desayuno.

Se ajustó el pañuelo en el espejo y, entonces, Emily se sacudió. Se acercó a la cama, se inclinó y le besó la frente.

—Quédate un momento en la cama, cariño. Voy a bajar a desayunar.

Ella suspiró, se metió bajo las sábanas y volvió a dormirse.

Durante un largo instante, él simplemente disfrutó de su imagen. Pronto tendrían toda una vida para compartir y, por primera vez en la vida de Godric, le hacía ilusión la idea de una sola mujer hasta que la muerte los separara.

Y, pensar, que si Albert Parr no hubiera tenido una moral por los suelos, Godric nunca habría encontrado a Emily, nunca la habría conocido como lo hacía ahora.

En un impulso irresistible, se inclinó para besar los labios de Emily. Su boca se abrió somnolienta bajo la suya y él saboreó su dulzura. Una eternidad no sería suficiente tiempo. Siempre la anhelaría, toda ella, en cuerpo y alma.

Mientras Emily dormía, la Liga de Pícaros se reunió en el comedor aquella mañana para discutir el próximo viaje a Londres.

Godric dio un sorbo a su café.

—Una vez que lleguemos a Londres... —hizo una pausa, disfrutando de las miradas tensas de sus colegas—. He decidido que Emily y yo nos casaremos.

El comedor guardó silencio durante varios largos segundos antes de que Ashton y Cedric exhalaran con evidente alivio.

—Me preocupaba tener que retorcerte el brazo para convencerte de que te casaras. Estaré encantado de procuraros una licencia de matrimonio.

Godric asintió.

—Sí. Encárgate de que tengamos todo lo necesario para organizar una ceremonia rápida —se volvió hacia el marqués—. Lucien, depende de ti llevar a Blankenship por un camino falso, por si intenta interferir.

Lucien sonrió ampliamente.

Charles se desplazó hacia adelante en su asiento.

—¿Y yo?

—Estarás con Cedric, como parte de la protección a Emily. Nunca la pierdas de vista, a menos que uno de nosotros esté con ella.

Charles siempre se había visto a sí mismo como un caballero protector, y ahora interpretaría el papel.

Cedric le lanzó un trozo de corteza a Penélope, quien estaba sentada a su lado con la cola moviéndose de un lado a otro.

—Sabes, Godric, podrías escaparte con Emily a Gretna Green. Te ahorrarías el problema de tener que enfrentarte a Parr.

Por lo que sabemos, él podría avisarle a Blankenship de tus planes.

Godric frunció el ceño. Esa no era la boda que ella merecía. No quería que su futura duquesa quedara marcada por un nuevo escándalo. No. Se reuniría y hablaría con Parr, y conseguiría que el desgraciado lo acompañara a la iglesia para la ceremonia nupcial. Atado y amordazado si era necesario.

—Soy el Duque de Essex y no voy a huir con el rabo entre las patas. Si es posible, evitaremos a Blankenship; y si no podemos, nos encargaremos de él.

Hubo asentimientos alrededor de la mesa.

—Ashton, ¿puedes arreglar que la ceremonia sea en St. George en Hanover Square? —eso estaba de moda en Londres ahora. Era una iglesia preciosa, muy conocida por su impresionante pórtico frontal sostenido por seis altas columnas corintias y una torre justo detrás del pórtico, lo suficientemente cerca de las distintas residencias de la Liga como para que el viaje no supusiera ningún riesgo.

Ashton sonrió ampliamente.

—Supongo que sí. Tengo cierta influencia con el obispo. Me debe un favor desde aquel incidente del año pasado, durante el Día de San Miguel Arcángel, ya lo sabéis —los otros hombres se rieron con él, pues sabían acerca del embrollo del obispo.

—¿Cuándo piensas decírselo a Emily? —preguntó Lucien.

—Hasta que tengamos todos nuestros planes resueltos y a ella refugiada en la casa de ciudad de Cedric. Quiero que esté tranquila y se sienta segura cuando se lo proponga. Ha soportado demasiado durante estos últimos días y una propuesta precipitada no la hará feliz.

De repente, la puerta del comedor se abrió y Jonathan entró. Una incómoda incertidumbre acompañaba sus pasos. Nunca se había atrevido a importunar a Godric o a los demás.

Godric lo observó en silencio, curioso por ver qué haría.

Jonathan se aclaró la garganta:

—Sé que usted y yo no hemos hablado de nuestra nueva situación... como... hermanos, Su Excelencia, pero...

—Si eres mi hermano, entonces puedes dejar de dirigirte a mí como Su Excelencia. Ahora, ¿qué quieres?

—Deseo ir a Londres contigo y ayudar a Emily.

Los nuevos hermanos se miraron un momento antes de que Godric dijera:

—Muy bien. Pronto será tu cuñada. Deberías poder opinar sobre todo esto. Acompañarás a Cedric y a Charles. Tres es mejor que dos para la protección de Emily.

Godric no sonrió, pero su tono era tranquilo y tolerante. Si Emily podía perdonarlo, entonces él podría ciertamente perdonar a su hermano.

Jonathan se relajó visiblemente. Era evidente que había estado esperando una pelea.

—Siéntate y come —Godric señaló el elegante desayuno dispuesto sobre el aparador.

Jonathan se sonrojó, pero llenó valientemente un plato y eligió un asiento junto a Ashton, quien sonrió y asintió con calidez.

—¿Eres bueno con la pistola, Jonathan? —preguntó Charles.

—Más bien con un fusil de chispa, pero sí —Jonathan tragó un bocado de tostada cubierta de mermelada.

—Excelente. Haremos un buen equipo los tres —dijo Cedric.

—¿A qué hora partiremos? —habló Jonathan.

—Para el mediodía, esperamos. Emily necesita todo el descanso que podamos darle. El viaje en carruaje será bastante desagradable, ya que ha estado enferma.

—Bueno, supongo que los demás deberíamos hacer las maletas y estar preparados —Ashton se levantó de su silla con la suave pero firme sugerencia en su tono de que los demás siguieran su ejemplo.

Dejaron a Godric y a Jonathan solos. Por eso amaba a sus amigos. Respetaban su criterio y aceptaban a Jonathan. Siempre lo habían tratado con amabilidad —después de todo, el ayuda de cámara de un hombre era sagrado—, pero ahora era uno de ellos.

—¿Has comido lo suficiente? —preguntó Godric al cabo de unos minutos. Jonathan dirigió una mirada a su plato vacío y asintió—. Bien. ¿Me acompañas a mi estudio?

El estudio de Godric continuaba un poco desordenado después de su autoimpuesto exilio. Pero Simkins había retirado las bandejas de comida intacta y los cristales rotos, y había vuelto a colocar todos los libros que Godric había arrancado de las estanterías durante su furia. Se sentó y le indicó a Jonathan que hiciera lo mismo. Se acomodó en una de las sillas frente al escritorio de Godric.

—Hay algunos asuntos pendientes entre nosotros —Godric se inclinó unos centímetros hacia adelante—. Quiero que saques tus cosas de tu actual habitación una vez que este asunto con Emily esté resuelto.

Los ojos de Jonathan bajaron al suelo.

—Lo entiendo, Su Excelencia. Perdí los estribos con usted y puse a la señorita Parr en peligro. Sin embargo, me gustaría disculparme con la joven antes de irme.

A Godric le sorprendió haber estado tan ciego como para no sospechar ni por un momento que compartían un padre. Le hizo preguntarse qué más se había perdido por simplemente no prestar atención.

—Jonathan, no te estoy obligando a dejar la mansión. Solo quería que eligieras una habitación en el piso superior, una más adecuada a tu nuevo estatus en esta casa.

—¿Mi nuevo estatus?

—Sí. Somos hermanos, por sangre y por ley. Si crees que te voy a dejar de lado, te equivocas. A menos que, por supuesto, desees marcharte. No insistiré en que te quedes. Pero me gustaría que lo hicieras.

La cara de Jonathan se tiñó de rojo.

—¿Realmente no le importaría que me quedara aquí, Su Excelencia?

—Siempre he despreciado ser hijo único. Somos hermanos y eso es lo único que me importa. Incluso en mi ira, dudo que hubiera podido matarte una vez que Simkins me lo dijo. Podría haberte estrangulado un poco.

—Su Excelencia —Jonathan volvió a bajar la mirada—. No quiero hacer las cosas más incómodas entre nosotros, Su... Godric. Pero, ¿cómo seguimos a partir de aquí? He sido tu ayuda de cámara durante casi seis años y un sirviente desde que nací. ¿Qué pasará ahora?

—Diviértete. Has estudiado casi tanto como yo. Conoces los modales adecuados, es simplemente el momento de emplearlos. Lo único que debes hacer es levantar la cabeza, no mirar el suelo y llevar ropa diferente, y aprender a bailar, por supuesto. Estoy pensando en asignarte una de las fincas no registradas a nombre de papá. La pondré en fideicomiso. Será una tarea fácil. Cuando estés listo para establecerte y casarte, te la entregaré.

Jonathan parpadeó, con los ojos redondos como platillos.

—¿Mi propio patrimonio?

—Como segundo hijo te correspondería. Me atrevo a decir que has trabajado bastante por ello.

Los ojos de Jonathan comenzaron a brillar, lo que hizo que Godric se sintiera incómodo.

—Maldita sea, Jon, sonríe por el amor de Dios. No tienes que llorar a mares —dijo, esperando levantar el ánimo de su hermano.

Jonathan se pasó el borde de la mano por los ojos, parpadeó rápidamente y asintió.

—De niño te envidiaba, Godric. Pero Simkins me contó cómo era la vida para ti. Me mantuve a salvo bajo el cuidado de mi madre, pero Simkins nunca me permitió olvidar tu sufrimiento. Pensé que lo hacía para evitar los celos.

Los ojos de Godric se oscurecieron mientras se fijaban en un punto de la pared. Todavía podía oír a su padre decir: *"Necesito una razón para golpear a un sirviente, pero no para golpear a mi propio hijo*". Solo había un bastardo en su familia, y ciertamente no era Jonathan.

—Supongo que lo que intento decir es que ojalá hubiera podido compartir el dolor. Odio saber que sufriste solo.

Godric se reclinó en su silla y comenzó a sonreír, una verdadera sonrisa.

—¿Tendrías algún interés en unirte a mí y a los otros lores una vez al mes en nuestro club, Berkley, en Londres?

—¿No les importaría la intrusión? —Jonathan había estado allí muchas veces como su ayuda de cámara, pero no como miembro.

—Siempre les has agradado, y la sangre es la sangre. Quiero que te unas a nuestra Liga. ¿Qué dices?

—Absolutamente.

EMILY SE AFERRÓ AL COSTADO DE GODRIC, NERVIOSA MIENTRAS entraban en la casa de ciudad de Cedric. Sus hermanas, la señorita Sheridan y la señorita Audrey, estaban dentro. Era extraño, pero ella quería causar una buena impresión.

Cedric divisó a sus hermanas.

—¡Ahí estáis! Venid a conocer a Emily.

La mayor, Horatia, era más alta, con rasgos más clásicos, un cuello largo y unos pómulos afilados que a Emily le recordaron a un cisne. Aunque Audrey era más baja, era igual de bella. Su cara era más redonda e infantil, pero no de una forma que ocultara la inteligencia de sus ojos.

—Emily, esta es mi hermana, Horatia. Horatia, esta es la señorita Emily Parr. Y ésta es Audrey —Cedric palmeó el mentón de su hermana menor.

Horatia esbozó una cálida sonrisa.

—Encantada de conocerla, señorita Parr.

Emily soltó el brazo de Godric y le devolvió la sonrisa.

—Por favor, llámame Emily.

—Entonces debes llamarme Horatia.

—Tienes una casa preciosa, Horatia —Emily miró los amplios suelos de mármol y los muebles dorados del salón.

—Oh, Horatia, permíteme presentarte a mi medio hermano, Jonathan St. Laurent —Godric empujó a Jonathan hacia delante para que se inclinara para su presentación.

—Seguramente está bromeando, ambos conocemos a su ayuda de cámara, el señor Helprin. Debería avergonzarse por un intento muy débil de broma, Su Excelencia —Horatia se removió nerviosamente.

—Es una historia larga y sórdida, señorita Sheridan, pero le aseguro que es verdad. Es mi hermano.

—Es un placer, señorita Sheridan —Jonathan se inclinó sobre la mano extendida de Horatia y rozó sus labios sobre sus dedos. Ella se sonrojó.

Parado junto a Jonathan, Lucien entrecerró los ojos. Emily miró a Lucien y a Horatia. ¿Ése era el brillo de los celos?

Cedric sugirió que fueran al salón, pero Horatia miró a su hermano con ojos furiosos.

—Cedric, tú y los otros caballeros os refrescaréis primero. La mitad de vosotros huele a caballo.

—Nunca te ha molestado el olor —replicó Cedric.

Horatia levantó una ceja.

—Nunca habías traído tantos invitados. Esto parece un establo. Emily puede quedarse, está claro que ha venido en carruaje.

Emily disfrutó viendo cómo saltaban las chispas entre hermano y hermana, pero al final Ashton intervino.

—Ella tiene razón, Cedric. Hoy hemos cabalgado mucho y no debemos someter a estas damas a los aromas del campo.

—Como si Londres oliera mejor —refunfuñó Cedric, y condujo a los demás escaleras arriba. Las mujeres se dirigieron al salón, libres de los hombres por unos momentos.

Audrey y Horatia rodearon a Emily en el sofá y la asaltaron con preguntas. No tardaron en averiguar toda la verdad sobre el secuestro de Emily. Incluso llegaron a conocer las intimidades entre ella y Godric.

Un rubor rosado creció en las mejillas de Audrey cuando preguntó tímidamente:

—¿Es cierto que Godric... te comprometió? —parecía que el alcance de sus cotilleos superaba a los de la columna de Lady Society, pero juraron no decir ni una palabra al respecto.

Audrey respiró profundamente.

—¿Cómo fue?

Horatia pellizcó el brazo de su hermana.

—¡Audrey!

Audrey arrugó la nariz.

—Es una pregunta válida. Cedric nunca nos cuenta nada. Tenemos que aprender de alguien.

La cara de Emily se tiñó de rojo, pero decidió sincerarse con ellas.

—Es difícil de describir. Es aterrador al principio, como si estuvieras a punto de morir, pero no lo haces. Dudo que pudiera haber estado con otro hombre que no fuera Godric. Debes confiar en el hombre con el que estás. De lo contrario, no creo que puedas sentirte lo suficientemente segura para... —Emily se detuvo.

—¿Morir? —preguntó Horatia sin aliento.

—Sí. Bueno, realmente no debería hablar de ello. Sueno como una prostituta.

Audrey desvió la conversación hacia un camino más seguro.

—¿Así que te quedarás con nosotras aquí?

—Creo que sí. Esos malditos hombres han sido muy reservados con sus planes, incluso Jonathan. Apenas dijeron una palabra durante el viaje en carruaje, y me hicieron dejar a Penélope.

—¿El sabueso que Cedric te compró?

La sonrisa de Emily se marchitó.

—Sí, pobrecita. Ladró y mordió a Jonathan cuando se la llevaron. Espero poder volver con ella pronto. Simkins debe de estar pasándolo fatal para mantener limpias las alfombras.

Horatia se inclinó hacia delante y puso una mano delgada y elegante sobre la de Emily.

—Bueno, no hay que preocuparse. Hay muchos animales corriendo por aquí. Tenemos dos gatos viejos escondidos en algún lugar del piso de arriba —soltó una risita—. Mitones y Manguito.

—¿Mitones y Manguito?

Los labios de Horatia se torcieron.

—Así los llamó Audrey. Solo tenía diez años y le regalaron un par en Navidad. Recibió unos mitones nuevos y un manguito de Cedric, así que naturalmente llamó a los gatos de la misma manera.

Audrey levantó la barbilla.

—¡Era una niña, Horatia! ¡Me haces parecer muy tonta!

Emily palmeó la mano de Audrey.

—Creo que son nombres encantadores.

Horatia sonrió.

—Mientras estés aquí, te mantendremos tan entretenida que no tendrás tiempo de echar de menos a Penélope.

De alguna manera, Emily no lo dudaba.

Los caballeros, recién cambiados y mucho más amistosos, invadieron el salón poco después de que las mujeres terminaran de hablar. Incluso Jonathan, aunque bastante tímido por ser parte activa en una reunión social de este tipo, parecía disfrutar mientras él y Charles entablaban conversación con Audrey.

Solo dos personas parecían estar fuera de lugar: Lucien y, curiosamente, Horatia. Lucien estaba de pie en un rincón de la sala, cerca de Cedric y Ashton, pero su mirada se deslizaba continuamente hacia Horatia, quien hacía lo posible por ignorarlo.

Al principio Emily supuso que Lucien tenía un interés

amoroso en Horatia, pero las frías e imperiosas miradas de Lucien recibían vergonzosos sonrojos de Horatia. Algo había ocurrido entre ellos y Emily no podía ni siquiera empezar a adivinar qué. Sin embargo, antes de que reflexionara sobre el asunto, Godric se acercó a ella por detrás.

—¿Puedo hablar contigo en privado? —le susurró al oído. Le colocó una mano en la parte baja de la espalda para guiarla, y la pareja se escabulló a escondidas de la habitación. Godric la condujo a la sala de estar, unas puertas más abajo—. Emily, vamos a casarnos mañana —él lo anunció sin siquiera un preámbulo romántico, como si se tratara de un contrato que solo requería su apretón de manos en ese momento. Emily lo miró fijamente. ¿Realmente esperaba que ella dijera que sí? Ella lo amaba, pero no iba a aceptar solo porque él lo declarara. Ella detestaba esa actitud tan autoritaria y dominante, independientemente de que viniera de su tío, de Blankenship o de Godric.

—No.

—Increíb... espera —Godric la agarró por los hombros, alzándose sobre ella, con su presencia más dominante que nunca —. ¿A qué te refieres con "no"?

—No. No me casaré contigo —no tenía mucho sentido para su corazón, pero su cabeza le recordó que no podía aceptar simplemente porque él lo había declarado. Necesitaba tener la opción de negarse.

—Pero tú me amas, Emily. ¿Qué más puedes querer?

Emily respiró hondo.

—Godric, ¿no has aprendido nada de mí desde que nos conocimos? Necesito mi libertad, la capacidad de controlar mi propia vida. No puedo aceptar casarme contigo simplemente porque tú lo decretes.

—No se trata de tu libertad, sino de tu seguridad.

Emily apartó la mirada.

—Entiendo que pienses así. Pero debes saber que no tengo que casarme contigo. Podría encontrar un prometido dispuesto a ignorar el escándalo que has creado y a cogerme como esposa.

Preferiría casarme con un cazafortunas desesperado que contigo, si fuera la única forma de tener el control en mi vida —su declaración quemó su alma, pero lo dijo en serio. Había algo aterrador en la perspectiva de casarse con un hombre al que amaba y saber que él no le correspondía simplemente porque intentaba hacer lo más noble. Solo resultaría en infelicidad para ambos. Ella no podía aceptarlo.

—¿Realmente no deseas casarte conmigo? —él se estremeció y retrocedió como si sus palabras lo hubieran golpeado como una espada. Su agarre se desvaneció y luego dejó caer sus manos, cortando la conexión entre ellos. La ausencia de su toque la paralizó.

—No se trata de un deseo. Quiero casarme contigo, de verdad, pero no lo haré, no a costa de mi libertad.

Godric apartó el rostro de ella, con un tic en la mandíbula.

—¿Y crees que un cazafortunas te permitirá esa libertad?

—Tú me harías vivir bajo tus términos y a tu capricho. Cualquier hombre que yo elija tendrá que aceptar que me dejará ser y vivir mi vida como yo decida después de casarnos. ¿A quién elegirías tú?

Emily le puso una mano en el hombro desde atrás. Él se estremeció y se apartó de un tirón, girando de nuevo para enfrentarse a ella.

—¿Por qué me has hecho este gran daño? ¿Por qué? —preguntó, con la voz cargada de emoción y los ojos encendidos.

—Porque —la garganta de Emily se contrajo, ardiendo por el dolor de aquellas horribles palabras, pero eran ciertas—, porque te cansarás de mí y no soporto pensar en perderte. Si no me caso contigo, no serás mío cuando te pierda.

—No estarás a salvo hasta que te hayas casado conmigo —en unos instantes, él pasó de la rabia a la negociación.

—Precisamente por eso. Solo deseas casarte conmigo para garantizar mi seguridad. Eres un verdadero caballero en todos los sentidos, Godric, pero no puedo dejar que sufras al unirte a mí cuando eso nos hará infelices a los dos en el futuro.

—Seríamos felices…

—Por un tiempo. Pero no es suficiente. Necesito ser amada. Podría soportar estar casada con un hombre que no me amara si yo no lo amara a él. Pero yo te quiero y me rompería el corazón no ser correspondida —Emily no podía creer que se encontrara en pie con gran valentía. Que no estuviera colapsando de dolor.

—Emily… te amo.

Emily cerró los ojos, deseando que pudieran vivir para siempre en el pasado. Perderlo ahora, aunque nunca haya sido suyo, podría terminar con su vida.

—Crees que me amas, pero no es así. No quiero vivir mi vida bajo esa ilusión.

Sus palabras encendieron el temperamento de Godric.

—¡Mi amor por ti no es una ilusión! —sus ojos verdes se encendieron y su lado más oscuro salió a la superficie.

Emily retrocedió. Su pulso se aceleró.

—Creo que deberíamos hablar de esto más tarde, cuando no estés tan alterado.

—¿Alterado? ¿Qué razón podría tener para estar alterado? —la voz de Godric se elevó bruscamente—. ¡La mujer que amo no me cree y no quiere casarse conmigo!

Emily se estremeció, esperando que los demás no lo oyeran gritar.

—Escúchame, Emily. Serás mi esposa o la de otro, pero te casarás. Cedric y Ashton se han ofrecido. ¿Eso es lo que quieres? —sujetó sus hombros y la empujó contra su cuerpo.

La respiración de Emily quedó atrapada en su garganta. La cara de Godric estaba a escasos centímetros de la suya.

—Hablas como si yo fuera una propiedad personal con la que se puede comerciar. Tampoco me casaré con ellos. ¿Lo entiendes? —intentó apartarse de él. Por mucho que lo amara, por mucho que deseara decirle que sí, su corazón no se lo permitiría. Podría sobrevivir el resto de su vida como su amante, pero no como su esposa. Pero no podía ponerlo en una posición en la que algún día él pudiera traicionar sus votos o, peor aún, llegar a un "acuerdo" como hacían muchos de los hombres de su posición.

Godric le cogió la barbilla, obligándola a volver a mirarlo, y gruñó gravemente.

—Emily, no tengo paciencia para esto...

Ella estampó su pie en su bota.

—¡No tengo paciencia para ti!

—Juré que nunca te dejaría ir, y no lo haré. Tú me perteneces —Godric sujetó su pelo y acercó su boca a la de ella. Emily apretó las manos contra su pecho.

—¿Y cuando te canses de mí? ¿Cuando desees a otra persona? Estaré encadenada a nuestro frío y vacío lecho matrimonial. ¿Me castigarás entonces? ¿Me arrebatarás la herencia de las manos? —ella sabía que había ido demasiado lejos. Los ojos de Godric brillaban con rabia, dolor y una peligrosa lujuria que ella solo había visto una vez.

Él embistió sus labios. Su beso fue explosivo, duro, feroz y ardiente. Su ferocidad hizo que Emily se doblara y se hundiera en su abrazo. Le rodeó la cintura con un brazo mientras asaltaba los sentidos de Emily; sus labios la dejaron sin aliento y le arrebataron la cordura. Así debían ser todos los besos, llenos de fuego y luz, fracturando el alma de uno y fusionando los pedazos con la del otro hasta que ambos latieran como un único y poderoso corazón.

Cuando por fin la soltó, ella retrocedió un paso y se tambaleó. Él intentó estabilizarla.

—¡No! No me toques. No puedo pensar cuando lo haces —Emily se alejó de él, corriendo hacia la puerta. Chocó con Charles, quien había estado merodeando afuera, junto con Jonathan y Cedric.

Charles cogió las muñecas de Emily, manteniéndola quieta a pesar de sus frenéticos forcejeos.

—¿Todo bien?

Godric apareció en la puerta.

—¡No, nada está bien! Llévala arriba y enciérrala en una habitación. Necesita tiempo para calmarse.

—¿Yo? —gritó Emily—. Tú eres el que…

—¡Charles, llévala arriba ahora!

Cuando los demás abandonaron el salón y salieron al pasillo, una multitud se formó.

Charles sujetó a Emily. Ella se resistió, sin importarle montar un espectáculo. Charles resopló irritado y luego se inclinó y la levantó sobre su hombro.

—Esto me resulta familiar —dijo él.

Emily cerró los puños y lo golpeó en la espalda, pero su musculoso cuerpo parecía resistente a sus golpes.

—Bájame de una vez. ¡Ya estoy harta de esto!

Horatia avanzó.

—¡En serio, Charles! ¡Bájala ahora mismo! ¡No permitiré que mis invitados sean tratados de esa manera!

—Lo siento, tengo mis órdenes —dijo Charles, cortante pero no cruel, y se dirigió a las escaleras. Cedric y Jonathan lo siguieron.

Horatia frunció el ceño y comenzó a perseguirlos, pero una mano dura sujetó su muñeca, arrastrándola hacia atrás desde las escaleras.

Era Lucien.

—No te metas, Horatia. Ya has hecho bastante —su advertencia llevaba un trasfondo del pasado, un recordatorio de que ella había interferido a menudo donde no debía.

Godric gruñó y atravesó bruscamente el pasillo hasta llegar a otra habitación, cerrando la puerta de golpe. Al instante, salió a trompicones con una escoba cayendo al suelo detrás de él.

—¿Quién ha movido el clóset aquí? —vociferó, y luego entró en la siguiente habitación para volver a cerrar la puerta de golpe.

〜 15 〜

Capítulo Dieciocho

Jim Tanner permanecía en el callejón de Curzon Street,
esperando su momento. En la palma de la mano tenía una
espada que guardaba en el bolsillo de su largo abrigo negro.
Estaba dispuesto a hundirla en la carne de aquellos
pomposos lores del otro lado de la calle si interferían en su
misión.

Pronto, se prometió a sí mismo.

Su jefe lo había instado a esperar, a capturar a la chica sin
luchar. La orden no había sido emitida por una necesidad de
evitar la violencia, sino para darle tiempo a Tanner de alejarse
antes de que la alarma se disparara. La violencia reduciría el
tiempo de su estrategia de fuga.

Blankenship era un tonto por no querer nada más que la
jovencita. La casa que miraba ahora estaba probablemente llena
de artículos costosos por los que podría conseguir un buen
precio en Shoe Lane o Saffron Hill. A los arribistas les encantaba
comprar artículos aristocráticos para engañar a la *alta* y hacerles

creer que no eran descendientes de hombres de clase baja o media.

Cuando Blankenship aceptó su elevado precio, Tanner estaba muy ansioso por arrebatarle la chica Parr a Essex. Sabía lo que le esperaba a la chica, pero eso no le preocupaba. Se trataba de un encargo, nada más.

Los amplios contactos de Tanner llegaban desde las alcantarillas hasta las casas de poder, desde los ayuda de cámara hasta vigilantes nocturnos y cazadores de alcantarillas. La noticia llegó casi inmediatamente cuando Essex y sus amigos pusieron un pie en Londres. El carruaje fue directamente a Curzon Street, donde el Vizconde Sheridan vivía. Y la chica Parr no había salido de la casa desde su llegada.

Desde su lugar en el callejón, había observado a través de una de las ventanas cómo la chica Parr discutía con Essex. Al no poder oír las palabras, leyó sus gestos corporales, y era evidente que había problemas entre los amantes.

La tarde se transformó en noche y las sombras se fundieron en charcos negros a lo largo de Curzon Street. Tanner observó el cielo nocturno, pero las nubes habían ocultado la luna.

Tanner escupió en la oscuridad del callejón. ¿Qué mujer valía quinientas libras? Él no lo sabía. El viejo debería haber ahorrado su dinero y haber comprado una puta con clase. Pero no, su jefe quería que un inocente cordero sin experiencia pasara toda la noche gritando de dolor mientras lo violaba. Lástima. Pero, de nuevo, a Tanner no le importaba.

Se pasó una mano por el pelo y frunció el ceño. ¿Cómo iba a sacar a la chica de la casa con todos esos hombres vigilando todos sus movimientos? Joyas, cuadros, incluso había robado una vez un preciado Cavalier King Charles spaniel. ¿Pero una mujer? ¿Con media docena de guardias? Difícil, pero no imposible.

Tanner se escondió de nuevo en el callejón al ver a un lacayo saliendo por la puerta lateral de la casa para vaciar un balde de agua sucia junto a la canaleta. Luego volvió a entrar.

Tanner escapó de las sombras, empuñó el mango de su

espada y golpeó la cabeza del lacayo. El hombre se desplomó y el balde se estrelló contra el suelo de mármol, justo dentro de la puerta. Tanner sujetó los brazos del hombre inconsciente y lo arrastró detrás de un mostrador en la pequeña entrada.

Con la casa en penumbras, la mayoría de los demás sirvientes estaban seguramente dormidos.

Tanner cogió el abrigo y los pantalones del hombre para evitar sospechas en el interior si lo veían a distancia. Pasó por encima del cuerpo del lacayo, dejando al hombre vivo. No asesinaba sirvientes. Ellos también sufrían bajo la opresión de los ricos.

A medida que avanzaba por la exuberante decoración de la casa de ciudad, su ánimo se ensombrecía aún más. Una parte oscura de él se habría alegrado de degollar a todos los nobles de esta casa, si le hubieran pagado por ello.

Oyó voces en el piso superior y se escondió bajo la escalera principal.

—¿Se ha dormido por fin, Cedric? —preguntó un hombre.

—Lloró hasta quedarse dormida, pobrecita. Las mujeres tienen muchas, muchas lágrimas. No lo sabía. Pensé que inundaría las habitaciones de arriba.

—¿Todavía no acepta casarse con Godric?

—No. No quiere tenerlo a él, ni a nadie más.

—Maldita sea. ¿Está loca?

—No me pidas que te explique el funcionamiento de la mente femenina, Jonathan.

El primer hombre suspiró.

—¿Dónde está Charles?

—Se ha ido a dormir unas horas. ¿Por qué no descansas tú también? Ha sido un día largo para todos nosotros.

—¿No te importa? ¿Y Blankenship?

—Mañana llevaremos a sus lacayos por todo Londres mientras esos tortolitos entran en razón.

Tanner sonrió. *Buen plan. Lástima que sea demasiado tarde.*

Solo oyó un par de pisadas alejándose y una puerta que se

abrió y luego se cerró. Tanner contó unos minutos, esperando por el segundo par. Finalmente, buscó en el bolsillo de su abrigo una moneda de repuesto. Sacó el chelín y lo arrojó lejos de él. Tintineó con fuerza sobre el mármol, rodando en dirección contraria a las escaleras. El suelo sobre Tanner crujió y oyó un gruñido cuando el guardia restante regresó a su posición.

Tanner maldijo en voz baja y buscó otra moneda. La lanzó más lejos y el tintineo resonó con mayor fuerza, casi hasta el punto de provocar un eco.

Alguien se levantó y bajó las escaleras, paso a paso.

Tanner esperó en las sombras. Cuando el guardia bajó por completo, Tanner se lanzó sobre el hombre.

Pero su adversario tuvo rápidos reflejos. Giró cuando Tanner atacó.

La espada de Tanner se deslizó por el brazo del hombre y lo hizo sangrar.

Antes de que el guardia pudiera gritar, Tanner le clavó el codo en la cara. Su rostro se llenó de sangre mientras se tambaleaba hacia atrás, caía y dejaba de moverse.

Tanner pensó en liquidarlo, pero no podía perder tiempo. Necesitaba a la chica.

Con agilidad, subió corriendo las escaleras y abrió la puerta sin vigilancia.

Una mujer joven estaba acurrucada en la cama con las rodillas dobladas bajo la barbilla. Las cortinas de la ventana estaban abiertas de par en par, permitiendo que una pálida capa de luz de luna cubriera su cuerpo dormido. Tenía el pelo suelto y extendido sobre la almohada. Tanner no era un hombre que pensara en el cielo o en los ángeles, nunca, pero esta dulce criatura era hermosa. No era de extrañar que el viejo tonto la deseara tanto.

Pensó en su Lacy, en cómo había sido todo antes de que su amo se la llevara. Durante un eterno segundo, Tanner se sintió tentado de coger a la chica y quedársela. La imaginó agradecida por haber sido rescatada de dos destinos horribles. ¿Sentiría ella lo mismo que su Lacy? No. Eso era simplemente una fantasía.

Necesitaba el dinero que ella traería, más que cualquier ilusión de amor.

Tanner aclaró su cabeza mientras robaba a la chica dormida. Se guardó el cuchillo ensangrentado antes de inclinarse y alzar a la chica en brazos.

Ella se removió inquieta, musitando para sí misma.

—Basta... por favor... basta.

Tanner respiró aliviado cuando sus sueños no la despertaron. Él no quería que ella gritara o peleara. Si dormía durante todo el camino hasta su carruaje, este sería su trabajo más fácil hasta ahora. Mucho más fácil que el spaniel; sus botas todavía tenían las marcas de sus dientes.

Bajó las escaleras, pateó el cuerpo del hombre al que había atacado y salió por la puerta por la que había entrado. Una vez afuera, hizo una señal a su carruaje alquilado. La chica empezó a despertarse cuando el vehículo se acercó a ellos con un fuerte traqueteo. Tanner le señaló la dirección al cochero mientras bajaba de un salto y abría la puerta del carruaje. Ella finalmente se despertó cuando Tanner la dejó caer en el asiento opuesto al suyo.

Emily jadeó y se deslizó hacia la esquina, poniendo la mayor distancia posible entre ellos.

—¿Quién eres?

Él sacó su espada del bolsillo, se inclinó hacia delante y le apuntó al pecho. Sus bonitos ojos se fijaron en la punta de la cuchilla, todavía salpicada de carmesí.

—Diría que soy tu peor pesadilla, pero teniendo en cuenta con quién te llevo, eso no sería del todo cierto.

Esperaba que la chica llorara, que rogara por su libertad, que negociara. No lo hizo. Lentamente, pasó los dedos entre sus mechones y los cepilló, se arregló el vestido y asumió una postura de elegancia y dignidad.

—Entonces debes ser uno de los matones de Blankenship.

—¿Un matón, madame? No soy un vulgar carterista.

La mujer se encogió de hombros.

—No eres diferente al resto de los que he encontrado.

Tanner se sintió desconcertado por su tono. Parecía despreo-cupada, como si el secuestro fuera algo común. Qué autocontrol. No sabía si estar impresionado o preocupado por su salud mental, pues claramente la mujer estaba loca.

Emily se concentró en respirar lenta y constantemente. Si mantenía la calma, no gritaría. Se negaba a pensar en cómo la había encontrado aquel hombre, o a quién podría haber herido en el proceso. De saberlo, se perdería en su terror y Blankenship ganaría. Se obligó a estudiar al hombre, observando sus ojos oscuros, su pelo castaño revuelto, sus ropas de lacayo y una mueca de desprecio grabada en sus facciones.

Parecía tener unos treinta años, más o menos, e irradiaba la agudeza de un superviviente, una equilibrada cordura puesta sobre la cuerda floja. Este hombre era un profesional, y peligroso.

El miedo amenazaba con consumirla, pero a diferencia de su primer secuestro, ella ya sabía cómo manejar mejor la situación. Después de su encuentro con Evangeline, creyó ser capaz de imitar la confianza de la otra mujer y posiblemente actuar para salir de este peligro. Era una oportunidad; al menos, que debía aprovechar.

—¿Te paga bien?

El hombre asintió.

—Quinientas libras por entregarte en su puerta.

Emily fingió sorpresa.

—¿Solo quinientas? Al último hombre que contrató le ofreció el doble —la mentira le resultó fácil mientras intentaba repro-ducir el tono arrogante de Evangeline, aunque sin el acento francés.

—¿Qué último hombre? Nunca mencionó a nadie más.

—Por supuesto que no lo hizo. Mató a ese hombre para evitar el pago —Emily tiró de su vestido a la altura de las rodillas como si sus palabras no le importaran.

—¡Estás mintiendo!

—¿Mentir? —ella encontró su mirada con inocencia—. ¿Por

qué demonios iba a mentir? De todos modos, terminarás entregándome. Solo pensé que debía advertirte. Él se llenó de sangre, arruinó mi mejor vestido de muselina y el hombre tardó *una eternidad* en morir. Simplemente no deseo volver a presenciar algo así. Es inquietante y me quita el apetito —la voz de Emily era casi frívola mientras fingía haber experimentado asesinatos horripilantes con una frecuencia inquietante.

Era inútil esperar que este hombre la dejara ir, pero si él y Blankenship discutían, entonces ella podría tener una oportunidad de escapar.

El resto del viaje en carruaje transcurrió en silencio. El hombre estudiaba a Emily y ella también. La silenciosa batalla de determinaciones terminó cuando el carruaje llegó a la casa de ciudad de Blankenship. Él la agarró del brazo con fuerza y la sacó del vehículo con tal ferocidad que ella tropezó y cayó contra él. Era evidente que Emily había puesto el dedo en la llaga.

El viejo mayordomo de Blankenship abrió la puerta después de que su secuestrador la golpeara durante lo que parecieron varios minutos. Tiró de Emily hacia el vestíbulo y llamó a Blankenship a gritos.

El mayordomo dio un fuerte suspiro y se marchó.

Blankenship apareció en las escaleras, vestido y despierto a pesar de la hora. Sus ojos brillantes se posaron en el rostro de Emily y luego recorrieron su cuerpo. Todo en él, desde los ojos hasta la rectitud de su columna vertebral, brillaba con una malevolencia que aterrorizó a Emily. Sintió como si miles de escarabajos recorrieran sobre su piel.

—Bien hecho, señor Tanner, bien hecho. ¿Tuvo que matar a alguien para llegar a ella? —Blankenship no bajó las escaleras. La esperó en la cima, como un alto y poderoso sultán cuya muchacha de un harén estuviera humillada ante él.

Las uñas de Emily se clavaron dolorosamente en las palmas de sus manos. Algo en su interior empezó a arder. Estaba cansada de estar a merced de otros, especialmente de un hombre que quería hacerle daño. Esta noche lucharía. Él se arrepentiría de haberle puesto los ojos encima.

—Posiblemente uno. Tenía prisa y no me correspondía asesinar.

La declaración de Tanner hizo que el corazón de Emily dejara de latir. ¿Posiblemente uno? ¿Cuál? Dios mío... su visión se nubló y luchó por mantenerse en pie.

—Una pena, pero es cierto, el asesinato conlleva sus propias complicaciones —Blankenship le sonrió a Emily—. Tráemela —su sonrisa duró mientras su secuestrador la arrastraba por las escaleras—. De rodillas, chica —vociferó Blankenship.

Emily lo miró con desprecio y levantó la barbilla.

Tanner la agarró por los hombros desde atrás y la empujó hacia abajo. Ella cayó de rodillas. Los ojos de Blankenship se oscurecieron.

—Vaya, vaya, señorita Parr, me gusta bastante que esté de rodillas —Blankenship se inclinó para acariciar su cabello con las puntas de los dedos—. ¿Quizás así debamos empezar esta noche?

Emily quiso ocultar su rabia, pero no lo consiguió.

Él le levantó la barbilla con brusquedad.

—Muy desafiante. Veo el fuego que llevas dentro. Disfrutaré sacando a golpes esa rebeldía de tu cuerpo chillón. No pude tener a tu madre, pero te tendré a ti.

—¿Mi madre? —se ahogó. ¿Qué tenía que ver su madre con esto?

—Supongo que no lo sabes —reflexionó—. Estuve a punto de casarme con ella, pero eligió a ese tonto que llamabas padre. Ella me rompió el corazón, así que perjudiqué su negocio. Les hice daño de mil maneras, pero nunca fue suficiente —siguió estudiándola mientras hablaba, como si disfrutara de revelar por fin sus planes.

—¿Arruinaste a mis padres? —recordó que las finanzas siempre estaban en crisis, y las conversaciones susurradas entre sus padres. Blankenship era la causa.

—No solo a ellos. Tu tío también, naturalmente. Era la única manera de llegar a ti.

El humo del cigarro rancio y el brandy emanaban de él, además de sus otros olores desagradables. Sus dedos se clavaron profundamente en la cara de Emily, y sus uñas dejaron marcas pronunciadas. Todo este tiempo, toda la angustia vivida... sus padres habían subido a ese barco para ir a América a intentar recuperar su empresa y habían muerto. Blankenship había matado a sus padres. Si hubiera tenido una pistola en ese momento, Emily habría disparado al hombre entre los ojos.

—¿Mi tío sabe que me has secuestrado? —preguntó entre dientes apretados.

—Él ya no importa. Eres mía, en virtud de su acuerdo, y por lo que a mí respecta sus deudas están saldadas —Blankenship giró el rostro de Emily hacia un lado, como si admirara su perfil mientras hablaba con Tanner—. ¿Has visto alguna vez algo tan deliciosamente inocente? Mira esos labios.

—Sí, señor, es una jovencita bastante atractiva. Pero quiero mi dinero ahora, si no te importa, y seguiré mi camino —los ojos de Tanner seguían cada movimiento del otro hombre como si no se fiara de él. Bien.

Blankenship soltó la cara de Emily y dirigió su furia hacia Tanner.

—Todo a su debido tiempo. Los bancos no abren hasta la mañana.

—Págame o me la llevo —Tanner rodeó con una mano la muñeca derecha de Emily, poniéndola de pie de un tirón, justo cuando Blankenship le rodeó la garganta con una mano. Ambos hombres tiraron de ella. El dolor recorrió el cuerpo de Emily y su visión se nubló. Puntos negros salpicaron sus ojos.

—¿Te atreves a amenazarme? —Blankenship, con una fuerza sorprendente, lanzó a Emily lejos. Ella tropezó, rodó y se estrelló contra la pared.

Sus ojos se llenaron de estrellas. La escena se difuminó mientras intentaba recuperar el aliento. Los dos hombres forcejeaban entre sí. Emily intentó arrastrarse lejos, pero Tanner la agarró por la nuca y volvió a interponerla entre él y Blankenship. Sacó su espada y le clavó la punta en el cuello.

—Un paso más y acabo con su vida.

Blankenship dio otro paso. Emily se estremeció y ahogó un grito cuando la cuchilla se clavó más profundamente.

—No te muevas —le susurró Tanner al oído.

—¡Ella no me importa! ¿La quieres? Llévatela.

—¿Quinientas libras por algo que no importa? Supongo que eso podría ser cierto... si nunca hubieras tenido la intención de pagar —Tanner se apartó un paso de Emily y luego la empujó hacia Blankenship, quien golpeó su mejilla con la fuerza de un látigo. Ella cayó al suelo, apartándose justo a tiempo mientras los dos hombres se lanzaban el uno contra el otro. La espada de Tanner cayó durante la pelea y los hombres comenzaron a golpearse con los puños. Emily reunió fuerzas, conteniendo las lágrimas mientras sus dedos se enroscaban en el desgastado mango de madera de la espada y se ponía en pie velozmente.

—¿Adónde crees que vas? —Blankenship se volvió hacia ella, esquivando con dificultad un golpe de Tanner.

Emily actuó sin pensar y lo acuchilló, la cuchilla le cortó el pecho. Él gruñó como un oso herido y se abalanzó sobre ella, quitándole la espada. Luego, con un fuego diabólico en los ojos, se la clavó en lo alto del pecho. Tanner gritó furioso y pateó a Blankenship por la espalda.

—¡No te la he traído para que la hagas pedazos! ¡Nuestro trato se ha acabado!

Emily se tambaleó, conmocionada por el dolor, mientras el mundo le daba vueltas y perdía el equilibrio. Gritó aterrorizada al tropezar hacia atrás por las escaleras. Cayó, rodando por las escaleras hasta que alcanzó el frío mármol del fondo con un golpe seco.

GODRIC SALIÓ DEL ESTUDIO DE CEDRIC POCO DESPUÉS DE QUE el reloj marcara la medianoche. Finalmente, su temperamento se había calmado, así que hablaría con Emily. Ella creía que él continuaría controlándola. La seguridad inmediata de la chica hizo que Godric adoptara medidas a las que nunca habría recurrido en circunstancias normales. Ahora que entendía eso, podía explicarlo para que ella lo viera desde su punto de vista. Era una pequeña tonta, su querida pequeña tonta, por pensar que no la amaba. Godric planeaba pasar las próximas horas en su cama, demostrando qué tan tontos eran sus temores.

En la tenue luz que entraba de la calle, vio un cuerpo encogido al pie de la escalera. Se paralizó. ¿Alguien se había caído? *Cedric.* Su corazón dio un doloroso vuelco: había sangre cubriendo el cuerpo de su amigo. Cedric gimió, moviéndose unos centímetros. Godric corrió hacia él y lo ayudó a levantarse. La nariz del hombre estaba sangrando y tenía un profundo corte a lo largo del brazo.

—¿Qué ha pasado?

—¡Un ataque! —Cedric señaló con una mano temblorosa la habitación de Emily. La puerta estaba abierta de par en par.

—¡Ayuda! ¡Auxilio! —gritó Godric.

Ashton y Jonathan fueron los primeros en llegar con las pistolas preparadas.

—Llama a un médico, Ash. Se han llevado a Emily —Godric salió por la puerta principal hacia la calle, seguido por Jonathan. Un solitario farolero cabalgaba para comprobar la siguiente farola más cercana a ellos.

Godric corrió hacia él y cogió la pierna del hombre, arrastrándolo al suelo. Sujetó la silla de montar y se impulsó sobre el caballo del hombre.

—Encárgate de que lo compensen, Jonathan —le gritó a su hermano mientras se adentraba en la noche, directo a la casa de Blankenship. Nunca se sintió más agradecido que cuando les preguntó a Lucien y a Ashton por la dirección del vil hombre.

Clavando los talones en los flancos del caballo, lo instó a ir lo más rápido posible. No le importaba si la bestia resultaba herida o si tiraba una herradura, solo importaba Emily. ¿Cómo pudo dejarla sola? Dios, no podía permitirse pensar en que ella estuviera herida, o algo peor.

Cuando llegó a la residencia de Blankenship, Godric se lanzó del caballo y a través de la puerta abierta solo para encontrarse con una escena horripilante.

Blankenship, en lo alto de la escalera, clavando un cuchillo en el pecho de Emily.

Un lacayo continuó luchando con Blankenship, pero Godric solo pudo observar con impotencia cómo Emily se tambaleaba hacia atrás, perdía el equilibrio en las escaleras y...

Godric no podía respirar, no podía gritar. El terror lo inmovilizó mientras su Emily caía por las escaleras, sangrando. Ella no se movía. La sangre brotaba de su cuerpo, acumulándose lentamente a su alrededor en el suelo.

El lacayo había perdido la ventaja, distraído por Godric en la puerta abierta. Gritó algo sobre su acuerdo y se lanzó contra Blankenship con las manos desprotegidas, pero éste aún tenía la espada. Con un rápido movimiento de muñeca le cortó el cuello al lacayo. El hombre cayó de rodillas mientras la sangre corría por la parte delantera de su camisa y su abrigo.

Godric encontró la capacidad de moverse y se arrodilló junto a Emily. Su propio cuerpo temblaba tan violentamente que ya no podía mantenerse en pie. Se desplomó junto a ella antes de reunir las fuerzas para colocarla boca arriba.

Sus dedos temblorosos le rozaron las mejillas.

—Emily, cariño, por favor, abre los ojos —rogó junto a ella como un moribundo—. Mis últimas palabras para ti fueron crueles y frías. Ojalá pudiera eliminarlas —sus entrañas se revolvían, se agitaban, amenazaban con explotar. Godric tenía que seguir hablando o se volvería loco de dolor—. ¿Por qué no creíste que te amaba? Tú me cambiaste, Emily. Cuando estaba contigo, no solo quería ser un hombre mejor. *Era* un hombre mejor porque tú estabas en mi vida. ¿Cómo voy a sobrevivir sin ti?

Cuando su amor consumido no respondió, enterró el rostro en su suave cuello, inhalando el aroma a flores de su brillante cabello, y Godric, el Duque de Essex, lloró. Lloró por Emily, por los hijos que nunca tendrían, por los lugares a los que nunca la llevaría, y lloró por el dolor de su propio corazón roto.

—¡No! ¡Maldita sea, no! —un grito perturbó su duelo. El sonido fue un terrible lamento que irritó a sus oídos. Se elevó, rápido y alto desde su garganta, y luego se desvaneció, sustituido por una respiración entrecortada.

Besó sus labios, esperando el sabor a metal de la sangre, pero ella estaba insoportablemente dulce, como si solo estuviera durmiendo.

—¿Está muerta? —la voz ronca de Blankenship resonó inquietantemente en las escaleras.

Los ojos de Godric ardían con lágrimas; se derramaban por su rostro mientras apartaba el pelo de Emily de su cara con manos temblorosas.

Cuando habló, su voz era apenas un susurro.

—Me has quitado lo único que realmente amaba en este mundo —el vacío en él creció hasta convertirse en un rugido sordo y sombrío. Destellos de recuerdos, fragmentos brillantes de alegría momentánea, atravesaron la creciente oscuridad. La risa de Emily, sus ojos brillantes; manos explorando, susurros de sus sueños y las palabras de amor apasionantes.

Nunca más.

Las llamas lo consumieron, lo envolvieron.

Dejó a Emily en el suelo y se paró al pie de la escalera para mirar a Blankenship, luego subió lentamente escalón por escalón.

—¡Tanto trabajo y ni siquiera me he acostado con ella! —siseó Blankenship mientras retrocedía—. Fuiste un tonto al arrebatarme lo que era mío. Está muerta porque tú la secuestraste —retrocedió por el pasillo hasta una mesilla. Tiró frenéticamente del picaporte del cajón superior.

—Nunca fue tuya.

Blankenship moriría. Así de sencillo. Su dolor superaba a la razón y lo insensibilizaba a todo, excepto a la venganza.

Un destello de plata capturó su atención. Un cuchillo yacía cerca del borde del escalón superior, la cuchilla reflejaba el rojo de la sangre. Godric lo cogió, solo para oír el sonido de una pistola preparada frente a él.

Godric se encontró mirando el cañón de una pistola cargada, y aquellos ojos negros como escarabajos que había detrás revelaban un gran temor.

Blankenship había conseguido alcanzar un arma de la mesilla.

—Ni se te ocurra.

Godric gruñó y lo embistió mientras la pistola se disparaba. Sus cuerpos chocaron contra la barandilla. Blankenship se sacudió mientras el arma caía sobre la alfombra entre ellos. Godric rodeó con un puño el cuello del otro hombre mientras éste le arañaba el pecho.

El gran peso del hombre desequilibró sus cuerpos enredados y Godric luchó por liberarse mientras ambos empezaban a caer, pero no lo consiguió.

Descendieron por las escaleras, forcejeando el uno con el otro hasta que Godric aterrizó encima de Blankenship con su cuchillo clavado en el pecho de su enemigo. Jadeando, ambos hombres se miraron; odio contra odio durante un breve momento antes de que el brillo de los ojos de Blankenship se desvaneciera, creando oscuridad. Godric soltó el cuchillo y se apartó del cadáver.

Lucien y Ashton estaban en la puerta con los rostros pálidos.

—Dios mío —respiró Lucien.

—Ella se ha ido —el tono de Godric era sombrío.

La mano de Ashton voló hacia su corazón. Lucien apartó la mirada.

Emily yacía extendida sobre el mármol con las zapatillas de casa celestes manchadas de sangre, y una mano inerte y elegante acariciaba el suelo junto a Godric.

Ashton se inclinó para tocar el hombro de Godric y el dedo

índice de Emily se movió contra el suelo de mármol. Tenía que ser un espasmo después de la muerte. Pero... sus dedos empezaron a doblarse más, contrayéndose.

—¡Godric, mira!

Godric, incapaz de ver más allá de las lágrimas que le nublaban los ojos, intentó mirar a su amor. Las largas pestañas de Emily se agitaron contra sus mejillas.

—¡Está viva! —exclamó Godric con una mezcla de terror y alivio. Todavía estaba viva—. Rápido, hay que revisar su herida —Lucien se arrodilló cerca de la cabeza de Emily y lo ayudó. Lucien examinó la herida con cuidado y suspiró aliviado.

—Es una herida muscular. No hay órganos vitales aquí —Lucien tiró de una de las mangas de su camisa. Con la ayuda de Godric, vendaron la herida tan fuerte como pudieron—. Si la llevamos a un médico, aún puede vivir.

—¿Es seguro moverla? —le preguntó Godric a Lucien.

—Creo que sí.

Godric la alzó en brazos con mucho cuidado y los tres hombres salieron a la calle. Jonathan llegó en ese momento con el alguacil y varios corredores de Bow Street. Ashton se quedó en el lugar para dar explicaciones, mientras que Lucien y Godric llevaron a Emily hasta la casa de Cedric para encontrarse con el médico y rezar para que sobreviviera.

EL CIELO. ERA CÁLIDO Y LUMINOSO, EL SUAVE SUSURRO DE UNA profunda voz masculina le hablaba... No, le leía. *La Ilíada* en griego. Ella intentó abrir la boca, pero nada se movió.

Quiero verte, seas quien seas.

¿Ella tenía un cuerpo?

Logró un pequeño gemido sofocado. La voz se detuvo y luego habló con más fuerza.

—Emily —la voz sonaba como Godric, pero eso tenía sentido. El Cielo estaba donde él estaba. Ella intentó hablar de nuevo, pero solo obtuvo otro patético gemido—. Shh. Descansa, querida. Has pasado por mucho —una gran mano estrujó la suya. Su agarre era cálido, fuerte y perfecto.

Unos labios le rozaron la frente, dejando un rastro de delicado fuego a su paso. Ella se obligó a abrir los ojos. Aunque el rostro de Godric estaba pálido y su cabello ondeaba sin fuerza a su alrededor, él seguía siendo todo lo que ella había deseado. Anhelado. Amado. Verlo a él era el Cielo.

Las largas pestañas de Emily se abrieron como un abanico mientras ella ejercía presión sobre su mano. Luego, esbozó una débil sonrisa. Él ahogó un sollozo. Los reflejos borrosos del dolor de Emily ardían en los ojos de Godric.

—¿Qué ha pasado? —ella luchó por incorporarse. El dolor irradiaba en cada punto de su ser, pero el dolor confirmaba su vida, su presencia.

—¿No lo recuerdas? —él le devolvió el apretón en la mano. Godric estaba sentado en el borde de su cama.

—Escaleras. ¿Recuerdo las escaleras?

Los ojos de Godric se cerraron ante esto.

—Te caíste.

Emily volvió a estrujar su mano, sin poder hacer más para reconfortarlo.

—¿Y después?

Godric la miró y le acomodó un mechón suelto detrás de la oreja.

—Blankenship mató a ese otro hombre, y luego yo maté a Blankenship.

Emily soltó un suspiro de alivio, solo para hacer una mueca de dolor. Se había librado para siempre del oscuro espectro de Blankenship.

—¿Alguien más resultó herido?

—Cedric tiene la nariz rota y un corte en el brazo, pero se curará. Está más disgustado por no poder montar ni cazar durante el próximo mes —Godric soltó una risita.

Los hombros de Emily se hundieron. No se había dado cuenta de que había estado muy tensa.

—Emily, he hecho que mi abogado investigue el asunto de tu herencia. Existe la posibilidad de que, si te pones en contacto con el fideicomisario, haya una forma de conseguir la herencia de tu padre sin necesidad de un matrimonio.

Emily se mordió el labio inferior. ¿Qué significaba esto? ¿Él quería que ella fuera libre, o quería liberarse de ella? En la oscuridad de su dolor tras la caída, creyó oírlo hablar, declarar su amor. ¿Acaso no había sido más que el sueño de una mujer en estado de agonía?

Godric comenzó de nuevo con inseguridad.

—Emily, sé que no te casarás conmigo. Lo sé. Pero no puedo vivir un día más sin ti. Lo único que te pido es que, vayas donde vayas, hagas lo que hagas, me dejes ir contigo. Podemos viajar por el mundo. Lo que quieras, será tuyo. Solo deseo estar contigo —Godric se acercó, estrujando fuertemente sus manos—. No puedo perderte. No otra vez.

—¿Dejarías tu lugar aquí?

—Emily, por ti daría mi alma.

—¿Y si quiero tu corazón?

—Ya ha sido robado. Tú, querida, eres la mejor ladrona.

GODRIC ABRIÓ LA PUERTA DE LA HABITACIÓN Y ENCONTRÓ cinco sillas colocadas en semicírculo, ocupadas por sus amigos y su hermano. Se relajaron cuando él salió al pasillo.

—¿Cómo está? —preguntó Charles.

Godric cerró la puerta tras él.

—Se despertó durante unos minutos, pero ha vuelto a dormirse. Ash, ¿puedes localizar al obispo? —sus palabras hicieron que el ánimo de los hombres pasara de aliviado a ansioso antes de continuar—: ¿Y ver si todavía podemos organizar una ceremonia en St. George? ¡Ella ha aceptado casarse conmigo!

Todos sus amigos y su hermano se levantaron de sus sillas, gritando, vitoreando y dándole palmadas en la espalda. Hacía un mes, un matrimonio entre ellos habría parecido una sentencia de muerte, pero ésta era la mejor noticia que habían recibido. Emily Parr ahora formaría parte de sus vidas, y todos los hombres estaban encantados.

Horatia apareció en el pasillo con una bandeja de comida. Ninguno de ellos había comido o dormido.

—Vais a despertar a los muertos con vuestro escándalo —dijo con una mirada de desaprobación.

—Enhorabuena. ¡Sabía que serías el primero en tener grilletes en las piernas! —bromeó Charles.

Qué tonto había sido. El amor lo había encontrado, lo había salvado, y nunca dejaría ir a Emily.

—¡Bueno, no os quedéis ahí parados, caballeros! —señaló Horatia a los hombres que merodeaban a su alrededor—. ¡Tenemos que planear una boda! Ashton, tú te encargarás de la iglesia y del obispo. Yo me encargaré del vestido de novia de Emily. Charles y Lucien, debéis traer a todas las familias para esto. Quiero que St. George se llene de nuestros seres queridos. Jonathan, debes ir a buscar a Penélope, ya que Emily la extraña terriblemente. Cedric, te asegurarás de que el tío de Emily autorice el matrimonio. Si se muestra amable, incluso puedes invitarlo —Horatia despidió a los hombres de la puerta para que no despertaran a Emily.

Cedric parecía confundido mientras se marchaban.

—¿Cuándo se hizo cargo ella?

Una vez que se fueron, Godric volvió a la cabecera de Emily, cogiendo su mano entre las suyas.

Se frotó los ojos y contempló a su amante dormida. Recordó a la joven en su cama con una mancha de tierra en la nariz y en las mejillas; a la amazona empapada en la orilla del lago dándole respiración boca a boca; a la mujer que luchaba con las palabras como un espadachín, pero que se derretía en sus brazos; y al ángel que lo perdonó, que le prometió que siempre lo amaría.

¿Qué giro del destino lo había llevado a secuestrar a Emily Parr aquella noche?

Nunca sabría la verdadera profundidad de su suerte al capturarla, porque esa mujer que lo capturó a él también. Solo sabía que nunca la dejaría ir.

EPÍLOGO

Lucien estaba sentado en la mesa del comedor de Cedric, leyendo el periódico de la mañana. Cedric alimentaba a Penélope con las sobras que había en la silla que tenía a su lado. El comedor era grande para una casa londinense, amueblado con sillas de nogal y una mesa, todo bañado en oro con volutas. Lucien miró hacia Ashton y Charles, quienes hablaban cerca de la gran ventana de madera con paneles que daba a los jardines.

Los lores se estaban divirtiendo, ya que habían logrado despedir a Godric y Emily en su luna de miel y ahora descansaban en la casa de Cedric después de las aventuras de las últimas semanas.

—¿Y bien, Lucien? ¿Algo interesante? —preguntó Ashton mientras se sentaba, dejando solo a Charles frente a la ventana, perdido en sus pensamientos.

—Hay un dato interesante en las páginas de sociedad.

—¿Otra vez Lady Society? —Cedric se rio. Penélope le ladró bruscamente. Se inclinó y la levantó, colocando al animal en su regazo. Ya no era una cachorra.

Todas las cosas terminan por crecer, pensó Lucien.

—¿Vas a leerlo o no? —preguntó Charles desde la ventana.

—La señorita Emily Parr se casó el domingo con el Duque de Essex en St. George Hanover Square. Los novios partirán pronto en uno de los navíos mercantes del Barón Lennox para celebrar su luna de miel. Parece que el eterno soltero ha abrazado por fin el encadenamiento del matrimonio.

—¿Eso es todo? —comentó Ashton en voz alta.

Lucien dobló el papel y lo dejó sobre la mesa.

—Bueno, Lady Society se pasó la mitad de la columna hablando del vestido de novia de Emily y de los diversos invitados que conseguimos reunir en el último momento para llenar la iglesia. No es que fuera un reto.

Miró a través de los ventanales que daban a los jardines, donde las dos hermanas de Cedric estaban sentadas en un banco con la cabeza inclinada mientras hablaban. Como dama casada, Emily tendría derecho a una chaperona, lo que solo significaba más problemas para Cedric. Tendría que vigilar a Horatia y a Audrey, especialmente a esta última. A menudo se metía en problemas, incluso cuando no los buscaba activamente. Pero Horatia no, siempre se comportaba a la perfección, y eso le molestaba mucho.

Charles le sonrió ampliamente a Lucien.

—Creo que es el primer artículo positivo sobre nosotros en la columna de Lady Society. Espera a que mi madre lo lea. Estará mirando por la ventana más cercana en busca de señales de los cuatro jinetes.

—Hablando del apocalipsis —empezó Ashton. Gracias su tono, Lucien sabía que se avecinaban problemas—. Me he enterado por una de mis fuentes de que Hugo Waverly ha regresado de Francia.

La sonrisa de Charles vaciló.

Lucien se enderezó sobre su asiento.

—¿Qué diablos hace aquí otra vez? Creía que lo habíamos expulsado para siempre.

Ashton frunció el ceño.

—Lleva aquí unas semanas, dicen. Parece que no se tomó en

serio nuestras amenazas, o no le importa. Recomiendo que cada uno de nosotros esté en guardia hasta que podamos averiguar la verdad del asunto. Dudo que sus motivos hayan cambiado. Él juró matar hasta el último de nosotros. Hay una pequeña esperanza de que haya cambiado de opinión.

—Pero, ¿en qué puede estar pensando? Enfrentarse a nosotros de jóvenes, cuando no conocíamos nuestra fuerza, era una cosa. ¿Pero ahora? —Cedric acarició a Penélope mientras hablaba, pero la perra gruñó como si percibiera su tensión.

Lucien pensó en todo lo que podía perder con el ataque de Hugo Waverly. Su mente recordó a una persona en particular. Si la perdía, se perdería a sí mismo. No, el tiempo de las apariencias había terminado. Era el momento de prepararse para la guerra.

La Liga de los Pícaros tendría que protegerse a sí misma, y a sus seres queridos, de los planes destructivos de Waverly.

EMILY SIEMPRE PREFIRIÓ LOS AMANECERES A LOS ATARDECERES. Suponía que el simbolismo del renacimiento la inspiraba. Pero ahora, mientras admiraba el resplandor anaranjado de la puesta del sol, se fijó en los tonos púrpuras que brotaban desde los bordes. Se apoyó en la barandilla de la terraza, con la madera pulida y suave bajo sus manos, sintiéndose un poco nerviosa por su primera noche de luna de miel. Era una tontería, por supuesto, ella y Godric ya lo habían hecho todo y no necesitaba estar ansiosa.

Un par de brazos fuertes se deslizaron alrededor de su cintura y un cuerpo firme se apretó contra su espalda.

Godric le besó la sien y luego la mejilla.

—Ahí estás, amor.

—¿Godric? —habló mientras sus labios danzaban por la línea de su cuello.

—¿Sí, cariño?

—¿Te alegras de haberte casado conmigo? —ella se inclinó

hacia él, disfrutando de su fuerza. Después de ser fuerte y valiente durante mucho tiempo, estaba agradecida de que él le proporcionara su fuerza en los momentos de necesidad. Se apoyarían mutuamente, como debían hacerlo los enamorados.

—¿Alegrarme? Nunca fui más feliz que el día que estuviste conmigo en la iglesia. Fue el comienzo de una aventura —su agarre se intensificó, manteniéndola segura entre sus brazos.

—¿Casarse conmigo fue una aventura?

Godric giró a Emily para que lo mirara. Le cogió las mejillas con las palmas de las manos y se inclinó hacia ella, apoyando sus frentes bajo la luz dorada de la puesta del sol. Cada contacto, cada mirada compartida entre ellos, era como volver a casa. En él, ella encontró su vida, su aliento, su alma. Con él, ella se sentía realizada de una manera que nunca había creído posible. Emily sujetó sus muñecas, perdiéndose en sus ojos.

Con una ternura infinita, sus labios se encontraron con los de ella. Ese beso cobró vida desde lo más profundo de sus almas. La llama de la pasión que había ardido muchas veces entre ellos ya no existía. La luz cegadora que solo el amor podía dar la había sustituido, quemándolos con su intensidad. Sus labios se fundieron en una única boca ardiente, y sus pulsos acelerados se fundieron en un solo corazón firme y constante. Cuando finalmente se separaron, Godric sonrió.

—Amarte ha sido la aventura de toda una vida, y apenas hemos empezado.

*¡**MUCHAS GRACIAS POR LEER** PLANES TRAVIESOS**! **PASA LA** **página para leer el primer capítulo del segundo libro de la** **serie Una Seducción Escandalosa sobre Lucien y Horatia.***

UNA SEDUCCIÓN ESCANDALOSA

CAPÍTULO UNO

Regla 2 de la Liga

Nunca se debe seducir a la hermana de otro miembro. Si se rompe esta regla, el miembro cuya hermana fue seducida tiene derecho a exigir venganza.

Extracto de *La Gaceta del Monóculo de Cristal*, 30 de septiembre de 1820, Columna de Lady Society:

Esta semana, Lady Society ha puesto sus ojos en uno de los amantes más notorios de Londres, el Marqués de Rochester. Miembro de la infame Liga de los Pícaros, el marqués es considerado por las damas de la alta como un demonio de pelo brillantemente rojo capaz de hacer escandalosas delicias a puerta cerrada.

Ha llegado a oídos de Lady Society que ninguna dama ha mantenido el interés de Rochester durante mucho tiempo. ¿Acaso anhela secretamente a alguien de buena crianza y que sea sensata?

A Lady Society le gustaría conocer la respuesta a esta fascinante pregunta. Tal vez Rochester se complace en aliviar los dolores del amor no correspondido por alguna mujer misteriosa. ¿Habría que aventurar una conjetura sobre la desafortunada —o quizás afortunada—, señorita que ha robado el corazón de nuestro oscuro marqués?

LONDRES, DICIEMBRE DE 1820

Ella va a ser mi muerte.

—¡LUCIEN! NI SIQUIERA ME ESTÁS ESCUCHANDO, ¿VERDAD? Necesito desesperadamente un nuevo ayudante de cámara y tú has estado soñando en lugar de ofrecer sugerencias. Me atrevo a decir que ya tienes suficiente para un abrigo decente y un par de mitones.

Lucien Russell, el Marqués de Rochester, miró a su amigo Charles. Estaban caminando por Bond Street, Lucien vigilando cuidadosamente a una dama en particular sin que ella lo supiera y Charles simplemente disfrutando de la oportunidad de una salida. La calle estaba sorprendentemente concurrida a pesar de lo temprano que era y del terrible clima invernal.

—Admítelo —lo instó a hablar.

Lucien luchó por concentrarse en su amigo.

—¿Perdón?

El Conde de Lonsdale lo miró fijamente con una mirada severa que, dado que su comportamiento habitual tendía a ser jovial, resultaba un poco alarmante.

—¿Dónde está tu cabeza? Llevas toda la mañana indispuesto.

Lucien gruñó. No tenía intención de dar explicaciones. Sus pensamientos eran pecaminosos, unos que lo llevarían directamente a un lugar ardiente en el Infierno, suponiendo que no hubiera uno ya reservado para él. Todo por culpa de una mujer: Horatia Sheridan.

Ella estaba a medio camino de Bond Street, en el lado

opuesto de la calle, siendo un faro de belleza que destacaba entre las mujeres que la rodeaban. Un lacayo vestido con el uniforme Sheridan la seguía diligentemente con una gran caja en los brazos. Un vestido nuevo, si Lucien tuviera que adivinar. Ella no debería deambular por los senderos cubiertos de nieve, no con esos carruajes pasando a toda velocidad y arrojando aguanieve con lodo por todas partes. Le frustraba pensar que ella se estaba arriesgando a sufrir un resfriado por ir de compras. Le frustraba más que él mismo se preocupara demasiado por ello.

—Sé que piensas que soy un imbécil la mayoría de los días, pero...

—¿Solo la mayoría? —Lucien no pudo resistir el golpe verbal.

Charles sonrió ampliamente.

—Como decía, es un poco obvio que nuestro tranquilo paseo es simplemente una treta. Me he dado cuenta de que nos hemos detenido varias veces, coincidiendo con el patrón de cierta dama conocida en la calle opuesta.

Así que Charles había estado atento después de todo. Lucien no debería haberse sorprendido. No había hecho todo lo posible por ocultar su interés por Horatia Sheridan. Era demasiado difícil luchar contra la tentación natural de mirarla cada vez que ella estaba cerca. Tenía veinte años, pero se desenvolvía con la gracia natural de una reina madura y educada. Pocas mujeres podían lograr tal hazaña. Desde que la conoció, ella había sido así.

Él era un joven de veinte años cuando la conoció, y ella tenía catorce. Había sido como una hermana pequeña para él. Incluso entonces, le sorprendió que fuera más madura intelectual y emocionalmente que la mayoría de las mujeres de la tercera edad. Había algo en sus ojos, la forma en que sus orbes marrones mantenían a un hombre clavado en su sitio con inteligencia; y en estos últimos meses, la atracción...

—Será mejor que dejes de mirar —comentó Charles en voz baja—. La gente está empezando a darse cuenta.

—Ella no debería salir con este clima. Su hermano se enfadará —Lucien ajustó con más fuerza sus guantes de cuero con la esperanza de eliminar los efectos persistentes del viento gélido que se deslizaba entre las mangas de su abrigo y los guantes.

Charles soltó una carcajada, lo suficientemente fuerte como para llamar la atención de los curiosos más próximos.

—Cedric la quiere a ella y a la pequeña Audrey, pero tú y yo sabemos que eso no les impide hacer lo que les plazca.

Había demasiada verdad en eso. Lucien y Charles conocían a Cedric, el Vizconde Sheridan, desde hacía muchos años, y se habían unido durante una oscura noche en la universidad. El recuerdo de su primer encuentro con Charles, Cedric, Godric y Ashton, siempre lo inquietaba. Sin embargo, lo ocurrido había forjado un vínculo inquebrantable entre los cinco. Más tarde, Londres, o al menos las páginas de sociedad, los bautizaron como La Liga de los Pícaros.

La Liga. Qué divertido era todo... excepto por una cosa. La noche en que formaron su alianza, cada uno de los cinco hombres fue marcado por el mismísimo Diablo. Un hombre llamado Hugo Waverly, compañero de estudios en Cambridge, había jurado vengarse de ellos.

Y a veces Lucien se preguntaba si no se lo merecían.

Lucien apartó los agobiantes pensamientos. Se sintió atraído por la imagen de Horatia deteniéndose a admirar un escaparate en el que se exhibía una serie de "capotas poke" en un estante. Su agobiado lacayo estaba de pie junto a ella, haciendo malabares con la caja en sus brazos. Asintió con elegancia cuando Horatia le señaló una capota en particular. Lucien tuvo la tentación de aventurarse a hablar con ella, de llevarla a un callejón para estar un momento a solas con ella. Aunque solo hablara con ella, temía que la intimidad de esa conversación le valiera una bala en el corazón si su hermano se enteraba.

Charles se había adelantado unos metros, luego se detuvo y se volvió para patear un bulto de nieve en la calle.

—Si así es como pretendes pasar el día, entonces considérame ausente. Podría estar en el Salón Jackson ahora mismo, o mejor aún, disfrutando de los favores de las finas damas en el Jardín Midnight.

Lucien sabía que había sacado de quicio a Charles al pedirle que viniera hoy, pero desde que se levantó esta mañana tuvo una sensación peculiar, como si alguien estuviera caminando sobre su tumba. Desde el regreso de Hugo Waverly a Londres, Lucien no había dejado de vigilar a las hermanas de Cedric, especialmente a Horatia. Waverly tenía una forma de crear daños colaterales y Lucien haría cualquier cosa para mantener a salvo a esas inocentes damas. Pero ella no debía saber que él la estaba vigilando. Se había pasado los últimos seis años siendo exteriormente frío con ella, rezando para que dejara de mirarlo de esa manera tan dulce y cariñosa.

Era cruel por su parte, sí, pero si no creaba cierta distancia, la habría sometido sobre su espalda debajo de él. Era una mujer demasiado buena para eso, y él era demasiado perverso para ser digno de ella. Algo así como un demonio enamorado de un ángel. La anhelaba de un modo que nunca había experimentado con otras mujeres, y él nunca podría tenerla.

La razón era simple. La reputación pública de Lucien no hacía justicia a la verdadera profundidad de su libertinaje. Un hombre como él no podía ni debía estar con una mujer como Horatia. Ella era belleza, inteligencia y fuerza, y él la corrompería con solo una noche en sus brazos.

Dentro de la *alta*, había escándalo y luego más *escándalo*. Para cierta clase de mujeres, ser vistas con el hombre equivocado en el lugar equivocado podía ser suficiente para arruinar sus reputaciones y sus futuros. Estas bellas criaturas no merecían más que la máxima cortesía y honestidad.

Para las demás: las viudas que seguían anhelando el amor, las que no tenían interés en tener marido pero que de vez en cuando buscaban compañía, y esa rara y encantadora clase de mujeres que tenían tanto la riqueza como la posición para permitirse el lujo de que les importara un bledo la opinión de la sociedad; para ellas estaba Lucien. Las sedujo a todas, les enseñó a abrirse a sus necesidades y deseos más profundos y a buscar satisfacción. Ni una sola vez una mujer se había quejado o quedado insatisfecha después de que él abandonara su cama. Pero ahora solo había una cama que buscaba, y era una a la que nunca debería ser invitado.

Miró a su alrededor y se fijó en un carruaje que le resultaba familiar entre los demás que circulaban por la calle. Gran parte del tráfico había estado avanzando de forma constante y con mayor rapidez que la gente a pie, pero no ese carruaje. No había nada raro en él; el cochero iba cubierto con una bufanda, como todos los demás, para protegerse del frío, pero cada vez que él y Charles cruzaban una calle, el carruaje los seguía.

—Charles, ¿crees que nos están siguiendo?

Charles se quitó un poco de nieve de las manos enguantadas cuando le cayó desde el alero de una tienda cercana.

—¿Qué? ¿Por qué demonios harían eso?

—No lo sé. Ese carruaje. Lleva unas cuantas calles con nosotros.

—Lucien, estamos en una parte popular de Londres. Sin duda, alguien está comprando y ordenando a su carruaje que se mantenga cerca.

—Mmm —fue todo lo que dijo antes de regresar su atención a Horatia y su lacayo. Uno de sus guantes de repuesto cayó de su capa hacia al suelo, pasando desapercibido tanto para ella como para su criado. Lucien debatió brevemente si debía o no interferir y alertarla del hecho de que él y Charles la habían estado siguiendo. Cuando ella siguió caminando, dejando el guante atrás, él tomó su decisión.

Lucien alcanzó a su amigo que aún iba al frente en la calle.

—No te retendré. A Horatia se le ha caído un guante y quiero devolvérselo.

—¿Afectado por un poco de caballerosidad, eh? Pues ve, quiero parar aquí un momento —señaló una librería.

—Muy bien. Alcánzame cuando estés listo.

Lucien esquivó el tráfico de la calle y, cuando estaba a mitad de camino, se desató el caos.

Bond Street se volvió loco y el aire se llenó de gritos. El carruaje que lo había estado siguiendo de cerca se precipitó por la calle en dirección a Lucien. Sin embargo, en lugar de intentar detener el vehículo, el cochero azotó a los caballos, impulsándolos directamente hacia Lucien.

Se encontraba en un punto intermedio de la calle como para dar marcha atrás; tenía que ponerse a salvo y apartar a los demás del camino. ¡Horatia! Podría resultar herida cuando pasara por encima de ella. Se le disparó el corazón mientras corría. El chofer volvió a azotar a los caballos, como si percibiera la determinación de Lucien por escapar.

—¡Horatia! —gritó a todo pulmón—. ¡Apártate!

Él nunca olvidará la expresión de su cara. La forma en que su confusión se transformó en una alegría pura al verlo, y luego en terror cuando notó que el carruaje se dirigía directamente hacia ellos.

Lucien cruzó la calle momentos antes de que los caballos lo alcanzaran. Embistió a Horatia, tirándola al suelo en un callejón entre los comercios. Las ruedas del carruaje se abrieron paso entre la nieve y el lodo se detuvo a centímetros de sus botas, empapándolas con agua helada.

Durante un largo momento, Lucien no pudo moverse. Ella estaba viva. Él lo había logrado. El carruaje no había atropellado a ninguno de los dos...

Entonces su cuerpo pareció darse cuenta de que tenía una mujer debajo. Una mujer con las curvas más bellas creadas por Dios para tentar a un hombre. Su capota estaba doblada, revelando largos y brillantes rizos de cabello castaño intenso. Sus ojos oscuros, tan inocentes, se clavaron en su rostro con asombro.

—Milord... —musitó aturdida. Sus manos enguantadas se apoyaron en el pecho de Lucien, apartándolo. Él sintió el temblor de sus manos hasta los huesos y su cuerpo respondió con interés.

—¿Qué demonios? —Charles se precipitó hacia el callejón, con sus ojos grises llenos de furia—. ¿Has visto quién conducía ese carruaje? —se detuvo y observó la escena con una sonrisa—. Horatia, amor, ¿cómo estás? Espero que no muy herida —Charles nunca se había preocupado por los títulos o la cortesía. En realidad, Lucien tampoco. Así que a Lucien no le sorprendió que su amigo hubiera tratado a Horatia como lo hizo.

—¡Oh, Charles! —exclamó ella. Solo ahora pareció darse cuenta de que estaba sobre su espalda en un callejón justo al lado de Bond Street, con una calle llena de miradas curiosas y Lucien encima de ella.

Lucien apretó los dientes.

"¡Oh, Charles!" había dicho ella, pero Lucien siempre era "Milord". Le irritaba profundamente saber que ella no le ofrecía esa intimidad. Era su maldita culpa. La alejaba siempre que podía, solo para no arrastrarla a la alcoba más cercana y besarla. Algo en ella parecía convertirlo en el más bárbaro de los bárbaros. En su mente solo figuraba el posible sabor de la mujer, cómo gemiría y suspiraría si pudiera ponerle las manos encima.

—Lucien... —balbuceó Horatia. Su nombre en sus labios era más erótico que el suspiro saciado de un amante—. ¿Qué demonios acaba de pasar?

—Me temo que alguien acaba de intentar atropellarme, y tú estabas, por desgracia, en el camino —explicó, preocupado por la expresión de aturdimiento que envolvía sus ojos oscuros.

—Digo, Lucien, que tal vez quieras bajarte de la chica, se está poniendo azul —bromeó Charles—. Además, si te quedas encima de ella más tiempo, la gente hablará. No querrás acabar casado solo por salvarle la vida, ¿verdad?

Horatia tenía la cara roja y Lucien no estaba seguro de si era por la falta de aire o porque ella estaba tumbada debajo de él cerca de la vía pública en una posición muy comprometedora. Se apartó de ella y se puso en pie. Charles le entregó a Lucien su sombrero y éste se lo colocó en su sitio. Se quitó la nieve de la ropa con una mano mientras ofrecía la otra a Horatia.

La vacilación de la chica fue como un golpe en el corazón. Finalmente, su mano enguantada se posó en la suya y la ayudó a levantarse, con un tirón adecuado para que ella tropezara hacia sus brazos. Lucien no pudo resistirse a sonreírle.

Si se inclinaba unos centímetros, podría besarla, separar sus labios... Por un momento, se perdió en el sueño de descubrir su sabor. Ella lo miraba fijamente, sin pestañear, con esos malditamente encantadores ojos que se calentaron hasta el punto de arder de deseo. Sería tan fácil...

—Ejem —el lacayo levantó la caja con una expresión muy afligida—. Señorita... —graznó mientras le mostraba el paquete. Estaba completamente empapado, al igual que Horatia y Lucien.

Ella se liberó de los brazos de Lucien.

—¡Madre mía!

El hechizo que él había lanzado sobre ella se desvaneció cuando se apresuró a coger la caja.

—Madre mía, madre mía —el brillo de las lágrimas fue evidente cuando se volvió hacia él—. Mi vestido. Está arruinado.

¿Lágrimas por un vestido? Ese comportamiento era más propio de su hermana menor, Audrey. La adorable chiquilla estaba obsesionada con la moda. Horatia, sin embargo, siempre había sido más tranquila, y de naturaleza más intelectual.

—¿No puedes comprar otro? —preguntó Charles.

—No... no puedo pedirle a Cedric que gaste más de lo que tiene.

Ahh, ya. La Horatia que él conocía era frugal hasta el extremo. Cedric era tan rico como Creso, pero Horatia nunca dejaría que la malcriara.

—Oh... —replicó Charles, un poco confundido. Era un derrochador, eso no era un secreto.

Lucien cogió la caja del lacayo y la observó con ojo crítico.

—Podría salvarse. Te acompañaremos a casa y puedes hacer que la doncella se ocupe de ello.

Horatia miró con incertidumbre a Charles y a Lucien.

—¿No os estoy desviando de vuestro camino? Peter y yo estamos bien para ir a casa por nuestra cuenta, ¿no es así, Peter?

—lanzó una mirada decidida a su lacayo, quien asintió apresuradamente.

—Estaremos bien, mis lores.

—Tonterías —continuó Lucien—. Has sido víctima de un susto y estás empapada. Te acompañaremos a casa. Fin de la discusión —sujetó su codo con una mano y le devolvió el paquete a Peter.

Ellos debían parecer un curioso espectáculo. Lucien y Charles a ambos lados de la empapada Horatia como si fueran guardias, y su lacayo siguiéndola de cerca con una caja mojada en las manos.

Lucien ignoró las miradas curiosas y simplemente disfrutó del alivio que suponía poder acompañar a Horatia a su casa sin otro incidente que pusiera en peligro su vida.

Cuando llegaron a la residencia de los Sheridan, Horatia se quitó la capa empapada de los hombros y se excusó mientras huía escaleras arriba con el paquete. Lucien se quedó parado en el vestíbulo, observando el vaivén de sus faldas mojadas, deseando poder seguirla hasta sus aposentos y meterse en el agua caliente del baño que seguramente le esperaba. La idea de Horatia desnuda en una bañera era solo un poco menos tentadora que el sueño que había tenido la noche anterior con ella. Últimamente, ella rondaba sus pensamientos con demasiada frecuencia.

—¿Esperamos a Cedric? —preguntó Charles, uniéndose a él al pie de la escalera.

—¿No está?

Charles negó con la cabeza.

—El mayordomo dijo que está buscando a Horatia, por así decirlo.

¿Buscando a su hermana? ¿Para qué demonios?

—Deberíamos esperar —sugirió Lucien—. Ven, vamos a por un poco de brandy.

Su amigo sonrió ampliamente.

—Esa es más bien la actividad que tenía en mente cuando salimos esta mañana.

Siguieron a un lacayo hasta el gabinete para esperar el regreso de Cedric.

Charles se acomodó en un gran sillón brocado, cruzando un tobillo sobre la rodilla.

—Lucien, ¿crees que Horatia estará bien?

—Supongo...

—Dado su pasado, quiero decir —explicó Charles—. Con sus padres y el accidente del carruaje. Tú estuviste allí. ¿Crees que eso le traerá recuerdos?

Lucien se estremeció. Aquel día, Cedric perdió a sus padres. Se encontraban viajando por la ciudad cuando dos hombres decidieron hacer una carrera con sus carruajes por las calles. Horatia, de solo catorce años, iba en el vehículo con sus padres. El choque fue espantoso. Caballos chillando con las patas rotas, varias personas heridas debido a su proximidad con el accidente. Un joven muerto, otro terriblemente herido. Los padres de Cedric y Horatia no sobrevivieron al impacto del carruaje cuando éste volcó.

Horatia había quedado atrapada en el carruaje con los cuerpos de sus padres, sin poder salir, aturdida por el impacto. Ni siquiera gritó para pedir ayuda. Cuando Lucien llegó al lugar, subió por el lado del vehículo y abrió la puerta. La llamó por su nombre y ella lo miró con los ojos llenos de terror. La sacó y la abrazó. El estómago se le revolvió al recordar el cuerpo de Horatia sacudiéndose violentamente contra el suyo.

—Ella es fuerte. Se pondrá bien —las palabras de Lucien eran más una garantía para sí mismo que para Charles. Tenía que creer que ella no estaría demasiado alterada después de esta mañana.

Pensar en verla angustiada le provocaba una sensación de vacío en el pecho. A pesar de su intención de ignorarla al máximo y fingir que no existía, ella había protagonizado todos sus pensamientos durante los últimos meses. Él sabía exactamente a quién culpar por esto. La Duquesa de Essex, antes la señorita Emily Parr.

Su amigo, Godric, el Duque de Essex, había secuestrado a la señorita Parr a principios de ese otoño. El plan no había salido en absoluto como estaba previsto y, hacía unos meses, Godric había acabado encadenado al matrimonio.

Lucien se encontró sonriendo por algo que debería haberlo inquietado, ya que el sagrado acto del matrimonio era algo que temía por encima de la muerte. Pero, maldita sea, estaba un poco celoso de la fácil felicidad de Godric con Emily. Los dos eran de naturalezas muy opuestas y, sin embargo, eran un matrimonio basado en el amor.

Los acontecimientos posteriores al secuestro habían introducido de nuevo a Lucien en el mundo de Horatia. Todo el esfuerzo que había puesto en eludir con tacto las cenas y los bailes fue en vano. La Liga le tenía tanto cariño a Emily que ninguno de ellos podía resistirse a acudir a su llamado. Cedric lo llamaba el efecto "perrito faldero": habían pasado de ser unos libertinos perfectamente peligrosos, de la peor calaña, a ser unos caballeros perfectamente comportados en presencia de la Duquesa de Essex. Si Emily y Horatia no se hubieran hecho tan amigas, Lucien podría haberla evitado con más facilidad.

Le sorprendía el hecho de que Horatia siguiera estando soltera a los veinte años. ¿Cómo era posible que ningún otro hombre hubiera querido acostarse con una criatura de ojos marrones y curvas hechas para abrazar? ¿O pasar un día entero planeando bromas solo para ganarse una deliciosa risa de sus suaves labios? Sin embargo, conociendo a Cedric, probablemente había varios jóvenes de la *alta* corriendo asustados ante la idea de acercarse a él para pedirle permiso de cortejar a su hermana.

Lucien había intentado saciar su sed de Horatia entre los muslos de otras mujeres, pero fue inútil. Justo la noche anterior había intentado acostarse con una mujer, pero descubrió que no estaba lo suficientemente excitado para actuar. Si la noticia se difundía, se convertiría en el hazmerreír. No subestimaba la ironía de que una mujer inocente dañara su reputación de libertino. En este momento, temía la llegada de su amigo, teniendo en cuenta el sueño de la noche anterior.

Horatia había sido despojada de todas sus ropas y se encontraba ante él con los tobillos y las muñecas atados a los postes de la cama con seda roja. La transpiración bañaba su piel mientras él subía por su cuerpo para acariciar sus perfectos pezones. Ella se arqueó hacia él, frotando su sexo contra él, abrasándolo con el perverso calor de su excitación. Le metió la lengua en la boca, saboreándola, y le cogió las deliciosas nalgas, levantándolas para conseguir el mejor ángulo para una potente embestida. El sueño se había disipado en una nube de vapor, dejándolo con una erección lo suficientemente dura como para hacer un agujero en la pared.

Sería un milagro que pudiera controlar sus rasgos y ocultar su culpabilidad ante Cedric después de soñar con hacerle semejantes cosas a la hermana de ese hombre.

Lucien miró el reloj sobre la repisa de la chimenea. Era casi mediodía. Cedric ya debería haber llegado.

Había una sensación desagradable bajo su piel que lo inquietaba. Ya la había experimentado, justo antes de que se desatara una tormenta. La preocupación se anudó en su interior, retorciéndole el estómago hasta que apenas pudo respirar. Había nubes oscuras vislumbrándose en el horizonte.

Charles frunció el ceño y se inclinó hacia delante en su silla, con la preocupación marcando las comisuras de sus labios.

—¿Te encuentras bien?

Una respiración profunda. Dos. El intenso temor en su pecho se disipó.

—He estado mejor, supongo. Es que... —Lucien dudó.

Charles alcanzó el decantador de brandy y le sirvió otra copa.

—¿Qué pasa?

Lucien abrió la boca, pero la puerta de la habitación se abrió de golpe. Cedric enmarcaba la entrada como un ángel vengador, o un demonio. Entró a zancadas, sosteniendo una nota en una mano con los nudillos blancos mientras sujetaba su bastón plateado con cabeza de león en la otra.

—¿Qué pasa, Cedric?

La rabia de Cedric era demasiado evidente.

—¡Ese bastardo!

Hubo un momento de silencio mientras Lucien compartía una mirada preocupada con Charles.

Charles se puso en pie y se acercó a la caja de puros que había en la mesilla contra la pared del fondo.

—Tendrás que ser un poco más específico; hay muchos bastardos por aquí —se pasó el puro por debajo de la nariz—. Algunos están incluso en esta habitación.

Lucien se levantó y caminó hacia la ventana que daba a la calle. Vio una escena cómica de un dandi demasiado arreglado que se pavoneaba con un monóculo, examinando los vestidos de varias damas que pasaban a su lado. El hombre pareció sentir la mirada de Lucien y levantó la cabeza. Lucien sintió un escalofrío. Algo en el hombre y en sus ojos vacíos y fríos hizo que sus nervios se activaran, dejándolo inquieto. ¿Había visto a ese hombre antes? Una corazonada le recorrió la columna vertebral. El hombre se dio la vuelta y desapareció por una puerta que se encontraba unas cuantas casas más abajo, frente a la residencia de Cedric.

Lucien volvió a centrar su atención en sus amigos.

—¿Y quién es ese bastardo?

Cedric se tiró en una silla con brocado rojo y dorado y golpeó la punta de su bastón en la bota derecha.

—¿Quién crees que es?

El corazón de Lucien se paralizó.

—Waverly.

Cedric asintió.

—Eso no es nuevo para nosotros. Alguien intentó atropellar a Lucien en Bond Street. Horatia estaba cerca. Afortunadamente, Lucien la salvó —le explicó Charles el incidente de la mañana a Cedric, quien no dijo ni una palabra mientras escuchaba. Todos sabían de lo que era capaz Waverly. Al parecer, lo más preocupante era la completa falta de honor del hombre. No tenía remordimientos para atacar a sus enemigos por la espalda o, aparentemente, a sus seres queridos.

Lucien cruzó los brazos sobre el pecho y se apoyó en la pared frente a Cedric. Bajo la furia del hombre, unas líneas de preocupación se extendían cerca de sus ojos.

—¿Mi hermana está bien?

Lucien asintió.

—Está tan bien como era de esperarse. Pude sacarla del camino, pero está terriblemente molesta —afortunadamente, solo el vestido había sufrido la villanía de Waverly. Reprimió el impulso de encontrar al demonio y estrangularlo con sus propias manos. Lucien sabía que Horatia no apreciaría que asesinara a un hombre en su nombre. Sus pasiones tendían a dominarlo más de lo debido.

Independientemente del hecho de que ella no era suya, al menos podía mantenerla a salvo. Había que proteger a Horatia a toda costa.

—Cedric —Charles interrumpió los pensamientos de Lucien—. ¿Por qué saliste a buscar a Horatia?

El rostro de Cedric volvió a oscurecerse.

—Me dirigía a reunirme con Ashton y Godric en Tattersalls cuando uno de mis lacayos encontró esta carta metida debajo de la aldaba de la puerta.

Sostuvo el trozo de pergamino en su mano.

Con temor, Lucien cogió la nota y la leyó. Charles se colocó detrás de él y se inclinó para leer por encima de su hombro. El papel de la nota era grueso y costoso. Una caligrafía negra, desconocida para él, que claramente no era de Waverly, cubría la superficie de la nota con una siniestra firmeza.

Lucien leyó las palabras en voz alta para que Charles las oyera.

—Los accidentes en carruaje son terribles, ¿no?

Lucien le entregó la nota a Cedric, quien se la guardó en el bolsillo.

—No parece la letra de Waverly. ¿Estamos seguros de que es él?

Cedric se encogió de hombros.

—¿Quién más se atrevería a recordarme un hecho tan horrible?

—Bueno, solo si se refiere al pasado —comentó Lucien—, tal vez el momento elegido fue premeditado.

Charles volvió a caminar y se tiró en una silla, frunciendo el ceño.

—Nos ha amenazado antes, pero no ha conseguido nada. ¿Qué ha cambiado? —los ojos del conde brillaron como el mercurio, brillantes y siempre cambiantes.

—No tengo ni puta idea —Cedric acarició la cabeza de león plateada de su bastón—. Ha pasado los últimos años en el extranjero. Ahora ha vuelto y renueva sus amenazas.

Lucien se preguntó si su cuerpo había sabido de algún modo que algo se había puesto en marcha. Casi podía oír el tictac de los engranajes del reloj, pero era muy difícil saber cómo proteger a sus seres queridos si no podía ver desde qué dirección vendría la amenaza.

Cedric se levantó, frotándose la cara con una mano.

—Dejando de lado las malas noticias, me gustaría invitaros a cenar esta noche, y sé que es de última hora, pero Audrey está decidida a ver a toda la Liga —miró a sus amigos con esperanza.

Charles sonrió ampliamente.

—¡Sabes que siempre estoy deseando ver a tus hermanas!

Cedric arqueó una ceja.

—No demasiado ansioso, espero.

Esto era una maldita molestia. Cada fibra del ser de Lucien le exigía romper la segunda regla de la Liga. No quería que su lujuria lo llevara a una situación en la que se enfrentara a Cedric en un campo al amanecer, o algo igualmente ridículo. Con cualquier otra mujer se habría acostado con ella y habría seguido adelante, pero no con Horatia. Eso era imposible. El solo hecho de pensar en ella le calentaba la sangre y le enviaba un dolor palpitante directamente a sus entrañas. Se removió incómodo y se arregló los bombachos.

—¿Y tú, Lucien? —Cedric le clavó una poderosa mirada—. No te atrevas a darme ninguna excusa.

Hacía años, Lucien le había dicho a Cedric que no se sentía cómodo con Horatia, explicándole que ella había arruinado una propuesta de compromiso que él le había hecho a una heredera años atrás. Pero era una verdad a medias. Horatia había estado allí, y la proposición se había estropeado cuando ella arrojó un cubo de agua sobre la cabeza de su prometida. Pero ahora, su necesidad de evitar a Horatia tenía que ver con el deseo de llevarla a la cama más cercana y... Sacudió la cabeza, apartando semejantes pensamientos.

Comenzó a protestar.

—Cedric, sabes que yo...

—Vamos. No tienes miedo de mis hermanas, ¿verdad?

Maldita sea. No había forma de que se librara en esta ocasión.

—Iré.

—¡Maravilloso! ¡Te espero a las siete! —declaró Cedric con satisfacción.

—¡Maravilloso! —repitió débilmente Lucien. ¿Cómo iba a sobrevivir a esto?